山村春秋

秦世学／著

团结出版社

图书在版编目（CIP）数据

小村春秋 / 秦世学著. — 北京：团结出版社, 2017.9

ISBN 978-7-5126-4893-7

Ⅰ.①小… Ⅱ.①秦… Ⅲ.①长篇小说—中国—当代 Ⅳ.①I247.5

中国版本图书馆CIP数据核字(2017)第231419号

出　版：团结出版社
　　　　（北京市东城区东皇城根南街84号　邮编：100006）
电　话：（010）65228880　65244790
网　址：http://www.tjpress.com
E-mail：65244790@163.com
经　销：全国新华书店
印　刷：北京文昌阁彩色印刷有限责任公司
装　订：北京文昌阁彩色印刷有限责任公司

开　本：145×210毫米　　　1/32
印　张：7.5
字　数：216千字
版　次：2017年9月　第1版
印　次：2020年6月　第2次印刷

书　号：ISBN 978-7-5126-4893-7
定　价：39.00元

目 录

第一章 1

第二章 4

第三章 7

第四章 12

第五章 16

第六章 19

第七章 23

第八章 30

第九章 34

第十章 38

第十一章 43

第十二章 47

第十三章 51

第十四章 55

第十五章 59

第十六章 62

第十七章 66

第十八章 70

第十九章 73

第二十章 77

第二十一章 82

第二十二章 87

第二十三章 ………………………………………………… 91

第二十四章 ………………………………………………… 96

第二十五章 ………………………………………………… 100

第二十六章 ………………………………………………… 105

第二十七章 ………………………………………………… 110

第二十八章 ………………………………………………… 115

第二十九章 ………………………………………………… 119

第三十章 …………………………………………………… 125

第三十一章 ………………………………………………… 130

第三十二章 ………………………………………………… 135

第三十三章 ………………………………………………… 139

第三十四章 ………………………………………………… 143

第三十五章 ………………………………………………… 149

第三十六章 ………………………………………………… 154

第三十七章 ………………………………………………… 161

第三十八章 ………………………………………………… 168

第三十九章 ………………………………………………… 175

第四十章 …………………………………………………… 182

第四十一章 ………………………………………………… 187

第四十二章 ………………………………………………… 192

第四十三章 ………………………………………………… 198

第四十四章 ………………………………………………… 203

第四十五章 ………………………………………………… 209

第四十六章 ………………………………………………… 213

第四十七章 ………………………………………………… 219

第四十八章 ………………………………………………… 224

第四十九章 ………………………………………………… 229

第一章

在胶东半岛的农村，忙完秋收秋种，一年的主要农事活动就算结束了。多数庄稼人进入了农闲日子，除了慢悠悠地从农田向家中搬运干了的玉米秸秆和将玉米秸、豆秸、花生蔓铡碎，储存下一冬驴、骡的饲草外，不少家的男人们不再起五更戴月亮的忙碌了，而是呆在家里做些零碎活，或坐在炕头上哄着孩子看老婆做针线活儿，过着老婆孩子热炕头的悠闲日子。

小陈村的北粉坊，刚放下了地里活儿就开始了冬春的制粉丝营生。北粉坊是周围村的人们送给大山家的称号，因大山家除了种地外，家庭收入的很大部分是制粉丝赚的钱。三年前大山去世，大儿子忠然接替父亲当了家。忠然对制粉丝很积极，与四弟秋然商量扩大制粉业的规模，为此又雇用了一个长工。虽然他还有一个三弟春然，但自学校毕业后，就在外县电话局做事，家事不太过问。

自九月中旬，忠然就带着一个长工，每集不落，驾着木轮大车，到周围几个集市购买绿豆，已买到新产绿豆几千斤。接着，他按着几年来形成的规矩，给两个长工放了几天假。路远的王再兴赶着骡子拉的木轮车，把从东家领到的新收的粮食送回家。本村的狗儿用不着集中领粮食，随用随取。老王回来后，全家吃了一顿丰盛的饭食，喝了自酿的地瓜烧酒，就开始了冬春的制粉活动。

北粉坊对待长工和自己家成年男子一样，工钱也比其他家的稍高，还一年给做一套夏衣、一套冬衣，长工们也就不愿再去别家熬活了。几年下来都成了各种农田和制粉丝活儿的把式了。

经过磨浆、滤渣、制粉团、晒团，开始了冬春的第一次漏制粉丝。这是制粉丝业的关键流程。吃罢早饭，男人们就将绿豆干粉团捣成粉末，加温水搅拌，调匀后的粉糊糊再加干粉，揉成均匀的湿粉。尔后，忠然光着膀子坐在锅旁，左手握着吊在大锅上空的铁制漏筛子的手柄，右手轻压湿粉，一条条细粉丝漏到下面大锅里的沸水中。二弟义然的媳妇春分穿着粉白的右扣布扣的短袖布衫站在锅旁，用长筷子将煮熟的粉丝捞拨到旁边盛冷水的大盆中，秋然把稍冷凉的粉丝两手缕成一挂。很快水汽弥漫了整个屋子。

忙了一个下午，一大盆湿绿豆粉变成了一挂挂的带有黏性的粉丝，被放入大缸中浸泡过夜。男人们用热水洗去上身的汗水，坐在炕沿上拿起烟锅子吸起烟来，消除一下午的劳累。春分和大嫂子用脸盆舀了稍凉了些的沸水，到隔壁屋中，脱了上衣，洗身上的汗水。说笑着吸烟的男人们，听到隔壁屋中大嫂用羡慕的口气夸着妯娌："二妹，你那和粉团一样的胳膊、腰身，真好看。""嫂子，你不也一样好看吗，你有福，可我……"声音虽然不大，但男人们还是听见了。忠然心里咯噔一下，笑脸马上阴沉下来。弟妹春分的哀伤情绪，勾起了他对二弟的思念。一年前，娶亲不到两年，刚满二十二岁的二弟义然，在晒粉时突然肚子疼得直不起腰。请本村的二先生诊了脉，说是患了绞肠痧，吃了几剂汤药，未见好转，三天后咽了气。年轻的春分成了寡妇，失去了往日咯咯的笑声。

劳累了一天，吃过晚饭，大家很快就各回各屋睡下了。

春分躺在炕上，翻来覆去怎么也睡不着。虽然今晚未在她的炕头灶中做饭，炕并不很热，盖的被子也不很厚，可身上燥热得厉害。大嫂的话在她脑子中转来转去，驱赶不走。他没有给我留下一男半女，就这么快狠心地走了，让我怎么过下去啊！想着想着，眼泪流到枕头上……

风箱声催醒了春分。她揉揉眼睛，看窗纸已白，意识到天已大亮了。急忙穿好衣服，拿着脸盆到缸里舀水洗脸。大嫂已洗梳完毕，正在北屋灶间与婆婆一起预备早饭。

春分没有去帮婆婆和嫂子做早饭，径直到粉坊去和男人们一起搓洗泡了一宿的粉丝，使黏结在一起的粉丝分散开。当小叔子秋然从住屋提了一罐子绿豆稀浆和一篮子玉米饼子回到北粉坊时，她才停止了搓洗，回住屋吃饭。按北粉坊的规矩，女人和不满十六岁的男孩是不能和成年男人及长工一起吃饭的。

早饭后，春分和大嫂、春然媳妇月季一起到粉坊搓洗粉丝。男人们将搓洗好的粉丝抬到村西河滩上，架起铁丝绳，将粉丝挂在铁丝上晾晒。当忠然挽起袖子从缸中捞起一大缕粉丝时，春分瞟了大伯子一眼，见忠然精气抖擞满脸红光，猜想大伯子昨晚一定和大嫂子快乐地亲热了，不禁轻轻叹了口气，继续搓洗泡硬了的粉丝。忠然将搓散了的粉丝装满大筐，喊了长工老王，一起抬着大筐出了粉坊。

　　一个多月后的一个晚上，忠然把秋然、春分、月季叫到母亲的住屋，向大家说了一个多月来赚了多少钱，趁大家都高兴的当儿，提出了增加粉丝产量多赚些钱，过些日子为秋然办喜事的想法，并说明年春再多请两个短工。母亲听了会意地笑了，"是啊，虎子他妈和三媳妇，过几个月就要生了，不能和你们一样干了。"没有说话的秋然，再也憋不住了，笑着对大嫂、三嫂说："我又要有两个小侄子了。"大嫂轻轻打了他一下，说："就少不了你，等给你娶了媳妇，让四妹管着你。"

　　回到各屋睡觉时，忠然媳妇悄声对忠然说："你看出二妹不太对劲没有？"忠然叹口气，说："过年时给她多买些东西吧，还能有什么办法呢！"

2 第二章

在小陈村，农闲不闲的人家还有几家，东油坊就是其中一家。东油坊也是周围村人因其开设榨油的油坊而送的称号。它的主家是陈舜、陈禹两兄弟，祖先曾在清末中过秀才。东油坊土地多，且常年经营榨油生意，不仅是小陈村的首富，也是周围十里八乡数得着的富户，但人丁不旺。大哥陈舜已年近五十，只有一个出嫁了的闺女。为盼儿子，几年间接连娶了两房小老婆。二姨三十多岁，过门四年，未曾开怀生养；三姨是由东三省逃难至关内的姑娘，其父是个农村教书的先生。东三省被日本占领后，父亲领着她这个不满十八岁的独生女葵花，回原籍莱州，走到潍县，父亲患暴病死了。陈舜到潍县办事，见这个孤苦无助的葵花姑娘跪在街头向路人乞讨。他给了这个眉清目秀的姑娘一些钱，帮助买了一口薄棺材，雇人将其父抬到乱葬岗埋葬了。葵花走投无路，就跟他回到小陈村，与陈舜圆了房，成了第二个小老婆。老二陈禹有一个儿子，也娶了媳妇，现在县立中学上学，两年多了，他媳妇的肚子还是平平的。

油坊里的活由一个长工干着。长工叫有富，是本村李姓家的大儿子。八年前其母病死，其父又娶了一个年轻寡妇，一年后生下一个儿子，对这个前妻的孩子百般刁难。已经懂事的有富，在一次与后娘吵架后离家出走。其父找了几天，终于在集上一个卖烧饼摊上找到了他。好说歹说，有富就是不回家。在集上买黄豆的陈舜碰到后，给他买了两个烧饼，让有富给他看守着已买好的一袋袋黄豆。从此有富就在东油坊住下了，没有工钱，只管吃住。有富是个有心的孩子，几年来长成了一个膀宽腰圆的大小伙子，对地里的各种庄稼活都已纯熟，油坊的榨油活计也拿得起来，手脚又干净，主人家就把油坊交给他管。除了榨油出售油和豆饼外，东油坊还为周围村民带来的黄豆和花生榨油，收取加工费。到了晚上，有富准时一分不少地把赚的钱交给东家，甚得陈舜信赖。十六岁以后，东家每年给他比其他长工少的一点工钱。他不把工钱交给父亲，让东家给他存着，准备挣到一定数量，买几亩地，娶个媳妇自己过。

天刚亮，有富就起来洗了脸，套上骡子，在碾盘上轧起豆子来。不到吃早饭时候就轧出一蒸锅豆坯。卸了骡子，拴到牲口棚里，将铡好的玉米秸秆和豆饼粉倒了半槽。他很喜欢这头全身没有杂毛的黑骡子。直到听到黑骡子均匀地嚼草声，他才拍拍黑骡子的头，回到住的榨油房内。

大掌柜陈舜看着有富蒸好了豆坯，在铁箍里铺上一层草，放入熟豆坯、一箍箍摆到榨油机上，拧紧螺扣。当豆油汩汩流出时，才满意地回去吃午饭。饭后，陈舜迈步走进东厢房二姨住的房间。二姨喜盈盈地抱住他，投到他的怀里，踮着脚将粉脸贴在他的脸上，幽怨地嘟哝着："你整天泡在那个小狐狸精那里，有多少天未到我这里了，真想死你了。"伸手解他的衣扣子……

回想往事，二姨两眼瞅着纸糊的顶棚，脑子里像雨后上涨的河水一样翻腾着。蓦然，她想起在娘家时常听人说，罗山上的奶奶庙里供着的送子娘娘很灵验，只要供品丰厚，就能使你生孩子。她急急地推醒了丈夫，提出去拜送子娘娘的事。丈夫答应她十月初十日送她和三姨去赶庙会。

陈舜把这事说给了大老婆陈王氏，并要她去告诉侄媳妇显祖家的，希望她也一起去。

陈王氏出门，穿过胡同，来到二叔一房的住屋。这是一处南北各六间的东西长的院子，中间由半截的一堵粉墙将院子隔成两半。粉墙上一个像大锅一样大的"福"字正对着院门。陈王氏推开院门，穿过"福"字旁的月门，直到二婶住的东三间正房。二婶陈高氏正盘腿坐在炕上做针线活，见大嫂进来急忙下了炕，笑着将大嫂推上炕沿坐下。大嫂将二姨、三姨要到娘娘庙烧香的事说给二婶，问显祖家的去不去。二婶陈高氏听后满口答应，说："这是好事，显祖成亲也两年多了，到现在也没有生下一男半女，这样下去对不起祖宗。我告诉媳妇，叫她和二姨、三姨一起去。"

传说清光绪年间，罗山镇有个生意人，经营有方，腰缠万贯，年近半百未有子嗣。一年夏天，他把生意安排给伙计打理，自己回到山区的家里，纳凉避暑。一天早晨，老婆神神秘秘地告诉他晚上做了个梦，一个仙姑来到家中跟她说："你丈夫在外扶危济贫，做了许多好事，上天送你家两个孩子，接续你们家香火，今后要更好地帮助穷人。"说完不见了。生意人听了后嘲笑她老婆说："你是想孩子想魔道了吧？要真能生儿子，我就给仙姑修庙塑身供奉她。"后来也就把这事忘了。没想到几个月后，老婆的肚子真的大了，不久顺利地生下了双胞胎两个儿子。他猛地想起老婆做梦的事，就出资修了庙宇，请人照老婆梦中仙姑的样子塑了像，一年四季焚香礼拜。送子娘娘的事就在附近传开了，庙虽不大，一年四季却香火不断。

十月初十清晨，大掌柜陈舜带着他最喜欢的长工有富，套了两头骡子拉着本轮大车，载着三个女人踏上去娘娘庙的路。深秋季节，地里的高秆庄稼都已收了，只有顶着稀疏叶子的树木，稀疏地站在路旁和田埂上。一垅垅贴着地皮的冬小麦绿苗，随风摇摆。三个不常出门的女人，愉快地左看右顾。到做午饭时辰，他们的大车来到娘娘庙门口。陈舜和有富等在庙门外。三个女人进了庙内，将供品放到供桌上，焚香磕头，虔诚地抚摸了送子娘娘的下半身，向庙里施舍了为数不少的钱财。

在庙前的小饭馆里简单地吃了点饭，陈舜命有富驾车往回返。二姨高兴地观看着山区美景，像飞出笼子的鸟儿，叽叽喳喳说笑个不停。三姨和显祖媳妇却一直红着脸，低着头，不发一声。有富的鞭儿甩得脆响，骡子嗒嗒地踩着石子路小跑。下山坡时，有富不再甩鞭，由着骡子信步慢走。陈舜、二姨和显祖媳妇，随着车子轻微地颠簸打起盹来。三姨抬头瞅着扬鞭驾车的有富和靠在自己身上打盹、瘦骨嶙峋的丈夫，轻轻地叹了一声，心想：自己要是能嫁一个像有富一样体格健壮、精力旺盛的男人多好啊！车子进入了一段两丘之间的沟底，碎石使车子上下颠簸左右摇动，打断了三姨的痴想，她下意识地抓紧了车帮。二姨和显祖媳妇，愣愣地睁开眼左顾右盼。看得出她们刚才是在车上睡着了。

在夜幕降临时，他们一行五人回到了家。

3 第三章

进入冬月以来，忠然和秋然兄弟俩，每天忙完制粉丝活计后，隔三差五地招呼一些喜爱活动的年轻人到粉坊练习锣鼓和排练戏曲节目。锣鼓响器，是他们父亲在世时怕子弟们农闲时赌钱闹事，几家出钱买的。从那时起，每年冬季农闲时就让年轻人晚上练习锣鼓，收住他们的心，以后又增加了排练简单的戏剧曲目。除了自娱自乐，还在正月里到各村演出，加强与各村的联络。现在小陈村不仅能演奏锣鼓乐曲，忠然还学会了拉胡琴，像京剧"苏三起解""铡美案"等剧目，他都能较准确的伴奏。又培养出了几个唱青衣、黑头、老生、老旦的人。只要县城里有外地戏班子来演戏，不管多么忙，他们都会去看，并约定谁唱什么角色就专门去看戏班里相应角色的演唱。忠然每次去看戏，总是到戏台旁站着看琴师的演奏，嘴里还轻声哼着"利根弄，郎各里弄……"聚精会神地学着操琴人的手指。几年来已学会几个曲目的演奏。平日无事时，他就会拉上几段，成了他忙家事外的一种嗜好。

这天，吃过晚饭后，母亲陈梁氏将兄弟俩和三个儿媳妇叫到她住屋的灶间，商量为秋然娶媳妇的事。母亲问忠然："你要先生看的什么日子？"忠然告诉母亲："先生说腊月二十七日是好日子。"忠然家的家务事还是母亲说了算，当即就定下了秋然娶媳妇的日子，又安排了做新被褥、衣服和装扮新房的事。大媳妇总爱取笑小叔子，说："小四，我给你做被褥，等你媳妇来了可得给我做双鞋，不的话，我和你二嫂、三嫂就不给你忙活，叫你娶不成媳妇，看你急不急？"秋然学着戏台上的样子，站起来深鞠一躬，说："多承嫂子厚待，小生这厢有礼了。"逗得大嫂哈哈大笑，二嫂、三嫂也忍俊不禁抿着嘴笑。陈梁氏笑着骂了一句"都要娶媳妇的人了，还没点正经"。大嫂笑着对二嫂春分说："腊月二十七日很冷了，坐在花轿里脚冷，二妹你的针线活儿好，给小四做双毡靴吧，我和三妹给他做被褥，你看行吗？"春分痛快地答应了。陈梁氏看着儿子媳妇们和和睦睦，笑着说："你们忙了一天了，都去睡觉吧。"

一家人都高兴地为秋然的婚事忙碌着。秋然更是高兴得合不拢嘴。秋然的未婚媳妇叫晚妹，是他姑姑妯娌的亲侄女，也常到她姑姑家去住。秋然到姑姑家时见过几次，长得水水灵灵，身段也好，比秋然大几个月。秋然叫她晚姐，有时也叫她小姐姐。两人在一起时，凡事晚妹都让着秋然。姑姑见他俩在一起时亲亲热热的，就与妯娌商量为他们俩保了媒。

一年中除了秋收秋种和麦收，腊月对女人来说是另一个忙月。为了多赚些钱，忠然家从来舍不得叫男人们停下制粉丝的活计去忙家务。今年因忠然媳妇和春然媳妇月季都挺着个大肚子，陈梁氏就叫忠然兄弟俩带着长工老王打扫房子，对住屋进行一次彻底的清扫，用白浆水粉刷墙壁。因为老王是雇用了多年的长工，为人厚道，所以儿媳妇们从不避讳他，有时还说笑几句。老王一边打扫一边和秋然开着玩笑："小掌柜，今天给你打扫新房，娶亲那天你可要多敬我几杯酒啊！""王大哥，那天我非把你灌醉不可。"秋然笑着回答。

忠然媳妇包着头，笑着问老王："他王大哥，你喜欢吃切面还是抻面？"老王知道忠然媳妇抻面做得好，义然媳妇善于做切面，就说："大嫂，你身子不方便，就吃切面吧。"按照忠然家的规矩，腊月打扫房子一般要吃面条，这在冬季是不常吃的。

小陈村不产糯米，但种黍子，脱壳后被称为黄米，碾成粉后蒸出的年糕，比糯米糕还要黏。村里只有两盘石碾，大家商量着排队用碾子。碾粉的前两天，用水把黄米浸湿再摊开晾干。天还不亮，秋然和二嫂春分套上螺子，开始碾粉。

一个老汉背着粪筐从村外走来。秋然抬头见了老汉："大叔，这么早就捡粪去了？"老汉长叹一声，说："村东头的卖油郎孙老二夜里咽了气，今天早晨用席子卷着抬出去埋了。那是一个好人哪，就是太穷了，从夏天就病了，没钱治，还是没有熬过年去啊，唉！"老汉长叹一声，蹒跚地走了。

孙老二是个担着油桶、敲着梆子、走街串巷卖香油的卖油郎。这几年，官府的各种捐税，压得人喘不过气来，一般人家的日子越来越艰难，谁家还买香油啊！因此卖油的生意越来越难做。孙老二没有留下一男半女，只有一个四十多岁的俊俏老婆，成了孤苦的寡妇。

闲时日月慢，忙时快如梭。一转眼就到了腊月二十六日，忠然家更加忙碌了，老王和狗儿领着忠然本家的几个男人，在粉坊的院子里搭起了临时锅灶，粉坊的南北屋内放置了几张桌子和一些凳子，在住屋的院子里搭了一个席棚。晚饭后吹鼓手们就开始了吹奏。秋然由嫂子们打扮着，戴上礼帽，穿上长棉袍，由同样装束的堂兄冬然陪伴，在祖宗的牌位前磕了头。然后在吹鼓手们吹奏的欢快乐曲中，沿全村走了一圈，向全村人预告着他的好日子的到来，并为明天至岳父母家迎亲时的行事规矩进行预演。村人们走出家门向他打着招呼。秋然很兴奋，明天以后他就要和他的晚姐睡在一个炕上，甜甜美美地过一辈子了。吹鼓手们吹奏的欢乐曲子，他未听清，邻人们羡慕的议论话语，他更未听清，他的脑子里被他笑盈盈的晚姐充满了，不由自主地随着大家走着，不知什么时候进了自己的家门。

母亲陈梁氏站在排满祖宗牌位的供桌前，自言自语地诉说着。她在向病逝了几年的大山禀告着家中的情况，告诉他小儿子秋然要娶亲了，让他也高兴高兴。

第二天上午，呼啸的寒风吹刺着人们的脸和鼻子，天空飘起了稀疏的雪花。两乘装饰得彩色鲜艳的四人抬的轿子出了小陈村，秋然坐在第一乘轿里，随迎亲队伍向五里外的侯家村进发。每经一村吹鼓手就吹奏起欢乐的乐曲，引得村人们出门观看。午饭前，两乘轿子在吹鼓手的大喇叭声中返回了小陈村。轿子在进村后走得很慢，抬轿子的人故意扭着身子，使轿子左右摇摆，上下颠动，吹鼓手亮出了他们的高超技艺，主吹手嘴里含着两把唢呐，八个指头同时起按着。轿子在围看的人群中缓慢地移动着，约一顿饭时间到了贴着红色大喜字的忠然家门口落了轿。两个穿着鲜艳衣服的伴娘，走到新娘的轿前，掀起轿帘，将一双鲜红的棉红手套递给新娘，新娘将冰凉的两手伸入棉手套中，低头走出轿子，两个伴娘一边一个搀扶着蒙着盖头的新娘，踩着铺在地上的麻袋，在唢呐吹奏的迎新乐曲中缓慢地进了大门，穿过院子，走入正房，与等在一旁的秋然一起，先拜了祖宗，再拜笑着坐在圈椅中的母亲，夫妻对拜后，新娘由伴娘搀扶着进了新房，上了炕。

穿着崭新棉袍的忠然领着秋然，来到粉坊南北屋的各桌前，先向长辈们敬了酒，然后又依次向各桌宾客敬酒，接受人们的祝贺。走到老王坐的桌前，秋然端着杯子："王大哥，我敬你一杯，感谢你为我忙前忙后。"老王笑着端起杯子"秋然，恭喜你"，一仰脖子将一杯酒一饮而尽。全桌的人都站了起来，向秋然恭贺。顿时，说笑声，猜拳声，弥漫了整个屋子。

吃过饭后，几个叔叔伯伯们走出粉坊到了住屋，笑着向忠然母亲陈梁氏祝贺。陈梁氏正在和几个老妯娌说笑着，一见他们进来，赶快下了炕，招呼他们。

晚上，宾客们走了以后，秋然迫不及待地走进洞房，小声喊着晚姐，揭去新娘的盖头。在红蜡烛的照耀下，新娘晚妹微红着脸，笑迎着秋然。秋然急急地脱了棉袍，上炕解新娘的衣扣，二人穿着贴身裼子和单裤钻进被窝。新娘晚妹用手将被窝里的谷粒扫向一旁，急急地相互解着贴身衣服的扣子。咻咻的轻笑声和粗重的喘息声，引起窗外"听房"的年轻人快意的笑声。

秋然娶妻后，家中年前没有什么大活儿了，妯娌几个白天晚上都在忙着自己的事。快要临盆的春然媳妇月季，拖着沉重的身子，为快出生的孩子准备着小袄和尿布。在豆油灯下，将一块块洗净晒干的布片抚平叠好，捆成几个小卷。年节到了，春然过节能不能回来，她不能肯定，去年春节他就未回来，秋然婆媳妇给他捎了信去，回信说临节事多不能回家，等节后才有空回家。她不怨他，村里人都夸他有能耐，年轻轻的就当了官儿，每月都能给家里几十块大洋，回家来时除了给婆婆、哥哥嫂子买些礼物外，总是给她买点花布什么的，让她给自己和孩子做衣服。春然回到家时，婆婆总是叫她把二人的饭菜端到自己屋里，小两口单独吃，从不叫春然与大哥和小叔子一起到粉坊和长工们一起吃饭。自己快要生孩子了，她多想生孩子时春然能在身边啊！月季两手不停地想着心事，没注意婆婆披着衣服走进她的住屋，心疼地对她说："早点睡吧，养好身子才有劲把孩子顺利地生下来。"她顺从地吹灭了灯，躺下睡了。

鸡叫头遍，陈梁氏听到叫声，急急地穿好衣服，推门进了三媳妇月季的住屋，点了灯，见儿媳妇疼得满脸汗珠，就跑到忠然两口子住屋的窗外，叫忠然快起来去请街对个的三婶。大媳妇、二媳妇和刚过门的小媳妇，听到喊声，也都穿好衣服，走进婆婆和月季住屋的灶间。陈梁氏叫秋然到场院去抱柴禾。二媳妇春分对大嫂子说："嫂子，你身子也不方便了，虎子也要有人照看，你回屋里睡吧。"又转身对晚妹说："四妹，你刚进这个家，什么都不熟悉，也去睡吧，我和妈在这照顾就行了。"说完就去刷锅添水，等秋然取来柴禾烧水。

三婶是个慈眉善目的中年女人，是附近几个村里有名的接生婆，经她接生来到世上的孩子不下几十个。随着大门响，三婶跟着忠然进了院子，和陈梁氏打了招呼后，就进了月季的住屋，摸了肚子，看了下身，对陈梁氏说："嫂子，别焦急，等一会儿会顺利生下来的。把铜盆拿来，准备热水。"

听到三婶来了，大嫂和晚妹也都从自己住屋里走出来，和春分一起焦急地在月季住屋的灶间等待着。忠然和秋然兄弟俩心急地在院子里来回走着。

屋里的喊叫停了后，婴儿哇的一声啼哭，使屋内、院内人悬着的心落了地。

天亮后，秋然到村外折了一枝桃树枝，缠上一条红布，插到了大门的门楼上。

4 第四章

半夜刚过，不知谁家点放了第一声爆竹。接着此响彼应，噼噼啪啪，鞭炮声不绝。新的一年开始了。

忠然和秋然一个烧火，一个掌勺，炒了几个酒菜，兄弟俩对饮起来。

吃过新年第一顿饭后，兄弟俩都穿上棉袍，在供桌前点燃了两支红蜡烛，忠然将三根燃着的香插在香炉中，兄弟俩长揖到地，给祖宗牌位磕了三个头。开了大门，挨家挨户到陈姓各家给故去的祖宗们磕头。各家都敞着大门，人来人往，相互为各家故去的祖宗磕头。

忠然母亲陈梁氏和四个儿媳妇，在忠然兄弟俩出去后，也都穿上新衣服，梳好头。拜过祖宗后，除婆婆在正屋里招待着来她家拜祖宗的陈姓子弟外，四个儿媳仍各回自己的住屋。

天麻麻亮了，拜年活动开始了。忠然、秋然先在自己家中，恭恭敬敬给母亲磕头拜了年，然后出去到其他长辈家拜年。陈梁氏刚摆好炒花生和自家酿制的地瓜酒，小叔子领着他的儿子进了门，"嫂子，我给你拜年了。"说完就要下跪，陈梁氏急忙拉住，"他叔，天黑，让孩子们来就行了。"小叔子未跪下，两个侄子已经跪下向伯母磕了头。陈梁氏给小叔子斟了一杯酒，端了盛花生的笸箩，让侄子们吃花生。小叔子一仰脖子将一小杯酒喝了下去，用手抹了抹嘴，说："嫂子，门上插了桃枝和红布条，哪个媳妇生了？""是你三侄媳妇生了个儿子，又多了一个叫你爷爷的孙子了。"陈梁氏喜滋滋地抓了花生给小叔子，告诉他生了孙子的事。"好哇，咱们家人丁旺啊，你会儿孙满堂的。"小叔子咧开了刚修了胡子的嘴。"他叔啊，侄子们也大了，什么时候给他们娶媳妇啊？"陈梁氏关心地问。"看看吧，要是今年收成好了，就给大的办。"叔嫂二人正说笑着，另一伙拜年的人进来了。

到天亮，男人们结束了拜年活动。忠然和秋然红着脸回到了自己家。戴着虎头帽子穿着新棉袄的大虎子，在妈妈地吩咐下，给奶奶、爹爹和叔叔磕头拜年，又给妈、二婶、三婶和四婶磕了头，媳妇们也给婆婆磕头拜年。

脱了新衣，二媳妇春分和四媳妇晚妹在大锅里煮饺子。这是一年难得的全家男女在一起吃饭。饺子的馅主要是剁细的猪肉，只有很少的白菜。为讨吉利，还包有洗净的铜钱、枣、花生和栗子。忠然第一个吃到了铜钱，母亲看着高兴地说："只要你有钱咱家就会富起来。"话刚落音，晚妹吃了个包栗子的饺子，陈梁氏更高兴地对小儿子和小媳妇说："今年你们就能生儿子了。"大虎子瞪着眼看看这个再看看那个，瘪着嘴嘟哝着："我要钱。"忠然夹起一个饺子，咬了一下，就放到虎子的小碗里，虎子用手抓着放进嘴里，小嘴刚咬下一点，一个铜钱就露了出来，"奶奶我吃到钱了，"又高兴地到小叔跟前，"我吃到钱了！"月季包着头和大家坐在一起吃年饭，婆婆递给她一碗饺子，"你刚生了孩子，不能受凉，回你自己暖和的屋子吧。"春分见嫂子和四妹坐在自己男人身旁，眉开眼笑地吃着，顿觉心里酸酸的，表面还要装着高兴的样子，正好吃到一个枣子，偷眼看看大家，见谁也没有注意，自己暗暗欢喜："我还会有甜日子吗？"

刚吃完饺子，就听院子里"给婶子拜年"的声音。忠然到院子里一看，是离村子不远的陈家村的货郎，忙领进屋里，货郎一进屋就跪下磕头，陈梁氏端了一杯酒递给他，说："这么冷的天，先喝杯酒暖暖身子。"货郎也姓陈，按辈分和忠然同辈，原是一个长得很魁梧好看的男子，三年前在一场抗杀猪税的风潮中，他推着货车从集会的人群中过，被官府抓进牢里，一关就是几个月。他母亲卖了几亩地，央人把他赎了出来，一个壮实的汉子被折腾得落下了一身病。从此家道衰败，老婆也因病死了。现在他和母亲及一个幼小的女儿，过着吃了上顿没有下顿的日子。陈梁氏拿了几个白面馍馍放在他的篮子里，还特地装了两大碗饺子给他："大侄子，这点饺子拿回去热热，给你妈和闺女吃吧，再怎么样过年也要吃个饺子啊。""谢谢婶子，侄子混到这步田地，真是没脸见人啊！""能怨你吗，这个世道把一个好人折腾成这样，真是作孽啊！想开点，好好养养身子，好人总会有好报的。"货郎弯着腰退出了忠然家。

送走货郎，陈梁氏进屋对秋然说："秋然，待会儿你到西村你三嫂娘家，给亲家拜个年，告诉他们你三嫂生了个儿子，母子平安，免得亲家挂心。"又回过头对大媳妇说："虎子妈，你是大嫂，陪着你四妹到几个长辈家拜拜年吧，新媳妇第一年是不能缺这个礼的。"说完，走进三媳妇住屋，见小孙子甜甜地睡着，亲了亲小脸，叮嘱媳妇："闹了一夜你身子也乏了，仰在那里睡会儿吧。"出门拉了大虎子坐到自己的炕沿上。

烧酒激起的兴奋，驱赶了一夜的乏累，男人们兴犹未尽，又在寻求另外的乐趣。几个喜欢赌博的人，在东油坊暖和的炕上，摆上小桌子玩起了牌九。玩牌的四人中，光棍陈万然是有名的玩家，除了种他的三亩多地外，其余时间大多是在牌桌上过的。因为赌钱，把祖上留给他的十几亩地，输了大半，只剩下了三亩多坡地。几年下来，练成了远近出名的赌博能手。几年来，赌遍附近的几个集镇，赢多输少。两年前，在罗山镇赌博时，一个赌友赌红了眼，把口袋里的钱输光了，就把老婆押上了。一圈下来，万然赢了。牌桌上无戏言，那个赌友真的把万然领到家中。万然出钱买了酒菜，三人都喝得醉醺醺的，那个赌友说："我把老婆交给你了。"就出了门。女人见万然长得比她丈夫壮实，模样也可以，也有些乐意，这是万然第一次尝到女人的滋味。罗山镇五天一集，每集他都去，先到赌友家和女人亲热一会儿，然后就到赌钱的地方赌到集散。他用赢的钱买点肉、菜，还给女人买点东西，饭饱后再和女人玩乐一阵，才出门回家。钱来得容易，花起来就不算计，尽管赢了不少钱，房子还是那三间破草房，地也没增加，连个正经媳妇也未娶上。

　　过了初五，各家主要亲戚差不多走动过了。各村的秧歌队开始了互相串演。忠然和秋然随村里的秧歌队到各村演出，忠然操琴、秋然打锣。直到正月十五，春节活动才算结束。两个长工都回来了，每天赶着骡子拉的木轮大车到砖窑拉砖。忠然没有忘记父亲活着时的打算，准备动工再盖一处二进院的砖瓦房。两年制粉业赚下的钱，加上前几天三弟春然回家时带回的几个月积攒的薪金，足够盖房子的费用。他准备开春后就动工兴建。兄弟俩和两个长工日夜忙碌着为盖房备料。

　　吃过晚饭回到住屋。在院子里听到母亲喊叫："忠然，你来一下。""妈，有事吗？"忠然进了母亲的房间，见村东头木匠媳妇站在炕下，眼睛红红的。"大妹子，你来啦。"忠然与木匠媳妇打了招呼。母亲告诉他："去年你大兄弟得病时，借了人家二十块大洋，现在人家来要，你大妹子愁得没法，要卖地还债，因为是本家，先问问咱家要不要。"听了母亲的述说，忠然略加思索，望着木匠媳妇说："大妹子，怎么能卖地呢！卖了地你靠什么过日子，连本带利一共多少钱？""一共二十八元"木匠媳妇低着头嘟哝着告诉他。"这样吧，明天让秋然给你把钱送去，先还了人家的债，以后有什么难处，尽管告诉我，可不能再有卖地的心啦，那样我们怎么对得起九泉下的大兄弟啊！"木匠媳妇千恩万谢地走了出去。

　　忠然算计着停了制粉丝只忙盖房不划算，就把盖房事包给了熟悉的瓦工师傅和木工师傅，自己只是有时去看看，问一问，主要精力和时间还是放在制粉丝上。秋然成亲后觉得自己是大人了，就从哥哥手中接了驾车到龙口送粉丝、到集上买绿豆的事。

这天下午，是漏粉丝的日子。蒸汽弥漫了屋子。在屋里干活的人们穿着贴身小褂，紧张地把揉好的绿豆粉漏成粉丝。干了一个多时辰，揉好的湿绿豆粉剩下不到一半时，陈梁氏抱着还不到三个月的春然的儿子，领着大虎子，急匆匆地来到粉坊，一进门就喊："忠然，你快回去看看，虎子妈可能要生了，在炕上喊叫呢！秋然你快去请三婶。"兄弟俩急急穿好衣服走了，三个媳妇一听也都停了手中的活计，穿好衣服。月季从婆婆手中接过儿子，春分领着大虎子，妯娌三人跟着婆婆回了家。

三婶跟着秋然进了忠然住屋，见忠然媳妇满头大汗，嚎着在炕上翻滚。三婶洗了手，仔细摸了一阵侄媳妇的肚子，脸一下变白了，额上沁出了细细汗珠。陈梁氏急着问："他三婶，怎么样？"三婶拉着陈梁氏出了忠然住屋，说："嫂子，孩子的胎位不正啊，可能要麻烦点，是不是请东油坊的二先生来看一看。"陈梁氏叫秋然快去请，直到傍晚才领着二先生陈禹进了家。陈禹和陈梁氏打了招呼后，慢条斯理地走进忠然的住屋，给忠然媳妇号了脉，小声对陈梁氏说："脉象还好，再等等吧。"说完走了。

忠然媳妇喊叫得越来越厉害，脸和脖颈上都挂满了汗珠，抓着忠然的手也越来越紧，到半夜，声音才小了些，嘴唇变紫。一个时辰后，安静了些，精神也恢复了不少，抓住站在炕边的春分的手，声音微弱地说："二妹，我不行了，我把虎子交给你了……"又对忠然说："我真舍不得你……"天蒙蒙亮时，咽了气，孩子也未生出来。

忠然翻箱倒柜找出了妻子很少穿的几件好衣服，在尸体冻僵以前，和母亲、春分一起，把它们穿到了妻子的身上。然后木然地坐在炕边的椅子上，握着妻子逐渐凉了的手，一动不动，不叫也不哭，像泥胎子一样。一宿的慌乱、大虎子累了，春分拍着他在自己的炕上睡了。陈梁氏从自己箱子里拿出两块原想做被里的白布，妯娌三人给大虎子做了一身小孝衣，也给二虎和她们自己做了孝帽和平辈人穿的白上衣。

天刚亮，秋然去大嫂娘家报丧，老王请了木匠做棺材，狗儿和忠然本家的男人们一起拉砖作坟。

两天后，在吹鼓手吹奏的悲乐声中，盛着大虎子妈的棺材罩在鲜艳的轿衣下，四人抬着到忠然家祖坟地下了葬。

5 第五章

午饭前陈高氏回到了家中，走进陈禹的药房兼卧室，见陈禹坐在桌前看书就坐了下来。"我在大嫂子那里说了半天话。大嫂子说娘娘庙也拜了，怎么没有一个怀上孩子的。你看人家忠然家，一个连着一个的生，虽说忠然媳妇难产死了，可人家还有老三、老四呢。咱们怎么就立不住苗呢？"唠唠叨叨说个不停，直到陈禹瞪了她一眼，才讪讪地抬起屁股走了。陈禹虽然不愿听她的唠叨，可她说的事也引起了他的深思：忠然家又盖房子又制粉丝，日子过得红红火火，一是他们家兄弟和睦，齐心合力；另一则是春然有出息，上了专科学校，毕业后当了官，每年的薪金能买好多地。想到这里下决心要让显祖念好书，将来出人头地光宗耀祖，这也是他给儿子取名显祖时的初衷。可他怎么就不能给媳妇怀上孩子呢？是他无能还是在外有女人。媳妇曹荷花论长相是女人中的尖子，白皙的皮肤，中等个头，丰满的胸脯，肥硕的屁股，就是在城里也是美人。他想不明白，学校离家也不是太远，星期天儿子怎么不回来呢？正在胡思乱想着，一个长工模样的年轻人进了他家的院子，喊："二先生在家吗？"他走出来，打量着年轻人，问："你是哪村的，找我有什么事？""我是西村李万斋家的，我掌柜的身子不舒服，想请先生去看一看。"陈禹提了药箱跟年轻人走了出去。天黑前，陈禹领着那年轻人回到家中，包了几包药让他带走。送走年轻人后，陈禹走进老婆住屋的灶间吃晚饭。陈高氏给他盛了一碗面条，关心地问："累了吧？吃了饭早点歇着去。"老婆习惯地把他当弟弟看待。他斜眼看了看儿媳，端起碗吃起来。他的饭量不少，吃了两碗面条才放下碗，回到他的住屋。

掌灯以后，老婆陈高氏走进陈禹的住屋，用笤帚给他扫了扫炕，铺好被褥，又去端了一碗煮面条的汤放在他的桌子上，"别看书太晚了，早点睡吧。"说罢，回了自己的住屋。

鸡叫三遍，一阵急促的敲门声唤醒了陈禹。他披衣走向大门，听清了敲门的是大嫂，才拨过门闩开了门。还未进门，大嫂就嚎啕大哭起来。陈禹好容易劝住，问："出了什么事？"大嫂断断续续地把事情说了个大概。原来，昨天夜里他们刚睡下不久，用黑布蒙着脸的三个人，跳墙进了三姨的住屋，把大哥陈舜从被窝里掏出来，绑着牵走了，留下了话："准备好一千元大洋，到那里领人会有人告诉你们。要是耍什么花样，小心你们全家的性命！""二兄弟，快想想办法，救你大哥啊！"说着说着大嫂又哭了起来。陈禹听了，知道大哥被绑票了，就对大嫂说："你别焦急，我们现在只能先准备钱吧。"说完开了他的抽屉，搜罗了一下，还不到二百元，就跟着大嫂到了她的住屋，找到钥匙，开了大哥放钱的箱子，数了数也只有五百多元。这时，本村小学的路老师急匆匆地走了进来，递给陈禹一个纸条，上面歪歪斜斜地写着：三天后上午拿着一千大洋到小张村南山头上领人。路老师说："鸡叫头遍时，有人敲门，我穿衣后开了门，一个满脸黑黑的人给了我这张纸条，叫我交给你们家。"陈禹问："你认识这人？"路老师说："我从未见过这人，也不知道是怎么回事。"陈禹把家里出的事跟路老师说了，二人谁也没听说附近有什么土匪出没。"不管是什么人干的，先得设法把大掌柜救出来，你们准备准备吧。"说完路老师走了。

"还差二百多元，怎么办？"大嫂焦急地对着陈禹："你得想办法啊？""嫂子，你别焦急，我到北粉坊和西瓦房两家看看，向他们借点，凑足了去救大哥。"说完走了出去。

第三天上午，陈禹邀了路老师，带着一千元大洋，到了小张村南山头，向四周看了看，并无一人，二人在一块大石头上坐下。约过了一顿饭时间，两个穿着破衣裳、满脸黑泥的人，从东西两个方向走了过来，腰里鼓囊囊的像是插着枪的样子。"钱带来了？"一个人问。陈禹把包着钱的包袱拿出，问："人呢？"一人向山坳处一指"在那儿"。"你们把人放过来，我才给你们钱。"那人一把抢过包钱的包袱，解开看了看，"我们不想要他的命。"把手插在嘴里一声呼哨，那面有一个人影朝这边走来，陈禹和路老师迎了上去。

在回家的路上，他们猜想着绑架陈舜的会是些什么人，直到回到家中，也没有想出个眉目来。

五年前，东村孙仁家的二亩水浇地嵌在陈舜家地的中间，陈舜几次想买下孙家的地，因这块地一年两季旱涝保收，是孙仁家口粮的主要产地，孙仁舍不得卖。陈舜想出办法，在一次雨后犁地时，将两家地界中间栽植的马莲偷偷挖起移向孙仁地里，侵占了孙仁家好几垅宽的田地。孙仁发现后与陈舜理论，陈舜不但不承认，还将孙仁大骂了一通。孙仁告到县衙，县长收了陈舜家重礼，反说孙仁诬告陈舜，将孙仁押入牢房。孙仁是个烈性汉子，有冤无处诉，连气加病，三个月后死于牢内。为了埋葬孙仁，孙家只得卖地。村里人怕得罪陈舜，谁也不敢买这块是非地。最后还是得卖给了陈舜家。埋葬孙仁后不久，老婆也得病死了。三口人之家只剩下了一个十二岁的男孩子，由他舅舅领回家中抚养，并让他上了几年学。这孩子很聪明，学习很用功，除了学好了老师教的功课，还看一些其他书籍。舅舅家有本《水浒传》，没事时他就囫囵吞枣地读，书中的字虽不能全部认得，但书中的故事大体懂了。他很崇拜那些梁山好汉，就把自己的名字改为孙江。十六岁时乡校招兵，他征得舅舅的同意，虚报年龄当了一名乡校的兵丁。孙江除承继了父亲的刚烈脾气，还受梁山好汉的影响，很讲义气。队长看他长得一表人才，枪打得准，又认得字，就提拔他当了分队长。有几个穷苦兵丁很尊重他的兄弟义气，就与他拜了把子，成了异性兄弟。

前些天，孙江见一个兄弟整天耷拉着脑袋，一个人在屋里呆呆地坐着，就问他出了什么事，那个兄弟未说话先哭了起来。原来，他家中已揭不开锅了，正在为爹妈的生计纳愁。孙江听了就与另一把兄弟商量，可谁家也不富裕，拿不出多少钱和粮食。正在无计可施的时候，那个兄弟说了一句："不能就这么等死！我们手里不是有枪吗？"这句话提醒了大家，三个人你一言我一语谈了起来。最后决定学土匪绑票那样，绑个为富不仁的财主，让他家出钱赎人，解决眼前的困难。孙江想起自家的仇人，就决定绑架陈舜。

6 第六章

清明刚过，到了忠然家新盖房子上梁的日子。虽然几天前砖墙就砌好了，还是等到今天这个黄道吉日才正式上梁。陈梁氏和三个儿媳妇从前天起，连续蒸了几锅小馍馍，并在小馍馍上都印上了红点。老王和狗儿一起宰了一头猪。快到正午时分，秋然用三个簸箕将小馍馍端来，踩着梯子放到砌好了的墙垛上。忠然邀请了东油坊的陈舜兄弟、西瓦房的陈千山及其他一些长辈、同辈的陈姓人和学校的路老师。孩子们围在新房周围打闹着，准备抢馍馍。待到插在地上的杆子影儿正南正北时，秋然点燃了一挂鞭炮。噼里啪啦响过后，站在房顶墙上的瓦工、木工们，拉着系在梁上的绳子，稳稳地将第一架木梁竖在了房顶。几个木工向周围抛撒着小馍馍，孩子们奔跑着抢拾扔下的馍馍。站在周围的几个长辈捋着胡子赞叹着。一个老汉凑到陈梁氏跟前，说："侄媳妇，你有福啊！大山做了一辈子好人，为儿孙们积了德，忠然弟兄们也有本事，日子过得红红火火。""借大叔的吉言，日子还算过的去，孩子们也孝顺，一会儿都来喝酒啊。"陈梁氏左右顾盼，笑嘻嘻地邀请大家。"那还用说，这杯酒是要喝的。"老汉笑着答应。"婶子，我家里还有事，我们弟兄俩就不来喝酒了，你告诉忠然一声。"陈舜看到忠然家过的兴旺，心里有点酸楚，不想凑热闹。陈梁氏看出他的心思，也不勉强他们，随他们的便。

直到日头偏西，酒席才结束。忠然送走了几个长辈，回到住屋，见母亲、三妹、四妹正在洗刷碗筷，问母亲："妈，大虎子呢？""这孩子喜欢二婶，吃完饭就到二婶屋里去了。"忠然刚走到自己住的南屋，就听灶屋西间二妹春分的住屋里传出了大虎子稚嫩的童音："二婶，人家小孩都有妈妈，以后我叫你妈妈，行吗？""不好瞎说，我是你婶子，你爹会给你娶个妈妈的"春分哄着孩子。"我不要别人，就要婶子做我妈妈。"大虎子的声音。听到这里忠然不好马上去叫大虎子，就到自己的住屋和衣躺下。一天的忙碌，他着实累了，再加上喝了酒，头沉沉的，一会儿就睡着了。到吃晚饭时，母亲进屋叫醒他。他揉了揉眼睛，左手提着盛稀饭的罐子，右手提着装有中午酒席剩下的菜和白面饽饽的篮子，向粉坊走去。因中午吃的酒席，下午又没干什么重活，晚上这顿饭都吃得不多。

忠然刚回到家，就被叫到母亲住的屋子。母亲端详着他的脸，叹了一声，说："你瘦了，眼睛都眍䁖下去了。又盖房子又做粉丝，还有地里的活计，样样都要你操心，回到屋里还得管孩子，真难为你了。虎子妈死了也有几个月了，她在天上看到你这么苦也会心疼的，再娶一个媳妇吧，你想要个什么样的妈给你张罗。""妈，我也不是没想过，可上哪里找那么合适的呢？娶个不摸底细的又怕孩子受苦！"忠然说不下去了。"你二妹子到咱家没有过几天好日子，年轻轻的就守了寡，我看着也心疼，总不能叫人家在咱家当一辈子寡妇吧？可这么好的媳妇我真舍不得叫她嫁到别人家去。她也喜欢大虎子，大虎子也愿跟她。寡妇嫁给大伯子、小叔子也是常有的，不是什么悖理的事。要是你愿意，我再去问问她，她要是也愿意，我就去找她爹妈，把这事给你们办了。"看得出陈梁氏为这事是想了很久的了。"妈，要是二妹子愿意，我是巴不得的。"

离开母亲的住屋，忠然向自己的住屋走去。刚走进灶间，听到西屋春分低沉的喊声："大哥，大虎子在我这里呢。"他推门进了西屋，见春分用被子盖住下身，披着上衣坐在炕上。他犹豫了一下，还是走到炕边："二妹，麻烦你了，耽误你睡觉了。""自己家里人客气什么。"春分说着指指炕沿，"大哥，你坐啊。"忠然一条腿站在地下，半个屁股坐到炕边。"你到妈屋去啦，妈跟你说什么了？"春分猜到婆婆会跟大伯子说什么，因为婆婆已和她谈过改嫁的事，并问了她对大伯子的看法。"妈叫我给虎子再娶个妈妈。"忠然低头嘟哝着说。"大哥，大嫂死了也有几个月了，你是应该再娶个媳妇了。这些日子你瘦多了，叫人看了难受。"透出对忠然的关心。因母亲已经跟他说了，平日他也看出了一些二妹对他的情意，就大着胆子抬头盯着春分好看的脸，"二妹子，我怎么不想，可到哪里找个知根知底的人呢？要是找个自己不喜欢的，对孩子不好的，还不如自己过呢！"忠然伸手去抱孩子，春分转过身子也去抱孩子，两个人的手碰到了一起，忠然乘机抓住了春分柔软的手。两个人对视着，把还睡着的孩子重又放下。忠然爬到炕上搂紧春分，把脸贴在她的脸上，手伸进她的怀里："二妹，嫁给我吧？""大哥，我也愿意，可得父母做主啊。""妈已说要去找你爹妈说咱俩的事呢。"春分吹灭了灯，把忠然拉进被窝。虽然天天见面，在无他人时两人也曾眉来眼去过，可谁也没有捅破这张纸，今天说开了，都控制不住感情了。忠然抚摸着春分的身子，"二妹，你的身子真软、真滑，我早就想摸了，就是不敢，怕你生气。"春分呢喃着说："我快是你的人了，以后别叫我二妹了。""叫你什么？""我的名字叫春分，以后没有别人在场时，你就叫我春分妹吧。"春分扎到忠然怀里……

鸡叫头遍，春分把忠然推醒："抱着虎子到你炕上去吧，别叫妹妹们看出来。"

吃过早饭，陈梁氏告诉媳妇们她要去走亲戚，换了件新衣服，提着篮子出门了。下午，陈梁氏满脸喜悦地领着亲家春分妈回来了。春分妈走到女儿房里，坐到炕上，拉着女儿的手说："你婆婆找我和你爹，想要你改嫁你大伯子，我和你爹都同意。你年纪还轻，总不能一直守寡吧？你大伯子为人你清楚，家境又好，总比你改嫁到别的人家好吧？再说，改嫁给大伯子也合情理，不知你愿意不愿意？"母亲说了一大堆，她哪里知道女儿已和大伯子说好了。春分假装低头考虑，待母亲再问时，抬起红红的脸说："爹妈和婆婆都愿意，就由你们做主吧！"

春分妈满脸笑容，走进陈梁氏的住屋。两亲家坐在炕上商量忠然与春分的成亲日子，春分妈说："俩人都是再婚，不用大操办，请几个至亲和本家的几个长辈，在一起吃顿饭，让大家知道就行了。"两人商定，三天后就为他俩办。

第二天，秋然到几个亲戚家，将大哥与二嫂成亲的事告诉了他们，邀请他们到他家喝喜酒，然后拐到集上买了肉和菜。

第三天中午，亲戚和几个长辈都到齐了，共有两桌。忠然提着锡酒壶给亲戚和长辈们敬酒。一个长辈捋着胡子站起来，将一杯酒倒进嘴里，对忠然母亲说："老嫂子，你又办了件好事！两个孩子是多好的一对，又互相了解，我大山哥在阴间也会咧着嘴笑呢！""我舍不得媳妇嫁到别处去，可也不能叫她一直守寡啊，那样，我老婆子可缺了德了，就和亲家商量让他俩成亲。他叔，你看我这样做好吗？"陈梁氏笑着也提了酒壶给他斟满了杯子。

席散后，忠然回到住屋。虽是再婚，秋然、晚妹和三嫂一起，还是把大哥住屋下半截墙壁用花纸糊了，窗棂用新白纸糊了，墙壁和窗上贴了大红喜字。见大哥回屋，月季和秋然两口都进屋向大哥和新大嫂祝贺。秋然仍脱不了爱说笑的习惯："嫂子，我一直怕你走呢，这下放心了，我的好嫂子！""有这样的好兄弟和妯娌，我怎么舍得走呢。"春分笑着对小叔子和妯娌说。"只是舍不得我们，舍得了大哥吗？"秋然笑着跑到三嫂身后。"你这小猴子，找你媳妇耍贫去。"春分到三妹身后揪着秋然的耳朵。她再不用怕别人说闲话，可以随便和小叔子说笑了。

　　好不容易挨到天黑。吃过晚饭后，春分铺好炕把大虎子拍睡了，坐在炕上，含情脉脉地瞅着站在地下的忠然，"哥，累了吧？""不累，光高兴了，走路也觉得两腿轻轻的，你高兴吗？""我高兴，从今天起，我就是你老婆了。哥，上炕睡吧？"说着，开始解衣扣子。忠然急急脱了衣服，钻进被窝，把春分紧紧搂在怀里，兴奋地对着春分的耳朵轻声说："我是哪辈子修的福，能娶到你这样的好老婆，真是烧高香了。""嫁给你，我的日子有奔头了，真不敢相信会有今天，哥……"春分抬起白嫩的胳膊，紧紧搂着忠然的脖子。两人侧身躺着，在蜡烛的亮光下对视着，说着悄悄话，直到鸡叫头遍时，才安静地睡着了。

7 第七章

随着天气变暖，河边柳树新发的叶子由浅黄变成绿色。几个女人提着篮子在撸柳树叶。现在是青黄不接时期，小陈村有不少人家囤里的粮食没有几粒了，靠吃地瓜干、地瓜叶充饥。树叶长出来，为人们多了填肚子的吃食。

俗话说三个女人一台戏。好容易凑到一起，还不畅快地说个够。"你的奶水够孩子吃吗？"三十多岁的石头媳妇问旁边的一个年轻女人。"哪里够啊，整天吃野菜、干萝卜缨子和干地瓜叶，哪能有奶给孩子吃。孩子饿得皮包骨头，整天哭，看着真让人难受。家里就还有一点地瓜干了，得给他爹吃啊，他的活那么重，肚里没食怎么行。唉，这日子可怎么过啊！""不好过也得过啊，总不能去上吊吧，你还有孩子，总有出头的日子，你男人喜子对你又好。不像我家那死鬼，一上炕就自己睡，气死人了！"石头媳妇越说越有气。"嫂子，你不能太贪了，好赖还有个男人陪着你，像东北屋寡妇家一个人还拉着一个小丫头，更不好过。虽说光棍万然能常去给她解解闷，可村里人的议论也让她受不了，做个女人真难啊！"喜子媳妇向篮子里放了一把柳树叶，扭过头对她说。"这能怨寡妇吗？男人刚死的时候，人家不是规规矩矩的吗！前年中秋节晚上，陈舜那个老东西，自己有三个老婆还嫌不够用，跑到侄媳妇家，连说带吓唬，欺负寡妇。你想一个女人能拗过他吗？他们财主家，吃饱了没事干就想找好看的女人，还是叔公公呢！寡妇想既然在人们眼里她已成了一个没脸皮的女人，还不如找个自己喜欢的年轻男人相好，就在万然求她做褂子时两人好上了。光棍万然还算是个有情意的，自和寡妇好上后就不再到罗山镇那个女人那里去了。庄稼活忙时，也不去赌钱了，帮寡妇家干活。这一年多来，寡妇有他帮着。日子过得还算不错，脸色红润多了。"石头媳妇忿忿不平地说着寡妇的事。"那她嫁给光棍万然不就得了，何必这么不明不白的呢？"喜子媳妇不解。"她能明着嫁给万然吗？她叔公公陈舜能让她嫁吗？""嫂子，你俩嘀嘀咕咕说什么呢，也说给我听听。"另一个二十多岁的柱子媳妇凑了过来。"我们说东北屋寡妇的事呢。""一个骚女人，真丢人！"柱子媳妇撇了撇嘴。"你是饱汉子不知饿汉子饥。就像撸树叶吧，你是吃稀罕，哪知道穷人靠树叶活呢？"石头媳妇堵她的嘴。"我男人说小时候吃嫩柳树叶挺好吃的，叫我给他撸点，回家拌了面蒸着吃。""你男人每天到集上卖面鱼（油饼），挣的钱够养活你一家的，你不知道别人家怎么过的！"柱子媳妇听着不顺耳，就自己到别处撸树叶去了。

"嫂子，我要回家给孩子喂奶了，你自己在这里撸吧。"喜子媳妇提起半篮子树叶就要走。""等等，我撸完这把和你一块走。"石头媳妇左手扯着柳条，右手撸着树叶。

喜子媳妇回到家中，见婆婆正在给孩子喂水，就放下篮子，从婆婆手中接过孩子，解开扣子，把奶头塞到孩子嘴里。孩子使劲地吮着奶子，不一会就哇地哭了起来。她无奈地把孩子重又递给婆婆，扣上扣子，舀了一瓢水倒进锅里，在盆子里洗了几把地瓜干和一些树叶，在加水的锅里放上一个三角形的杈子，上面放了箅子，把树叶铺在箅子上，再在树叶上放地瓜干，盖上锅盖，在灶里点火蒸起来。

"妈，我回来了。"喜子是个孝顺儿子，背着一大捆草，一进门就喊妈。媳妇跑出去帮他放下草，用手拍去他身上的土，"洗洗脸，吃饭吧。"进屋用湿布擦了擦桌子，将一大碗地瓜干推到喜子跟前，另一碗递给婆婆，自己从锅里盛了一碗树叶。喜子用筷子挟了几片地瓜干放到媳妇碗里："你也吃点，你还要给孩子喂奶呢。"就也盛了树叶吃起来。

吃完饭，喜子对妈妈和媳妇说："路上我碰到西瓦房长工老曹，他说西瓦房春天孵小鸡雏卖，人手不够，问我愿不愿去作短工。我想咱地里那点活干的也差不多了，就答应考虑考虑。到西瓦房干，除了省下我每天的吃食外，还能挣点粮食，你们掺点菜日子也就对付过去了，像现在这样下去大人和孩子都受不了。妈，你说可以去干吗？要是你们俩人都愿意，我就去跟老曹说。""老曹是好人，西瓦房掌柜的看着整天冷着脸不好接近，其实人不错，也怜悯穷人。咱家的活，我和你媳妇就能干了，你到西瓦房干吧。""那我就去跟老曹说，让他告诉掌柜的，明天我就去干。"喜子说完就出了门。

天气一天比一天暖和，庄稼人开始整地送粪，准备春耕春种了。

木匠媳妇夏至扛着镢头和铁锨，来到村南自家地里。这是块坡地，地边坡上长满了草。她放下铁锨，用镢头刨着土坡，将草根拣出，再用铁锨把土垒起，将外坡拍实。不多一会脸上就沁出汗珠，脱了外面的棉袄，只穿着一件自织布做的花格小褂，继续抡起镢头刨土、用锨垒土、拍实。一个下午修整起二十几步长的土坡。正用绳子把拣出的草根捆起，准备用镢柄挑起背回家。北粉坊长工老王正路过这里，见此情景，走过来说："大妹子，这么沉的东西你怎么背得动，让我来吧。"不管夏至同意不同意，就用镢柄挑起草捆背起就走。夏至向周围看了看，见没有人，就扛着铁锨跟在后面。来到门口，老王放下草捆要走，夏至过意不去，请他进屋喝碗水。老王要回去担水，头也不回地走了。一连几天，老王像算好了似的，按时来到地里帮夏至把草根背回。

整完地边，歇了两天，夏至跳到猪圈坑里将粪铲起，一锨一锨举起甩到院子里，再用两筐挑到门外堆起。猪圈两层，上层是猪活动的场地，下面是一个几尺深一丈多见方的坑，粪便积在坑里，上层和下面的坑由石头砌的阶梯连着，猪可以上下走动。这么深的坑，将粪铲起甩到几尺高的院子里，就是年轻力壮的男人也是很累的活，何况一个女人。费了两天多时间才把粪都搬到了门外。累得腰酸背疼，连饭都不想做就躺到炕上，眼泪不由自主地流到枕头上。"这样的日子什么时候才熬到头啊？"她想到改嫁，可到哪里能找到个自己可心的男人呢？想着想着蒙蒙眬眬睡着了。睡梦中见老王扛着铁锨向她走来："大妹子，你太苦了！我来和你一块过吧。"说完就用手擦她脸上的泪。她握着他的手，把他拉到自己身边躺下。醒来后，回忆着梦中老王对她说的话，"真是白日做梦，怎么可能呢？老王人是不错，好像对自己也有意，可他是个长工啊，他家里怎么样我不清楚啊！"她叹息一声，下炕找了点干粮，喝着凉水吃起来。

老王有意接近夏至，被忠然看出来了。忠然告诉老王："哪天咱们往地里送粪时，你去把木匠媳妇家的粪顺便给她拉到地里，一个女人家光用肩挑怎么行！"老王得了这句话，高兴地去告诉夏至："你家的粪先不着急往地里挑，忠然大哥吩咐我了，过几天我赶车给你拉到地里。"夏至感激地对老王说："忠然大哥真是好人，我不能什么都麻烦你们。""他是你本家啊，帮一帮也是应该的，你不用过意不去。"老王看着夏至，红着脸说："大妹子，以后有什么重活告诉我，我抽时间来给你干了。"

吃过晚饭，忠然回到住屋，春分烧了洗脚水，两人洗完脚，上了炕，春分拍睡了大虎子，脱了衣服进了被窝，两人亲热了一会，忠然对春分说："妹子，你抽空到木匠家一趟，套套大妹子对老王的看法。我冷眼看，他们两人好像有意思，若都真喜欢，我想让他们成为两口子，成全一个家，你看好不好？""这是个好事！一个寡妇家日子不好过，撇开里外活儿不说，夜里一个人孤孤单单地睡觉多不好受，那个女人不想有个称心的男人陪着睡？"春分说着往忠然怀里靠了靠。"是要将心比心嘛，想想我们俩未成亲前的难受滋味，也就猜到老王和大妹子的难处了。"忠然刚说出口，春分就抢过去："怎么难受？你从未说过，快说！"忠然使劲搂了搂春分，"那时候，我常睡不着觉，想你，有时想得难受了，就围着被坐着，有一天还起来穿了衣服，想过灶间到你屋里，可不知你怎么想，没敢过去。"春分在忠然的大腿上拧了一下，"你真傻，自大嫂死后，我就想嫁给你了。有一次我回娘家，妈劝我改嫁，我不同意，就是在等你，那时你要是过来，我是会高兴的，总不能让兄弟媳妇跑到大伯子的炕上吧。""老王也二十多岁了，和大妹子年龄也相当，时间长了出了事，脸面上不好看。木匠和我是一个爷爷，最亲近的就是我们家了，我们应该帮帮他们。"忠然恢复了冷静思考。"你说是大妹子随老王走呢，还是老王到大妹子家？""老王从小没有父母，家中只有哥哥嫂子，哥哥是老实人，他嫂子不是东西。老王为什么过节也不回家？就是没法和他嫂子一起过。当然应该老王到大妹家。"忠然把老王家的情况简略告诉了春分。"老王做上门女婿，你们陈家族人能答应吗？"春分有点担心。"我们家不说什么，别人管得着吗？何况是我出面。"忠然知道自己在这事上的分量。

　　第二天午饭后，春分去了木匠家。夏至刚洗刷了碗筷，春分就走了进去，"大妹子，刚吃过饭哪？""嫂子，你来了，真是稀客，快炕上坐。"夏至拉着春分的手往炕上让。"我早就想来看你，可以前我是寡妇，不愿张家出李家进的，怕人家讨厌，所以谁家我都不去，就是我小叔子秋然娶媳妇我也不往前凑，怕人家嫌我不是个全合人，不吉利。"说到这里春分停了一下，见夏至的脸耷拉了下来。"是啊，寡妇做人难啊！嫂子，你还是好的，不用为地里的活儿操心、忙活。我里里外外一个人，日子就更难了。多亏大哥常打发老王来，把我家的重活都帮着干了，要不我一个女人可就更难了。""你何不再找个男人改嫁呢？"春分拉到正题上。"也想过，我爹妈也跟我说过这事，可哪里有那么合适的人啊！"夏至现出无奈的样子。"大妹子，你看老王这人怎么样？他在我

· 26 ·

们家多年了，心实、勤快，是个好人，长得也不错。""老王是好人，也知道疼人，可他不是咱这里的人哪，我要跟他得到他家里去，我不太愿意去。"夏至说出了自己的想法。"这你放心，大哥说了，要是你愿意，就让老王到你家。老王从小没有父母，他嫂子不好，你怎么能到他家呢！再说，大哥不让你卖地，就是要保住这个家。"春分把忠然的想法告诉了夏至。"那当然好，就怕老王不愿意。""老王那边由大哥跟他说。"春分看出夏至对老王是满意的，就说："大妹子，我等着喝你们俩人的喜酒呢。""要是能成，我敬你和大哥三杯酒都行。大嫂，忠然大哥现在是你男人了，你怎么还一口一个大哥的？""已经叫惯了，不易改口，他比我大几岁，叫他大哥也合理。"春分笑着说。夏至看出春分改嫁给大哥后过得很舒心。从木匠家出来，春分直接去了粉坊，把夏至的意思告诉了忠然。忠然把老王叫出去与他说了，并说："你要是愿意，下午就回家和你哥哥说说。要是都同意，过几天就把婚事办了。一切由我来操持，你不用费心，只好好当你新郎就行了。"

第二天，老王喜滋滋地回来了，说他哥哥同意，并一再感谢大掌柜的。忠然叫他自己去告诉夏至。

吃过晚饭，老王兴冲冲地来到木匠家。一改往日的腼腆，一进门就握住夏至的手，把她拉进怀里。夏至被这突来的幸福冲击着喘不过气来，眼泪在眼眶里滚动。"你怎么啦？"老王不解地问。夏至紧紧抱住老王的腰说："我高兴的。"老王伸手去解她的衣服，夏至推开他的手，"早晚是你的，急什么，等成亲的那天给你。"两人亲热了一会后，夏至从柜子里拿出了一双新布鞋递给老王，"你试试，看合适不合适。"老王试了试，很合脚，"这是给我做的？""不是给你给谁？"夏至白了老王一眼，"鞋子的大小正好，你是怎么知道我脚的尺寸的？"老王惊疑地看着夏至。"我量了你的脚印。"夏至小声说。一股暖流流过老王的全身，不由自主地又把夏至抱紧了。

过了几天，春分拿着一块红底碎花绸质料子和一块黑贡呢裤料子，来到木匠家，"大妹子，我们妯娌三个凑钱给你买了点料子，作为你成亲的贺礼，不知你喜欢不喜欢？"说着就将红底的绸料子贴到夏至身上，"你的肤色穿这样的上衣很好看。"夏至看着镜子中的自己，眯眼笑着，"嫂子，太让你们破费了，你回去替我谢谢三妹和四妹。""你的针线活好，就你自己做吧。老王的衣服由我三妯娌给他做，她的针线活比我和四妹好。

王再兴与夏至的婚礼在木匠家举行。夏至因是再婚，不想大操办，只开了两桌酒席。院子里一桌是夏至的爹、王再兴的哥、忠然兄弟、狗儿和三位陈氏门的长辈；三间正房的西间炕上是女人们的座席，夏至妈、忠然妈坐了上首位置，春分领着大虎子、月季抱着二虎子和晚妹一起分别坐在两个老人的下首。老王提着酒壶端着杯子，先到院外给男客们敬酒。在忠然的暗示下，先为陈氏长辈中最年长的白胡子老者敬酒："爷爷，您老能来参加我的婚礼，我非常感激，我给您老人家磕头了。"放下酒壶就要跪下，老人慌忙站起，拉着老王："使不得。木匠孙子走后，一个年轻女人撑着这个家太不容易了。现在好了，这个院子里的日子又要兴旺了。忠然，听说是你做的媒，好哇，你做了件好事啊！"说完，端起了老王给他斟的酒一口喝了。忠然请他们几个老人来，就是要他们承认这门婚事，接纳这个外姓人。听了家族年长人的赞许，忠然站起，说："爷爷，您老说这婚事办的还可以吗？""好，忠然，成全了一家，积了德了！"老人显得很高兴。

　　敬遍了男客的酒，老王提着酒壶端着杯子走进屋内，拉了夏至来到西间。春分见两人进来，抢先开了腔："你看老王多高兴啊，乐得合不拢嘴了，大妹子，你高兴吗？老王这一打扮更精神了。"又转过脸对夏至妈说："亲家母，喜欢这个女婿吗？我和再兴整天在一起干活，他见人就笑，从不和人吵嘴。大妹子和他一起过日子是吃不了亏的，一定会和睦的。"忠然妈也笑着对夏至妈说："再兴到我家时还是个孩子，我看着他长大，就和我的儿子一样，真是个好孩子。"晚妹也是个爱说话的人，见婆婆和嫂子只夸王大哥，就笑着说："嫂子长得本来就好，今天穿着这么鲜亮的衣服，显得更漂亮了，我们这些人都被比下去了。"夏至听到这里，红着脸对晚妹说："就你四妹会编派人，我哪能和你们比，你们都是天仙，我只是个庄户女人。""谁说啊，你才是天仙呢！是不是，王大哥？"晚妹又对王再兴开了火。"都好，都好。"老王哈哈笑着。"大虎子，快点长，长大了给你娶个这样漂亮的媳妇，你愿意不愿意？"晚妹指着夏至对正在吃东西的大虎子说。"要媳妇做什么，我不要。"大虎子不解地对四婶说。"媳妇和你一炕上睡觉啊。""我和妈一炕上睡觉，我不要媳妇。"大虎子有点恼怒地对着四婶。晚妹更高兴了，"傻孩子，等你长大了就不想和妈妈一起睡了，就想要媳妇了。""我不长大，就和妈妈一起睡。"大虎子向春分身边靠了靠。春分搂着大虎子笑着对晚妹说："四妹，我们大虎子准会让你教坏了。回头我叫秋然夜里把你压扁了，看你还能这么活蹦乱跳的。"忠然妈看着春分和大虎子母子的亲热劲，很高兴，转脸笑着对夏至妈说："我这个小儿媳妇就爱说笑，有了她我们家就更热闹了。""有这么好的儿子、媳妇，您真有福啊！"夏至妈笑着对陈梁氏说。

散席后，夏至爹妈嘱咐了女儿、女婿几句，便和老王的哥哥一起出了门，各自回家。

老王、夏至两口子收拾好剩下的饭菜、洗刷完碗筷后，天就黑了下来。老王握住夏至的手，两人牵着手进了屋内，点燃了红蜡烛。老王坐到炕沿上，把夏至抱在自己腿上，两人对望着。"你真好看！从今天起是我老婆了，我王再兴有家了……"把夏至紧紧搂到怀里。"我也高兴，从今天起我有了自己的男人，不再是寡妇了，我会给你生儿育女，我们会有好日子过的……"把脸贴到老王的脸上。老王伸手去解夏至的衣服，"别急，出了一身汗洗一洗吧。"夏至亲了老王一下，挣脱老王的拥抱，笑着到灶间点火烧水。

夏至洗身子时，再兴贪婪地看着夏至丰满匀称的身子。忍耐不住，夺过毛巾帮夏至擦干身子，抱到炕上。夏至两臂箍着再兴的脖子，低声叫着"哥……"

8 第八章

太阳偏西后，秋然赶着满载绿豆的骡车奔向县城南关杂货铺。这是一家卖杈子、扫帚、犁铧、铁锹、木锨之类的店铺。秋然走进铺内，一个胖乎乎戴着毡帽的中年人，抱给他一捆硬梆梆的东西。他把它塞进装绿豆的麻包间，赶着骡车拐到回家的路上。走出县城不远，见一年轻女人挎着一个装着一头小猪崽的大篮子，缓慢地走在前面。等到赶上前去，见是夏至，"嫂子，买了头小猪啊？都出汗了，上车吧，坐车比你走路快得多。"不容分说把夏至拉到驾辕人的后面坐了。"你王大哥叫我养头猪喂些鸡，说这样才像个庄户人家过日子的。"夏至以夸耀的语气说着，看得出她是很满意王再兴这个男人的。"王大哥是个很会过日子的人。你们家的日子会越来越好的。"王再兴对秋然表面上是少掌柜长少掌柜短的，实际上他们的关系像兄弟一样，一听到别人说王大哥好的话，秋然就高兴。"家里有个男人，总比一个女人撑着门户过日子好。"夏至对改嫁后的日子很满意。两个人你一言我一语的说着，路就像短了一样，很快就到家门口了。

卸了车，秋然扛着那捆硬东西回到住屋，问大哥："这是什么东西，这么硬？""最近地面不安宁，绑票、抢劫的事不断发生。听说周围几个村里富裕些人家都买了枪，看家护院，我就托城南关杂货铺掌柜的也帮我们买两支，真有小贼来，也可以吓唬他们一下。因为不知能否买到，所以没有事先告诉你，前天他带信来叫去拿东西，我就知道他买到了，叫你顺便带回来。"忠然把买枪的事简略地说给秋然听。

吃过晚饭，各回了自己的住屋。

"妈，我回来了。"春然提着两大包东西，推开大门进了院子。听到儿子的喊叫，陈梁氏答应了一声下了炕，月季抢先开门跑到院子里，接过春然手里的东西。"春然，这么晚回来，没吃饭吧？"陈梁氏牵着儿子的手进了灶屋。月季舀了瓢水倒入铜盆中，要春然洗脸。"二虎妈，春然爱吃你擀的面条，我去盛面，你擀给他吃。"陈梁氏拿了钥匙到放面的房间去取面。春然一把垃过月季，两个人的脸贴到一起。待一会，月季推开了春然，"别急，妈一会儿就回来，吃过饭上炕再……"听到婆婆的脚步声，把话咽了回去。

听到声音，忠然两口牵着大虎子和秋然两口，都进了母亲和月季住屋中间的灶屋，围着方桌坐下。屋里立时热闹起来。春然告诉家人，这次是从省城办事回来，在济南给大家买了点东西。说着把两个包解开，"天气转暖了，给你们妯娌三人买了块花布，给哥和秋然买了块白洋布，给妈买了块白绸子，做件夏天穿的褂子，还有点饼干、糕点什么的，大家尝尝，济南的东西还是比咱这里的好。"回过头笑对春分说："嫂子和大哥成亲那天，我有事没有回来，现在给你们赔个罪，补送一份礼。"说着从衣兜里掏出一副银质镯子，双手捧给春分，又掏出一个小巧的钟表递给忠然，"大哥，你撑这个家不容易，有时需要有时间概念，我买了这个小钟表送给你。""三叔，还有我呢？"大虎子听到人人都有东西，就是没有他和二虎子的，急了。"有你的，还能忘了你！"拿出两个漂亮的长命锁，将一个和一小包饼干放到大虎子的手里。大虎子高兴地跑到春分身后。陈梁氏解开糕点包，将蛋糕、桃酥用盘子盛了，叫大虎子端着给爹妈、叔和婶子送过去。

正说笑着，月季端了一大碗鸡蛋面进来，放到春然面前。春分心细，站起身说："三兄弟路上累了，吃了饭早点睡吧。"拉着大虎子和忠然往门外走。晚妹一看也站起说："三哥，你累了，吃了饭早点憩息吧。"拉着秋然出了门。

吃完饭，春然进了自己的往屋，俯身亲了亲正在酣睡儿子的小粉脸，回身将月季抱到炕上，急匆匆地脱了衣服，"在外真想你和孩子，特别是晚上，一个人在床上翻来覆去真难受啊。"春然握着月季柔软的手，两人谁也不说话。过了一会。月季往春然怀里靠了靠，说："在外面没有到那些烂女人那里去吗？听说有什么窑子的，你去过没有？""县里是有个窑子，有些人也去，我可看不上，那些女人哪有我老婆好看。"春然说的是真话，在他眼里妻子确是非常漂亮的：中等身材，不胖不瘦，白皙的皮肤，双眼皮，一笑现出脸上浅浅的酒窝。生了孩子后，除奶子更加丰满外，其他部分没有明显变化，仍像新婚少妇，平日不言不语，说话就带笑，是村中公认的漂亮女人。村里老人说教儿子时常说："要学好，长大了才能娶上像春然媳妇那样的漂亮女人。"听了男人的话，月季很高兴。在她的心里，自己的男人是最好的，长得好看，又有本事，岁数不大就当上了一个县里的局长，成了村里人人夸的好男人。"你怎么不说话了，在想什么，我说的话你不相信？"春然紧紧搂着妻子。"我信，我在想我俩刚成亲那阵的事，虽说过去两三年了，想起来就像眼前的事。"月季哧哧地笑了起来。春然在专科学校学习一年后的暑假，有一天他到西村一个姓李的中学同学家去玩，第一次见到扎着一条大辫子的月季，两眼就像被钩住了一样，随着姑娘的身子转动。月季的哥哥很佩服春然的聪明和为人，常在爹妈和妹妹面前夸说春然，并劝爹妈和春然家结亲。爹认识陈大山，知道他家的情况，就托媒人到大山妻子陈梁氏处说媒，陈梁氏问春然，春然高兴地点了点头，两家的亲事就这么定下来了。寒假时两人成了亲。

成亲那天晚上，闹房的人被母亲笑着轰走后，春然急急忙忙走进屋内，揭去新娘的盖头，就去解媳妇的衣扣，那猴急的样子，月季至今记忆犹新。今天在欢愉之后，月季又想起当时的情景，看到自己的男人仍像刚结婚时一样喜欢自己，心里很舒畅。

早饭后，春然来到粉坊，寒暄了几句后，向哥哥弟弟及老王等讲述了最近在烟台发生的一件事。

前不久在烟台，一个女学生被一名警察侮辱了。学生们愤怒了，组织了全市学生大游行，要求惩办那个警察。那个警察仗着自己是市长的小舅子，不但不收敛还开枪打死了一个学生。学生们更愤怒了，进行了罢课，再次组织了几千人大游行。这一事件持续了好几天，市长怕事情拖下去丢了乌纱帽，将他小舅子抓了起来。可没过多久，市长就把他小舅子放出，调到附近县里当了警察局副局长。春然越说越激动，秋然、老王和狗儿气得脸都红了。秋然骂了起来："这样的熊政府，只知道搜刮百姓的钱，欺压百姓，总有一天老百姓会起来推翻它的。"

吃过晚饭，春然随老王去木匠家。进了院子，老王就喊："夏至，你看谁来了。"没等夏至出来，春然就喊："嫂子，我给你们贺喜来了。"夏至听出春然的声音，仍沿用过去的叫法："三兄弟，快进屋。"开门迎了出来。屋子里的陈设虽然简单，但很干净。春然从衣袋里掏出了几块大洋："嫂子，我来时没有准备，这几块钱你无论如何得收下，作为我为你和王哥婚事的贺礼。"夏至执意不要，春然急了："嫂子，你把我当外人看了，生我的气了！"夏至才把钱收下。

回到家里，月季早躺在被窝里等他了。他洗了脚，亲了亲儿子二虎子的脸，就脱衣钻进被窝。月季像变了一个人，话多了，也爱笑了，两人亲热不够。春然更离不开妻子了，贴到月季耳边说："我回去到烟台买辆自行车，一百多里地，起个早，一天就回到家了，一个月可以回来一次，就不用再受想你的苦了。""好是好，就是你太累了。"月季将脸贴在春然的胸脯上。

吃过早饭，春然到粉坊和大哥、秋然一起，在西厢房的闲炕上摆放地瓜。这是为大田里栽地瓜时催生地瓜秧苗的一种方法，如管理得好，做种的地瓜上的芽眼都会长出秧苗，拔出后栽到地里，秋后就能得到好多倍的地瓜产量。一边摆放地瓜，大哥忠然把想了几天的事说出来和两个弟弟商量："世道越来越坏，粉丝生意不知以后还能不能做，庄稼人的根本还是种地，咱家人口越来越多，可地不多，我想再买点地，世道再不好，有了地就饿不着。前几天我听说糠萝卜家要卖南洼和咱家地紧挨着的那三亩地，我想买下它，不知你们愿意不愿意？""糠萝卜"真是个败家子，整天游手好闲，自己有老婆还和几个女人瞎混，祖上传下的家业都得让他折腾光了。"秋然很瞧不起"糠萝卜"。

他们说的"糠萝卜"是本村一个叫陈喜然的外号。陈喜然的祖上曾是小陈村的首富，有一百多亩地。他是独生子，自小娇生惯养，书不爱念，地里的活也不会干。像一个糠了的萝卜，光滑的皮囊里装了一堆不受用的糠了的萝卜渣子。家里雇了两个长工，农忙时还要请短工。自己有老婆，家里还养着他守寡的大姨子，说是照顾单身的大姨子，其实常和大姨子一个炕上睡觉。她老婆也不敢说，因为他老婆从生了个闺女后，多年未生孩子，倒是他大姨子连着给他生了两个儿子，对外说是老婆生的。大姨子家有房有地，自她男人去世后，她就把地租了出去，每年只在收租时回去住几天，把收到的租粮驮到糠萝卜家，长年和糠萝卜住在一起。就这样糠萝卜还不满足，凭着长的一副好皮囊，会讨女人喜欢，在本村和外村还有几个相好的女人。每年家里收不少粮食，可还是不够他折腾的，隔三差五地要卖点地。

"今年咱家盖了房子，还有钱买地吗？"秋然担心钱不够。"盖房子是用了不少钱，咱家里存的粮食也可以卖点，我想分两次给他买地款。现在一天热似一天，今春的粉丝也做不了多久了，家里存的绿豆够用了，不用再花钱买绿豆了，等把粉丝送到龙口就有钱了。"春然、秋然兄弟俩佩服大哥的精心筹算。

吃过晚饭，忠然到西瓦房找到陈千山，把自己要买糠萝卜家地的意思告诉他。"大侄子，这是块好地，你买下好，昨天糠萝卜来找过我，催我给他找买地人家呢，我明天就告诉他。"陈千山不光辈分高，为人也正直，村里有买卖地的事，都愿意找他做中间人。

9 第九章

北粉坊家的新房盖成后，就被学校借去使用。南屋五间做了教室。两间东厢房的里间盘了炕，成了老师睡觉憩息的处所，外间放了一个方桌和两把圈椅，是老师批改学生作业和其他活动的地方。

小陈村是个小村，上学的孩子只有二十几个，男女都有，男多女少。分为六个年级，有的年级只有一两个学生。从刚入学的"人、手、足、刀、尺、大山、小石"等教起，一直到《百家姓》、《千字文》、《三字经》、《论说文范》、《古文观止》、《论语》、《大学》、《中庸》等，还有算术、珠算和写毛笔字，都由一个老师来教。当老师给这个年级讲课时，其他年级就自习。

老师姓路名方青，村里人都称他方青老师，是附近路家村的一个二十多岁的年轻人，自初中毕业后，就来小陈村教书，几年前成了亲，已有一个儿子。除了星期天定期回去与老婆和孩子团聚，有时不到星期天的夜里也回家去。

方青老师除了教书认真，毛笔字写得很好，远近闻名，县城四门上的县名大字就是出自他的手，所以每到年终岁尾，本村和外村的人都慕名来请他写对联和条幅什么的。他不收别的礼，因爱喝点酒，大家就都送他些酒。因此，他住的屋里，总堆着一些空酒瓶子。自从东三省被日本占领后，附近几个村的教师经常到一起议论国事。日本占领下的东北人民的亡国奴生活，成了他们谈论的主要话题。

春然真的买了辆自行车。星期六这天，他天不亮就起了床，洗漱完毕，吃了点东西，就蹬着自行车上了回家的路。太阳一出，照得路边草叶上的露珠，晶莹透亮，随着微风向人点头示意。春然回家心切，脚蹬的越来越快。他工作的县城靠海，是鱼虾集散的地方，不少贩卖鱼虾的人推着独轮车，赶着驴车，挑着两个大铁桶，络绎迎面而来，到县城赶早市。人们看到这个穿着制服飞速蹬着车子的年轻人，不免议论开了："这人像个官府里的人，飞快地骑着洋车是去抓人吗？""不会，现在的世道，他一个人敢去抓人？人们还不把他打走，我看不像是去抓人。"有人判断着；"是赶回家搂老婆吧？"一个推着独轮车的年轻人大声笑着说。春然听着心里笑了："这人会看人，我是急着回家搂老婆哩！"蹬车的速度更加快了，路边绿了的树枝飞快地向后退去。他有近两个月没有回家了，很想家里人，特别是老婆和孩子。一想到老婆和孩子，他蹬车的劲更大了。到太阳正南时，进入了他们县的地界。他在一个路边的小饭摊上要了一碗热汤，吃着自己带的烧饼。一面吃一面和饭摊主人聊着家常。歇了一会儿，起身蹬着车子上了路。看着过着和平生活的、背着粪筐悠闲走着的农民，不由想起前几天从北平办事回来的教育局长向他说起的那些消息：日本军队自占领了东三省后，不断向关内侵犯，占了不少地方，有的事后虽然撤走了，但杀了不少中国人，烧了不少房子，粮食财物被他们抢劫一空，可气的是，中国军队居然不放一枪就撤走。他听了气得脸都白了。教育局长又告诉他，去年年底北平学生举行了大规模游行，要求政府抵抗日本的侵略，可政府不但不顺从民意，反而逮捕了一些爱国学生。前些天他参加了县里共产党地下支部召开的秘密会议，传达了中共中央和中华苏维埃政府，为建立抗日民族统一战线而发表的宣言精神，号召大家用各种形式向群众宣传，揭露国民党政府消极抵抗日本侵略的行径。

在太阳下山时，春然回到了家。他把车上带的鲅鱼和大虾卸下后，进了老婆的住屋，吃了一大碗老婆擀的鸡蛋面条。走到院子里见了提着饭篮子和瓦罐从粉坊回来的大哥和秋然，与修整鱼虾的大嫂和四妹说了几句闲话，回屋把给母亲买的点心送到母亲住屋，坐到炕沿上和母亲说起话来。等鱼虾修整完了，月季回到住屋后，母亲就撵他回自己屋去睡觉。回到自己屋里，月季已经给他准备下了洗脚的热水，他亲了一下老婆的脸，脱了袜子，将脚伸进热水盆里，拉住站在一旁的老婆的手，眼睛盯着老婆。月季红着脸，小声说："不认识了，还没看够？""看不够，永远看不够。"月季推开了他的手，拿毛巾给他擦干脚，将洗脚水泼到院子后，进屋吹灭了灯。

第二天上午，春然来到学校。方青老师刚好讲完了课，"三先生什么时候回家来的？"方青老师习惯称春然为三先生。"昨天下午回来的，方青兄身体好吗？"问候毕，两个人就坐下聊了起来。北平学生游行成了他们的主要话题。路方青告诉春然，他和周围几个村的老师们常凑到一起谈论日寇侵华的事，但因消息不灵通，真实情况了解不多，想请春然给大家讲讲。

吃过晚饭，春然来到学校，见五位穿长衫的人坐在路方青老师房内。大家问候后，春然从日寇侵占东三省后，察哈尔省代主席秦德纯与日本代表土肥原贤二达成"秦土"协议，同意取消察哈尔省境内一切国民党机关，日本势力渗入并掌握了察哈尔省；何应钦答应日本华北驻屯军司令官梅津美治郎提出的要求，撤出了在河北的国民党政府和所有中央军、东北军，禁止一切抗日排日活动。接着日本就在河北省策动汉奸殷汝耕拼凑了一个"'防共'自治政府"，使冀东二十多个县沦于日本之手；看到华北形势日益危机，北平的爱国学生举行了抗日救国示威游行，高呼"打倒日本帝国主义""反对华北自治活动"的口号。国民党政府不但不支持学生的爱国行动，反而派出大批军警镇压学生，打伤四十多人，并将三十多个学生逮捕入狱。未等春然讲完，五个老师已按捺不住激愤的心情，"国家已到这种局面，我们还怎么能安心教书？""这样的政府还要它干什么！""眼看中国就要让日寇吞掉了，我们都要成为亡国奴了！"有人哭了起来。沉寂一会后，春然提高声音说："只要全中国人民团结起来和日寇进行斗争，中国是不会灭亡的，日寇总会被打败的！"大家议论了一会，决定在学生中，在农民中宣传抗日救国道理，并约定定期在小陈村学校碰头，交流情况，请春然经常给他们通报外面情况。

辞别了各村老师，春然心情愉快地回到家中。母亲和兄弟们都已睡下，只有自己屋里还亮着灯，月季坐在炕上，在灯下纳鞋底等他。他脱衣上炕，把妻子拉进被窝。"你到哪里去了，这么晚才回来？"妻子噘着嘴，假装生气地拍打了他一下。春然趁势把妻子拉进怀里抱紧。

从这以后，路方青老师在给学生讲课时，有意识地加入一些历史上抗击外族侵略的故事。学生们回了家常把这些故事又学说给大人听。有些学生玩过家家时，扮成岳飞等著名将领分兵打仗。渐渐地，村里的青年农民也在晚上到学校来听老师讲故事了。忠然、秋然和老王、狗儿也常到学校听方青老师说古，老王有时还拉了东油坊长工有富也来听故事。学校成了这些吃了晚饭就倒头睡觉的农民们听书的地方。

一天晚上，方青老师把春然讲的日本占领东三省的情况，指着自己画的简略地图有声有色地给大家讲了。这些整天在地里忙活的庄稼汉们，听了很愕然。一个愣头小伙子听后问方青老师："日寇那么一点，我们国家这么大，怎么就让它把东三省占了呢？""我们交粮纳税养着那么多军队，他们为什么不打日本呢？"有的农民问方青老师。方青老师也有这个疑问，他答不出来，就说："今天太晚了，大家回去睡觉吧，以后我们再谈这个问题"大家愤愤地离开学校，回各自的家。

陈禹儿媳妇荷花的肚子越来越大了。陈禹老婆陈高氏高兴地合不拢嘴，不让儿媳妇干较重的活，让儿媳妇好好保养。

自从儿媳肚子大了后，陈高氏也看出了自己男人和儿媳之间的事，猜到了儿媳怀的孩子是自己男人的种。她知道，自己年纪大了，生不了孩子了，能让儿媳怀上孩子，不管是儿子的还是自己男人的种，都是自己家的血脉，她一样高兴。到儿媳临盆的日子还有两三个月，她就开始准备了：做小衣裤、小兜兜，还有十多块尿布。陈高氏准备尿布比做小衣服还经心，不用新布，怕新布硬，磨坏了孩子的嫩皮肉，将她几件压箱子底的嫁妆衣服拿了出来，剪成一片片，洗干后捆成小卷，放到箱子里保存着。一天，陈高氏站到西院的院子里，对屋里的陈禹说："显祖媳妇快到日子了，我睡觉死，一睡过去什么都听不见，你睡觉警醒着点，常到显祖媳妇屋里看看，别耽误了，孩子可是咱家的宝贝啊。"故意提高声调，让男人和儿媳妇都听见，暗示男人和儿媳妇用不着偷偷摸摸的。

听了老婆的话，陈禹不只是黑夜，白天也常到荷花屋里亲亲抱抱，再也不用怕老婆看见了。

第十章

下了一场透雨，庄稼人抢着种晚茬春作物。北粉坊停了几天的制粉丝营生，全都忙地里活去了。忠然兄弟和老王、狗儿，再加上春分和月季，一齐动手，起垅背栽地瓜。不几天，几亩地瓜栽完了，又把春玉米、高粱和谷子地锄了一遍。秋然媳妇晚妹怀上了孩子，反应比较厉害，常常呕吐，婆婆不让她下地，只在家里帮着做做饭，照顾大虎和二虎。

地里活忙了一阵，北粉坊又开始了制粉丝的活计。前面积下的粉团，已都制成粉丝了。头几天只能磨豆子、制粉团、晒粉团，早晨和上午就干完了，是不多见的闲散日子。忠然要老王和狗儿都回家几天，把各自家里的活儿干一干，若用牲口就把他家的骡子拉去用。

老王牵了两头骡子扛着犁，和夏至一起到村东的坡地里作栽地瓜的垅背。老王套好了牲口，夏至牵着骡子，犁了三个来回，犁出第一个垅背。有了第一垅，就再不用有人牵牲口了，老王一人就可用套绳控制牲口走的路线了。夏至拿起木制的刮子，将垅沟的土搂到垅背上。一个来回就将一个垅背搂好刮平了。不到两个来回汗水就把褂子的后背润湿透了。她停了搂刮，拿出手巾擦汗，见老王脸上也挂了汗珠，就跑了几步赶上扶犁的老王，用手巾去给男人擦汗。犁了几垅后，老王停了扶犁，让牲口站在地头憩息，夺过夏至手里的木刮子搂刮垅背。还是男人劲大手熟，几袋烟的工夫就将犁好的几垅搂刮完了。二人坐在地头说话憩息："忠然哥人真好，谁家扛活的能在农忙时回家忙自家的活，还搭上牲口。"夏至感激的说着，顺手去擦老王脸上的汗。"忠然不光把自己家的事安排得匀匀贴贴，还把我们家和狗儿家的事挂在心上。前几天听说狗儿爹娘没有粮食吃了，他就让狗儿背了一袋玉米回家。兄弟三人对我和狗儿就像自家的兄弟一样，你看，他家的地里活刚忙完，就让我和狗儿回家忙几天自己家里的活，还叫我犁地时把牲口拉来用。不像东油坊对长、短工像牲口一样使唤。"老王很感激忠然家。"除了这些，我更感恩的是忠然哥和嫂子办成了我们俩的事。你一个外村外姓人，能在这个村里娶我安家，不是忠然哥说话，那些姓陈的不把你赶走才怪呢。"夏至在与老王成亲的事上一直感激忠然和春分。

不到中午，这块地的垅背都做好了。老王把犁和牲口送回北粉坊，往牲口槽里加了草料后，回了自己的家。走进院子，一股香味扑鼻而来。"做了什么好吃的，这么香？""烙了两张你爱吃的饼"正在切菜的夏至放下刀，舀了一瓢水倒进洗脸盆里，说："洗把脸，等我炒好菜就吃饭。"

两人在方桌前坐下，夏至把饼递给老王，自己坐在那里看着老王吃，问："好吃吗？""好吃，你怎么不吃？"老王撕了块饼给夏至，夏至笑着把饼放下了："你一年到头，在家里吃不了几天饭，看着你爱吃我真高兴。"夏至说着到篮子里取了一块凉玉米饼子吃起来，老王夺下夏至手里的凉玉米饼子，一定要她吃白面烙饼。"眼下这青黄不接的时候，能吃上玉米饼子就不错了。前些天我听说老油郎老婆家里断顿了，就送了点玉米和地瓜干给她。一个多好的女人，白白的，长得也周正，就是命不好，无儿无女孤苦伶仃的一个人。饿得瘦了一圈，一个四十来岁的寡妇可真难啊！"夏至难受得眼里噙着泪珠。"听说东油坊二先生近来常到她家去，他不帮她一把？"老王说出听到的传言。"他，那个阴阳怪气的人，只想和她睡觉，哪去管她的死活！听说他儿媳妇怀的孩子就是他的种，儿媳妇肚子大了不方便了，他就出来吃野食了。"夏至忿忿不平的。"显祖放假不是回来了吗，怎么孩子是他爹的？"老王有点不解。"传说显祖不行，要不怎么前两年不怀孩子。"夏至反驳着老王。"咱们过咱们的日子，管他是谁的种呢！"老王拿起玉米饼子就吃，夏至伸手夺下，把白面烙饼塞给他，"你一年到头干重活，晚上回来还家里家外地干，不吃好点能撑住吗？你要有个病灾的，我依靠谁？"老王听了心里热乎乎的，拉过夏至坐到自己腿上，把白面烙饼塞到夏至嘴里，"你也吃，你不吃我也不吃了。"两口子你一口我一口地吃着。

吃过饭后，两人在炕上躺着歇了一会，就担着水桶，拿着地瓜秧苗到了地里。老王把地瓜秧苗夹在指缝里，将手插到松软的垅背土中，把秧苗放到土里，形成一个深浅适中的小土坑。插完几垅后，老王挑起水桶到坡下井里担水，夏至用瓢舀了桶里的水倒在栽瓜苗的小坑里。两桶水舀完后，在老王再去担水的当儿，夏至就将渗下了水的秧苗坑用土填满，轻轻地摁一下，秧苗稳稳地站立在垅背上了。

太阳落山时，一亩左右的地瓜苗全部栽完了。夫妻俩挑着水桶高兴地下了坡回家。

过了几天，北粉坊的制粉生意完全恢复了。

秋然赶着骡车到城里的集上买绿豆和其他东西。把车停在粮食市外，走进粮食市看摆在两旁敞开布袋口的各份绿豆，和人们讲着价钱。不多时，就在他的车旁聚集了二十多人。这些人都是各村的种地人，他们背了几十斤绿豆来集上卖了，再去买点玉米和地瓜干度日子。周围村的人都知道，北粉坊是从来不在价格上叫人吃亏的，所以只要小陈村北粉坊的车子一到集上，人们就背着绿豆来了。秋然向大家一拱手："老少爷们，你们知道僵豆子是磨不成粉的，谁家的豆子中僵豆多，就去卖给生豆芽的吧，都是乡里乡亲的，等我挑出来，大家脸上都不好看。""北粉坊不亏人，我们也不会亏北粉坊的，秋然你就大胆地称吧。"人们七嘴八舌地说着。秋然称一份，给一份的钱。他一面数钱一面说："大叔，趁早去买吧，今天集上地瓜干不算贵，我估摸着过几天地瓜干会贵的。"大家和和气气地称豆子、数钱，比起哄哄嚷嚷的粮食市这里要清静多了。

快到中午时，人们忽然嚷着向集市中的一块空地涌去。秋然是个年轻人，好奇心正盛，就扎好口袋，把装绿豆的口袋放到车上，用绳子拴好，赶着车跟在人流后面向空地挪动。在一堆人的外缘把车停下，向人圈里望去，见一个学生模样的年轻人，站在一张桌子上向大家讲着什么。他凝神听去，只听一个外地口音的声音："乡亲们，华北危机啊，我们要团结起来，用各种方式反对日本帝国主义，把日寇赶出中国去……"一个人刚讲完，另一个人上了桌子，还未讲话就被赶来的一队警察狗子一起抓走了。秋然把断断续续听到的话，联系起来，觉得和路方青老师讲的意思差不多，看来真的有大麻烦了，日军就要来了，日军是不是会和传说中的一样，每村住上一个人，什么事都由他说了算，夜里不准闩门，他愿到谁家去就到谁家去，还把全村的刀收走，全村只留一把刀，锁在井台上，各家的菜都要到井台去切……他不敢往下多想，赶着车出了集市。

虽然警察把人抓走了，但日寇的魔爪伸到河北的消息不胫而走，成了人们谈论的话题。由城里回家的路上，人们三三五五地都在谈论鬼子占领东三省后又把魔爪伸向河北的事，很多人还用当地的骂人话骂了起来。秋然赶着车无精打采地走着。"秋然，你把车赶到哪里了！想什么呢？"秋然猛抬头，见光棍万然背着个褡裢，右手拉着他驾车骡子的缰绳，使劲地拽着，才使秋然赶的车没有跌到沟里。"万然哥，是赶集买东西还是赌钱去了？上车，咱们一块走。"不容分说，把万然拉到车上。"赌钱去了，今天痛快，把几个黑狗子的腰包掏空了。"原来他是和警察们赌钱去了。"现如今我不常赌了，看到那些狗日的整天不干好事，就会欺压百姓，我就生气。他们扬言要赢我，我就给他们来个狠的，把他们三个腰包里的钱都赢来了。"看得出，万然很得意。"没买点东西？"秋然听了后问他。"给小翠买了块花布，一天比一天热了，叫她妈给她做件褂子。"万然说的小翠是村东头寡妇的闺女。"你们两个这么下去也不是个事，正式成亲搬到一块住不更好吗？"秋然问万然。"不行啊，她叔公公陈舜不让她嫁人，他想着她家的房子和那几亩地，不会叫她带给别人的。""东油坊那么多地和房子，还惦记她家那几亩地和几间房子吗？"秋然不解地说。"有几个人能像忠然哥和你那样，不惦记木匠家的房子和地，还给木匠寡妇找了个外村外姓人。陈舜是个吃不饱的狼，老天爷有眼，让他遭了绑票！"说着说着万然来了气。"小翠妈也真不容易，你能帮她算你做了件好事。"秋然夸了万然一句。"小翠妈是个好人，她对我好，给我做衣服，还劝我不要整天赌钱，要我学做点正经事，我听她的。能帮她把地种好把小翠养大，算我还她的情义。小翠长大后，她若不愿和我交往了，我再找个女人成家。"万然把心里话说给了秋然。"看不出你整天吊儿郎当的，还有这份心。"秋然听了万然的话，大受感动。"我的心也是肉长的，还能分出好坏来，就是父母死得早，从小没人管教，学了些坏毛病，我有时也对自己不满。"二人说着说着回到了小陈村。

吃晚饭时，秋然把在县城看到的情况跟忠然、老王和狗儿他们说了。忠然听后没说什么，只是低着头吃饭。老王和狗儿听了憋不住了："日寇那么点地方就能占中国那么大地方，欺压中国人，中国就没有人出来领着大家打他们，把他们赶出中国去！"

忠然、秋然提着盛饭的篮子和罐子刚回到住屋，春然推着自行车紧跟着进了家。兄弟三人来到母亲住的房间，春然把买的点心递给母亲。陈梁氏看看天色还早，就高声喊："大虎子妈，二虎子妈，老四家的，你们都来。"随手打开了点心盒子，先给大虎子一块桃酥，给二虎子手里塞了块饼干，"你们都尝尝春然带来的点心，秋然你带头吃。"秋然笑着拿了块桃酥，捧着打开的点心包，让着站在炕下的大嫂、三嫂和晚妹，忠然也拿了一块蛋糕，陈梁氏笑着掰块蛋糕塞进嘴里吃着。儿子媳妇们见母亲高兴，也都说些让她高兴的话。说笑了一会，见二虎子在她妈妈怀里睡着了，陈梁氏就撵儿子媳妇们回各自屋里睡觉。

　　第二天上午，春然来到小陈村小学校，方青老师要求他再和几个老师谈谈。

　　晚饭后春然到学校时，附近几个村的老师们都已来到。春然简单谈了最近发生的一些重大事情后，希望大家在学生和农民中加强抗日宣传，并提出以附近小学教师为基础成立中华民族解放先锋队，领导抗日宣传工作，春然负责与烟台中华民族解放先锋大队联系，并选出路方青为分队长。

第十一章

五月初五端午节这天，天蒙蒙亮时，秋然走向村外。漫山遍野，三五成群的男孩子，喊着笑着在"拉露水"。这是孩子们欢乐的日子。北粉坊家大虎、二虎都还小，只有秋然这个大人出来"拉露水"了。他折着带着露水珠子的各种小树枝，拔着顶着露水的各种野菜、野草，抱在怀里。不多一会，露水润湿了裤脚、衣袖和前胸的衣服。太阳还未出来，他就抱着一大抱回到粉坊，将其摊放在遮荫处晾着。按周围庄稼人的说法，如有腿脚扭伤或其他症候，将这些晾干的小树枝、野菜、野草用水煮了，洗腿泡脚，可以减轻病痛。摊放完后，秋然拿着镰刀，到场院旁割了一些艾蒿，分插到粉坊、住房、学校借用的新盖成房子的大门上方，驱妖辟邪。

端午节过后，地里的小麦进入黄熟期。北粉坊停了制粉丝的营生，准备麦收和夏种。这段时间虽比秋收秋种用的时间短，但却很紧张。俗话说麦熟一晌，看着还有些黄绿的麦子，太阳一晒，一天时间麦穗就会弯曲变黄，如再不收获麦穗就会折断落下。

这天天刚亮，秋然套好骡车，将这季最后一车粉丝送往龙口出售。不到天黑就到了龙口，售出后将钱装进一个小布袋揣到怀中。他不敢带钱走夜路，就将车赶到车马店住下。向店家要了碗开水，吃了自家带的干粮后，坐到只铺着席子的大炕上。炕上已坐了几个人，正在聊天。一个满脸络腮胡子的壮实汉子，正向同伴说着村里要收抗日捐的事。秋然听着他们的谈话，知道了省政府下令按土地和壮丁数收抗日捐的事。壮实汉子还未说完，一个年轻小伙子无可奈何地说："已经交了捐了，又要加捐，小麦还没有收，哪里有钱交！""听说小日本在黄河以北闹腾得挺厉害，省政府怕他们打进山东，要加收捐税买枪买炮，准备打来犯的日本兵，按说这是好事，老百姓只能咬咬牙了。"满脸络腮胡子的壮实汉子接着说。一个年纪稍大的人，叹了口气，"本想趁麦收工钱稍高些出来干几天短工，挣点钱回家买点地瓜干什么的，掺和着收下的麦子，凑合着挨到秋收。又要加捐了，不交又不好，我家几张嘴只能多吃些老树叶子熬到秋粮下来了！"秋然听出来，这是一些麦收时出来做短工的人。

说了一阵后，大家和衣而卧。一会儿，鼾声充弥了整个房间。秋然直到半夜还未睡着，一是因身上有钱不敢掉以轻心，再者加捐的事也是塞到他脑子里的一块冰，冷的他不易入睡。

天蒙蒙亮时，说话声把秋然吵醒。胡乱吃了点自己带的干粮，就去套车赶路。傍晚时分回到了家，将在车马店听到的话说给了大哥。

三天后，村里贴出了县里加收抗日捐税的告示。按照告示上的规定，北粉坊要交20多元大洋的捐税。

连续几个晴天，坡地上的麦子熟透了。几天后，洼地里的麦子也该拔了。拔麦子的日子，大家起的都很早，天刚放亮就都下地了，早饭多数是送到地里吃的。太阳一杆子高时，月季挑着大篮子和罐子来到地头。在男人们吃早饭的时候，她也到地里拔起麦子来。

歇晌以后，秋然和狗儿驾着骡车，将拔下捆好的麦子拉到场院。忠然和老王将麦头用铡刀铡下，堆到场院边，月季用杈子挑着铡下的麦穗，均匀地撒布到场院里。

忙了几天，地里的麦子都收回来了，只等麦穗晒焦用碌碡压场了。

这期间，老王夜里回家和夏至一起将自家地里的麦子拔完，挑到了住屋旁的场院里。夏至心疼老王，怕他白天晚上的干累坏身子，每晚给他炒两个鸡蛋让他吃。

没等压场，忠然兄弟和老王、狗儿扛着辘轳到刚拔了麦子的地里，从井里汲水，刨坑浇水点种玉米。几天后，能浇水点种的玉米地都已种上，坡地只能等下雨后种豆子了。

麦收刚完，显祖媳妇荷花为东油坊生了个白胖的男孩。陈禹和他老婆陈高氏乐得合不拢嘴。陈禹夜里到荷花炕上，宝贝宝贝地叫着，又是亲又是抱，不知如何感谢荷花才好。

荷花生孩子后，大伯母陈王氏、二姨、三姨都来看过她，也都送了丰厚的礼物，可荷花总感到她们对她有点冷，特别是大伯母和二姨。

荷花想的不错，大伯母陈王氏对她生了儿子，不光有点冷，还含了点醋意。她担心这么大的家业，在他们老了后都会成了陈禹那一支的了，陈舜和自己都要听他们摆布，不会有好日子过。她想自己是老了，生不了孩子了，可二姨、三姨都还年轻，怎么就不能生个孩子呢！她们要是能生个儿子，虽然不是她自己生的，对她这个大娘也会尊重的，也还是个依靠啊！可她们就是不会下蛋，特别是二姨整天只会打扮，在老头子跟前撒娇。转而一想，是不是老头子老了，不中用了？几天来，她都为这事睡不着觉。

三姨从去娘娘庙时和有富接触过后，他的影子就印在她的脑子里了。每天傍晚有富从村中井里挑来水倒进她屋里的水缸时，她都会站到灶间和他说几句话，有富总是低着头红着脸结结巴巴的，不像和大娘说话时顺顺畅畅得那么自然，她猜想他的心里是有自己的。

得了陈舜的许可，三姨胆子大了起来，时不时到油坊走走，找机会和有富说几句话。麦收后油坊恢复了榨油生意。蒸坯时是不能离开人的，陈舜叫三姨去给有富送饭，并当着她的面告诉二姨夜里到她的东厢房去睡。三姨提着篮子推门进了油坊。在热气腾腾的蒸锅旁，有富正在擦洗身子，冷不防见三姨进来，赶紧蹲了下去。三姨抿嘴浅笑一下，站到有富身后拿起毛巾给他擦身子，有意用手指触碰有富结实的胸脯。有富转身站起，从三姨手中夺过毛巾，说："让我自己擦吧。"三姨红着脸，把嘴凑到有富的耳朵边，"今天夜里老头子到二姨屋里睡，你黑夜忙完活到我屋里来，我有话告诉你。"又夺过毛巾帮有富擦干身子，从篮子里拿出玉米面饼子和一碟咸菜丝，坐在旁边看有富吃完了饭，提着篮子走出油坊。

有富将豆坯蒸好，装入铁箍里垒摞在榨油机中拧紧，看着汩汩的油流入油桶中，就坐到炕沿上，拿起铜质的烟锅子，悠闲的吸起烟来。一个下午，拧了几次螺扣，直至压出的油流由粗变细时，换上了一个空桶接着滴下的油滴。吃过晚饭后，给牲口槽里加了些草料，有富匆匆地用温热的水洗了手脸，擦了全身，换上干净衣服，将油坊大门锁好，穿过漆黑的胡同，推开了主家住屋南院的旁门，向亮着灯的三姨住屋走去。听到脚步声，三姨开门迎了出来，伸手把有富拉进自己的屋内。"三姨，有什么话你说吧。""以后你别叫我三姨，我比你还小三岁呢。""你是掌柜家的，我应叫你什么？"有富站在炕下，还是不敢抬头看。"我的名字叫葵花，你就叫我葵花妹子吧。""我不敢，叫掌柜听见会不高兴的。三姨，你有什么话快说吧，我在这儿时间长了叫掌柜知道了不好。"有富小声说。"怕什么！实话告诉你吧，是老头子的意思，你不愿意？"葵花见有富畏畏缩缩的，就把陈舜的话说给他听。"掌柜对我不错，我不能和他的女人……"有富还是低着头。"他老了，而且这也是他的意思。我早就喜欢上你了，你不喜欢我？"葵花怕这一晚上的时间白过了，就不绕圈子把真话都说了出来。"你这么好看，为人又好，不像二姨那么厉害，我也是早就喜欢你了，也看出你在这个家里过得不舒心，可我从来也不敢想和你……我不配。"葵花最终还是用真心打消了有富的顾虑……

从这天起，葵花来油坊的次数更多了，待的时间也更长了。

几个月后，葵花的身子显了出来，陈舜和陈王氏很高兴，走路的脚步轻快多了。陈舜到县城买了几块花布，给陈王氏和二姨每人一个褂子的布料，剩下的都给了三姨，够做三件褂子用的。陈王氏也不时地给她炖只鸡送来，或送来一盘猪头肉，让她好好补养身子。"多吃点，你现今要为两个人吃饭，可不能亏了孩子。"笑嘻嘻地嘱咐着葵花。

怀上了孩子，最高兴的还是葵花，这是她和有富两人的孩子，虽然不能姓李，可这有什么，无论姓什么都是他们两人的孩子。怀了孩子，这家人对她都捧着，二姨虽然心里不痛快，表面上也是三妹长三妹短的显得很亲热。

葵花怀孕后，二姨暗地里哭了几次。陈舜买花布那天，她问陈舜为什么给三姨那么多，只给她一件褂子的料？陈舜没好气地对她说："三姨现在要做一件肥大的，生了孩子后再做件瘦点的，等你怀了孩子，也给你多买。"她恨自己的肚子不争气。

第十二章

加入民先组织后不久，路方青和另两位老师于学文、朱晓明先后加入了中国共产党。经常与他们联系的是一位叫李大牙的人，实际上是春然在领导，只是为了秘密工作的需要，春然在家乡未露出共产党员的身份。

几场透雨后，庄稼蹭着长。锄过两遍地后，庄稼就封垅了。一些年轻人听了方青老师讲的戚继光领导的抗倭故事后，纷纷提出学习武术的要求。方青老师请了石匠陈明然教大家拳脚功夫。石匠是个四十多岁的硬朗汉子，曾跟他的师傅学过武艺，几个人近不了他的身。石匠受了方青老师的嘱托，每天晚饭后在场院里教十几个青年练起武来。秋然也想和其他年轻人一块儿练武，但因晚妹快到临盆的日子了，晚上只得在屋里陪她；老王也因夏至怀了孩子，晚上要在家里照顾妻子，有时还要到地里看看，家里的重活也要趁夜里干。两人初时均没有参加练武活动。狗儿住在粉坊，每天晚饭后给牲口加满一槽草料后，就急着到场院和其他年轻人一起练武。

晚妹挺着大肚子洗刷完碗筷子后，走回自己屋里。秋然坐在炕沿上等她，见她进来站起来拉着她的手，把她拉回炕边。晚妹点上了灯，从柜子上拿过针线笸箩，脱鞋上炕缝制起小孩子衣服来。她生孩子的时间，正是秋收秋种的大忙季节，虽然用不着她到地里和场院去干活，可别人也腾不出时间来照顾她，所以小孩的衣服和屎尿布都要自己事先准备好。虽然身子不方便，即将做母亲的喜悦和在丈夫身旁的幸福都写在了她的脸上。她抬眼看斜躺着的丈夫，秋然也正两眼瞅着她，两人的目光相对时，晚妹扑哧笑了。秋然爬起来，从后面抱住她，晚妹放下手中的活计，顺势躺到丈夫的怀里。

吃过早饭，秋然赶着骡车与老王一起到县城的集上，添买秋收秋种用的农具和制粉丝的一些设备。把车赶到杂货市里，买了几把扫场用的竹扫帚、扬场的木锨和犁铧，又买了几张筛粉浆的网。各种东西购买齐备后，正要赶车回家，被拥挤的人群堵住了去路。秋然站到车上眺望，见一队穿黑衣的警察押着十二个五花大绑的人走过来，其中还有一老一少两个女人。一些年轻人喊着"看杀人去"汇进了拥挤的人群。两个被绑的女人，被架着一路走一路喊着冤枉。站在大车旁边的一位上了年纪的人在向身边的人说："焦一打又要杀人了，真是作孽！"原来，县长焦万金每次杀人都要凑成一打（12个），人们就给他起了个外号叫焦一打。从老人的述说中，秋然知道了焦一打的底细。焦万金，四十岁左右，他的爷爷年轻时因家境贫寒跟着别人下了关东，在黑龙江先是给别人扛活当长工，几年后自己开垦了几十亩荒地种着，以后雇了些山东到关外逃荒的人做短工，开荒种地，到中年时已有了上百垧的土地，成了当地数得着的地主，和儿子一起雇着长工、短工，在大片的土地上种粮、卖粮。焦万金长大后，和一些游手好闲的人混在一起，当了"胡子"，干起了杀人抢劫的勾当，积攒了不少黄金和银元。前几年，他带着抢来的黄金和银元，到关内活动，当上了县长，和他一起当"胡子"的把兄弟王二旦当了保安团长。他俩都是杀人不眨眼的角色。这次杀的十二个人中，好几个是交不起租子的穷苦庄稼人，那两个女的是婆媳二人，因家务事到县衙打官司，还未进县衙大堂，碰到焦一打要杀人，正好缺两人才够一打，不容分说就把她俩拉了凑成十二个。

待人们走过去后，秋然拉着老王："杀这些可怜的庄户人，没什么看头，咱们快点走吧，总有一天，这个作恶的焦一打会遭到报应的。"二人赶着骡车出了集市走上回家的路。

傍晚时分，光棍万然背着褡裢提着一个包走在回家的路上。他今天很高兴，把保安团里的那几个家伙赢得直瞪眼。他很解气，平日里看着那些穿着制服的人吹胡子瞪眼睛地欺负百姓，在牌桌上一个个成了熊包，老老实实地把钱推到他的面前。他一边走，一边自个在心里笑，脚抬得很轻快。

他没有回自己的家，径直去了村东北屋寡妇家。他有好几天未进寡妇的门了，不知她现在是否在家、在做什么、是不是也在想自己，他一路走一面想着心事。正是吃晚饭时候，在街上没有碰到一个人。他推开了院门，见寡妇刚从茅厕出来。

点着了灯，万然从褡裢里掏出了一包熟猪头肉，一瓶地瓜烧酒，解开了那个包，"这是县里有名的猪肉大葱馅包子，是你和小翠爱吃的。"寡妇拿来一个杯子，给万然倒了一杯烧酒，万然喝了一大口，又把杯子端到寡妇嘴上，给她灌了一小口，寡妇咳嗽着说："我不会喝酒，你要灌醉我啊！"轻轻打了万然一下，万然哈哈哈地笑了起来。二人说笑着，吃着。

吃饱了饭，万然抱起寡妇："等不及了吧？"寡妇一口吹灭了灯。

光棍万然出去后，寡妇闩好了院门。万然刚拐向另一胡同口，见一黑影向寡妇家走去，他停了脚步，看了一会，回身跟了过去。那人走到寡妇家门口，推了推大门，接着拍了几下门环。"谁呀？"飘出了寡妇的询问声。那人轻声答应了一声"我"，又拍起了门环。不一会，吱呀一声门开了，寡妇披着衣服站在门口，那人扑了过去，寡妇猛力将他推开，关上了门。万然抓起一块砖头，几步上去照着那人的脖子砸去，那人趔趄一下摔倒地上。万然翻过他的身子，用手在他的鼻孔试了试，知他未死，踢了一脚，转身走了。

两个练武的年轻人，回家路过这里，将人扶起，看清了是陈舜，就架着送他回了家。二姨把陈舜扶进东厢房，给他洗去脖子上的凝血块，让他坐在炕沿上，"我去叫二叔来给你看看。"就出了门。

陈禹正搂着荷花亲热，一阵拍打门环的声音传来，"是不是谁家有病人来找你？"荷花推了陈禹一下。"生病也不挑时候，真扫兴！"陈禹不情愿地起来，披了衣服出去开门。"二叔，你哥被人打了，你快去看看吧"二姨跟着陈禹走进南屋。陈禹点了灯，收拾药箱，又端着灯到里面住屋去穿外衣。二姨跟到住屋，见炕上的被子整齐地叠着，并无刚睡觉的样子。出来时她又看见显祖媳妇住屋的门是虚掩着的，就不出声地哼了一下，"装得倒挺像，背地里和儿媳妇勾搭，你兄弟俩是一路货色！"跟着陈禹回了自己的住屋。

用酒精给哥哥的伤口消了毒，再用纱布包扎好了，放下一包消炎药，陈禹对二姨说："我哥这伤没什么大碍，吃点消炎药几天就会好的。"说完提了药箱就走，二姨送出了大门。

回到家，闩好院门，放下药箱，陈禹又匆匆返回荷花的房中。

陈舜半夜三更在侄媳妇门外被打伤的事，很快就传遍了全村。人们原以为是光棍万然打伤的，可有人在第二天早晨看到万然两眼迷糊地从县城回来，说是在县城赌了一个通宵回家来睡觉的，在时间上对不上茬。又有人说那天夜里他听见街上有人大声讲话，责骂陈舜丧尽天良欺负自己堂侄媳妇，奉祖宗命回家来教训他。听那声音像是他死去多年的爹。这一说法在村里一传十，十传百的传播开。很多人都相信是陈舜死去的祖宗回家来教训这个不肖子孙的。这些话传到了陈舜的耳朵里，他也冒出了一身冷汗，在一段时间里收敛了一些。

葵花和有富还是常在夜里见面。有富把方青老师讲的一些事情和故事，常说给葵花听。葵花听到日本人又占领了河北的一些地方，特别害怕，怕仗也打到他们这里，不能再过安生的日子。有富也常唉声叹气："中国为什么就不能再出个戚继光呢？""会有的，听说我们东三省那里已经有些人起来和鬼子斗了。"葵花说出了自己的看法。"怎么你说的和方青老师说的差不多呢？听说你爹也是老师，老师就是有学问。"有富握住了葵花的手。葵花告诉他：小时候在东北老家，过着自由自在的日子，爹下了课回家教她识字、读书；就是因为日寇打来了，他们才逃难到了关内，爹病死了，她没有办法才给和他爹年纪差不多的陈舜做了小老婆，整天提心吊胆地过日子。说这些话时，葵花忍不住流出了眼泪。有富用粗糙的手抹去葵花脸上的泪"等生的孩子长大了，你的日子就出头了。""那要等到什么时候？等老头子死了，我们离开这个家过自己的日子，就是穷点我也愿意。"听了葵花的话，有富很受感动，握着葵花的手，说："你想的周到，要真能那样我会一直等你的。"二人亲热了一会儿，有富离开葵花的住屋，回到了油坊。

13 第十三章

秋收秋种紧张阶段过后，人们可以松一口气了。今年风调雨顺，地里的庄稼得到了好收成。庄稼人眉开眼笑，庆幸未来一年可以填饱肚子，不再挨饿。

北粉坊家的谷子、豆子已经压场，晒干后入了囤子了，只有花生刨起后堆了起来，等干后再摘。地瓜还在地里长着，要等天凉时才刨。男人们在整修做粉丝的工具，准备秋冬的粉丝生产。

忠然带着老王驾车来到县城集上购买绿豆，车停在粮食市边的空地里。忠然在粮食市走了一圈，和熟人们打着招呼。五村八乡的农民们，见小陈村北粉坊买绿豆来了，纷纷背着口袋来到大车跟前过秤、拿钱。一个熟人问忠然下个集还来不来？若来时他推独轮车把家中剩下的绿豆都推来一起卖了，买头小猪养着。西村的孙大叔告诉忠然，他家种的绿豆今年收的多，准备卖了再加点钱买头驴。忠然笑着对他说："大叔，是应该买头驴了，要不什么都由你背呀扛呀扛呀的太累了，年纪大了不服老不行啊！大婶好吗？""好，好，让你惦记着。"不一会，一车绿豆买齐了，装上车，用绳子捆好。正要赶车到饭铺去吃饭，一群学生模样的人走来，边走边喊着："把日寇赶出中国去！""全中国人民团结起来，抗日救国！"等口号。到了人多的地方，围起了场子，一男一女挎着胳膊，高声唱起"我的家在东北松花江上，那里有大豆和高粱……九一八，九一八，在那个难忘的日子……"唱着唱着流下眼泪，抽泣着唱不下去了。周围的赶集人，虽然对歌词听得不甚真切，但大体意思还是听出来了，也就跟着流下了眼泪。唱歌的男女下去后，一个青年人站到忠然家的大车上，向人们讲述了东三省老百姓在日军占领下的悲惨生活，又讲了日军进关蚕食控制河北的情况，号召大家有钱出钱，有力出力，和日寇斗争，解救中国。这个人还未讲完，旁边一个青年举起了握紧的右手，高声领着喊："我们不做亡国奴！把鬼子赶出中国去！"周围的人们也跟着他喊起来。

忠然和老王无心到饭铺去吃饭了，就在集上随便买了几个烧饼，赶着骡车出了粮食市。坐在车上谁都不说话，沉浸在刚才的回忆中。"掌柜的，你说鬼子能打到我们这里来吗？像学生们讲的这亡国奴的日子可怎么过呀！"老王闷了一阵，问忠然。"我也不知道，按说中国这么大，有这么多人，还有那么多军队，应该会把日本军队挡住的，可东三省又明明被日军占领了，真把人闹糊涂了！"忠然也想不透。学生们讲的话唱的歌，像石头一样压得他们喘不过气来。忠然递了两个烧饼给老王，"凑合着吃点吧，"二人坐在车上吃着干烧饼。

刚过了歇晌时间，忠然他们就到家了。解开捆绿豆袋子的绳子，将绿豆搬到粉坊的东屋里。忠然告诉老王："今天不要下地了，你回家歇会儿吧。"

忠然回到自己的住屋，见春分正坐在炕上为大虎子做冬天穿的衣服，就说："离冬天还远着呢，现在就忙活了。""这几天是闲散的日子，过几天粉坊开工就没有时间做了，把大虎子的衣服准备好，还得把你我冬天穿的棉袄棉裤拆洗缝好，还有一个没出生的孩子，也得给他准备小衣裳啊。"春分白了忠然一眼，"下晌不出去忙了？那就躺下歇歇吧。"说完给忠然铺好了褥子。忠然躺下，把一只手放到春分盘坐着的腿上，不一会就呼噜了起来。春分看着他睡着的样子，心里觉得很舒坦，仍不停地忙她手中的活儿。"难道中国就这样完了吗？真的要做亡国奴了，唉！"忠然说起了梦话。春分愣了一下，推醒忠然，"你做梦了？"忠然揉了揉眼睛，"你怎么知道我做梦了？""你刚才说梦话了。"轻轻拍了忠然一下。忠然把在集上听到的鬼子占领东三省和在河北搞的一套，说给春分听。春分想不出日本占领下老百姓会是什么生活，就说："管他谁来，我们种我们的地，过自己的日子，碍着谁了，他能把人吃了？"仍忙她手中的活。

吃过晚饭，忠然来到学校，方青老师正在油灯下批改学生的作业，见忠然来就站了起来，"快坐，今天去集上买绿豆了？"忠然坐下，把今天在集上见到的事向方青说了。"方青老师，日军真会打到我们这里吗？中国真的没有救了？"方青已经知道了由北平来的学生抗日宣传团今天在县城宣传的情况，从忠然的表情看出了这次宣传对这些消息闭塞的庄稼人们起的作用，就对忠然说："大哥，你看中国会完吗？我看不会完，中国这么大，有这么多人，能让小鬼子任意宰割？""那怎么就让小鬼子占了东三省呢？"忠然想不透。"日军占东三省时，黑龙江的马占山就指挥着军队和日本兵打得很凶，因为政府不让他打，也不支援他，没有办法，他的部队不得不停止了对日军的抵抗。政府同样不全力支持其他部队对日作战。"听到这里忠然站了起来"这算什么政府！外国来占中国了还不组织部队去打，他们打的什么主意！""你听说中国出了共产党吗？这是个领着穷人闹革命的党，国民党掌握的政府害怕穷人起来推翻它，把军队派去镇压共产党领导的穷人革命了。""真有这样的党？""有啊，他们在江西还成立了政府呢，国民党几次派大军去'围剿'他们，都吃了败仗。"听到这里，忠然插嘴道："共产党打日寇吗？""他们已从江西到了西北，发表了声明，号召全国团结起来，共同抵抗日寇的侵略。全国有爱国心的人都在往西北跑，投奔他们，一起打日寇。"方青老师一面说一面观察忠然的表情。"共产党能到咱们这里就好了，我们家虽算不上穷人，可我是非常希望能把日寇打出中国去的。"忠然听了方青老师的话，觉得中国还是有希望的，脸上现出了喜色。

男人忙着粉丝生产的准备，女人们都到场院去摘花生。陈梁氏领着大虎子、背着二虎子也到了场院。在场院里铺了一个旧席子，把二虎子放在席子上。大虎子学着大人的样子，从花生垛里抽了一棵花生秧，用小手去摘花生，摘下一颗，用牙咬了咬，剥开皮，把花生仁填到嘴里吃起来。"大虎子，过来，妈妈给你剥花生仁，别把泥坷垃吃到肚子里。"大虎子跑到春分跟前，伸着两只小手，春分把剥出的花生仁一粒粒的放到他的手里，"好了，吃这些够了，过去和二虎子一起玩吧。"大虎子捧着花生仁跑过去，坐到二虎子跟前："二虎，给你花生吃"正在拿着一颗花生仁要放到二虎子嘴里时，奶奶过来抢了花生仁，"大虎，二虎还小，牙没有长全，吃不了花生，等长全了牙才能吃。"二虎子看着大虎子的嘴，啊啊地叫着向大虎子爬去。

"婶子，你也出来摘花生，带两个孩子还不够你累的？"老王媳妇夏至提着一篮子野菜经过这里。"篮子里盛的什么？你身子也不方便了，重活不要干了，叫再兴多干点，要多注意自己的身子啊。"陈梁氏嘱咐着夏至。"篮子里是我到水渠边拔的刺儿菜，回家剁剁喂猪。我家刚把肥猪卖了，再兴又买了一头瘦架子猪，叫我喂肥了过年时卖。"夏至满脸喜色地回答陈梁氏。"再兴是个好孩子，人好，心又实，会过日子。秋庄稼都收回来了吗？"陈梁氏喜欢王再兴，就在夏至面前夸奖几句。"玉米、豆子、谷子都收回来了，只有地瓜还在地里。"夏至一面和春分妯娌们打着招呼，一面回答陈梁氏的问话。"地瓜还要长一段时间，等到刨地瓜时我告诉忠然叫再兴回去刨。""大哥可照顾我们啦，重活都是大哥叫再兴回家干的，有时还套上车把粪拉到地里，我可省心啦！"夏至说着感激的话。"这是应该的，木匠活着时，他们就和亲兄弟一样。再兴从小就到了我们家，和他们兄弟几个也和亲兄弟一样，你用不着说外道的话，有什么事尽管告诉忠然，他会好好安排的。"夏至答应着，挎着篮子走了。

　　"大虎妈，你去拿个桶来，装一桶花生，回家放锅里煮一煮，放点盐，他们兄弟都爱吃煮花生，春然要是能回来就更好了，他就爱吃带咸味的煮花生。"陈梁氏又想起了春然，"他有日子没有回来了，这几天应该回来的。"

　　春然这时正推着车子向小陈村走。自行车出了点毛病，无法骑着走，推车步行就慢了。他走进村里，碰到几个晚上练武的年轻人说笑着回家睡觉，见到他互相打着招呼。在闩大门以前，他推着车走进自家院子，煮花生的香味冲进他的鼻子，"妈，我回来啦，做的什么好吃的，这么香？"听到喊声，陈梁氏开了灶屋门走到院子里，"春然，你真是馋猫鼻子尖，刚煮好的花生就让你闻到了。"拍拍春然衣服上的土，"累了吧，快进屋洗洗脸，吃点煮花生，早点睡觉吧。"春然放好了车子，跟着母亲进了灶屋。月季听到丈夫的声音，开了房门走进灶屋，往铜盆里倒了水，拿着毛巾笑着站在一边。春然洗脸的时候，母亲从锅里盛了一碗煮花生，"你爱吃带咸味的煮花生，刚煮好，都还没吃呢，你先吃点尝尝，可不能撑着了，撑着就睡不着觉了。"说完，走进了自己的住屋。

　　月季把睡着的孩子往里挪了挪，又从柜子里拿出了一床被子和一个枕头，铺好床后，站在炕边，看着丈夫在急急地剥花生吃，便走过去剥花生皮，把花生仁塞到丈夫嘴里，春然也把剥下的花生仁往她嘴里塞。吃了一会，月季把盛花生的碗端起放到立柜上，"别吃了，妈不叫你多吃的，睡觉吧。"到灶屋水缸里舀了一杯子水，让春然漱了口，两人脱了衣服上炕睡下。

　　第二天的午饭前，春然来到学校，正逢学校下课放学。"路老师，你好啊？"春然和方青打招呼，方青把春然请到屋里坐下。两人闲聊了一会后，春然对方青老师说："你们把年轻人组织起来练武，这种做法很好，让年轻人学武艺练身体，还能防止他们学坏。要是能找个会用枪的人教教大家，万一鬼子来了就能拿起枪和敌人干，你看那样是不是更有意义？"春然尽量表现得像随意说出来的。

　　看见一学生家长提着篮子给老师送饭来了，春然就告辞出来，回家吃午饭。

第十四章

刨了地瓜后，北粉坊制粉生意进入了紧张时期。因春分和晚妹肚子里的孩子越来越大了，不能再承受粉丝生产的重活了，北粉坊从前些天就在寻找雇一个健壮的男短工。几天来，虽有几个来联系的，忠然都不满意。

这天，忠然和老王驾着车到县城集上买绿豆。进入粮食市后，很快就买足了一车的绿豆。接近中午，忠然和老王把车赶到饭馆门口，进去买了两大盘包子。两人蘸着蒜泥和醋，有说有笑地吃着。一个衣服脏破的年轻人，拿着破毛巾擦着桌子，将盘碗中剩菜、剩饭收集起来，放到一个破碗里，饭馆里的伙计和掌柜也都在帮他收集剩饭。忠然见这人长的虎背熊腰挺魁梧的，只是有点消瘦，不像一般讨饭人，就搭讪着和他说话，听他口音不像本地人。这人不爱多说话，只是问一句答一句。通过掌柜和伙计们你一言我一语的介绍，忠然知道了他是东海人，因本村财主糟踏了他姐姐，他于一天夜里偷偷把财主家的一处房子点火烧了，怕财主知道后处置他就跑了出来，在外讨饭流浪，近几天常到饭馆里帮着洗碗洗盘，收集点剩饭剩菜充饥。听了这些话，忠然又要了一大盘包子，叫那人过来坐下吃。起初那人不吃，说不认识他们，又没有帮他做什么活，怎么好白吃他的包子呢？饭馆掌柜的就跟他说："这是小陈村北粉坊的大掌柜，是好人，他有话要和你说，叫你吃你就吃吧。"听了这话后，他才不好意思地笑笑，坐下吃了起来。吃完后，忠然问他愿不愿意到他家做个短工？他给忠然鞠了一躬，说自己什么农活都会干，愿意去做短工。

三人离开饭馆，忠然到布店买了一块蓝布，坐上车出了城向小陈村走去。

这人姓刘，名字叫铁蛋，今年十七岁。爹早年去世，母亲带着他和姐姐过日子。家里有几亩地，平常年景还能糊住了嘴。他姐姐长到十六岁时，出落成一个俊俏的姑娘，不少年轻男人常爬到她家的墙头上偷偷看她。

一天，铁蛋和他妈到姥姥家去，他姐姐在家看门。他和他妈刚走不一会儿，本村财主刘善人踏进他家的门，进屋后就动手动脚，伸手去解他姐姐的褂子和裤子，两人扭打起来。一个女孩子毕竟不是这个油光满面的中年男子的对手，不一会就没有劲了，被刘善人摁到炕上。姑娘被糟踏后，躺在炕上，一直哭到铁蛋和他妈回来。她妈怕脾气暴烈的铁蛋会去找刘善人算账，嚷嚷出去毁了女儿的名声，一直不敢把实情告诉铁蛋。可纸里怎能包住火呢，不到两三个月铁蛋还是知道了实情。在一个月黑风急的夜里，铁蛋用麦秸引着火，把刘善人家盛粮食和喂养牲口的一处房子烧了。从此他离开了家。不久又参加了反对国民党政府残酷统治的农民暴动。暴动被镇压下去后，他就开始了讨饭的流浪生活。他对人诉说自己的身世时，从不提参加暴动的事，怕遭到杀身之祸。

铁蛋到北粉坊后，和狗儿一起，白天和晚上都住在粉坊里。

忠然叫春分给铁蛋做了一身蓝布裤褂，铁蛋穿上后，显得更精神了。除了白天在地里、粉坊干活外，他还同狗儿一起参加了晚上的练武活动。因为他勤学苦练，再加上长的精神，很快大家都喜欢他了，常学着他的口音取笑他，他也不恼，只是嘿嘿嘿地傻笑着。他白天嘻嘻哈哈的忙活，晚上常自己在一边唉声叹气。狗儿把这件事告诉了老王，老王问他有什么想不开的事，他如实地告诉老王："我家还有母亲和姐姐，我跑出来后，不知他们怎么样了。"老王很喜欢这个机灵实在的小伙子，把他当自己兄弟看待，就跟他说："你的情况大掌柜知道一点，等活儿松点了，我跟大掌柜说说，你回家看看。"铁蛋有了盼头，干活更勤快了，整天有说有笑的。在这个家的成年男人中，他的年龄最小，大家都把他当成小弟弟，爱跟他逗笑。没有事时，他常把大虎子扛在肩上，逗得大虎子整天追着他，陈梁氏看了更加喜欢他。

一晃几个月过去了。天寒地冻的冬天，粉丝不易晒干，粉坊的制粉量不得不减少些，几天才漏一次粉。忠然拿着一些钱对铁蛋说："你回家看看你妈和姐姐吧，也把这点钱给他们送回去，让他们买点粮食过日子。不过你要小心，不要白天进家，不要让人知道你回了家，几天后就赶快回来，在这里比在你家安全点。"铁蛋流着泪接过了钱，"掌柜的，我记住你的话，我会很快回来的。"

回家见到母亲和姐姐，三个人抱头痛哭了一阵子。铁蛋把在外讨饭流浪和在小陈村北粉坊做工的事说给母亲和姐姐听，并从口袋里掏出了钱："这是掌柜的给我的工钱，他叫我带回家来给你们买粮食过日子，还说他那里安全，叫我快点回去。"母亲是个刚强的人，生活的坎坷，更磨炼了她的刚强意志，她告诉儿女："没有永久的富贵，也没有永久的贫穷。做坏事的人，总有一天会遭到报应，我们要好好活着，看看他刘善人会有什么下场！"铁蛋在家住了两天，母亲就要他回小陈村："北粉坊是一家好人家，你要好好干活，别让人家说个不字，对其他长工要像对待哥哥一样，别惹他们生气。我和你姐姐能好好地活着，你不用挂心。咱们家没有什么好东西让你带给东家，我们靠海，就带几斤咸鱼吧。"将包好的一包咸鱼递给铁蛋，天还不亮母女俩送铁蛋出了村。

铁蛋回北粉坊的当天，晚妹就生了一个壮壮实实的儿子，全家人欢欢喜喜的。陈梁氏给孩子起名叫来喜，说是铁蛋带来的喜气，对铁蛋更加喜欢了。第二天，陈梁氏叫春分和月季做了几条咸鲅鱼让大家吃，感谢这位远方的母亲。

经过春然的提醒，方青老师和其他人商量了一下，觉得让练武的人学习用枪，是好事，平时可以防匪，日寇打来了可以和日寇干。可请谁来教呢？一时没有头绪。过了几天，在一次闲谈中，东村的一个老师说起他曾教过一个叫孙江的学生，现在罗山镇乡农学校当兵。

罗山镇是个山区集镇，乡农学校座落在村西山坡上，是南北相连的两个院落。北面是两排五间的院落；南面是两排三间的小院，住着队长和两个小队长，孙江和另一个小队长住在北三间的西间里。

路方青和东村的老师一起来到南小院，见到了孙江。这是一个中等个头、一张娃娃脸、说话就脸红的年轻人，一身合体的黑色军装，显出精神和干练。方青老师说明来意后，孙江告诉他们：带枪出去要队长同意才行。他们又到东屋找队长。队长正与县城的保安团闹别扭，一听这事，觉得这是扩大乡农学校影响的好机会，是和县保安团争夺百姓的一个机会，就满口答应下来，同意孙江带着枪去讲解。

从此，孙江隔几天来一次，给大家讲解民间打铁砂的土枪和钢枪的装退子弹、瞄准、射击和枪支保养等方面的知识，激起了练武青年人的兴趣，学习劲头很高。

起初铁蛋对穿黑布军装的孙江很反感，见到他就想起那些用枪炮镇压他们拿着大刀和长矛的暴动队伍的情景。随着交往时间的增多，觉得这个青年和别的大兵有些不同，对他们这些穷苦百姓很亲切，对他这个外乡人也很好，很亲热地教他瞄准、擦枪，日子一长，俩人成了朋友。孙江对有富也很和蔼，常向有富打听他东家的情况，知道陈舜对绑架他的人一无所知，一块石头落了地，心里踏实了。

凝集的厚厚阴云，在人们的睡梦中，纷纷扬扬向大地撒下了鹅毛大雪。一天两夜的降雪，把房舍和田地罩上了一层厚厚的积雪。门被雪封住，人们被堵在家中，连唧唧喳喳的麻雀也待在窝里不出来。大地静止了。

老王让狗儿和铁蛋拿着竹扫帚和铁锨，在粉坊到掌柜家住屋的路上，像掘渠一样用铁锨掘开积雪，掏出一条两个铁锨宽的雪沟。不一会，两人的脸上都现出了密密的小汗珠。铁蛋把毡帽摘下掖入扎在腰间的带子里，头上立即冒出了可见的水汽。狗儿与他开着玩笑："铁蛋，你的头上像刚撒上了一泡尿，在冒汽呢。"铁蛋也给了他一句："看看你的头上像我刚屙上一泡屎，也冒着汽呢，"两人说笑着，手不停地铲着。约过了一顿饭时间，忠然、秋然兄弟也拿着扫帚和铁锨向他们的方向掏来。很快，两边接头了。铁蛋和狗儿又在通学校的路上掏起来。忠然和秋然来到粉坊，见老王已将房外拴牲口的场地扫干净了。

到吃早饭时候，铁蛋、狗儿两人已把通学校的路掏通了。

铁蛋匆匆吃完饭，拿着绑了一根短树枝的绳子和筛草的筛子，到房外扫除了雪的空地上，把筛子用短树枝支起，在筛子下面放了一把谷子，手拉着绳子藏在大门里。不一会，几只麻雀钻到筛子下面，争抢着啄食谷子。当吃的正欢时，铁蛋把绳子一拉，筛子扣下，麻雀就被扣在筛子里了。铁蛋拿了两块砖头压在筛子上面，进屋叫了狗儿，拿着两条麻袋，把扣了麻雀的筛子边缘蒙住，掀开了一道缝口，将几个要往外飞的麻雀逮住了。两人高兴地各抓着两只麻雀跑进粉坊，用细麻绳绑住麻雀的腿，将麻雀递给忠然："掌柜的，你带回去给大虎、二虎玩吧。"忠然笑着接了麻雀，说："真是孩子，还真有办法。"大家说笑了一会，忠然拿着麻雀走回住屋。

15 第十五章

葵花的肚子越来越大，行动有点不方便了。陈舜和陈王氏对葵花照顾的更周到了，常给她单独做点好吃的。下雪后路滑，陈王氏特地到南院葵花的住屋，嘱咐她走路要小心千万别滑倒，还把她准备的小棉袄小棉裤抱了来，放到葵花的炕头。葵花对陈王氏很感激："大姐，你真好，我得好好谢谢你。""谢什么，你什么活不用干，只要能生个儿子，你就是咱家的大功臣。"陈王氏放下了大老婆的架子。

夜里，有富进了葵花的住屋。葵花脱了衣服躺在被窝里，任由有富抚摸凸起的肚子。"前天夜里，老头子过来说想给你几亩地，或给你一些钱，要你离开这个家自己出去过。他是看到我怀上孩子了，有希望了，怕我们俩长期相好，要撵你出去啊，你看怎么办？"葵花说着说着流下泪来。这事有富也想过多次，只是还未拿定主意，听了葵花的话，想了一会，说："你告诉掌柜的，我也想和他算一算，给我地行，给我钱也行。我也不想一辈子就这样下去，自己有了地，再盖几间房子，就是不能和你一起过，能看着你把我们的孩子养大成人，不管他姓什么，我心里也高兴！""你自己过后，会娶媳妇吗？"葵花带着哭声问有富。"我哪能忘了你啊，能常常看到你就行了，还娶什么媳妇啊！"有富叹了口气，抱紧了葵花。

几天后，陈舜跟有富说："听三姨说你愿意自己过。从你应拿工钱算起，有六年多了。我和兄弟商量了，给你村边能浇水的地半亩，再加坡地三亩。你有这些地也就能过了，你看行不行？"有富虽然觉得少些，可也不敢说什么，他有点怕掌柜的，就说："我记得当初是当着西瓦房千山爷的面说的，我得告诉他这个事。"

陈千山知道这事后，找到陈舜，说："大侄子，给有富那点地是不是少了？按眼下的情况，你应再加一二亩。不加地也行，给有富点钱，要他盖两间房子才好住啊。有富这孩子，这些年给你们挣了那么多钱，你不能太亏了他！""就按大叔说的，再给他三十块钱，够盖三间房子的了，你看行吧？"陈舜虽然不太乐意，但碍着陈千山的面子，也怕他说出不好听的话来，就答应再给有富加三十块钱。

有富搬出了东油坊，借了邻居家场院的一间盛家什的小屋住下了，睡在用麦秸做的地铺上，在屋外搭了个简单的小棚子，垒了锅灶做饭。买了辆木轮手推车，每天到外村的砖窑上买砖，准备化冻后盖三间房子。备足砖瓦及木料后，整个冬天有富就在砖窑上做短工，既能挣工钱，又可在砖窑上吃饭，省了自己磨粉做饭的时间。每天睡觉前，有富都爬到葵花住屋的南墙上，透过窗纸看灯下葵花的身影，直到葵花吹灭灯后，才回自己的小屋睡觉。

下了大雪后，屋外太冷，年轻人无法在屋外练武了，就聚到学校听方青老师说古道今。方青老师讲的最多的是戚继光领着人们练本领杀倭寇的故事。有时方青老师没时间了，他们就到北粉坊练习锣鼓排练节目，为春节后各村串演作准备，直到很晚才回自己家睡觉。这些活动不但年轻人喜欢，老人们也特别支持，因为这些活动把年轻人笼住了，他们就没有时间和心意去赌钱和与女人鬼混了。

腊月的一天，按照与保安团几个赌友的约定，光棍万然按时到了约定的地方，见几个人都来到，就坐下玩起牌来。万然手气很顺，一连赢了几把，见几个人脸上急出了汗，就故意输了几把，假装很急的样子，嘴里"他妈，他妈"地喊着，惹得三个保安团赌友哈哈大笑："万然，不行了吧，你这赌王也有输的时候啊！"气氛活跃起来。"万然，你们村有个姓路的老师吗？"那个姓杨的赌友边出牌边问道。"有啊，写的一手好字，杨队长要找他写对联吗？"万然随口回答。"写什么对联啊，他们说他是共产党，要抓他。乡里乡亲的，我真不愿得罪人，我没答应那个王八蛋团长。噢，我赢了。"把牌一放，笑了起来。"共产党是干什么的？路老师就是一个教书先生，在我们村里好几年了，为人挺好的，大家都挺喜欢他。"万然出着牌随口说着。"是不是经常给大家开会？"杨队长紧跟着问了一句。"开不开会我不知道，在农闲时，年轻人常在晚上到学校去听他讲故事倒是有的。""讲什么故事？"杨队长问。"我没去过，听他们说常讲岳飞抗金、戚什么光打倭寇还有穆桂英挂帅什么的，这些人都是共产党吗？"万然充傻。"我说万然啊，你赌钱是好手，怎么一谈这些就成傻子了，那是古代的几位英雄，什么共产党啊！"杨队长笑着挖苦万然。"我还以为他们是共产党呢，哈哈我赢了。"万然放下手中的牌。"对老百姓好就是好人。我听说共产党是帮穷人说话的。"一个赌友说着抓了一张牌。"我说小李啊，你说话可要留心点，让那个王八蛋团长听见了，要把你关起来的。我们当兵吃粮，养家糊口，不管这些，不过自己要小心点，别丢了这个饭碗哪！"杨队长关照赌友。

这一晚上，还是万然赢得多。天亮时，万然从赢的钱中拿了一点揣到怀里，将其余推给他们三人，"到年关了，大家都不富裕，这些钱你们拿回去给老人孩子买点东西吧。""那怎么行，牌桌上有规矩的，哪能把输的钱再拿回来！"三个人齐声说。"大家凑到一起是朋友，就算我送给大家的年礼吧。"万然把钱重新推到他们的面前。"万然够朋友，我们拿了。"三人把钱装到口袋里。

万然没顾得在饭铺吃早饭，买了几个烧饼放进褡裢里，匆匆往家里赶。他未敢先回家，直接去了北粉坊，把秋然拉到屋外，将在赌桌上听到的情况告诉了秋然，让他转告路方青老师。"你自己去告诉他吧，何必要我转达。""我从未和路老师说过话，我这样人和他说话他能信吗？"秋然不同意万然的话："你是什么人？是我们的兄弟。你不杀人放火图财害命，为什么把自己看扁了。你抬起头做人，谁敢看不起你！""也就你看得起我，所以我听到他们要抓路老师的话就先告诉你。你快去告诉方青老师吧，让他想法躲一躲，不要吃眼前亏，焦一打可不是人养的，他把杀人当饭吃。"说完抬腿走了。

秋然来到学校，方青老师正在给学生上课，他就站在院子里等老师下课。方青老师见他不走，知道是有事找他，给学生布置了作业，走出教室。秋然把万然的话一五一十地告诉了他，叫他想法躲一躲。方青老师想了一会，走进教室告诉学生他家中有事，要大家复习功课，下午放假。走出学校，到别的村通知其他几位老师去了。

年关将到，方青老师决定提前放年假。为防万一，他吃住都在北粉坊，并将各班的考试题出好，委托秋然代为监考。忠然告诉老王他们，不要把路老师住在北粉坊的事说出去，并叫铁蛋、狗儿多加注意，不能让路老师出事。

三天后的上午，十几个穿黑制服的保安团大兵，在陈舜的指引下，堵住了学校的门和窗户。开门后，把老师住屋、教室搜了一遍，未见方青身影，到陈舜家吃了午饭，回县城交差去了。

16 第十六章

县保安团来抓人引起的恐慌，冲淡了过年的快乐气氛，除了孩子们外，不少家只是例常的把这个年打发过去，不像往年鞭炮响彻多少天，热热闹闹。人们的脸被一层阴云笼罩着。

忠然和秋然仍随村里的秧歌队走东村串西村，但兴致不高，忠然甚至出现过从未有的将胡琴拉走调的事，受到不少人的责问。正月中旬，快到春分临盆的日子，忠然干脆不到外村去了，只在家里陪着春分。

正月十五日上午，春分肚子开始疼了起来。忠然坐在炕头边的椅子上，握着春分的手。陈梁氏打发月季去请三婶，自己将盆子等刷干净后，往锅里加了水，到场院抱了一大抱麦秸根放到灶间，焦急地等着三婶。

过了一顿饭时间，三婶随月季进了门，与陈梁氏打了声招呼就进了春分住屋，将忠然推出，看了春分的下身，摸了摸春分的肚子，出来对陈梁氏说："嫂子，别焦急，还得一会儿呢。"陈梁氏将她拉到自己的住屋，老妯娌俩坐到炕上，拉起了家常。

忠然听了三婶的话后，又进了自己的住屋，坐到春分身旁，说："别怕，三婶说孩子胎位正，你就放心好了。""我不怕，有你在我身旁我什么也不怕！"春分说着对忠然笑了笑。忠然握着春分的手，说着让春分高兴的话，减轻她的痛苦。一会儿，大虎子推门进屋，叫了声妈妈，用小手握住了春分的另一只手。春分看着这爷儿俩，脸上现出了幸福的笑容。"大虎子，妈妈要给你生个小兄弟，你喜欢不喜欢？"忠然笑着问大虎子。"喜欢，小兄弟怎么还不来？我等他。"从大虎子嘴里响出稚嫩的声音。"你先到奶奶屋里玩，一会儿小兄弟就来了。"大虎子听了爹的话放开妈妈的手，下炕穿了鞋出门到奶奶屋里去了。

月季蒸了饽饽，炒了两盘荤菜、一盘粉丝白菜，盛了一盘鱼冻，端着送到婆婆的炕上，请三婶和婆婆吃饭，又盛了菜拿着饽饽送到晚妹屋里。

秋然提着饭菜到粉坊和铁蛋一起吃。月季又到春分屋里问大嫂吃点什么，春分和忠然两人什么都不想吃。

吃过午饭后不长时间，春分肚子疼得更厉害了。三婶急忙进屋看了看，对忠然说："大侄子，侄媳妇快生了，你出去吧。"又隔着窗子高声喊："嫂子，准备热水吧。"

春分的喊叫声更大了，忠然和陈梁氏的心提到了嗓子眼。这是春分的第一胎啊，他们怎能不焦急！听三婶在屋里高声说："使劲，孩子的头出来了，再使点劲！好，出来了。"又对着屋门高声说："恭喜嫂子，孩子顺利地出来了，是个千金，大人也好，把热水端进来吧。"

陈梁氏乐呵呵地端着一大盆热水进了屋内，三婶洗了孩子的身子，孩子哇哇地叫出来世间的第一声。随着孩子的叫声，站在灶间的忠然、月季、秋然和晚妹，都长长地出了一口气。陈梁氏、满脸是汗的三婶走了出来，忠然端着冒着热气的半盆水，拿着毛巾："三婶，让你受累了，快擦把汗吧！"三婶笑着接过毛巾，浸到水里，捞出又拧了拧，擦着脸上的汗珠，对忠然说："忠然好福气啊，龙凤齐全了。老天有眼，好人有好报，你们家缺女孩，老天爷就送女孩来了。"陈梁氏更乐得合不拢嘴了，擦了把脸后，拉着三婶，"大妹子，快到我炕上歇歇去。二虎妈、喜子妈再炒点菜，忠然拿酒来，给你三婶敬酒。"

三婶走后，忠然走进住屋，见春分闭着眼睡着了，给春分掖了掖被角，不吭声地坐到炕边，一会看看躺在旁边的女儿，一会看看春分。听到母亲叫才走出自己的住屋，到母亲住房内，"忠然，今天是正月十五，大虎妈又给我们家生了个闺女，你到粉房切点肉，拿几条鱼来，晚上多炒几个菜，叫铁蛋也到家里吃，全家热闹热闹。"为了怕坏了，他们家把过年的肉和鱼放到粉坊一间不烧火的房内冻着。

傍晚，秋然来到父亲、二哥和大嫂的坟前，摆上供品，在用砖砌的坟门内点着了用萝卜做的灯，又在各个坟头上插上买来的白纸幡，在各个坟前磕了头后，蹲在父亲的坟前，将家里添了一个孙子和一个孙女的喜事禀告了父亲，望父亲在天之灵保佑全家。天黑下来后，秋然撤了供品，提着篮子回了家，点上了给大虎子做的萝卜灯，让大虎子用棍子挑着一起来到粉坊。待铁蛋给牲口槽里拌上了草料后，秋然拉着铁蛋回住屋吃饭。

陈梁氏见大虎子骑在铁蛋的肩上，爷儿三个有说有笑地进了院子，笑着叫铁蛋放下大虎子到屋里吃饭，"再兴、狗儿这里有家，都回家去过十五了，你家离这儿远不能回去，就咱们一起过。你和忠然、秋然就像兄弟一样，别生分，敞开吃敞开喝，啊。""大娘，我不生分，就和在自己家一样，您对我好，掌柜的对我也好，我在这里过得很舒心。"铁蛋笑着把大虎子从肩上放到地下。"今天家里又有了喜事，你大嫂子给我家生了第一个闺女，全家一起热闹热闹。"看得出来，陈梁氏是很喜欢孙女的。

大家在桌旁坐下后，铁蛋端着酒盅站起来给陈梁氏敬酒，陈梁氏高兴地喝了一大口，接着又给忠然敬酒："大掌柜，祝你喜得千金。"铁蛋学着戏台上的唱词。

忠然草草吃了几口饭，回到自己住屋，点着了灯。春分刚睡醒，对忠然说："我肚子饿了。"忠然出去跟母亲说了。陈梁氏给春分盛了碗小米稀饭送进屋内，说："大虎妈，先喝碗稀饭垫一垫，一会儿我给你煮鸡蛋吃。"

春分倚着被坐着，把稀饭喝完了，问坐在炕沿上的忠然："大虎吃了没有？半天多没有见着他了，没有闹吧？"睡了一大觉，春分的体力恢复了不少，精神也好多了。"大虎正在那里和大家一起吃饭呢。这孩子喜欢铁蛋叔，见了铁蛋就要铁蛋扛着他。"忠然说着站起来接过春分的碗。

"哥，你给孩子起个名字吧。"春分有时还和以前一样管忠然叫哥。"现成的名字，今天是正月十五，戏文上叫元宵节，就叫元宵，你看好不好？""你说好就好，要是妈也同意，就叫元宵吧。"看来春分对忠然为女儿起的名字是满意的。

陈梁氏拿着煮好的鸡蛋，走进忠然屋内，把鸡蛋递到春分手里，端着灯俯下身子去看刚生下的小孙女，乐得合不拢嘴。"大虎妈，从今天起让大虎到我炕上睡吧，你炕上三个人够满的了。"

在人们的感觉中正月的日子总是比平常过得快，一眨眼就过去了。一般人家又开始忙活了。

二月二，龙抬头。这一天，庄稼人常在田头或种菜的园子里点上一堆火，把藏在乱草中的各种有害的虫子和有害动物烧死，获得个好收成，所以处处冒烟。

狗儿和铁蛋到地里点着了火，回来吃早饭时，老王拿着染了红皮的鸡蛋，塞到他俩的手里，说："天不亮儿子就急着来了，哈哈。""恭喜大哥。"铁蛋比狗儿脑子快，接过红皮鸡蛋后，握着双手向老王一拱。狗儿咧着嘴笑笑，也举起双手一拱，表示对老王的祝贺。

　　早饭后，老王提着盛红皮鸡蛋的篮子，走进忠然兄弟的住屋。陈梁氏见他高兴的样子，猜到了八九分，"再兴，看你高兴的，夏至生啦？""生了，婶子，托大家的福，天不亮就生了，是个男孩。"老王高兴得不知说什么好了。"起名字了吗？"陈梁氏问老王。"还没有，婶子你给他起个名字吧。"老王把陈梁氏看成自己的长辈，诚心地希望她给孩子起个名字。"我哪里会给孩子起名字啊，你们的意思叫什么？""还没有定下来，夏至说这孩子来晚了，我想就叫晚生吧，不知好不好？"老王说出了自己的想法。"晚生，这名字挺好的，夏至生孩子后身体怎么样？月子里可要好好保养，可不能落下毛病啊！""婶子说的是，我正要给大哥说，要到夏至娘家去一趟，把她妈接来侍候月子呢。""去吧，这是个大事。"没等忠然说，陈梁氏就答应了。

　　老王走后，陈梁氏叹息了一声，自言自语："夏至还没有忘记木匠侄啊！明天，我去看看她。"

第十七章

麦收后，一个个坏消息吹到人们的耳朵里：日本军队在北平挑起事端，占领了北平，没过多久天津也被日军占领了，再后来日军渡过黄河侵入山东地界。恐慌、激愤、沮丧的情绪，在中国大地上弥漫。德州的一个财主，在听到日军占领德州时，惊吓昏厥倒地而亡；潍县一位上了年纪的教书先生，听到日军打到潍县时一下子吓疯了，每天披发垢面跑到街上喊："我不当亡国奴，不当亡国奴……"

过去那些只管种地纳粮、不闻世事的庄稼人，被这些消息震惊了，担心着今后的日子。

小陈村学校又开始上课了。西安事变时国民党最高领导人，在人民强烈的要求下，被迫做了国共合作共同抗日的承诺。因此，国民党政府表面上不敢明目张胆地逮捕和枪杀抗日的共产党员了，何况他们并没有路方青是共产党员的实据，所以路方青仍回到小陈村学校教书。

日军占领北平后，方青他们根据上级的指示，更加积极地开展抗日宣传。忙完夏种的庄稼人，吃过晚饭拿着一把用麦秸秆做成的扇子，聚集到学校院里，听方青老师给他们讲解日本兵在北平和天津糟蹋百姓的事。有时讲着讲着听讲的人中有人哭了起来，有的年轻人咬牙切齿地骂起来。

春然骑着自行车，飞行在回家的路上。路边渐红的高粱穗子、绿黄交混的玉米地、匍匐地上仍呈绿色的花生和封住黄土的地瓜地，交替地向身后退去。胶东的大地呈现着丰收的景象。政府的腐败，对日寇的忍让，不知还有多少时日这片美丽的土地上将受到日寇铁蹄的践踏，人民将过着亡国奴的屈辱生活。想到这些，他回家的喜悦被激愤的心情湮没了。前天晚上他参加了中国共产党胶东特委的秘密会议，会上省委特派员传达了中央和北方局的指示精神，决定立即着手筹备武装起义事宜，在时机成熟时拉起队伍，抗击日本侵略者，并要他在两个县进行发动工作。昨天他托公安局的朋友，以自身安全为名，为他买了一支手枪和20发子弹。

太阳落山后，他回到了家中，把一包桃酥送给母亲。"春然知道我爱吃桃酥，每次回来都给我带桃酥。来，都来尝尝。"陈梁氏招呼儿子和媳妇们，又给大虎、二虎和来喜的手里各塞了一块，然后拿着一块放到小孙女元宵手里，"我的好孙女，尝尝你三叔给你买的桃酥。""妈，她才多大，还没长好牙呢，怎么能自己吃东西呢？您是太高兴了，把她当成大孩子了，妈，您自己吃吧。"春分笑着说。"我真是老糊涂了，怎么就忘了呢。大虎妈你嚼一嚼喂她吧，这是她第一次吃三叔买的东西。"陈梁氏把桃酥放到春分手里。

吃过晚饭，秋然把春然叫到大哥房内，就听到的各种消息询问春然。春然告诉他们："这些消息不是谣言，都是真的。阳历七月七日，在北平，日本军队编了借口攻击中国军队，中国军队被迫还击，但政府命令他们撤出战斗，北平就被日本占领了，不久日本军队又占了天津。日本兵对占领地区进行了抢掠，奸淫妇女，杀死无数中国人民。不久，日本兵就会打到我们胶东来。"听到这里秋然焦急地说："那样，我们该怎么办呢？""只有组织起来，拿起武器和敌人斗，才能把日寇赶出中国去！"春然斩钉截铁地说。"没有领头的老百姓怎么干呢？"忠然插话。"你们听说有个叫共产党的组织吗？共产党号召人民组织游击队，开展抗日的游击战争，与抗日的国民党军队合作，共同抗击日本军队。看来，中国只有充分组织民众，才能把日本侵略者赶出去，"春然说到这里停了一下，说："我们也要早作准备，把有些值钱的东西秘密地埋藏起来，把粮食藏起来。日本兵来了我不给日本兵干，参加游击队去。"兄弟三人沉浸在对国家和自己家庭的担忧之中。

第二天吃过午饭，春然来到学校与方青老师谈起时局，春然说："我听说国民党同意了共产党联合抗日的主张，这样他们不敢时时随便抓人了，但骨子里还是'反对'共产党的，所以还要时时注意才好。"春然用听说一词，不透露自己的共产党员身份。接着他们又谈到日军打来后怎么办的事，春然先说了自己的想法："日军来了后，我不给他们干，我参加抗日的游击队去。""我也要参加游击队，可到哪里找游击队呢？"方青也表示了自己的想法。

从这天起，忠然兄弟和老王、狗儿、铁蛋等人，把几口空缸偷偷埋在粉房空屋子地下，将晒干的麦子放入缸中，上面用油布蒙好，再放上干土。为防人知晓，将挖出的新土和垫圈泥土堆在一起，每天用来垫圈。

忠然独自赶集的次数多了，和往常不一样，不再驾车出入粮食集市，而是背着个褡裢走街串巷。从一些熟人那里他知道了不少有钱人家都在偷偷的买进黄货，他也托人买进了点。这事只有他和秋然知道。兄弟俩用一个瓷罐装了，在一天夜里趁全家人都睡下时，在猪圈旁挖了一个小坑，将瓷罐放入坑内埋好。埋完后，忠然回到自己的住屋，脱衣上炕。刚躺下，春分翻身面向着他，问："你们刚才在埋什么？我听见声音开窗看了看，见你和秋然在猪圈旁挖土搬石头的，像在埋什么东西。"忠然叹了一声，把春分拉进怀里，"鬼子要打来了，要过兵荒马乱的日子了。咱们家现在还有点钱，我买了点黄货，就是金子，放在罐内，埋到猪圈旁不起眼的地方了。万一有什么急用，还可接济一下。春然说日本兵来了他不给日本干，不当汉奸，那样就不会再有他的薪金收入了，若再不能作制粉生意，全家老小十几口子人就只有靠种地了，不打算一下怎么行呢！你知道了也好，但不能对任何人讲！不到万不得已，是不能挖出来的。另外，我们也藏了几大缸粮食。春然说了，家家都把粮食藏起来，鬼子来了抢不到粮食，就无法在中国待长了。唉，我们过得好好的，碍着你们什么了，要来抢我们的东西，杀我们的人呢！"忠然难过得说不下去了。春分往他身边靠了靠："我没有你们想的多，我只盼着你好，两个孩子能好好地长大，妈和全家好，我就满足了。"

在人们的焦虑和恐惧中，秋收秋种开始了。忠然兄弟和老王、狗儿、铁蛋，白天把带穗的高粱割起、捆好，谷子拔起捆好，用车拉到场院，晚上打发老王和狗儿回自己的家帮家里忙活秋收，陈梁氏在家照看睡下的四个孩子，忠然兄弟、春分妯娌三人和铁蛋都坐在场院，在月光下剪谷穗和高粱穗。忙了三四个晚上把谷穗、高粱穗剪完，摊开晾晒。干熟后，秋然牵着拖着碌碡的牲口，在场院上转着圈儿压穗子，将粮粒从穗子上轧脱下来。晒干后，将大部谷子装入麻袋，垒放在盛放杂物的空房子内，上面乱七八糟地放上许多破杈子、破扫帚等杂物。高粱粒子则在平日盛粮食的囤子里存放。玉米剥了皮后，放到用高粱秆架成的临时囤里风干。

吃过晚饭回到家里，老王拿着扁担和绳子到地里挑谷子。这是一块沟帮的斜坡地，无走大车的路，只能用人挑。一头绑了两个谷捆子向门外场院挑。好在离家不远，一晚上可以挑几趟，两个晚上就将谷子都挑到场院里了。夏至把孩子奶睡了，给老王摊了两个鸡蛋，"再兴，吃点吧，白天晚上的干别累坏了。""不要紧，看到你和孩子心里高兴，干活就不累了。"老王说的是真话。"那也得把这两个鸡蛋吃了"夏至不容分说把筷子塞到老王的手里。"忠然大哥说鬼子可能过不了多久就会打过来，谷子耐藏，叫我们收了后藏起来，不要叫鬼子抢走。你白天带着孩子把谷穗剪下来，晒干了，我晚上拖碌碡轧一轧。"夏至点头答应着老王的安排，舀了水放到盆里，等老王吃过后洗脸。

吃完后，老王端着灯看了看睡着了的儿子，这是他每天都做的。夏至接过灯，催他脱衣睡觉："都半夜了，快睡吧，明天还要早起干活呢！"说着吹灭了灯。

收完了玉米、高粱和谷子后，老王和铁蛋驾着车往地里送粪。一天，在地里卸了粪，驾车回村时碰到四老汉弯着腰背着一大捆带穗的谷秸，摇摇晃晃在前面走着，老王抽了一鞭子，轰着牲口赶上来，"大叔，把谷子放车上，上来吧。""我能背得动，别耽误你们拉粪，虽说忠然是好人不会说什么，我也不能耽误你们的事啊。""大叔，我们是顺路，掌柜的不会说什么的。"铁蛋跳下车，从老汉背上接过谷捆子放到车上，扶着老汉上了车。老王将车改道，向老汉门口走去。

这样忙了十几天，北粉坊将粪送到了各块地里。按节气算种麦还早，花生和地瓜还需要一段时间才能刨，可以松散几天了。

老王趁这几天松散，跟忠然说了一下，套上车把他家的粪送到了地里。晚间又把辫成一辫辫的玉米棒子挂到屋檐下晾着。

18 第十八章

在县城通往小陈村的黄土路上，风卷起一股一股的黄土，扑打着人们的脸。一个身穿学生制服的年轻人，用手遮着两眼匆匆地走着。太阳落山时，走上了小陈村村西头胡同里一家高门台，旋开门闩推门进了院子，"爹，妈，我回来了。"听到喊声，陈高氏下了炕趿拉着鞋跑出屋子，"他爹，荷花，显祖回来了。"一把将儿子拉进屋里。听到婆婆的喊声，荷花照着镜子将头发向后捋了捋，用手扯了下衣襟，来到婆婆的住屋，往铜盆里加了水，凑到丈夫身边，"你回来了，洗把脸吧。"显祖洗完了脸，见陈禹走进了屋，"爹"显祖叫了一声。"没到假期，也不是星期天，怎么今天回来了，有事？"陈禹望着儿子问。"有话一会儿说，荷花去炒几个鸡蛋，烙两张饼，全家吃个团圆饭。"陈高氏截断陈禹的话。

不一会，一顿丰盛的饭菜摆到陈高氏住屋灶间的方桌上。荷花牵着孩子进来，"狗剩，叫爹"——这里兴贵孩子起贱名，图个好养。狗剩眨巴着眼，看了一会儿有点眼生的显祖，发音不很清晰地叫了一声爹，跑到奶奶跟前。陈高氏一把将孙子抱到腿上，用筷子夹了一片炒鸡蛋放进狗剩嘴里，又撕了一块饼塞到狗剩小手里，"孩子，慢慢吃，别噎着。"看着爷儿三个吃得很香，陈高氏的眼乐成了一条缝。

饭后，显祖说出这次回家缘由："学校接到省里的通知，不久日本军队就会打过来，咱这里是放弃的地方，让学校迁至沂蒙山区。大多数老师和学生都愿和学校一起走，也有的老师和学生不愿离开家乡到别处去。我正在犹豫，所以回家来跟你们商量。"说完看着爹的脸，想听他的意见。陈高氏未等别人开口，先抢着说："不去，哪里也不去！那么远，不知什么时候才能见一面。学校迁走了，你回家来，这书我们不念了！"说了一通，转脸看着陈禹："他爹，你说呢？"陈禹正眼睛望着门外沉思着，听到老婆问他，才收回视线看着老婆和儿了，"是跟着走，还是回家来，要看对显祖的前程哪个有利。和学校一起迁到安全的地方，能继续学习，对显祖继续深造有好处，可以后会怎么样？多长时间才能回来？说不准；不跟学校走，就得回家，回家能干什么呢？种地吗？显祖吃不了这苦！不种地，干什么呢？总得有个挣饭吃的营生啊！我一时拿不定主意，还是显祖你自己多考虑考虑，怎么做更好？"在这种场合是没有荷花说话的份儿的。沉默了一会，陈禹说："显祖走了那么多的路也累了，睡觉吧，明天再说。"站起来走了出去。显祖也站起，"妈，你也睡吧。"走出了屋子。

到了自己的住屋，荷花向洗脚盆里倒了热水，"洗洗脚吧。"帮显祖脱了鞋和袜子，把显祖的脚放进水里，用手撩着水给他洗脚。用干毛巾给显祖擦干脚后，自己也脱了鞋、袜，把脚伸到剩水里洗了，擦干后，趿拉着鞋，将洗脚水泼到院子里，回身关了门，脱衣吹灯上了炕。不一会，显祖的鼾声响了起来。荷花瞪着眼睛瞅着黑暗中的窗户，很长时间睡不着。

在对个的南屋，陈禹也翻来覆去的未睡着。显祖是随学校迁走还是回家的事，在他脑子里翻来覆去地没法决定。从这个家庭考虑，他只有这么一个儿子，是应守在跟前的，但若显祖不上学回到家里，他和荷花无法再相好了，那他怎么受得了！随学校远走以后，若很长时间回不来，他和荷花是方便了，可要是荷花再怀孩子了，如何遮掩又是一个难题。显祖要是不远走，又不常在家，那是最好不过的了。可如何才能做到两全其美呢？陈禹也未想出办法来。直到鸡叫陈禹才迷迷糊糊地睡着了。

第二天早饭后，一家人又坐在一起商量显祖是走是留的事。沉默了一会，陈禹望着显祖的脸说："我和你妈就你一个孩子，按说你不应该走得离家太远，要是能在我们县里找个事做，那是最好的了。日本兵打过来后，要不要中国人帮他们做事？"他像自言自语，又像在询问显祖。"听说北平的一些中国人已在帮日本人做事了，日军还要把宣统皇帝扶上台。"显祖把近些日子听到的传言说了出来。"那就是说他日本人还要靠中国人来管中国的事的，县里也是会要中国人当官的，到那时候你在县里谋个差事不是很好吗？留在县里不随学校走了！"显祖的话使陈禹下了决心。陈禹的话最合陈高氏的心意，"显祖，你爹说得对，咱们不跟学校一起走，就留在县里。""学校还有几个老师留守，那我就和留下的老师一起为学校看门吧。"显祖同意爹娘的看法，不打算与学校一起走了。荷花一直没有插嘴，听到这样的决定，她心里也很高兴，这样她就可以和现在一样了。

天气晴好，不少人家在地里把刚刨出来的地瓜切成片，撒在地上就地晾晒。也有把地瓜运回家中储藏的。

北粉坊把运回的地瓜，在场院里分成两部分。一部分没受伤的，放入挖的地瓜井内储藏。地瓜井是在一个一丈多深的竖井底部，横向掏一大洞，将地瓜放入其中，即使冰冷的冬天里面仍是暖和的，地瓜不会受冻损伤。另一部分是在挖刨时受了伤的则被切成片，晒干储存。今年，大家都担心鬼子打来，免不了常常要离家躲避敌人，晒干的地瓜干容易携带，所以各家都将大部分地瓜切成片晾晒。北粉坊切的地瓜片也比往年多的多。陈梁氏领着两个会走的孙子，把两个还不会走的小不点放到铺着麻袋片子的地上，让三个儿媳妇安心地用礤子把地瓜擦成一片片，撒到场院上晒。不到中午，场院上已晒了一大片地瓜片了。陈梁氏打发三媳妇回住屋做午饭，让大媳妇和小媳妇歇一会儿去去火，再给孩子喂奶。她认为干活儿人会上火，给孩子喂了有火的奶会得病。因此，她从不让儿媳们干着活给孩子喂奶。

做好了饭，月季把玉米饼子和碗筷子及一盘咸菜丝放到篮子里，一个罐子里盛了烧萝卜条，一个罐子里盛了小米稀饭，挑着两个罐子，提了篮子，向正在刨地瓜的地里送饭。忠然兄弟和三个长工都在这里刨地瓜，一见月季送了饭来，就到地头一棵树下蹲着吃了起来。

吃完了饭，秋然挑着空罐子跟随三嫂回到家。他是回来套车向场院拉地瓜的。傍晚时分，新刨的地瓜都拉了回来，在场院堆成一堆。忠然在地瓜井口架起辘轳，将铁蛋放入井内，一筐一筐把地瓜放到井下，由铁蛋在横洞内码好。直干到掌灯时分，才把该放井内储藏的地瓜码完。

19 第十九章

进入腊月，形势更加紧张了。驻胶东地面的国民党军队接到命令向南部山区撤。掉队的、逃亡的士兵处处可见，抢劫事件时有发生。

春然受组织派遣，和交通员李大牙一起，来到小陈村学校，向路方青等传达了特委举行起义建立抗日游击队的决定。

第二天，路方青来到罗山镇乡校找到孙江，向他谈了鬼子占领北平、天津后，又向山东推进的情况，以及日本占领区老百姓过得悲惨屈辱的日子，等等。孙江咬牙切齿，痛恨国民党军队只吃老百姓，不保护老百姓的可耻和懦弱行径，表示只要有人领头自己和他的几个兄弟愿意参加抗日的队伍。

二人去见了队长。队长姓于名洪天，二十多岁，和孙江很合得来，见孙江领着一个穿大褂的人进来，客气地站起来让座。未等路方青讲话，他先对孙江发起了牢骚："王二旦这个王八蛋刚打电话来，叫我们把队伍拉到县城和他们一起撤走。我们去了后还不让他把我们吃掉了，我们才不去呢！""我们不去他会饶了我们吗？"孙江知道于队长恨王二旦，故意挑起他怨恨的情绪。"他们都要跑的人了，心思都放在了抢掠金银财宝刮地皮上了，还有工夫管我们。他不敢到我们这里来，他要是带少数人来，我们就下他们的枪。"于队长考虑更多的是他的队伍不让县保安团吃掉。"我们不跟他们走，今后怎么办呢？日军来了投靠日军当汉奸，还是散摊子回家种地？"孙江不知队长打什么算盘。"我只是不跟他们一起走，至于今后是回家还是干什么没有想好，看大家的意思啦。""队长，咱们一起参加抗日部队，打鬼子，你可愿意？"孙江说笑着问队长。"就咱们这点力量去和日本军队碰，那不是拿鸡蛋碰石头吗？"队长也说笑着回了孙江一句。"光咱们这几十个人当然不行，可以和老百姓们一起干啊，中国人不愿当亡国奴的多着呢！"孙江用自己的想法劝说队长。"我不是一点没想过，没有国家支持，供给怎么办？我有老娘，她要靠我来养活，我不能自由行动啊！可我不会和日军一条心的。你们愿意参加抗日部队的我不阻拦，可我现在还不能丢下老娘自己走。"说完，于洪天叹息了一声。

话说到这里，路方青和孙江也不便再说什么，顺便聊了几句，就告辞了队长走了出来。路方青要孙江多和士兵们谈谈，有多少愿意参加抗日游击队的就拉多少出来。

年关将近，大多数人家还是按照传统风俗，准备春节吃用的东西。和往年不同的是今年冬天不像以往那么冷，下雪也少。

年三十晚上的半夜时分，淅淅沥沥地下起了小雨。人们穿着玉米皮编的木底"呱哒"，披着麻袋片，依然挨家挨户地拜祖宗、给长辈人拜年。到给各家祖宗磕完头后，外面的衣服差不多淋透了。天阴沉沉的，雨还是不停地下。忠然兄弟离开结伴的拜年人群，来到西瓦房陈千山家，"千山叔、婶，侄子给你们磕头拜年了"忠然兄弟正要跪下，千山一把拉住，"使不得，来了就是一礼，天凉又下雨，来喝杯酒暖暖身子。我活了这把年纪，还没有遇到年五更下雨的，真是天下不安宁，上天也流泪啊，老天爷也在为人间的事悲伤啊！"三人都端着杯呷了一口酒，忠然说："大叔，你看这世道！我们老百姓没少纳粮捐款，政府和军队不用心打鬼子，只会撤退逃跑，让我们老百姓还怎么过啊！"穿着棉袍右手端着酒杯左手拈着稀疏胡子的千山，听了忠然的话后，说："这政府太不像话，光知道从老百姓身上刮钱，外国军队打来撒腿就跑，这样的政府早晚要和满清政府一样被人民推翻！"

从千山家出来，忠然兄弟不再到谁家去了，径直回到自己家里。家中老幼都已穿戴齐整，就连小女儿元宵也穿着花兜兜拉着大虎的新衣襟，趔趔趄趄地在各个屋子里穿来穿去，兜兜的下摆已溅上不少泥点子。看到忠然兄弟回家了，春分叫大虎把二虎、来喜和元宵都叫来，在供桌前站好，先给祖宗们磕了头，然后给奶奶磕头，再给忠然、春然、秋然三兄弟磕头。虽然春然不在家，孩子们仍给他磕了头。最后四个孩子给春分、月季和晚妹也都磕了头。奶奶、伯伯、叔叔、大娘、婶子们，都给了他们压岁钱，月季除了自己的一份外，还代春然也各给了一份。

年初一的饺子，是北方人很看重的。孩子们更都把吃到包在饺子馅里的铜钱看成大事。大虎、二虎、来喜都已吃到了钱。春分看元宵瘪着嘴端着碗光看盆里的饺子，知道她看到哥哥们吃到钱的高兴样子，为自己没吃到钱在不高兴，就端起盛饺子的盆摇晃起来，从盆底夹起几个饺子放到自己碗里，用筷子扎了扎饺子，把饺子夹到元宵碗里，"闺女，这个好吃。"元宵放下筷子，用手抓起饺子，吃了一半，把一个铜钱咬到了嘴里，"妈，钱。"用手从嘴里拿出铜钱，放到碗里，咯咯地笑着把碗擎给哥哥们看。陈梁氏看到宝贝孙女高兴的样子，"俺孙女有钱花。"把元宵抱到自己盘着的腿上。

自铁蛋、狗儿和十几个小陈村的年轻人随方青老师到山里参加了抗日游击队后，忠然兄弟和老王晚上轮流在粉坊睡觉。这天，吃过晚饭后，忠然在自己住屋里和春分说了会话，看着元宵睡了觉，才洗了脚走了出去。到粉坊点着了玻璃罩油灯，给牲口槽里加满草料。听着牲口嚼草的声音，他的心踏实了不少。回到正屋的炕上，正要吹灯睡觉，忽听"嘭嘭嘭"，有人在拍打北窗户。忠然吹灭了灯，提着棍子走到北窗下静听着。拍打窗户的声音又响了起来。"谁？"忠然冲窗外问了一声。"忠然大哥，是我，路方青。"听出是方青的声音，忠然跑着去开了大门，将路方青一把拉进门内，重又把门闩上。二人走进北屋，忠然重新点着了灯，上下打量路方青："瘦了，不穿长袍真像个种庄稼的人了。铁蛋、狗儿和你在一块吧？他们都好吗？""好，不光和铁蛋、狗儿在一起，春然也和我们在一起，他是我们的头儿，现在改名叫陈鹏程了。还有罗山乡校的孙江他们。我们的队伍已经有几十号人了，大家抗日情绪很高，就是驻地的百姓很穷，没有粮食和被褥。春然派我来跟你商量，请你帮助解决一部分。""好，你吃饭了没有？我去把秋然和老王叫来，今晚就装粮食送去。你回去告诉春然，只要家里有的，你们需要什么我就送什么去"说完走了出去。

不一会，忠然提着篮子进了门，"方青老师，你先吃一点，春分他们妯娌三人正在家做干粮，做好了你带走"。

秋然和老王来后，几个人忙着装粮食。

半夜时分，秋然和老王牵着牲口，跟随路方青出了村。天刚亮，他们来到了驻地李家村。铁蛋、狗儿和几个战士一起，卸下粮食，抱着被褥到了大队部。秋然、老王走进春然屋里。荒乱年月亲人相见，分外亲热。秋然摸着三哥的手枪，向春然讲述了村里的一些情况。春然告诉秋然和老王，不要向乡亲们谈论他们住在哪里，更不要告诉母亲他参加了军队，免得她不放心，只是告诉大哥和二虎妈就行了。

部队饭后要出操了，秋然和老王跟方青、铁蛋、狗儿拉了拉手，恋恋不舍地牵着牲口离开了李家村。傍晚时分，回到粉坊，给牲口卸了鞍子拴到圈里，往槽里加了草。秋然回到住屋与忠然一起，提了篮子来到粉坊。三人一边吃饭一边谈论着部队上的事。

　　饭后回到住屋，秋然被母亲叫去，问他一天一夜到哪里去了？秋然如实向母亲说了，只是未说见到三哥的话。陈梁氏听后，很为路老师、铁蛋、狗儿他们担心，"本来过的好好的，都是因为鬼子来了，才不得不舍家弃业的去受罪，什么时候是个头啊？"她哪里知道，这种日子才刚开头呢。

20 第二十章

陈显祖怀着兴奋的心情，在县城通往小陈村的路上走着。不宽的土路旁斜立着几棵光秃秃的柳树，显出冬季的萧索。

日本军队进占县城之后的第五天，就由本县冷家的冷琦出面组成了伪县政府，显祖被任命为伪县政府的秘书。昨天下午冷琦叫他回家动员其父担任陈庄乡的乡长一职。

吃中午饭时候，显祖进了家门。荷花急忙为他端来洗脸水，说："洗洗脸吃饭吧。"摆上碗筷，搬了椅子放到方桌旁。这是全家少有的一顿团圆饭，可除了陈高氏外，其他人并未现出特别高兴的样子。陈高氏给孙子狗剩碗里放了一片炒鸡蛋，"狗剩多吃点，吃得多长的快。"荷花低着头，时不时斜眼看看陈禹和显祖。

吃过饭后，显祖随父亲到了南屋父亲的住屋，把冷琦担任新成立的伪县政府县长的事跟父亲说了。"是知府的后人吗？"陈禹问显祖。"是，他的祖上任过清政府的知府，他这些年在北平念书、做事。日本兵进北平后，他就和日本兵有来往。日本兵占了山东，把他从北平调过来，担任了我县的县长，他希望你出面任咱们乡的乡长。"陈禹在房内来回踱步，思虑着当乡长的利和弊：当吧，怕大家骂他是汉奸；不当吧，自己已近四十岁了，只在家里靠祖上留下的田地过日子，自己那点医术也只能应付个头疼脑热的，不会有多大出息，再不出去干点事，就永远不会出人头地了。俗话说"识时务者是俊杰"，现下日军势力大，就听日军的吧。他走着走着站住了，跟儿子说："我当这个乡长。"

第二天，父子俩一起来到县城，陈禹跟随儿子到县衙拜会了县长冷琦。

陈禹把乡政府设在小陈村西面的土埠。从选乡政府地址，看出了陈禹不凡的眼光。土埠离县城二十里，靠近公路，是一个高台子，村东一条河，河滩有近半里宽，小陈村就在河滩的东岸，小陈村以东进入丘陵地带。土埠是控制城东丘陵地的重要地方。陈禹在土埠转了一圈，选中并购买了一处两进院的房子，作为乡政府衙门。招了土埠村孙寡妇的儿子孙麻子当乡保安队长。孙麻子是出了名的混小子，偷鸡摸狗打架斗殴样样占着，二十多岁了还未娶上媳妇。陈禹觉得这样的人，只要给他一点好处，他就会死心塌地地跟你走，为你卖命。此外，他俊俏的寡妇妈，也是陈禹想通过孙麻子与之交往的女人。

买枪、制装、粉修房子，花了一个多月的时间，才把乡政府的牌子挂了出来。孙麻子穿着黄布军装，背着一支钢枪，威威风风地领着还只有十多人的乡保安队，在门口操练。

起初，陈禹不常在乡政府，多在县城活动。每天在乡政府值班的是号称三字经先生的文书孙仁和。孙仁和小时候家境殷实，是父母的独生儿子，从小就被送进私塾念书，念了几年只把《三字经》背得滚瓜烂熟，从头到尾，从尾到头，能一字不落地一口气背完，其他功课就很稀松了，所以人们给他送了个三字经先生的雅号。长大成人后，孙仁和无缘做官，教书不行，地也不会种。祖上给他留下了三十多亩地、一处十多间房子的产业。他雇了一个长工为他家耕种土地。夫妻俩守着一个闺女过着不松不紧的日子。陈禹叫他到乡政府当文书，也算是用其所长吧。

乡政府成立不久，县里就让陈禹催征五万斤粮食。正是青黄不接的时候，老百姓哪里有粮食交纳。几个星期的时间，也未把粮食收齐，县里三天两头派人来催。陈禹请县里派兵带着他的乡保安队到各村抢粮。

抗日游击大队，经过一段时间的学习、训练，素质有了很大程度地提高，人员也增加到七十多人。战士们的抗日积极性很高，纷纷要求去杀鬼子和汉奸保安。大队选了一些老兵和训练提高较快的队员组成小分队，由路方青和孙江率领秘密转移到县城周围活动。

小分队得到消息：县城一小队日本兵，第二天上午要到陈庄乡与乡保安队一起到几个村子抢粮。小分队就于夜间潜入土埠，在乡保安队员就要关门睡觉时，孙江领着五名战士突然闯进了保安队员们睡觉的屋子，用枪逼住了已躺入被窝和正在脱衣的队员们，收拢了他们竖在墙角的枪，将五名战士留下看管俘虏，待天明得到通知后再撤走。

路方青和孙江领着其他战士，于拂晓前埋伏在土埠村西面路旁的场院土房内，等着日本兵的到来。吃早饭的时候，监视敌人的哨兵报告说，一队八人的日本兵在一个保安队员的引领下，向村子走来。大家立即紧张起来，虽然打日本的决心很强烈，但毕竟是第一次和日本军队作战，很难排除紧张。孙江刚参加了一次战斗，心情较放松些。他背着一枝刚缴获的长枪，手里提着一颗揭了盖的手榴弹，告诉大家要沉住气，等敌人靠近时，听他的口令向敌人扔手榴弹。有的战士拿着手榴弹的手都哆嗦了起来。孙江见大家拿的手榴弹都已揭了盖，线已勾到小指头上了，就安慰大家："不要怕，日本兵是人我们也是人，他们在明处我们在暗处，我们能看见他们，他们见不到我们，我们打他们，他们只能等着挨打。"一些人对他的话点点头，不出声的笑笑，手哆嗦的人哆嗦得轻了些。

日本兵越来越近，只有几十步远了。孙江跳出了土房，扔出第一颗手榴弹，战士们紧随着他扔出了一颗颗手榴弹，尔后，在手榴弹爆炸掀起的烟尘的掩蔽下，战士们擎着大刀片向敌人扑去。几个未被手榴弹炸死炸伤的日本兵，被这突如其来的爆炸声弄懵了，还未清醒过来，已被大刀砍去了胳膊或脑袋。不到半顿饭的工夫，战斗就结束了，九个敌人全部毙了命，收获了四支完好的日本造三八大盖枪。

战斗结束，路方青、孙江派人通知了在乡政府看管保安队俘虏的战士，一起转移了。

听到手榴弹爆炸声，孙麻子提着枪顺着墙根跑出村子，钻进了村东场院麦秸堆里藏了起来，待村中喧嚷声停了后，才偷偷钻出草堆，赶到乡保安部。三字经先生和队员们都耷拉着脑袋坐在屋内，见他来了，一个队员结结巴巴把前后经过告诉了他。他庆幸自己夜里在家，躲过这一劫难，但为丢枪无法向乡长交代犯难。正傻怔怔地坐在椅子上出神，乡长陈禹铁青着脸走了进来。孙麻子站起来，低着头，不敢说一句话。待了一会，陈禹说，"原说今天县里派兵来的，到现在还未到，是不是路上碰到麻烦了？村西爆炸是怎么回事，我们去看一看。"领着人们出了乡政府。

用门板抬着几个残缺不全的日本兵尸体向县城进发的路上，陈禹对孙麻子说："没有听说抗日部队到了咱们这里啊，是从天上掉下来的？"孙麻子也说不出是什么时候来的。

到了县城，将尸体抬到了县政府，陈禹哭着向冷琦汇报："今天早晨，不知从什么地方开来了上百人的抗日游击队，在土埠村西伏击了'皇军'队伍。听到手榴弹爆炸声，我们乡保安队在孙队长带领下，跑步去接应，被游击队截住，有七名队员在战斗中捐躯。请县长向'皇军'说明，并请县里再发几十支枪给我们，扩建我们的乡保安队，不然我这个乡长也没法当了。"说完看了看孙麻子，孙麻子会意，哇地一声哭了起来。

这是日军到这个县后，受到了第一次打击，冷琦吓得出了一身冷汗，领着陈禹将日军尸体送到日军大队部去。

直到晚上，陈禹和孙麻子等人才垂头丧气地回到土埠，派三字经先生去请村里的木匠，为炸死的保安队员做棺材。

折腾了一天，几个人没有吃上一顿合口的饭。孙麻子为报答乡长在县里为他失职的遮掩和吹捧，非要请乡长到他家里吃晚饭不可。听到说吃饭，陈禹才觉得肚子真的有点饿了，就跟着孙麻子进了孙寡妇家。这是一个独立院落，正房是三明两暗的五间房子，西厢三间，连着大门的东厢房两间。

孙寡妇正坐在家中等儿子。听到大门响，开门向院子里张望，见儿子领着一个人进了院子。"妈，这是陈乡长，我们还没有吃饭呢！""乡长好，请进屋吧。"孙寡妇走出灶屋门欢迎。陈禹跟着进了屋内，在方桌旁的圈椅上坐下。孙寡妇洗了一个白陶瓷杯子，为他倒了一杯凉白开水，"先喝点水，我做饭去。"陈禹伸手去接杯子，有意地碰了一下女人的手。孙寡妇看着他，不出声地笑了一下，做饭去了。

陈禹坐在椅子上借着灯光打量室内摆设：进门两旁是泥坯垒的锅灶，面上用砖砌平；靠北墙摆着一张长条桌子，桌子上立着两个瓷瓶；屋子中央放着一个有些褪色的红色方桌，桌子两边各放一把有些旧了的红色圈椅；两边卧房门上各挂着一个花布帘子。从布置上看与当地的一般人家没有什么两样，但透出了主人的干净利落。

一会儿，孙寡妇把一盘炒鸡蛋、一盘炸花生米和两张烙饼放到方桌上，"没有什么好吃的，乡长您凑合着用点吧，儿子拿酒去。"孙麻子到里间拿出一瓶烧酒来，倒满杯子，"乡长，多谢您的栽培，喝点酒压压惊。"他不知从哪里学了这么句文诌诌的话。陈禹端起杯子喝了一口，"吃菜，乡长。"孙寡妇站在一旁劝陈禹。"大嫂，一起吃吧！"陈禹邀孙寡妇坐下一起吃。"妈，就一起吃吧，乡长又不是外人。"听了儿子的话，孙寡妇坐了下来，三个人一边喝酒一边吃饭。孙寡妇不胜酒力，没喝几口脸就红了，更增添了几分姿色。陈禹看着眼前这个风韵犹存的中年妇人，把今天的一切烦事都抛到了九霄云外。他吃着饭，喝着孙麻子敬的酒，眼睛却一直盯在孙寡妇的脸上。"孙队长，今天在县里我是给你遮掩过去了，以后可要多加小心了，白天晚上不能私自离开保安队，知道吗……"说着说着，陈禹的嘴不听使唤了，脸也贴在了桌子上。"妈，他喝醉了，先把他扶到你炕上躺一会，行吗？"孙麻子望着母亲的脸，祈求着。孙寡妇像是无可奈何的样子，对儿子说："他醉成这样子，还能把他推出门去，也只能这样了。"娘儿俩扶起陈禹，架到孙寡妇的屋子内，放到炕上，为他脱了鞋盖上被子。孙寡妇到灶间把碗筷收拾了。孙麻子到自己住的厢房，穿上军装，背起枪，"妈，你多照顾一下乡长，我到保安队去了，夜里不能回来。"说完走了出去。

21 第二十一章

土埠村西的伏击战，打死8个日本兵和一名保安队员的胜利消息，很快传遍了周围村庄。每天夜里，挑着猪肉、白面和玉米面的庄稼人，三五成群地奔向游击队驻地。不少老人领着儿子找到大队，要求参加抗日游击队。不长时间，抗日游击队战士增加到近200人。

一天晚上，刚给牲口添了草料，听到有人敲门，忠然走向大门问："谁呀？""是我，陈千山。"忠然开了门，"这么晚了，大叔你有事？""也没有什么大事，只是想找你聊聊。"陈千山迈进门，回身又把门关上。二人进了北屋，忠然拧亮了灯，各找了一个小凳子坐下。"想必你也听到了，抗日游击队在土埠村西，把出来抢粮的日本兵一个不剩全消灭了，真解气啊！中国出能人了，我听了后高兴得两天没合眼。想来想去，我们不能去打日本，总得出点力吧，要不还算是个中国人哪！我想出点钱和粮食，你家愿出不愿出？咱村就咱们三家还过得去，那家就不用说了，爷儿俩都做了鬼子的帮凶，不敢去跟他们商量，我只有跟你商量了，你看怎么样？"陈千山说完看着忠然。"大叔，我也是这么想，就不知他们住在哪里，怎么能送去？"忠然没有把以前送粮食的事告诉他。"我听外村的人传说，这些天不少人都送粮食和肉去慰劳抗日游击队，会打听到的。"说完，陈千山出门走了。

第二天晚上，忠然带了一百大洋、牵着一头骡子驮着粮食，在村东头和陈千山碰了面，陈千山从衣袋里掏出了一百元大洋交给忠然，"大侄子，你带去交给他们，让他们买两支枪打日本，我年纪大了晚上走路不方便，你就代我向他们祝贺，表示我的抗日诚心。"说完，又嘱咐了他家牵着驮粮食牲口的长工几句。

忠然他们牵着牲口走了没有多远，就碰到几个挑着箩筐的农民，虽没有打招呼，看走的方向，大家心里都清楚是干什么的。

天蒙蒙亮时，他们走到一个村头，被两个端枪的哨兵拦住，问明了情况，由一个哨兵领着进了大队部。不一会，路方青披着衣服迎了出来，向大家点了点头，说："谢谢乡亲们了，大家进屋坐坐吧。"把他们迎进屋里。"铁蛋，叫老于来。把粮食收下，上午就分到各中队去。大哥，你来给我们谈谈乡亲们的情况吧，"把忠然领到另一院里，敲了敲窗户，"政委，忠然大哥来了。"不一会，陈鹏程披着衣服开了门，"哥，你怎么来了，快进屋。"忠然和路方青进了屋。"我和千山叔家的长工一起给你们送点粮食来，千山叔和我们家各出了100元大洋，让你们买枪打鬼子。"忠然向兄弟和方青说了陈千山听到打了鬼子后的高兴情况。鹏程说："哥，你回去后向千山叔说，我们抗日游击队谢谢他，不，我以抗日游击大队的名义给他写封信，你带给他，不要说是我写的。"忠然又把家里的情况告诉了兄弟，让他放心。"哥，日本兵吃了亏，肯定会报复的，要乡亲们多加防备。我们也会很快转移到别处去。"

"大哥，一会儿战士们出操，你隐蔽着看看铁蛋、狗儿（现已改名叫李卫国）他们吧，不要直接和他们打招呼，这是为你今后的安全着想。你们二人走后，在路上找个地方歇歇，天黑后再进小陈村，避免让人看到生疑。"路方青叮嘱忠然。

按照路方青的嘱咐，忠然二人在天完全黑下后才回到家。春分为忠然做了一大碗鸡蛋面条。还未吃完，秋然进入大哥的住屋，询问游击队的情况。"人家详细情况我不知道，我远远地看到了铁蛋、狗儿他们，人比以前是瘦了些，但很精神。方青老师说，铁蛋各方面表现都很好，打仗时很沉着很勇敢，已经当上小队长了。狗儿也不错，操练很认真，进步得很快。他们说鬼子会报复，要我们想法保护自己。我路上想：咱这里离打鬼子的地点不远，鬼子可能会来咱村糟蹋百姓！以后，要是鬼子兵来了叫他们妯娌领着孩子出去躲躲吧。"秋然同意忠然的想法。

吃过晚饭，忠然走进陈千山家，把抗日游击队给他的信转交给了他。千山看了信后，拈着短胡子高兴地说："抗日游击队真是仁义之师啊，我们就是慰劳了点粮食和钱，人家就说我为抗日立了一功，是开明人士。中国有救了，中国有救了！"忠然把兄弟嘱咐他们要防备鬼子报复的话说给千山："大叔，抗日游击队的负责人说，鬼子吃了亏一定会疯狂地进行报复，要我们把粮食和值钱的东西藏匿起来，还要注意乡亲们的安全。您看是不是想法告诉大家，做些准备。"千山听了一拍大腿，说："好！他们想得周全，一定要告诉乡亲们，还要注意不让陈禹家的人知道才是。"二人商量了一会，忠然离开了西瓦房，向村东头老王家走去。老王开了门，忠然跟进了院子里。"夏至，大哥来了。"老王招呼夏至。夏至推开房门迎到院子里。忠然一边向屋里走，一边问："孩子睡了吗？""刚睡下，大哥，快进屋"夏至跨前一步，进屋点了灯。老王问："大哥，他们都好吗？"老王笼统地询问，忠然知道他询问的人都是谁。"好，都好。铁蛋、狗儿他们就是瘦了点，但精神头很好。前些天在土埠西打鬼子的就是路方青老师、孙江、铁蛋他们。老王、大妹子，这个事只能我们几个人知道，跟别人可不能说，别人问起来只说不知道。前些天东油坊陈舜问我春然现在哪里，我跟他说，接到省里的命令一起撤走了，现在不知在哪里。他听后再没问。老王、大妹子，鬼子吃了亏是会来报复的，告诉关系好的人家，把值钱的东西找地方藏起来，不要叫鬼子抢去，一定要快。"说完走了出去。

两天后，村东和村南出现了三个新坟头。

几天后。天刚亮，光棍万然慌慌张张的来到北粉坊对秋然说："昨天晚上我在城里和几个保安队员赌钱，听他们说今天鬼子要出来扫荡，搜捕抗日游击队和抢粮食，我没敢问到哪里，是不是到我们这一带我不知道。你们家有牲口有车，要多防备点。"说完扭头走了。忠然、秋然顾不得吃饭，急忙回到住屋，叫春分妯娌三人穿了新衣将四个孩子放到两头骡驴子的篓兜里，出村向东朝春分的娘家高家村走去。老王也赶回家中叫夏至领着孩子到村东沟里藏起来。

勤快的女人们刚点了火，准备做晌午饭时，"叭勾""叭勾"的三八大盖枪声从西面传来。小陈村的人们未经过这阵势，不免惊慌失措，有人跑回家去关好大门，有的人往村外跑，胆大的人跑到村头想看个究竟。不一会儿，一片穿黄军服的兵，打着枪从西面高台子上下来，正向沙滩这面走来。跑到村外看的人见此情景，撒腿就往村里跑，一边跑一边喊："鬼子来了！鬼子来了！"立时，喊叫声、犬吠声乱作一团。

忠然命秋然领着母亲先到村外沟里躲藏一下，他自己要在村里看一看。秋然边劝边拉，搀扶着母亲刚走出村子进到沟里，鬼子们就打着枪进了村子。陈禹把日本小队长领到哥哥陈舜住的院子里，吩咐嫂子做菜烫酒招待日本小队长，他自己领着孙麻子到了自家的住屋，要孙麻子派个保安队员站在他的家门口，不要让日军和保安队到他家搅乱。布置完了后，他又领着孙麻子回到哥哥的住屋。陈舜告诉他："村东和村南的新坟是有些人家埋的东西，因为这些天村里根本就没有死人。"孙麻子出去招呼了他的一些保安队员，蜂拥着几个日本兵，到各家抓了几个未跑的男人，命他们拿着镢头和铁锨，由陈舜领着到村东和村南铲平了新坟，将埋在坟里的一袋袋粮食和一包包衣物搬出，装满了东油坊双轮骡车，余下的又装了几个驴骡驮子。

陈禹在哥哥住屋，陪着日本兵小队长喝酒、吃饭。酒足饭饱后，日本兵小队长命陈禹去监督着抢粮食。陈禹领会了日本兵小队长的意图，看了一眼站在旁边的嫂子和二姨，走了出去。刚到院子就听到屋内二姨的一声尖叫。

太阳已经偏西，大部分日本兵和保安队员还未吃午饭。陈禹见到拉着粮食和衣服的木轮大车，驮着粮食和其他包裹的驴、骡进了村，命保安队员严加看护后，就领着孙麻子到西瓦房和其他几个日子还过得去的人家，要他们为日本兵和保安队员做饭。然后回到自家的住屋，看了看孩子和荷花。

吃完了饭，日本兵和保安队员们，砸门鸣枪，窜到一些人家的院子里抓猪捉鸡。在老顺子家抓猪时，老顺子老婆趴在猪圈闸门上，拦着不让往圈外赶猪，一个日本兵一刺刀把她捅倒，两个保安队员也跟着捅了几刺刀。鲜血从刀口喷了出来，喷到了保安队员的身上。老顺老婆嚎叫着在地上滚来滚去，在地上留下了浓稀不一的几片血印子，不多会儿两眼圆睁着咽了气。

被追赶的公鸡、母鸡窜出家门，咯咯呱呱地在胡同里乱飞乱窜，保安队员们捉不着就开枪打，几只中弹的鸡在地上扑棱了几下翅膀，腿一伸躺到地上。保安队员用搜来的绳子把几只死鸡的腿绑在一起，挂到枪筒上，平端着枪挑着鸡，摇摆着身子，晃晃悠悠地凑到一起，哈哈地笑着，向同伴显耀自己的战果。

太阳还有一杆子高时，村里开始沉静下来。胆子大点的人，轻轻地拉开院门的一条缝，试探着伸出头来，向胡同两边张望。当确定无人时，大着胆子走出家门，见街上也是空寂无人时，就扯着嗓子喊："鬼子走了，鬼子走了。"听见喊声，藏在家里的人，像从鬼门关里走出来的一样，见人就问："你还好吧？鬼子没到你家糟蹋吧？"大家互相询问，恍若隔世重见。

忠然从场院回到住屋，见家里的箱柜都被打开，满地都是丢弃的旧衣物，他无心收拾，走出家门到了粉坊，老王也已回到了粉坊，忠然叫老王回家看看。老王急急走到家门口，见大门上的锁还未开，就向东边的山沟走去，一边走一边喊。听到喊声，夏至抱着还未睡醒的晚生从一棵树后走过来。两人劫后相见，高兴伴着酸楚，夏至难过地说："这是过的什么日子！在沟里半天，怕鬼子搜过来，也担心你，真是担惊难熬啊。""今天总算熬过去了，回家吧。"老王接过孩子抱着，夏至跟在他后面向家里走去。

忠然听说老顺子老婆被鬼子用刺刀捅死了，急忙奔至老顺子家，见老婆婆还躺在院子里，破衣裳上凝着一块块紫黑的污血，不由血往上涌，咬着牙愣在那里有一袋烟的工夫。待回过神来，招呼围观的人一起把老婆婆从院子里抬到屋内架起的门板上，甩开大家走了出去，直奔陈千山家。"千山叔，老顺子老婆被鬼子们用刺刀捅死了。一个孤老婆子怎么发送？您是长辈人，我们都听您的。"忠然问陈千山。"这些王八蛋，连一个孤老婆子都不放过，真是天理不容！老顺子走得早，她守了大半辈子寡，很守妇道，和四邻五舍的人处得很好，应该好好地发送她，大家凑钱送给她一口像样的棺材。她没有儿子，只有一个出嫁了的闺女，她活着时喜欢堂侄二狗子，我看只要她闺女愿意，就把二狗子过继给她，给她披麻戴孝甩盆子，你看这样行不行？"千山说完征求忠然的意见。"大叔你想得很周到，就按你说的，我去张罗啦。"忠然说完走出千山家。

有人已把老顺子闺女接来了，也给老顺老婆把身子擦洗干净，穿上了几件干净衣服。忠然走到老顺子闺女跟前："妹子，鬼子太狠毒了，为了抓猪把婶子用刺刀捅死了，真是丧尽天良！我刚去和千山叔商量了，想把二狗子兄弟过继给她老人家，让他披麻戴孝发送婶子，你看好不好？""我妈活着时就喜欢二狗兄弟，要是二狗兄弟愿意就这么办吧。"老顺闺女哭着表示了意见。

两个木匠一天一夜为老顺婆做了一口棺材，用红漆油漆了。

出殡这天，二狗子戴着白孝帽，穿着白孝衣，腰中扎了麻绳，手提哭丧棒，走在灵柩前面；戴着白孝帽扎着白布腰带的女婿，搀扶着一身白孝衣的老顺闺女嚎哭着跟在二狗子的后面。当四个抬灵柩的人喊着起灵的号子时，二狗子提起烧纸的瓦盆向地上甩去，哭着带领送殡人群向墓地缓缓行进。不光陈姓的人，连村中小姓李家、孙家、温家的人也都白布缠头，送老顺婆子上路。除了二狗子和老顺闺女边走边哭，其余送殡人都闭着嘴咬着牙握着拳头，痛恨鬼子惨无人道的暴行！

第二十二章

老顺婆出殡后的第二天，忠然到高家村岳母家中，把四个孩子和春分妯娌三人接回了家。虽然月季骑在骡背上，不像嫂子和四妹一样在地上走，但在回到家中的当天夜里，一个男孩子提前来到了这个多灾多难的世界上。陈梁氏给他取名叫盼亮。孩子的出生虽给北粉坊家添了点喜气，但却无心张扬，只在门楼上插上了一枝绑了一片红布的桃树枝，告示人们家中新添了个孩子。

孩子出生后的第三天夜里，忠然在粉坊饮过牲口，向槽里加满草料，回到北屋准备洗脸睡觉，听到有人在敲北窗户，就吹灭了灯，蹑脚走到北窗下。过了一会，敲窗声又响起，响声不急也不慢，像是熟人，他向外低声问："谁？""大哥，开门，我是路方青。"一听是方青，忠然说："路老师，我马上去开门"到了院子，小跑着去开了大门。两个黑影闪进门里，回手关上了大门，跟着忠然到了北屋。忠然重新点上灯，"路老师、铁蛋，又好久没见了，你们好吗？噢，吃饭了没有？"听说还未吃饭，就说："铁蛋，你陪着路老师，我回住屋弄点吃的，只你们两人？""不，五个人，外面还有三个人。"铁蛋回答。

半个时辰后，忠然和秋然提了一篮子烙饼、一小盆炒鸡蛋、一大碗烧萝卜和一碟咸菜丝、一小罐小米稀饭，来到粉坊北屋："路老师、铁蛋，这些天让鬼子闹的没有什么好吃的，你们凑合着吃点吧。是不是我和秋然到外面去瞭望着点，让外面的人进来一起吃？"忠然征求方青的意见。"那就麻烦大哥和秋然了。"方青做了客气的肯定的回答。

忠然让秋然站在大门外的僻静处，自己向西走了几十步蹲下了身子，仔细倾听周围的声响。

吃过饭，路方青让铁蛋四人到外面巡逻，他与忠然兄弟一起研究鬼子扫荡后村民的情况。"这次鬼子和保安队，在我村抢走了埋在假坟里的八千多斤粮食和大批衣物，在各家又抢走了上千斤粮食，抓走了六头猪几十只鸡，杀害了老顺婆。三座假坟是十二家人家在晚上秘密搞的，是东油坊陈舜领着鬼子和保安队去挖开的。光棍万然从城里听到消息，告诉了秋然，我们偷偷告诉了很多人，大多数人跑到沟里，才免于遭殃。""又是万然送的信。"听到这里方青插了一句，他以前能逃出国民党的抓捕，也是万然送的信。"他这人就是好赌，人还是挺好的。"秋然接着说了一句。"他对我们了解敌人的动向还是很有用的，但暂时不能让他知道我们的情况。"方青嘱咐了一句，接着说："最近敌人可能还会有大的行动，让乡亲们多加注意，尽量少受损失。"说到这里，一个游击队员进来："指导员，他们来了，在村外，请你去。""大哥、秋然，再见。最好把孩子和产妇送到离县城较远的地方躲一躲，坐月子的人是不能钻山沟受凉的。"说完，方青跟着队员走了出去。

县的东北部有座玲珑山，很早就以产黄金而闻名于世。日本侵占这地区后，这里成了他们掠夺中国地下宝藏的重要地方，驻扎了三百多名日本兵。金矿与县城之间的汽车往来不断。因未受到过袭击，防备较松，汽车、小股日军来来往往，无所顾忌。有消息说，明天上午有两辆汽车载着日本兵，由金矿开往县城，为到县城南部抢粮运送兵员。接到这一情报，抗日游击大队决定在汽车经过的路上，进行伏击，消灭这股敌人，破坏日军的抢粮活动。大队将兵力分成三路：一路由刚从延安过来的军事干部赵荣杰率领，带着一颗电发火地雷埋伏在寨里村东伏击敌人；另一路由政委陈鹏程带领到县城东的一个高坡处埋伏，监视县城的敌人；第三路由参谋长带领埋伏于金矿西的山路上，监视和狙击由金矿派出的救援部队。路方青和孙江的中队是去埋伏打汽车的。

听了队员的报告，路方青、铁蛋等人出了村与中队的其他队员汇合后，沿小路悄没声响地向东北方向走去。半夜过后，到了寨里村东。这里是一溜小山丘，公路从小丘下的沟里穿过。沟宽三丈多，两边是高两丈多的沟帮。沟北帮上的地里有一处坟地，五个坟头的四边长着半搂粗的几株柏树；沟南帮上面的地里有一条土堰。队伍来到后，分别埋伏在沟两边的隐蔽处。孙江领着几个队员到沟里的公路上，刨坑埋雷，铁蛋与另一队员布线。不多会儿地雷埋好了，为了不让敌人看出破绽，一个战士解开裤子在埋雷的新土上撒了泡尿，另一战士用手从别处捧了一些驴粪蛋，撒在埋雷的沙土上。这一切做完后，大家各回各位。赵荣杰、路方青和部分队员埋伏在沟北帮的坟地里，路方青拿着控制地雷引发的电钮。孙江与部分队员埋伏在沟南帮地里的土堰后。整个战斗由赵荣杰指挥。急行军走了二十多里地，现在停下来，着实有点累了，但兴奋和紧张的心情，驱走了每个队员的疲累。一些新参加游击队的队员比老队员更加紧张，他们为即将消灭鬼子而兴奋、紧张，一会儿站起来向模糊的远处望望，一会儿到旁边撒泡尿。参加过战斗的老队员们，表面不慌不忙地坐在地上眯着眼睛养神，内心很兴奋，盘算着怎样能多杀鬼子。路方青虽是第二次带领队伍参加战斗，心里还是七上八下，他担心敌人的行动会不会有变化？会不会改变了行动时间？想着想着，拿起了地雷的控制电钮，不知怎的手哆嗦了起来，他在心里骂自己不老练，提醒自己要镇静，可是手还是不尽如人意，哆嗦不停。他想起忠然给他讲的老顺婆被鬼子们用刺刀捅死的惨状，不由血往上涌，手紧紧地握起来，也就不再哆嗦了。

天亮以前，薄雾笼罩着地面，衣服有点潮湿了。有的队员在窃窃私语，赵荣杰提醒大家要肃静，并注意隐蔽。

太阳慢腾腾地露了出来。赵荣杰趴到地上，耳朵贴着地面，待了一会，站起向埋伏在沟帮南面的队员们挥了挥手，又小声地对埋伏在坟地周围的队员们说了几句。队员们顿时紧张起来，把手榴弹的盖子揭开，放在坟堆上。又待了约一顿饭的工夫，汽车扬起的尘土隐约可见。队员们把手榴弹的弦套到了小手指上，聚精会神地凝视着东方。汽车的轮廓进入了队员们的视线，前后两辆车向他们的方向开来。赵荣杰拔出了盒子枪，路方青紧紧握住电钮不眨眼地盯着越来越近的汽车。当汽车以正常的速度开进沟底埋地雷的位置时，赵荣杰的手示意一按，路方青使劲摁了一下电钮，轰隆一声地雷爆炸了。第一辆汽车被掀倒歪在路上，第二辆汽车的车头和前面的轮子被炸坏了。第一辆车上的一些鬼子，缺腿断胳膊的被甩出老远，第二辆车上的鬼子有的被炸伤了眼，有的头和胳膊受了伤。未受伤的鬼子，被这突如其来的轰响震吓懵了，还未反应过来，游击队员们的手榴弹纷纷向他们掷来。随着喊杀声，游击队员们端着刺刀，抢着大刀，冲到他们跟前一阵砍刺。前后不过半个小时，两辆汽车上的四十多名鬼子，大部分被炸死砍死了，只有六个受伤未死的鬼子躺在地上。队员们高兴地笑着喊着，收拾车上和撒到地上的枪支和其他物资。班长李文和见十多步外躺着一个鬼子，就走过去想看看是否还活着，刚走到跟前，受伤的鬼子拉响了手榴弹，李文和躺在了血泊中。队员们满腔悲愤地朝其余躺在地上的鬼子开了枪。赵荣杰朝一个举着双手的鬼子走过去，伸手把他拉了起来。这是一个腿部受了伤的日本兵，看样子也不过十七八岁。赵荣杰搀扶着向大家走来，队员们对他怒目而视。赵荣杰对大家说："他已放下武器投降了，应该受到优待。"看看已清理得差不多了，赵荣杰向县城和金矿方向各派了侦察兵，分头通知狙击敌人的两支队伍。大家扛着缴获的枪支和弹药，撤离战场向驻地进发。李卫国（狗儿）流着泪背着他牺牲的班长，随着大队走进村里，向群众借了一扇门板，两头用绳子系好，把班长放在上面，同另外三个同班的队员抬着班长，继续随大队向驻地走。

回到驻地，吃过午饭，两支担任狙击任务的队伍也陆续回来了。在村边麦场上，大队为李文和举行了简单而隆重的追悼会。在队员和群众的悲泣声中，大队长赵荣杰、政委陈鹏程都讲了话，那个被俘虏的小日本兵也随着大家流下眼泪。

这是大队成立以来第一个牺牲的同志。一个年老的大爷，流着眼泪让人把自己早已准备好的棺材抬了出来，装殓了李文和班长。当大队送给他钱时，老人坚决不收并发了脾气。大队无奈，只好给老人写了欠条，待大家情绪平静下后再设法付钱给老人。

这一胜利，鼓舞了日军占领下的全县人民，大家看到了希望。那些被日军气焰吓破了胆的人，不再认为日军是不可战胜的了，眉眼舒展开了。各村农民挑着猪肉、白面等慰问品，不仅在晚上，离县城远些的村庄，即使白天也是络绎不绝，向抗日游击大队的各个驻地村庄送来。

胜利消息在各地流传，青年人纷纷来到游击队驻地，参加抗日队伍。不多日子，抗日游击大队增加到八百多人，分成八个中队。孙江被提拔为副大队长，铁蛋接替他成了中队长。

这次伏击战后，鬼子的气焰收敛了不少，零零散散的小股鬼子和保安队，不敢轻易地到村里牵猪捉鸡了。

23 第二十三章

寨里炸汽车伏击战不久，遵照上级指示，抗日游击大队改名为八路军齐鲁抗日游击第十六团。为加强群众工作和建立抗日根据地，抽调出部分有群众工作经验的同志转到地方工作。路方青被委派为县委书记，回到原来工作的地区。

一天晚上，忠然刚躺下，听到有人敲北窗户。穿好衣服轻步走到窗下，敲窗声又响起，忠然低声问了一句，"是我，路方青。"窗外人也低声回答了一句。忠然急忙开了大门，将方青拉进门内，又到门外左右看了看，未见有人，才放心地关好门，将方青引到北屋，点着了灯。方青还是黑色粗布衣的农民打扮，背着个褡裢。知道方青老师还未吃饭，忠然让方青在屋里坐一会，自己回到住屋，让春分找寻些吃食，提着篮子回到粉坊。等方青吃完饭，忠然问寨里炸鬼子汽车的情形，路方青把经过向他讲了一遍。忠然为炸死鬼子而高兴，也为李班长的牺牲而惋惜和难过。听完路方青的讲述后，忠然自言自语地说："真怪了，平常看着也没有什么出奇的人，为什么一接受了共产党的教育，就胆大聪明起来了，像孙江、铁蛋这些人，没有参加抗日游击队前，就是个讨人喜欢的大孩子而已，参加抗日游击队还不到两年，就能领着部队和鬼子干，给中国人长了志气。人活着就要这样，为国为民，活得有志气。要是都这样，还怕打不走鬼子吗！""大哥，你喜欢这种人吗？也想做这种人吗？"方青盯着忠然问。"当然喜欢啦，也想成为这种人。可我现在不能和他们一样，母亲、孩子，这一大家子人，我走了谁来照管他们。我和秋然只能在家照顾着这一家人，让三弟可以不为家中事分心，一心一意打鬼子。"忠然流露出有些许的无奈。"大哥，打鬼子，为国为民做事，不一定都要扛着枪和敌人刀对刀枪对枪地厮杀，有许多工作可做，像给部队搞给养，收集敌人的活动情报，保护群众少受敌人的残杀和袭扰，都同样是在做打鬼子的工作。"

听了路方青的话，忠然的心豁亮了，说："像你说的这些，我可以做，也能够做！"

几天后，忠然被批准为中国共产党党员。

经过鬼子和二鬼子（现在人们把保安队员称为二鬼子）的扫荡劫掠，很多人家的存粮被抢走了。还不到秋收，不少人家中已无粮食下锅了。地瓜地里的青绿蔓上，只剩下了顶端几片黄绿嫩叶，其余都被摘回家蒸着吃了。

秋然和老王趁现在地里的活儿少，赶着骡车往地里拉粪，把粪卸到还未收获庄稼的地头上堆着，用土盖好拍实，等秋庄稼收获后可以就地把粪分撒到地里，省去秋种农忙时往地里送粪的时间。在赶着空车回场院的路上，碰上夏至挎着篮子领着晚生向村外走。还未到跟前秋然就跳下车，迎着夏至娘儿俩，"嫂子，你们这是到哪里去？晚生，过来让叔叔抱抱。"看到晚生正啃着手里的地瓜叶菜团子，秋然的脸色变了，"嫂子，孩子还小，就让他吃这个！"回头看看老王，老王脸色难看地低下了头。夏至见秋然生气的样子，赶紧把话抢过去，"因为我把粮食藏到假坟里，被鬼子挖走了，所以接不上了。不过家里还有点粮食，现在活儿轻吃点菜把粮食省下，等秋收秋种活儿重时再多吃点粮食。这怨不得老王，是我没把粮食藏好。""都是鬼子这些王八蛋，从孩子嘴里抢粮食，这些家伙不得好死！"秋然骂着放下晚生，赶起骡车向场院粪堆走去。

吃过晚饭，忠然装了半口袋玉米，让老王背回家给孩子和夏至吃。"大哥，我不能再从你这里拿粮食了，你家给抗日游击队送过两次粮食，为了应付鬼子也给这些王八蛋交了一些粮食，剩下的也不多了，老的小的一大家子，不能少了粮食啊！"老王噙着泪说。"叫你拿你就拿走，碰上这危难时节，还讲什么你家我家，大家能凑和着迈过这个坎，把鬼子打出去，日子就会好的，无论如何不能太亏待了孩子。你要是不背走，我叫秋然背着送去，秋然跟我说时，眼圈都湿了。"听忠然这么说，老王将口袋放到肩上走出粉坊。

第二天上午，秋然和老王仍往地里拉粪。卸完粪将骡车拐向回场院的路口，刚要扬鞭驱赶牲口，从玉米地钻出一个扛了一大筐刺儿菜的年轻人，"根生，掐了这么多刺儿菜，真能干，上车。"秋然与年青人打着招呼。根生把筐子放到车上，人也跳到车上蹲着。"不干能行吗？我家六口人，没有粮食，肚子里又没有油水，煮刺儿菜，一个人能吃好几碗，这一

· 92 ·

大筐也就能吃两三天。""怎么，你家也没有粮食了？"根生家在村里算是中等户，从来没有过只用菜充饥的日子，所以秋然这么问。"本来我家是有粮食的，怕鬼子来抢，和我叔叔几家在村外挖了个大坑，把粮食藏在里面，上面横放上门板，在门板上堆了土做了假坟。谁想到鬼子一来，陈舜那个老不死的，领着鬼子把假坟扒开，将粮食都抢走了，我们几家现在都没有粮食了。鬼子可恨，陈舜这个乌龟王八蛋更不是东西，当鬼子的帮凶，坑害自己乡亲，还是未出五服的本家呢，真该杀！"根生越说越气，脖子的青筋都暴了起来。"真没想到，平常站在人前还像个人样，怎么干出这种事来？"秋然插了一句。"他的人样是装出来的，白天像人，晚上就成了鬼，自己有三个老婆还嫌不够，还想去占侄媳妇的便宜。侄媳妇要改嫁他不让，想霸占人家寡妇。连死去的祖先都看不过，惩治过他。真是人前是人，人后是鬼！这种恶人，总有遭殃的时候。"根生一路不停地骂着，秋然和老王也不打断他。

吃过晚饭，忠然就到粉坊侍弄牲口去了。等牲口吃完半槽草料，就用勺子从锅里舀出泔水饮了牲口，又向槽里添加了平槽帮的草料后，准备洗脸睡觉。正在向猪圈里撒尿时，从村西南面飘来几个人混杂的哭声，像是向土地庙送魂的。这哭声搅扰了丘陵小村夜的寂静。忠然自言自语嘟哝着："没听说谁家死了人哪，怎么会有向土地庙送魂的呢？"

刚解了扣子脱衣上了炕，急促的敲门声又把他从炕上唤了下来。穿上鞋，扣着扣子走向大门，在门里面问："谁？""我，忠然哥，我爹死了，我来找你。"忠然听出是老仓的儿子，就开了门，"老仓叔是怎么死的？""鬼子扫荡我们村时，我家藏在假坟里的粮食和值点钱的东西，一股脑儿都被鬼子抢走了。从那以后，我爹整天唉声叹气，饭量越来越少，瘦成一把骨头。前些天吐了血，没钱请医生看，硬扛着。今天后晌突然来了精神，把我叫到跟前，大骂陈舜坑乡邻不是东西，叫我有事找你，然后直喘粗气，到吃晚饭时候咽了气。刚把我爹的魂送到了土地庙，我就找你来了。"老仓儿子把过程简略说了。"你们打算丧事怎么办？"忠然探试他家的口气。"我妈说现在家境不好，简单点，忠然哥你看呢？""是啊，现在兵荒马乱的，顾活人吧！要是太平年间，像老仓叔这样的好人，是要大办一下的。有棺材了吗？""早就预备了楸木板子，还没有做。"老仓儿子嘟哝着说。"你先回去，多安慰老婶子，人死不能复生，让她想开点。我去木匠家，请他们帮忙把棺材做好。"说完和老仓的儿子一起走了出去，扣上了门上的吊环。

两个木匠一天一夜把棺材做好了，挖坑修坟的也把墓穴砌好了。没有请吹鼓手，也没租轿衣。几十个送葬人经过陈舜家门口时，大家想起老仓的病因，不约而同地握紧了拳头，不知谁喊了一声"汉奸没有好下场！"大家跟着喊了起来，发泄悲愤心情。

埋葬老仓后的当天晚上，忠然敲开陈千山家的门，"千山叔，到秋收还有一个多月的时间，不少人家没有粮食吃了，光吃野菜也不行啊，我看有粮食的人家拿出点，借给那些缺粮户，秋收后能还就还，不能还的就算了，你看如何？"忠然说出了自己的想法。"好哇，我也在想，都是乡里乡亲的，不能看着有人饿死啊！就是哪些人家还有粮食，哪些人家里一点粮食都没有了，摸不清啊。"陈千山同意忠然的想法，也提出了需考虑的问题。"按以往的情况，要是没被鬼子抢走粮食的，或抢得少的，应该还有粮食，就是不富裕掺点菜能接到新粮下来。那十几家把粮食藏到假坟里被抢走的，都没有粮食了。这事要做就得快，不然就可能有人饿死了。"忠然把自己的分析说了出来。"忠然，就按你说的办，我家拿出三百斤，你家出二百斤吧，其他几家要他们自愿吧。""我家也出三百斤吧！""忠然，你不要瘦驴屙硬屎了，按以往说你家拿个三百五百的不成问题，现在你家的粮食不富裕，我知道，你瞒不住我。对东油坊，不告诉他吧，怕他疑心我们事事瞒着他；告诉吧，也就等于向乡里透露出我们还有粮食。到底怎么好，我拿不定主意。"在这事上如何对待东油坊，陈千山犹豫起来。"就咱村里那几家缺粮户，要知道是东油坊出的粮食，他们会宁愿饿死，也不会要的。"忠然说出了自己的猜测。"那就不能公开的干这事，不然陈舜知道了反而不好。"忠然同意千山的意见。

第二天，忠然让他母亲和春分，分别到估计缺粮的人家串门，结果证实了这些人家都是以煮野菜填肚子。他自己到几家尚有点粮食的人家作动员，七说八说募集了一千多斤粮食。不知谁的传播，这事传到了东北屋寡妇的耳中，她到北粉坊找到忠然，"大叔，听说你正在凑粮食救那些没粮吃的人家，这是一件积大德的好事，怎么就不告诉我一声，嫌我名声不好粮食有毒啊？"看得出寡妇是生气了。"他嫂子，你别多心，谁说你名声不好了，你的苦处我妈和我都知道，我从来没有那么想。没有告诉你是因你家的日子也不富裕，粮食也不多，孤儿寡母的，谁忍心吃你家的粮食。"忠然给她解释。"看到鬼子把粮食抢走，老仓爷连饿带气，活活被折腾死了，谁不生气！在这时候有点良心的人，谁不想尽自己的力和大家一起度过这劫难。昨天万然跟我说，我们两家凑出一百斤粮食来，表示我们的心意，今晚让万然送过来。"说完转身出门走了。

晚饭后，万然扛着一百斤粮食口袋，送到了北粉坊。

当晚，忠然叫秋然去各缺粮户，招呼人到原学校教室领粮食。人们听到忠然给大家筹集了一些粮食，都非常感激。在这顿顿无粮下锅，人们瘦的皮包骨头的坎儿，粮食就是救命菩萨啊！陈北山老汉捧着袋里的粮食，眼里噙着泪花，非要写借条不可："眼下让鬼子闹腾的，谁家能有多少粮食，听说东北屋寡妇家还拿出了粮食，我们这些大男人怎么能从孤儿寡妇的嘴里抠粮食啊！写了借条秋后收下粮食还了人家，我心里才会安生些。"大家都跟他学，都从忠然手里要了纸和笔写了借条，摁了手印。

此后，村里人不分陈姓、李姓、庞姓和孙姓，有了什么事都愿跟忠然商量，听取忠然的意见。

24 第二十四章

协助鬼子抢劫有功，陈舜很得日本人和伪县政府冷琦县长的赏识。按照陈舜的本意是想在县里谋个差事，可县里不同意，希望他在村里当个眼线为"皇军"效力。他有点失望，就在县城一家小旅馆住下，一是想在县城玩玩散散心，二是怕村里人不饶他，在外避避风头，等人们的气消下去再回家。他无目的地在几条街上转悠。满街除了背着枪的鬼子和二鬼子，没有多少人在街上行走，街上开门的店铺不多，戏园子也关了门。他到温泉澡塘洗了个澡，身子软软的，就回旅馆躺下。这是一家小旅馆，有一间大炕和两个单人炕。老板是个四十多岁的人，但身子骨不好，常年躺在炕上和药罐子打交道，生意由他老婆支应着。老板娘是个有几分姿色的中年人，男人常年有病。

这天下午，陈舜又到了小旅馆老板娘那里，两人亲热完后已是傍晚了，陈舜像有什么心事，不顾老板娘的挽留，执意要回家。走到距县城十里地的河滩树林里，陈舜的心突突地跳得厉害，头皮一瘆一瘆的，腿也软了。正在他诧异之时，听到空中有人唤他的名字："陈舜，你作恶多端，认贼作父，我已在阎王爷那里把你告了，阎王爷命我来拿你。"陈舜望着天空，尿顺着裤腿流到鞋里，腿像被铅块坠着，挪不动窝。不多会儿，两个黑影从树后蹿了出来，喝道："陈舜，拿命来！"陈舜吓的跪在沙质的地上，央求道："老仓叔，请你在阎王爷跟前给我多美言几句，我知错了，留下我这条狗命吧。""留下你？还叫你坑害人吗！今天就结果你的狗命。"说着，一个黑影上来把陈舜摁在地上，另一个黑影把绳扣套到陈舜的脖子上，用力拉着，不一会，陈舜的舌头伸出，两腿一蹬，见阎王去了。

第二天，一个早起拾粪的老汉，看见了躺在沙滩树林中的尸体，吓得扔了粪筐，一路喊着"死人，死人"跑回村里。村里几个爱看热闹的人与他一起来到河滩，果见一个脖子上勒着绳子的死人躺在那里，就报告了伪乡政府，伪乡政府报告了伪县政府，伪县政府派陈显祖领着几个人去查看。经过一番辨认，陈显祖觉得此人很像自己的大伯，就留一个人在此看着，自己带了两个人回到小陈村，到他大娘的住屋问他大伯现在哪里，陈王氏告诉他昨天到县城去了。陈显祖告诉他大娘，去县城路上的河滩里有具尸体，很像大伯，让她再去辨认一下。听到这话，陈王氏叫上二姨跟随显祖到了河滩。

经过陈王氏和二姨反复地辨认，确定无疑就是陈舜的尸体。陈显祖雇了一辆车，由陈王氏和二姨把尸体拉回小陈村。

对于陈舜的死，流传着多种说法。在县城里，多数人认为是情杀，是旅馆老板发现他与老板娘在一起睡觉，醋意大发找人把他勒死的；在小陈村附近的村子里，多数人认为是他做坏事太多，被仇人所杀；在小陈村则说是阎王爷派了两个小鬼绑了他的脖子，拉到地狱受审去了——这是老仓的儿子，在陈舜死后的第二天上午，向村里年轻人说的，他说："昨天晚上我做了一个梦，梦见我爹对我说，他和另一个人奉了阎王爷之命来拿陈舜到阎罗殿去受审。"听话的年轻人说："人家陈舜活得好好的，你咒他就能把那老王八蛋咒死吗？"到了下午就传出陈舜真的死了，是被绳子勒死的，和老仓儿子说的梦中情景很相像。于是，一传十，十传百，大家都相信陈舜是被阎王爷抓去的了。

陈王氏和二姨找过陈禹几次，希望他把杀陈舜的凶手抓出来，为陈舜报仇。陈禹表面答应，就是迟迟不动。他对陈舜的死内心里是高兴的，这为他独占东油坊家产铺平了道路。

一天，陈禹正在乡政府里和三字经先生聊天，二姨穿得整整齐齐走了进去，低低叫了声"二叔"。三字经先生见是女的，"乡长，你招待客人吧"站起身走了出去。"二姨，你怎么到这里来了，有事吗？"陈禹看了一眼，坐着不动。二姨不管他让不让，自己一屁股在三字经先生刚坐的椅子上坐下了。"也没什么事，就是在家里心不安宁，想出来走走，不知怎么就走到你衙门门口了，进来看看你。"二姨讪讪地说。"心怎么不安宁了，有你吃的住的，应该安宁才是。"陈禹看了二姨一眼，以前白玉一样丰满生动的脸，明显瘦削了，眼睛也呆板了，失去了以往的神采。陈禹不免怜惜起来，叹了一声，"是啊，屋里没有了男人，是要有一段时间才能顺变的，这也是没有法子的事啊。"二姨见陈禹有了同情怜悯的表示，鼓起勇气说下去，"二叔，你也知道，你大嫂是正房，我不能和她比，我一个做小的，没有一男半女，以后这日子可怎么过！想到这些，我就吃不好睡不着，天天做梦梦见你哥，可他只能和我在梦里见有什么用呢？"说着，趴到桌子上哭了起来。陈禹站起身，走过去用手拍拍二姨的肩头，"二姨，别哭，让人看到不好。"他这一拍，二姨哭得更厉害了。"二姨，要不你先到里间屋坐一会，中午在这里吃饭吧。"说完，陈禹走了出去，到厨房吩咐做饭的，要他中午多做两个菜。

吃饭时陈禹问二姨："二姨，你有什么打算？""我一个女人家能有什么打算，不过要求有口饭吃，有个安稳的地方住，有个男人疼就行了，还能有什么高的要求呢。"二姨一边向嘴里送菜，一边斜眼看陈禹。陈禹也猜出了二姨的意思，但他正迷恋着儿媳妇和孙寡妇，两边已够他应付的了，不敢再招惹曾经让他垂涎的小嫂子了，就说："有饭吃，有地方住不难，可男人就难了，这要你自己找才行，你要是有自己满意的男人，想改嫁过去，我绝不阻拦。""现时还不想改嫁，我想分家自己过。"二姨说出了几天来的想法。"这倒可以，怎么分呢？"陈禹追问。"我还未想好，我只想分出去自己过。""那好，等我回去和大嫂商量一下，给你点地和几间房子，让你有吃有住，满意吧？"听到陈禹的话，二姨没有再说什么。

两天后，陈禹回家去了大嫂的住屋。"二叔，今天怎么有时间到我这里来啊，有什么事吧？"陈王氏下了炕。"大嫂，近来好吗？我来看看你，也有点事和你商量。""我还好，让你惦记着，有什么事你就说吧。""嫂子，前天二姨到乡政府去找我，她想分出去自己过。""这狐狸精守不住了，想找野男人了，在这屋里怕我管她，急着自己出去过，好浪去，那就让她走吧！""怎么样打发她走？得让她有吃有住的，不然她会闹的！""你这一说，我也没有主张了，你说怎么办？""咱家现有的房子都是连着的，如住在同一个院里，她要是招些不三不四的男人来，你看着不生气？我想，不如在村头盖三间房子让她住，也花不了多少钱，再给她三四亩地，你看怎么样？"陈禹把自己的想法说了出来。"就按你说的办吧，只要她愿意，叫她赶快走！"陈王氏生气的样子。"嫂子，你给她说吧，她是你这边的人。"陈禹怕二姨闹，推给了陈王氏。

陈王氏到二姨的住屋，把与陈禹商量的意见向二姨说了。二姨虽不太满意，但也不敢再说什么，她是怕陈王氏的。陈舜活着时，二姨仗着男人喜欢她，陈王氏不得不让她几分，如今靠山没有了，她自然不敢不低几分，也就不得已地答应了，好在她存了不少私房钱物，不担心会饿着。

二姨从这个家里分出去以后，葵花与有富商量，也想分出来自己过，有富当然高兴。

葵花把这意思跟陈王氏说了，陈王氏听后眼泪不由自主地流了下来，悲戚地说道："真是俗话说的，树倒猢狲散，老头子死了没有几天，你们都要走了，剩下我老婆子孤孤单单的怎么过！你年轻，又是个小姨，男人死了我不应硬留你，你能把旺祖给我留下吗？我会当亲生儿子养的。"陈王氏说得可怜，也引得葵花流了泪，"大姐，我们孤儿寡母的，二叔他们会让咱们姐妹过安生日子吗？我真害怕！要不咱们和二叔分家，咱们姐俩拉着旺祖过，你看好吗？""我也担心二叔他们一窝子会把家产都占了去，我们女人家是斗不过他们的。要是能分开过也好，把有富招进来，你们俩成亲，再生个孩子，把旺祖给我，我老了也有个依靠，死了有个给我披麻戴孝的人。你看这样好吧？"陈王氏乞求着。"大姐，我还没想和有富成亲的事，只是怕以后没法过，才想分出去自己过的。"葵花隐瞒了和有富商量的事。"有富从小在我们家，是个很好的人，我很喜欢他。他要是愿意，我替你们张罗，你就嫁给他吧。你还年轻，应该找个男人过日子，不像我土埋半截孤单单地等着死了。"陈王氏说着又哭了起来。

晚上，葵花把这事告诉有富，说："看着大姐也挺可怜的，就把旺祖给她吧，她会对孩子好的。"有富虽然不太愿意，见葵花愿意了他也就答应了，说："其实大太太人也不错，我在你家扛活时，她待我也挺好的，那就把旺祖让她养着吧。"

当陈王氏与陈禹商量分家时，陈禹坚决不同意，"嫂子，我哥刚死不久，我就和你分家，外人会怎么看我，知道的说是你自己愿意，不知道的还以为是我逼你的，不行，不行！我得养你到老，不然我哥哥在阴间也不会放心的。至于葵花，她要学二姨，可以给她点地和几间房子，她可以领着孩子自己去过。"说得冠冕堂皇，内心里另有小九九：他要独占这份家业，不能让嫂子分走一半，更不能让葵花和那个长工生的野孩子留在这个家里和他的后代争家产。尽管陈王氏哭闹着和他争，他都一口咬定不分家，并要葵花带着孩子离开这个家。

陈王氏把陈禹的意见告诉了葵花，葵花答应自己带孩子分出去过。由于陈王氏的坚持，陈禹同意给葵花五亩地，并把开油坊的房子给她。葵花立即领着孩子，带着自己原住屋里的东西，住进了村东的油坊里。虽然分出去单过了，陈王氏仍三天两头到东油坊去看旺祖。三个月后，有富和葵花成了正式夫妻。

25 第二十五章

这天是秋然在粉坊睡觉喂牲口。刚给牲口槽里加了第一遍草料，就听有人敲后窗户的声音。秋然听清是路方青的声音，就去开了大门，把方青拉进门里，然后关紧了门。来到北屋后，秋然拉着方青的手，连珠炮似的问这问那。待秋然的话停顿时，方青说："你哇啦哇啦地问，我还没有吃饭呢，你回住屋给我弄点剩饭，顺便叫你哥哥来。"秋然回了家，告诉忠然："哥，路老师来了，他叫你去。嫂子，咱家还有现成吃的没有，路老师还未吃饭呢。""我去和面，擀两碗面条，一会就好。"春分下了炕，到灶间去忙活。"秋然，你等饭做好了拿去，我先去一下。春分，擀面条后再摊张饼，给路老师带着明天早晨吃。"忠然说完抬脚向粉坊走去。

开了粉坊大门，跨过门槛，刚要回身关门，路方青从后面跟了进来，"你怎么在我后面？"忠然愣了。路方青回身关了大门，随忠然进了北屋。"忠然哥，鬼子和伪县政府为了加强他们的统治，要在各村建立保甲制度，一般大小的村为一保，下面设甲。县委决定派一些党员打进他们的基层组织，担任保甲长，了解敌人的意图，掌握敌人的动向，保护群众利益。你要争取当保长。""路老师，我真不愿和他们打交道，憋气。当保长要听那些王八蛋的，要给他们做事，乡亲们会骂我的。"忠然说了心里话。"我理解你的想法和困难，可我们的人不干，就会有死心塌地投靠他们的人去干，那样乡亲们就更遭殃了，对抗日工作也不利。至于乡亲们骂，组织上会理解，多数人也会理解。有时候还就要有乡亲们骂，骂得越厉害敌人越相信你，你就越安全，抗日工作越易进行。共产党员要用各种面目做工作，革命有时还要受委屈，甚至亲人都不理解。"听到开门声，方青不再说了。忠然抢着说："我服从安排，争取当保长。"

秋然提着篮子走进来："路老师，真不好意思，只能让你吃白面掺地瓜面的粮食了。""现在能吃上两合面，就算不错了。你一进门我就闻到饭香了，真是饿了，从早晨就没正经吃饭了。"方青从罐子里捞了一大碗面条，狼吞虎咽地吃了起来。吃完饭后，接过秋然用包袱包的摊面饼，缠到腰里，嘱咐二人："最近鬼子可能有大行动，要多注意。"说完走了出去，向村东大沟走去。

过了几天，陈禹带着孙麻子和其他几个二鬼子来到小陈村，沿街敲锣叫喊，催促人们到村南场院开会。这是日军占领本县后，第一次来召开全村大会。除了赶集和其他出外的人，大部分成年男人都被赶了来，一些小孩子也来到场院看热闹。

"乡亲们，'皇军'为了强化治安，要建立保甲制度。我们村是一保，要选一个保长，负责咱村的事务，你们看谁当保长好？"说到这儿，陈禹停了下来，望着大家。整个场院，只有孩子们唧唧喳喳、跑跑跳跳，大人们都把头埋到坐地撑起的两腿间，不吭声。沉闷了一会，陈禹又高声问大家："谁当保长好？"人们仍然不吭声。又过了一袋烟的工夫，陈禹等不及了，站起来："我提议忠然兄弟当咱村的保长，大家看行不行？""行。"人们附和着。

散会后，忠然找到陈禹："二哥，你这不是要我的好看吗！我就会种地和做粉丝，哪会当保长啊！"忠然显得很亲切，故意推辞。

晚饭后，陈千山来到北粉坊，忠然又向他发起了牢骚，"千山叔，你看乡亲们这不是把尿盆子往我头上扣吗？让我帮鬼子干事，让我当汉奸，死去的祖宗也不会饶恕我的！""忠然，陈禹知道大家佩服你，就想拉你和他一样当日本的汉奸，可事情看人做哩，可以为日本办事，也可以为乡亲们办事啊！要是由一个想当汉奸的人来当这个保长，我们村里的人还有活路吗？这个保长只有你当。"陈千山说完，就起身要走。"大叔这么说我就先当着，大家可要支持我啊。"忠然送千山出去。

离秋收秋种的时间越来越近了。这天早饭后，忠然扛着铁锨到东沟南帮的谷地里，察看谷子成熟的情况。刚走到地头，一个人撅着粪筐走了过来，"大哥，你到地里看看哪。"忠然抬头看了看，不认识，"老哥，你是哪村的？""大哥，你连我都不认识了啊？我是铁蛋。"说着，摘下了破草帽。"你这一打扮，我还真认不出来。你们都过来啦？"忠然一面说，一面向四周看。"没有，我是出来侦察的，也来找你办点事。""什么事？你尽管说，只要我能办的一定办！"忠然急着问。"我们光想着打鬼子了，没有防备国民党顽固派。他们看到我们抗日队伍壮大了，也有了根据地了，就想抢根据地这块地盘。前几天，趁我们没有防备，偷袭我们，被我们打回去了。在这次战斗中，我们不少战士受了伤，陈政委的腿部也受了点伤，不很重，你放心。上级叫我来找你，想法到城里买点药，这是买药的单子和钱。"铁蛋掏出一张纸和一包钱。"铁蛋，钱你拿回去，我想法凑些钱，明天就进城买药。我现在披着保长的皮方便点。"忠然笑了一声。"我知道。他们叫你当保长，我们几个人听了都好笑，鬼子的眼瞎了。"铁蛋又现出了孩子的顽皮劲。"孙江、狗儿他们都好吗？你回去告诉我兄弟，家里还好，二虎和刚生的孩子都挺好的，让他放心。要他自己多注意点别出事。三天后我把药品送给你们，送到哪儿？""三天后，我到咱粉坊去拿。我们现在经常变动驻地，你找不到的。"说完，俩人分了手。

估计铁蛋他们晚上会来取药，忠然白天就到地里刨了些花生，让春分、月季妯娌们把花生从蔓上摘下来，洗净后放入少许花椒在锅里煮起来，除了家中人吃些外，用包袱包了一大包，准备托来取药的人带给春然。这是春然最爱吃的东西，母亲每年都要煮给他吃。在和家人一起剥着皮吃煮花生时，陈梁氏一边吃一边自言自语地说："春然从小爱吃煮花生，不知南方有没有花生，也不知能不能煮着吃？春然你在哪儿啊？"大家听了都很难过，月季端着碗噙着泪回了自己的住屋。见月季走了，陈梁氏的眼也湿润了，对春分、晚妹说："二虎妈苦啊！男人两年多没有回来了，能不想吗？二虎看看你妈去。"

铁蛋和狗儿如期到北粉坊把药取走了，也带走了一包煮花生。第二天，忠然和秋然、老王到谷子地拔谷子。这是块坡地，种得早，谷子熟得快些。今年老天爷还算体恤老百姓，雨水分布得均匀，庄稼长得不错，要不是鬼子来抢粮杀人，百姓们的日子是会好些的。前天，忠然得到通知，县委号召抢收抢种。要把粮食都收回家，坚壁起来，让鬼子抢不到粮食。可怎么向群众讲呢？直接说了，万一哪个人在鬼子面前说漏了嘴，鬼子知道是自己要大家把粮食藏起来的，肯定会把他抓起来，让他领着到各家搜粮食，那是坚决不能干的！可怎么能让大家都按县委的指示去做呢？他一面拔谷子一面琢磨这个问题。

干到傍晚，一大片谷子拔完了。拔起的谷秸被捆成了一个个大的谷捆，抱到路边堆了起来。因这块谷地不在大路边，骡车进不来，只有搬到大路边，才能用骡车拉回场院。

　　趁天还未全黑，忠然领着老王和秋然来到老王家的谷地。老王再三劝他兄弟俩回去，说他自己晚上就可拔完。忠然对老王说："再兴，现在是什么时候，你还和我分掌柜伙计什么的，只要把粮食抢回家，不让鬼子抢去，人们能好好活下来，把鬼子打走，就比什么都好，快干吧！"老王没有再张口，三个人干了起来。月亮升起时，老王家的谷子也拔完了。三个人拖着累散了的身子，步履蹒跚地往家走。

　　春分早等在粉坊了，见他们回来，急忙回住屋把饭提来，坐在一旁看他们三人吃饭。吃饱了饭，体力恢复了，秋然也恢复了他的顽皮，和嫂子说笑起来，春分笑着骂他："再累也堵不住你猴崽子的嘴，回去到被窝里跟你晚妹姐贫去。"听了妻子的话，忠然突然觉得让女人们串门子，像拉家常一样把藏粮食的话说出来，比自己去讲更好些，就对老王说："让大妹子串门时对邻居们说外村都把粮食藏起来了，让他们也藏起来，不要让鬼子抢去。"老王知道忠然不是随便说的。

　　回到住屋，春分从锅里舀了热水，让忠然泡脚："用热水泡泡去去乏。"泡完脚，两人上炕躺下，忠然把春分拉到怀里，对她说："你也去串门，把要藏粮食的话向大家说说。都把粮食藏好了，让鬼子抢不到粮食，他们就没法在中国长待下去，就能把他们赶走。""我会去说的，你睡觉吧，明天活儿还很重的。"说完，春分把自己的身子从忠然的怀里挪出。

　　谷穗脱粒后，忠然家把大部分谷粒藏到了粉坊南屋原藏麦子的地方，一小部分留在外面的粮囤里，迷惑敌人，使敌人不产生怀疑。

　　到中秋节，玉米也已收获到家了。只有花生、地瓜还在地里长着。

　　虽是荒乱年月，庄稼人还是没有忘了过中秋节。

　　天刚亮，忠然请了杀猪手孙老二，将家里养得还不太肥的猪杀了，除自己家留了十来斤外，给老王割了一块，让他拿回去给夏至和晚生吃，还请老王带了二斤给狗儿他爹妈，说："狗儿不在家，不能让两个老人没有肉过节啊"。其余的就记账卖给了邻居们。陈千山家也宰了一头猪。这样，村里几十户人家中秋节的锅里就有肉味了。

　　李有富低着头来到北粉坊，嗫嚅着不好开口。"有富，你来了，中秋节割肉了吗？要是还没有割，从这里拿点吧，老王，给有富割几斤肉。他今年成亲了，不能让老婆孩子过节连点肉都吃不上啊！"忠然不等有富开口，先吩咐老王。"忠然哥，就是你这话，他娘俩以前在陈舜家，表面看着是在过富家的日子，其实她心里是很苦的。现在跟了我，她虽不嫌我穷，我想尽量让他们过得好一点，听说你家杀了猪，我想来割几斤肉。我知道她跟过陈舜，大家看不起她，可现在是我老婆了……""别说了，有富，都是乡里乡亲的，她的为人大家看在眼里，谁能说什么呢，都是世道逼的，能怨她吗？你要真心地爱她才对——有件事，我想跟你商量一下，东油坊归你了，你又有榨油的手艺，乡亲们收了豆子、花生，都想榨点油吃，你能不能把这活捡起来，给乡亲们榨点油？"忠然说出了自己的想法。"我也想过，收完秋种完麦，我去买头驴，把油坊开起来。"说起榨油有富话多了，也流利了。

26 第二十六章

冬，小麦还未播完，伪乡政府通知各保长去开会。会上，陈禹装出一副为难的样子："各位乡亲，县里来了通知，要一个月内把各村的粮赋交齐，不然'皇军'就要到各村去催粮了，那样就不好了，我没有面子，你们做保长的也没有面子。希望大家能按时足数地交上，才能相安无事。"陈禹的话刚说完，保长们就喊喊喳喳说开了："庄稼还未熟时，不少人家已断顿了，到地里拣八成熟的收回家下锅了，今年收成不会好啊，很难全收上来。""这可是个得罪人的事啊，乡长你把我这个保长撤了吧！""硬逼会闹出人命来的，难哪！"一个叼着烟卷、满脸横肉的三十多岁的人站起来："庄户孙都是怕硬的，你对他厉害点粮食就收上来了。我说乡长，我收粮时能不能派乡保安队去帮一下？""保安队人数不多，各村都要去怕忙不过来。你需要时到乡里来说一下，让孙队长领人去帮你一下吧。"陈禹欣赏这个保长对"皇军"的忠诚。

忠然回到家里，越琢磨越觉得难办：绝对不能给鬼子把粮交齐，让他们吃饱了杀中国人；可他们有枪有炮，不能和他们硬顶，不然乡亲们就要受苦。到底怎么办，他想请示一下县委。

吃过晚饭，他像散步一样出了村，不多时间就到了邻村交通员李大牙的家里，将自己想找县委请示工作的愿望向他说了。李大牙要他明天晚上在北粉坊等着。

第二天晚上，路方青如约来到北粉坊。忠然将乡长召开会议，会上大家的情况向方青作了汇报，把自己两天来想出的办法向方青说了："方青老师，如数给鬼子把粮食送去，我绝对不干，一点不交也不行，我想了一个办法，要让鬼子不怀疑，又不给他们交粮，只有这样……""忠然大哥，这办法好是好，利于消除敌人的怀疑，对今后的秘密工作有利，就是苦了你了。"方青紧紧握住忠然的手。

第二天，忠然以保长的身份，召开全村大会，每家都要有人参加，也把陈禹的老婆陈高氏请了去。忠然把收粮的事向大家说了，特别强调一定要交，不能一次交齐，也要先交一部分，否则"皇军"就要亲自来收。他的话刚落音，有人就小声骂了起来，骂他死心踏地给鬼子当走狗。他听了不但不发火，反而高声说："大家选我当这个保长，我就得给'皇军'办事啊，没有办法。大家回家准备一下，把粮食晒干，湿的粮食我可不收。五天后交齐，一起送县里。谁家不交，我可要报告乡长，让他派保安队来催，那样就不好了，不要说我不给乡亲们面子。"

散会后大部分人走了，陈千山留下跟忠然说："大侄子，你真要死心踏地给他们办事啊！""大叔，不这样又怎么办呢，再叫鬼子来抢粮杀人吗？我们不能再吃那个眼前亏了。大叔，你相信我，我忠然的心还没有黑到那样。""我相信你，先交一部分吧，挡挡风头。"千山从维护乡亲安全的角度去理解忠然的所作所为。

虽然很不情愿，但怕鬼子再来抢掠，各家还是如期交了一些粮食。忠然亲自牵着自家的骡子，带领十几个人，分头牵着驴骡驮着粮食，浩浩荡荡地向县城进发。经过土埠乡政府门口时，陈禹出来拍着忠然的肩膀，夸赞忠然能办事。听到陈禹的夸奖，随行送粮的人，个个对忠然怒目而视。一行人默默地走着，忠然不时抬头四处张望。走出五六里路，到了一个干河滩时，突然从四面围上来二十多个背枪的人，问明是小陈村到县城给鬼子交粮食的，就有一个提短枪的人，指着忠然的脸，骂他是汉奸。忠然与他争吵起来，那人照着忠然的腿开了一枪，顿时血从裤腿上渗了出来。一个本家的小兄弟见忠然受了伤，跑过来扶住忠然，质问提短枪的人是干什么的。没等提短枪的人说话，队伍中站出一个小战士先开了口："我们是八路军的抗日战士，你们这些汉奸，就知道给鬼子送粮食，是些卖国贼。"提短枪的人说："乡亲们，牵上牲口跟我们走吧！"旋即离开。

大家把忠然扶到骡鞍子上，牵着牲口往回走。走到土埠乡政府门口，忠然下了骡鞍，由人架着走进乡政府，见了陈禹，潸然泪下，将遭遇向陈禹述说一番，"陈禹，你是不是我二哥？要是，你就不要再叫我当这个保长了。再当，不知哪天我的命就搭上了，我可是有一家人要我养啊！"陈禹听了也吓出了一身冷汗，要忠然回家好好养伤，他要向县政府报告这事，为忠然请赏。尔后，笑嘻嘻地送忠然他们出了门，帮着把忠然扶到骡鞍上。

回到家里，全家人吓了一跳，母亲和春分含着泪给他解开裤腿用热水洗净，再用盐水擦洗伤口。看到忠然的脸上沁出大颗汗珠，春分用手轻轻为他擦汗，一边擦一边滴眼泪。又从箱子里拿出一块新白布，撕成宽布条，将伤口包缠起来。过了一个多时辰，疼痛的感觉减轻不少，忠然的汗珠也消退了。忠然把秋然叫到炕前，要他到县城药铺买些治伤的药。春分用热手巾把忠然汗后的身子擦洗了一遍，用被子盖好，让他躺着睡一会。迷糊中忠然见抗日战士们笑着把粮食从牲口驮子上卸下，在仓库里堆成高高的一垛，磨成粉后，做成雪白、焦黄的白面馍馍和玉米饼子，战士们吃饱后，又用包袱包上一两个，缠到腰上，扛起枪，排成长长的队伍，走到县城附近的一个土坡上，将出城抢粮的鬼子和二鬼子打得死的死伤的伤，抗日队伍扛着缴获的长枪和机枪，雄赳赳地撤到城东丘陵山区。队伍的领导，不，那不是春然嘛？穿得整整齐齐，斜挎着盒子枪，向他走来，握着他的手说："哥，你送来的粮食，解决了我们很大的困难。吃了你们的粮食，战士们打了一个大胜仗，你为抗日立了一大功！你好好养伤吧，我们又要去打鬼子了。""三弟……""哥，你做梦了，三弟不在家。"春分握着他的手叫着。忠然睁开眼，看了看春分，笑了，是自己做了梦，是个多好的梦啊！

吃晚饭时，秋然满脸是汗的回到了家，从褡裢里掏出了一大一小两包药。秋然把药的用法说给春分，提了饭篮子和罐子，匆匆向粉坊走去。

秋然刚到粉坊大门口，从门旁的黑影里闪出一人，抓住了他的肩膀。他正要张口询问，那人抢先小声说："秋然哥，是我，铁蛋，部队派了我们的医生来看忠然大哥。"秋然握着铁蛋的手："我在县城听说，鬼子对你们截粮的事很气恼，到处搜寻八路军，你们要小心啊！""没事，我们村外有部队警戒。这是我们的郑医生。"黑影里另一个人闪了出来，对秋然说："让你们受惊了。"秋然进了院子，把饭给老王留下，领着铁蛋二人朝胡同里的住屋走去。

秋然先一步走进忠然的住屋，"大哥、嫂子，八路军派医生来给哥治伤来了。"一听是部队来了人，忠然叫春分到大门外去盯着。黑影里春分从铁蛋面前走过，但没有看清是谁。待春分走后，铁蛋快速走到炕边，"大哥，你受苦了，听到你受伤后，政委要回来看望，组织上为了咱全家的安全，不让他回来，让我陪着我们的郑医生来看望你，给你治伤。"忠然欠起身，伸出手，"郑医生好，让你跑这么远的黑路，真过意不去。""我应该来的，你为了粮食，不惜自己受伤受罪，真是抗日功臣。我们开枪的战士，往回走时，哭了一路，他是在执行命令啊！"郑医生一边解忠然腿上包缠的白布，一边向忠然转达那开枪战士的道歉。"我知道，你们回去告诉那个战士，他打得很准，没有伤到我的骨头。我受伤是自愿的，让他不要难过。"忠然笑着对郑医生和铁蛋说。郑医生解开了包扎布，检查了伤口，敷了药，又包扎好，"伤口清理得不错，敷上药，过不了多久就会好的。"留下了一些带来的药，就同铁蛋一起走了出去。

从送粮被抗日部队截去后，好长时间县里乡里的鬼子和二鬼子，没有到小陈村来。庄稼人们安生的忙着种麦和收晚秋庄稼。

忠然躺了一段时间，伤口愈合了。多日不出屋，憋得难受，浑身没有劲。这天，天高云淡，他走出家门，到地瓜地里看家人刨地瓜晒地瓜干。老王和秋然光着膀子在刨地瓜，春分妯娌三人在切地瓜干，两个大孩子用小手提着两棵地瓜往妈妈跟前放。忠然看了心里很畅快。要是没有鬼子和二鬼子们闹腾，日子该是多好啊！他站在地头向地里看着。大虎子眼尖，"妈，爹来了。"扔下地瓜就向忠然跑来。"慢点跑，别摔倒。"忠然迎着大虎子，牵住他的手，朝春分他们走来。"不让你出来，你就是不听，腿疼不疼了？"看到忠然能出来走动，春分心里很高兴，可嘴上还是埋怨他。"腿倒是不疼，就是没劲，出来走走有好处。"忠然蹲下，拿起一个大地瓜，看了又看，"今年雨水合适，你看这地瓜长得多顺溜。"站起来喊："老王、秋然，歇会儿吧。"老王和秋然只顾低头刨地瓜，没有看到忠然，听到喊声，二人不约而同地抬起头，高声叫着"大哥来啦"，快步走了过来，见忠然好了心里非常高兴。三个人蹲在地里抽起烟来，"下晌就别刨了，把好的地瓜拉回去，放进地瓜井里存起来吧。老天爷不翻脸，几天内不会下霜，用不着抢着刨，慢慢干吧，别累着。再兴，你家的花生和地瓜刨了没有？要是还没刨，安排个时间秋然和你一起干，千万别让夏至一个人拉着孩子去刨，今年用不着那样干。"

傍晚时分，老王和秋然扛着辘轳提了两个篮子来到村头的地瓜井边。这个地瓜井是三年前挖的，今年在横洞里铺了些晒干的细沙。

秋然下到井里，向洞里摆放地瓜，老王握着辘轳把，将忠然和春分装满地瓜的篮子，挂在辘轳绳的钩子上，放到井下，秋然把盛地瓜的篮子提到洞里，将空篮子挂到辘轳的钩子上，老王拧着辘轳把它再提到井上。

"时间过得真快，以前下井摆地瓜都是铁蛋和狗儿，鬼子来后他俩都去当兵打鬼子，现在都成带兵的人了，也不知他们近来怎么样，我还真想他们。"忠然一边向篮子里装地瓜一边说。"你想他们了？他俩都很机灵，不会出事的，你放心好了。"春分安慰忠然。她不知道忠然想的还有自己的三弟。

到吃晚饭时，当天刨的地瓜，都存到井里了。

地瓜刨完，花生摘完，农村进入了比较闲散的日子。

吃过早饭，忠然慢悠悠地向东油坊走去。在穿过胡同走到街心时，碰到了几个饭后出来的人，都笑嘻嘻地和他打招呼，"忠然，腿伤完全好了吗？咱村多亏了你，比外村给鬼子少缴了不少粮食，就是苦了你了。""我没想到会被'老八'把粮食截走，也没想到他们会那么憎恨我们给鬼子送粮，把我打伤。"忠然当着众人不得不这样说，怕人们走漏风声，被鬼子和二鬼子们听到真实情况，遭到杀身之祸。

走进东油坊，有富正好在家，见忠然进来赶快搬凳子让他坐下，葵花也过来和忠然打招呼，孩子随葵花也跟了过来。忠然摸着旺祖的头，"真是好孩子，虎头虎脑的，有富、葵花，你们刚成家，该添的东西不少，花钱的地方就多。有富，秋收秋种忙完了，家家都收了点黄豆和花生，你能不能尽快把榨油行当恢复起来，给大家榨点油，你也能赚点钱贴补家用，你看行不行？"忠然把来油坊的意思说了出来。"行，当然行，这几天我也在琢磨这事呢。下集我去买头驴，再把用具修理修理，几天后就可以开张了。"有富很兴奋。

几天后，人们闻到了东油坊蒸豆坯的香味，便陆陆续续把黄豆、花生仁和油桶送到了东油坊。

27 第二十七章

中然、秋然和老王正坐在场院，从刨下的玉米秸上掰玉米穗儿。这是麦收后点种的玉米，比春玉米生长期短些，种麦时其叶子和玉米穗还有些青绿。为抢种小麦，他们把带穗子的玉米秸连根刨下，期望玉米粒再饱满些。现在地里的活儿已忙完了，这些玉米秸也都干枯了，就把玉米穗从秸秆上掰下来。三个人又说又笑地干着活儿，一个年轻的保安队员斜背着长枪，来到场院对忠然说："陈保长，乡长要你吃过午饭到乡政府开会。""开什么会？"忠然问，"我也不知道。"保安队员说完就要走。"急什么，到屋里喝碗水再走也不迟。"忠然说着站了起来，拉了保安队员就往粉坊的北屋走。"陈保长，你是好人，把我们当人看。我要不全通知到，孙队长还不剥了我的皮。"保安队员嘴里嘟哝着，还是跟着忠然进了屋。"孙队长对待兄弟们那么厉害吗？我真不知道。""他这人见了当官的，像孙子一样，点头哈腰的，可见了我们这些当兵的和老百姓，比老虎还凶，张牙舞爪的，张着嘴就想吃人，凶极了。我真后悔披上了这身皮，现在不当也不行了。"保安队员像是有很多委屈和无奈。"你是哪个村的，怎么当的兵？"忠然向碗里倒了水，和颜悦色地问。"我是城北郝家村人，俺爹前几年死了，妈妈拉着我过日子。地少，又没有壮实劳力，每年收不了多少粮食，掺和着野菜总算没有饿死。去年县里到我们那里招兵，我想当兵吃粮能养活我妈，就瞒了岁数报名当了兵，被分到这个乡里了。开始时觉得还不错，有饭吃有衣穿，还可以拿到点钱给我妈买粮食，可以后叫我去抢老百姓的东西，打老百姓，我下不了手。有一次一个老妈妈给我跪下，央求我不要捉她的鸡，我仿佛看到我妈妈跪在我面前，就没有捉她家的鸡，回去后让孙队长骂了一顿，还挨了一个耳光。要不当这个兵吧，我怎么养活我妈啊，再说我能回家吗？跑回家让他们捉回来还不打死我啊！我真后悔走错了路啊！""小兄弟，别难过，总会一天天好起来的。"忠然不了解这个小兵的真实情况，不敢跟他多说什么，只是随口应付着。

吃过饭，忠然就向乡政府走去。没有几里路，不多会儿就到了。走进陈禹住的屋子，问陈禹有什么事。陈禹让他坐下，"忠然啊，'皇军'前些日子在寨里附近吃了大亏，死伤多人，觉得这个地方很重要，决定在这里修个大碉堡，要各村出民夫。咱村先出十个强壮民夫，明天带着镐头、铁锨去挖地基。别的村出牲口、出车运土和材料。忠然，你是县长很看重的保长，这事要干好啊！""要干多少天？管饭吗？"忠然望着陈禹问。"直到修好，县里拨粮食管大家吃饭。"陈禹拍着忠然的肩膀，"干好了，我再向县里报告，给你记功。""好啊，就凭你是咱村的人，我们也得好好干，为你争面子啊！"说完，忠然站起来，走出乡政府。

建碉堡的地方，位于寨里村北靠近公路的一块庄稼地里。

忠然带着老王等九个人，按照洒了石灰的地面挖掘泥土。从地基的范围看，这是一个挺大的碉堡，足可驻上百人。忠然一边干一边在脑子中盘算：这个碉堡修好驻上鬼子后，周围村庄的老百姓就更遭殃了，对破坏县城鬼子与金矿的联系会增加很大的困难。要是能不让它建成，或者延长它的建造时间，对我们是有利的。脑子里想着，手还在不停地干。猛抬头，见县委交通李大牙推着独轮车走了过来，二人交换了一下眼色，在他向推车上装土时，李大牙小声说："待会儿有事跟你说。"忠然点了点头，高声说："推车走快点，早干完咱们早回家干自己的活儿。"李大牙两手握着车杆，推起车走了。

干到中午，监工的鬼子和二鬼子，端着枪围成一个圈，几个民夫挑着篮子和水桶走了过来，招呼大家："停一停，开饭了。"大家放下锨和车，围成几个小圈子，蹲着吃了起来。忠然抬头数了数，站在周围的鬼子和二鬼子有二十多人。吃完饭，李大牙磨磨蹭蹭地走到忠然跟前，装满烟锅子，说："老乡有火吗？"忠然掏出火镰火石和干绒蒿，用火镰在火石上蹭了几下，火星落到绒蒿上，绒蒿冒烟了，就将绒蒿摁到李大牙的烟锅上，自己也掏出了烟袋，伸到烟荷包里，挖了一锅子烟末，李大牙将烟锅扣到忠然的烟锅上，忠然狠吸一口，吐出一口浓烟，两个烟锅挪开了。李大牙见周围没有人注意，小声对忠然说："今晚半夜部队来消灭这帮鬼子，你带一些可靠的乡亲来，平了已挖出来的地基。半夜有人在寨里村南等你们。"说完，叼着烟锅，哼着听不清的小调走开了。

天黑了，一个当官的二鬼子跟大家说："把工具留下，晚上回家吃饭和睡觉，明天上午再来。"民夫们把工具一放，朝各自的村庄走去。

晚饭过后，忠然把晚上八路军组织大家去平碉堡地基的事跟秋然和老王说了，他俩都想去。忠然叫秋然回住屋告诉晚妹和春分，也让老王回去告诉夏至，免得她们不放心，他自己在粉坊温水饮牲口，把牲口一夜的草料加到槽里后，坐在凳子上，静听周围的声音。

过了有两顿饭的时间，秋然、老王和其他几个可靠的年轻人，陆续来到粉坊，大家安静地向寨里村南走去。

这是一个云遮月的夜晚。到寨里村南不久，传来三下掌声，忠然回应了三下掌。一个黑影迎了过来，忠然认出是李大牙，紧跟他走了几步。"部队正在向鬼子驻地逼近，一会儿就会打响，请大家在这里等待，听到枪响不要乱跑，战斗结束会有人来安排任务的。"李大牙说完就朝村里走去。忠然回来和大家一起坐下等着。

一阵枪声后，两个黑影急匆匆地走来。忠然迎过去一看是铁蛋和李大牙。铁蛋向大家点了点头，没有说客气话，直接下达任务："战斗已经结束，除几个鬼子抵抗被打死外，其余的鬼子和二鬼子都成了俘虏，部队已将他们押走了。我们现在去把白天挖的地基平了，把运来的材料运走。不要怕，我们在去县城和金矿的路上都设了埋伏。大家行动要快，现在就走。"说完，领着大家快步朝修碉堡的地方走去。

村民们心里高兴，干起活来自然就快，挖了一天的地基，两个时辰就平了，白天拉来的新砖和木料，很快被村民们拉回了自己的家中藏了起来。

天还未亮，部队和村民们都撤走了。

吃过早饭，忠然招呼大家照样去寨里。到了那里，空空荡荡的，只有他们十个人。忠然叫大家拿上自家工具，离开寨里，径直向乡政府走去。进了乡政府院子，忠然找到陈禹，"乡长，你就会欺负咱村的人，别村的民夫都不去了，为什么不通知我们，叫我们白跑一趟，耽误半天工夫。"

陈禹沮丧地拍拍忠然肩膀，说："忠然老弟，昨儿夜里八路军到寨里捣乱，把白天挖的地基扒平了，材料抢走了，县里正准备搜查呢，你们等几天吧。还是咱们村的人老实，今天你们都去了，可见昨夜里的事你们不知道。先回家，什么时候再出工，我会派人通知你们的，你们回家歇息歇息吧。""我们今天要算出了一天工，以后要少派一天。"忠然装出斤斤计较的样子。"我会考虑的，回家吧！"陈禹笑着回答忠然。

大家拿着工具出了乡政府。回家的路上，忠然提醒大家："听陈禹的口气，鬼子又要扫荡了，大家回去把该藏的东西藏好，别让鬼子都抢去。"

东油坊里，驴拉着大石碾子在轧豆子。一个外村来榨油的人，坐着板凳，一边一锅接一锅的抽着旱烟袋，一边和有富聊着天，"听俺村里的人说，前天晚上，八路军一个连开到寨里，把逼着老百姓给他们修碉堡的鬼子全消灭了。据说，那天晚上鬼子刚睡下，一个叫花爪的八路军战士，摸到鬼子的哨兵跟前，把站着打盹的鬼子哨兵一斧头劈了，然后引着部队冲进鬼子睡觉的棚子。一个鬼子正出来撒尿，看见八路军，哇哇地叫着往棚里跑，花爪几步蹿到跟前，手起斧落又把那个鬼子劈了。棚里的几个鬼子听到叫声，噌的一声从被窝站起，抓着枪就向外射击，八路军战士比他们更快，几枪就把这几个鬼子撂倒了。紧接着八路军战士们几步蹿到地铺上，卡住还躺在被窝里鬼子的脖子，有的鬼子被卡死了，有的把手举到头上当了俘虏。那些二鬼子吓得都举手当了俘虏。这一仗打得真麻利，八路军除了一个战士受伤外，全都完好无损，真痛快啊！"有富听得出了神，站在那里把要做的事都忘了。"花爪是个什么样的人？"有富兴犹未尽地问了一句。"传说他是个中等个头壮实的汉子，手心有几道花纹，所以人们叫他花爪。他胆子很大，手脚麻利，一天晚上，他只身去了鬼子占领的金矿，一斧子劈了站岗的，到停汽车的地方，扔了两颗手榴弹，把鬼子的一辆大汽车炸毁了。等鬼子们赶到时，他已在金矿外的山上了，看着鬼子们乱作一团，笑个不停。"榨油人，有声有色地讲着花爪的故事。"中国真有能人啊！"有富感慨地说着，加快脚步，把豆子扫到碾子下。当豆子快轧完时，有富喊妻子："葵花，向锅里加水，点火，准备蒸坯。下午榨完，让老哥把油带走。"

晚饭后，夏至铺好炕，给晚生洗了手脸，抱到炕上，脱光衣裳，塞进被窝。把豆油灯从墙上的灯窝里拿出，搁到炕头的小凳上，拿过针线笸箩里的小鞋底，一边纳鞋底一边给晚生讲黑瞎子掰棒子的故事。说着说着，均匀的细鼾声，从晚生的嘴、鼻孔中发出。夏至俯下身，吻着儿子的小红脸蛋，说："你越长越像你爹了。"挺起腰继续纳着鞋底。这是一只为晚生做棉靴子用的小鞋底。孩子已经不用爹妈抱着了，可以哇哇叫着自己跑了。夏至回头看了看呼吸均匀的儿子，脸上绽出幸福的微笑。不一会，院门的活闩旋开了，她知道是老王回来了，急忙下炕点火烧水。老王端着灯看了看睡熟的儿子后，坐到小板凳上，脱了白布袜子，把脚伸进夏至放进热水的铜盆里，洗了一会，用右手揉搓着脚趾和脚板，尔后把脚擦干，穿了鞋站起来，对夏至说："再加点热水，你也洗洗，早点睡吧。"夏至斜了他一眼，抿嘴微笑着坐下，洗起脚来。还未洗完，就听到嘭嘭的敲门声，"再兴，有人敲门。"老王走到院子里，站到门里问了声，听出是狗儿的声音，急忙开了门，伸出头向左右看了看后，把门关上，拉着狗儿走向正屋，"夏至，你看谁来了？"夏至把盆子往旁边推了推，擦干脚站起来，瞪眼看了看没有出声。"嫂子，不认得我了吗？我是狗儿。""你是大兄弟啊，几年没见，大变样了，越长越壮实了，也越好看了。吃饭了没有？""我还未吃晚饭，嫂子给我做碗面条吧，嫂子擀面条是出了名的，今天吃嫂子擀的面条。"狗儿说完，从腰里抽出了一把磨得锃亮的小斧头放在桌上。老王问狗儿："回家没有？你爹妈可盼你啦。""没有，怕狗叫惊动村里人。我是出来侦察的，刚从县里来，你家住在村头我才敢进来。你得便给我爹妈说一声，告诉他们我很好，不用记挂我。过了这段时间，我会抽时间回来看他们的。"刚说到这里，夏至端了一大碗鸡蛋面条进来，"大兄弟，你尝尝嫂子作的面条好吃不好吃？"放下碗又去取了筷子来。

吃完饭，狗儿对老王夫妇说："王哥，嫂子，鬼子近来会有行动，你们要当心，也告诉忠然大哥让他多注意，当心点，也要想法告诉乡亲们要多注意！"说完，走出了大门，很快消失在夜色里。

28 第二十八章

在东部村子里扫荡的二百多名鬼子和二鬼子，太阳快下山时绕到了小陈村。大部分鬼子和二鬼子押着抢掠的粮食和骡、驴、猪、羊，在村西北河滩的树林里歇息，准备埋锅做饭。派出孙麻子率领他的乡保安队的二鬼子，到小陈村去抓给他们做饭的人。

孙麻子领着人进村时，多数男人还未回家，大部分女人正在自己家里的灶间作晚饭。二鬼子放着枪进了村，在家的人已来不及向外跑了，只好在村里寻找藏身之处。

孙麻子领着二鬼子，挨家挨户寻找年轻和中年女人。在村东头老王家，两个二鬼子拉着夏至往村中心走，晚生伸着两个小胳膊喊着妈妈，跟在后面追，孙麻子回身一枪把晚生打倒。夏至回头，见晚生倒在地上，猛从二鬼子手中挣脱，跑回去从地上抱起满身是血的晚生，疯了般向二鬼子们撞去。孙麻子怕夏至纠缠，催促着二鬼子们押着十多个姑娘和中年女人，向村西北河滩走去。

在端着枪的鬼子们的逼迫下，在石头垫起的案子上，为鬼子们烙面饼。

嚎叫声，枪声，持续了两个多时辰。未回家的男女村民，都提心吊胆地在野外隐蔽着。

月亮升起时，吃饱肚子的鬼子们，押着一长串驴骡驮子，离开小陈村西北的河滩，朝去县城的大路走去。小陈村的女人们，流着泪给那个受鬼子猥亵而吓昏了的姑娘穿上破褂子，架起来向村里走去。

鬼子队伍走到离县城还有十几里时，埋伏在高坡上的八路军战士，一阵排枪和手榴弹，把走在前面的鬼子和二鬼子打倒一片。当鬼子指挥官擎着战刀哇哇叫着，驱赶他的兵士向前冲时，八路军战士已向另一埋伏处转移了。在回县城的鬼子队伍进入又一伏击圈时，又是一阵排枪和手榴弹，把走在前面的鬼子兵又打倒了一片。八路军战士在鬼子指挥官的视线里时隐时现，鬼子指挥官嗷嗷叫着，命令他的兵士跑着追赶前面的八路军，只留小部分鬼子和二鬼子押着牵赶驴骡的百姓，跟在鬼子大队后面走着，前后两者的距离越拉越大。突然，一队黑影插过来，喊："乡亲们快趴下！"冲到驴骡队里，抡起大刀片向鬼子和二鬼子们砍去。一些二鬼子见势不妙，趴到地上，举起手来。不多一会，十几个鬼子和二鬼子，倒在了路上的血泊里。部分背着新收缴枪支的八路军战士，引领着驴骡队，押着俘虏，沿着来路向回返。大部分战士又返回头向鬼子大队追去，准备截击返回头追赶驴骡粮队的鬼子。

老王回到家里，见夏至抱着洗净血污的晚生，坐在灶间一动不动，嘴里反反复复说着："我儿好好睡，不要怕，妈妈在这里。"老王在回家的路上，从邻居们的谈论中，已知儿子被二鬼子打了一枪，但不知是死是活，就将手背贴到儿子的鼻孔处，停了一袋烟工夫，喊着"晚生，晚生"一屁股坐到地上哭了起来。闻讯而来的邻居们，听到男人沉痛的哭声，快步涌进屋内，见到这一惨景无不流泪。夏至像没见到邻人一样，仍在不停地说着"我儿好好睡，不要怕，妈妈在这里"的话。大家把孩子的尸体从夏至的怀里抱到炕上，把夏至搀到炕上坐下，把老王扶到椅子上坐下。夏至嘴里仍然不停地重复着那几句话。

听到消息，忠然、秋然兄弟和春分姑娌仨也急急赶来。见此情景，无不泪流满面。突然，老王站起跑到院子里，拿了铁叉就往街上跑。忠然一看，紧跑几步，抱住老王"再兴，你要干什么？""我去找鬼子拼命，给我儿子报仇！""你去送死啊！死了一个，还要搭上一个吗？"忠然使劲地抱着老王。秋然也跑出来，和哥哥一起把老王拉回家中。

忠然把春分姑娌留下劝解夏至，叫秋然去找木匠为晚生做个小棺材，自己拉着老王回到粉坊。老王木然地坐在炕上，一句话不说，只是流泪。"鬼子杀害了小侄子，我也和你一样，恨得咬牙切齿，也想去打死鬼子，可办得到吗？只是你我几个人去找鬼子拼命，能报仇吗？只能再搭上几条命！这个仇总是要报的，不是你我去蛮干，要靠全国抗日的人民、抗日武装把鬼子消灭，小侄子的仇才能报，老顺婆的仇才能报。你说是不是？"听了忠然的话，老王不再那么冲动了，可还是流泪，呜咽着说："大哥，你也知道，我娶了夏至，生了晚生，活得有滋有味，现在晚生被鬼子杀害了，我还有什么活头！夏至对孩子比她的命还珍贵，孩子没了，她还怎么活！""我知道小侄子是你们俩的命根子，可不幸已发生了，你们两人不能跟着孩子去啊，那样鬼子才高兴呢，他们就想让反对他们的人死绝呢。我们不能让他们得意，要活着和他们斗，你说是不是这个理？"看着老王点头，忠然继续说下去，"现在你要坚强起来，回去好好劝劝大妹子，我们还要过日子啊。我已叫秋然去找木匠了，给小侄子做口小棺材，给他做个坟，他来到世上的时间虽然不长，也得让他在阴间有个住的地方啊。你看是不是要去夏至娘家和你哥哥嫂子家报个丧？""大哥，就按你安排的办吧，我岳母家要告诉他们，他姥爷姥姥太喜欢这个孩子了，不告诉他们怕日后受埋怨，至于我哥哥家就不要告诉了，我哥哥有病，知道侄子死了怕受不了，病会加重的。"老王的脑子清醒了不少，说出了他的想法。"那样也好，明天我叫秋然到你岳父母家去一趟。你现在回家好好劝导劝导大妹子，我叫三妹、四妹回来做点饭给你们送去，总要吃点饭，你们俩的身子不能垮下去啊。"说完，陪着老王回村东头他们家去。

经过春分等人的劝解，夏至的情绪好了一些，虽然仍坐在晚生尸体旁动也不动，眼睛仍直勾勾的，少了往日的灵气，但别人的话已能引起她的些许反应了。见老王回来，扑到丈夫怀里大声哭了起来。忠然把春分叫到一旁，说："能哭出来就好，哭一哭心里会好些。你在这里劝解着，让三妹和四妹回家去做点可口的饭拿过来，劝他们俩多少吃点，今晚上你就在这里陪着他们吧，我去看看木匠来了没有。"说完，走了出去。

当月季和晚妹提着篮子送来两碗鸡蛋面条时，夏至已止住了哭泣，从柜子里把为晚生准备过年穿的新衣服取出来，一层层套起来，在春分等人的帮助下，给僵硬的小尸体穿上，并将其停放到灶间的方桌上。夏至取来孩子平日用的小碗，放进满满一小碗面条，在碗上放了一双筷子，摆在方桌前的小饭桌上，"晚生，你还没吃晚饭呢，妈看着你，快吃吧。"拿了小板凳坐到了饭桌旁。

在春分的劝导下，老王吃了几口，端起碗用筷子夹着面条往夏至的嘴里送。夏至张着嘴吃了几口，一咳嗽，又全吐了出来。春分拿毛巾帮她擦干净，嘱咐老王先给夏至喝点面汤。

这一夜春分没有回家，陪着老王和夏至在晚生的尸体旁坐了一夜。

作午饭的时候，夏至的母亲骑着秋然牵的骡子来到闺女家，还未下鞍老人家的眼泪就流了下来。听到声音，春分急忙迎了出来，和秋然两人搀扶着老人进屋。看到躺在桌子上的小外孙，老人再也忍不住了，扑到外孙的尸体上，放声大哭起来。夏至看到母亲，一句话未说，趴到母亲的背上，泣不成声。春分和老王好不容易才把姥姥劝住，院子里颤颤巍巍地进来了忠然妈陈梁氏，还未到灶屋就喊着："晚生啊，我的小孙子，你死得惨哪！要雷神爷劈了那些挨千刀的！"春分扶住婆婆"妈，我们不敢告诉你，怕你老人家难过，你还是来了！""我怎么能不来，晚生这小孙子我喜欢。"陈梁氏又转向夏至妈，"亲家，夏至这孩子命苦啊！木匠死了受了几年寡，和再兴成亲后日子好过了，又生了个儿子，三口人日子过的甜蜜蜜的。谁料想鬼子来了，连我们这么小的孩子都不放过，这些该天杀的，不得好死！"老人一面说一面抹眼泪。

下午，晚生尸体入殓。在棺材盖上钉钉子时，夏至晕了过去，月季和晚妹俩人把她架到炕上，用指甲掐人中，才慢慢缓过气来，下了炕又趴在棺材上。她沙哑着嗓子的哭嚎声，使周围的人再也控制不住，眼睛都被泪水蒙住了。

按照老王和夏至的意见，晚生的坟坑挖在木匠坟的左前方，他们希望晚生去和木匠作伴，也希望木匠能在阴间时时护卫着晚生。

出殡时，除了少数几个老人未去送葬，不分陈姓和李、孙、庞姓的年轻人，几乎都参加到了送葬的队伍中。辈分最高、已五十多岁的陈千山，紧跟在老王、夏至、忠然兄弟和春分妯娌后面，为这个才两岁多点的孩子来送行。年轻人都绷着脸握着拳头，跟在刷成红色的小棺材后面，默默地走着。

埋葬小晚生后，小陈村又有几个年轻人，离家参加了抗日部队。

第二十九章

年关将近。虽是荒乱年月，人们还是蒸年糕、做豆腐、蒸饽饽。村里人养的猪，大多还未长到满膘时，就被鬼子们抢走填了肚子。为了过年能吃上顿肉饺子，忠然不得不把还未满膘的猪杀了，自家留下些，给老王和狗儿家各送了三斤，其余的用赊账方式卖给了乡亲们。陈千山也学忠然的做法，把自家半大的猪杀了，赊卖给了邻居们。

小孩子长得快，去年的新衣裳，今年就没法穿了。春分、月季和晚妹，把自己的嫁妆衣服从箱子里拿出来，改缝成孩子的过年新衣。妯娌三人几乎是天天点灯熬夜，缝缝补补。

除夕这天，忠然和秋然将祖宗牌位请了出来，依辈分高低安放在母亲住屋灶间的方桌上。在牌位前面摆放了几样自家做的供品。供品的花样和数量比往年少多了。

按历来的习惯，除夕的下午除预备除夕晚上吃的饭食外，还要把正月初一早晨吃的饺子包好。春分和晚妹二人包下了这天的全部家务活，吃过午饭就开始剁馅、和面、包饺子，不准月季插手，让她用全部时间装扮她的两个儿子。这是两年多来的规矩，因二虎爹不在家，一个女人要照管两个儿子，特别是年前几天，缝缝补补，每晚都要熬到鸡叫才合一合眼，婆婆、春分和晚妹看了心疼，不让她再做全家的饭食，让她一心忙两个儿子的过年衣着。

春节期间，老王回自己家过，忠然和秋然就回住屋与母亲、老婆和孩子们一起吃饭。除夕晚饭，忠然和秋然各喝了几盅自家酿制的地瓜酒，脸和脖颈都有点红了。看着大哥不言不语只闷头喝酒，秋然猜到大哥必有心事，就想打破这沉闷的气氛，于是呷了一口酒，夹了一筷子肉片炒白菜，放到嘴里慢慢地嚼着，眼一翻，说："妈，我听到一个笑话，讲给您听听。"大虎、二虎就爱听叔叔讲故事，放下碗，催："小叔，快讲，快讲。"

秋然干咳一声，说："登州府有家大财主，姓胡名图，家有良田千亩，骡马成群，有三个儿子，大儿子瞎了一只眼，二儿子残了一只手，三儿子瘸了一条腿……"下一句还未说出来，就被母亲笑着打断了："你又在编排谁？过年了，嘴上也积点德吧，别损人了。"秋然伸了伸舌头，闭了嘴，吃起菜来。奶奶不让讲，大虎、二虎也没办法，只得闷着头吃起来。

吃过年夜饭，忠然到粉坊去睡觉。刚给牲口喂过一遍草料，就听街上的一片狗叫声夹杂着匆忙的脚步声，传了过来。他吹灭了灯，站到院里静听。约摸一顿饭的工夫，脚步声消失，狗也不叫了。酒劲上来了，头有点晕乎，忠然给牲口添了点草，就吹灯躺下了。

爆竹声和脚步声把忠然扰醒。他匆匆穿上衣服，又给牲口槽里加了些草料，准备回住屋。两扇大门刚一拉开，两个黑影从门旁闪了进来，一人拉了他的一只手，"大哥，给你拜年了。"忠然愣怔了一下，未反应过来，跟着二人返回屋里，点了灯，才看清是铁蛋和狗儿。"是你们两人啊！今天过年，见到你们真是大喜事。""我们从土埠过来。按照上级的命令，刚把乡保安队消灭了，镇压了孙麻子，其他二十多名二鬼子都成了俘虏，被我们押来。怕扰乱乡亲们过年，部队未进村，现都在村外歇着，我们俩先进来给大哥和大娘、秋然、王大哥及嫂子们拜年。""这么冷的天，在外面多冷，先把部队拉进村，到屋里暖和暖和，一部分到这里，一部分到原来的学校里，若再盛不下就到西瓦房去。今天是年节，又消灭了乡保安队，部队高兴乡亲们更高兴，得让大家喝杯酒吃顿饺子才行，不然乡亲们不会答应的。"忠然说完请他们先在粉坊歇一歇，自己回住屋叫醒了家人，把情况向秋然和春分妯娌俩说明了，吩咐秋然取点木头到学校生上火，把冷屋子烘暖和些，自己出门到千山和其他人家里，把情况给他们说了，大家都很高兴，立即招呼家人准备酒菜、包饺子。忠然又到村东头老王家，把打死孙麻子的喜讯告诉了他们，喜的夏至流着泪到方桌上抱起晚生的牌位说："晚儿，铁蛋叔、狗儿叔把杀你的仇人打死了，给你报仇了。晚儿你可以瞑目了。"说完，把包好的饺子放到篮子里提着，跟着忠然、老王向北粉坊走去。

很快，部队消灭乡保安队的消息在村里传开了。北粉坊、西瓦房和学校门口聚集了很多提灯笼的人。铁蛋代表部队向大家拜了年，把打死孙麻子的事向乡亲们宣布了："孙麻子死心塌地投靠鬼子，为非作歹，残害百姓，在我们为敌伪军记的红黑善恶账上，他没有红点，只有十多个黑点。

遵照上级的指示，今天把他枪毙了。""该杀！该杀！"的喊声，打断了铁蛋的讲话。

在忠然的组织下，又杀了两头猪，凑了一些白面，加上从乡保安队缴获的半扇猪肉和白面，分成了几份，分发到几个地方，由三十多名女人分别进行炒菜、剁馅、包饺子。

铁蛋到村头检查了几处岗哨后回到村里，让部队在屋里烤火歇息，自己和狗儿跟着秋然来到忠然家住屋，见了陈梁氏："大娘，铁蛋和狗儿代表部队给您老拜年了。"说着，跪了下去，恭恭敬敬磕了一个头，见老王、夏至也在这里，就接着说："给大哥、四哥、王哥和嫂子们拜年。"刚要跪下，被忠然和老王拉住了。"好兄弟，可不能磕头，我们年轻，别折煞我们……"话没说完，见夏至扑通跪下了，"铁蛋、狗儿兄弟，我给部队的兄弟们磕头了，是你们为我晚生报了仇。"铁蛋和狗儿慌了，一把将夏至拉起，铁蛋说："嫂子，你别给我们磕头，我们受不了。当知道晚生被二鬼子打死后，我和狗儿难过死了，狗儿当天就要去掏乡保安队的窝，劈死孙麻子，被我们政委——说到这里注视了一下月季——制止了，政委说：鬼子欠我们的债太多了，不能莽撞，要通盘考虑，要一笔一笔算。这才让孙麻子多活了几天。你们可能还不知道，狗儿可勇敢了，他一人劈死了好几个鬼子和二鬼子。你们听说过'花爪'的事吗？传说中的花爪子就是狗儿。"听了铁蛋的话，秋然过去一拳打到狗儿肩上。"好小子，到处传说的抗日英雄花爪子，原来是你啊！"弄得狗儿不好意思嘿嘿笑着说："都是人们编的。""倒不完全是编，劈死鬼子是真的，至于花爪子嘛，"铁蛋说着抓过狗儿的手让大家看，"和我们是一样的，只是手上的花纹深了一点，大哥和四哥都知道的，被人们传来传去就变成花爪子了！"大家正说得热闹，陈梁氏像想起了什么的插嘴说："狗儿，几年都没回家了，今天过年，回家给你爹妈磕个头拜个年吧。""大娘说的是，现在我和他一起去给他爹妈拜年去。"铁蛋说完就要走。"铁蛋，狗儿他爹妈会留下他在家吃年饭，你可要回来在我家吃年饭哪。""大娘，不行啊，我们得和大家一起吃，不然大家会有意见的。"听了这话陈梁氏有点不高兴。"妈，他们有纪律，铁蛋现在是连长，狗儿是排长，他们不能脱离战士们哪，您老人家不要勉强他了。"忠然给母亲解释。

说话间，春分和月季两人炒好了四样菜，盛到了大盆里，夏至揉好了一大块面团，晚妹也剁好了一大盆肉馅。忠然提着灯笼挎着盛盘子、碗和筷子的篮子，老王和秋然各抱着一个盛菜的大盆，向粉坊走去。胡同里，人们欢笑着也在向北粉坊、学校和西瓦房门口凑，想看看这些消灭了保安队的勇士们。一个村民抱着一坛子酒从围观的人中挤进北粉坊，请战士们喝酒。铁蛋过来，向那人一抱拳，"大叔，谢谢你的好意，我们现在是执行任务，是不准喝酒的，大叔您把酒抱回家吧。""一是过节，二是消灭了保安队，双喜临门，哪能不喝点酒啊！"送酒的村民和铁蛋争论，"不行啊，大叔，要是让大家喝了酒，醉醺醺的，敌人来了怎么能打仗！您的好意我们领了，还是抱回去留着您自己喝吧。"那人还要说，忠然走了过来，"大叔，这是他们的纪律，你还是抱回去吧。"那人无奈地抱着酒坛子挤出门去。

吃过年饭，铁蛋派出几个战士到村外去换岗。

一个战士急急地进了北粉坊，高声喊道："报告连长，我们把饭菜送到押俘房的屋里，老乡又都拿出来了，不但不让给俘房们吃饭，有人还要打俘房，正在和看俘房的战士争吵呢。"听了报告，铁蛋随战士向学校走去，忠然也跟了去。

一个村民正和看俘房的战士争论："他们把我们的粮食抢走，还打我们，我们村一个两岁的孩子被他们打死了，还给他们吃饭！把他们全崩了才解恨！"战士见铁蛋走来，有些无可奈何地说："连长，你看怎么办？"铁蛋朝村民鞠了一躬，"大叔，我先给你拜个年。他们以前是敌人，帮鬼子欺压百姓，现在他们放下了武器成了俘房，我们有优待俘房的政策，应该让他们吃饭。"那个村民虽然不再与战士争吵了，心里还是想不通，就把脸转向一边不说话，其他村民也现出不情愿的表情。忠然走过去，一眼就看到了郝村那个小保安队员，正绷着脸瞅着铁蛋看，现出茫然的表情。听了铁蛋的话，忠然对村民们说："乡亲们，他们中的一些人也是受苦人，被逼无奈才去当兵吃粮的。就按抗日部队的长官说的，把菜和饺子拿进去，让他们吃饱吧。"听了铁蛋和忠然的话，几个村民把菜和饺子拿进教室。铁蛋又对俘房们说："老乡是恨你们过去干的那些坏事，才不愿意给你们吃的。你们自己想想，当汉奸帮着鬼子残害老百姓，老百姓自然恨你们，不能怨乡亲们哪！现在吃饭，吃完饭我们转移。"低着头的俘房们，拿起碗筷吃了起来。

鸡叫时，战士们押着俘房，消失在村东的路上。

送走部队，村民们开始了过年应做的事情：给祖宗磕头，给年长人拜年。

忠然、秋然给祖宗们磕完头，又给母亲磕头拜了年，然后兄弟二人到了陈千山家，"千山叔，我们兄弟俩给您拜年来了。"说着就要跪下，千山一把拉住："忠然、秋然，今年的节过得痛快啊！来，咱爷儿仨喝一杯。"端起酒杯先喝干了，忠然、秋然也跟着干了。"忠然，怎么没见陈禹呢，叫他跑了？""大叔，我也不知道，光高兴了，忘了问问铁蛋。"千山一提，忠然才想起这事，后悔没有问清楚。

这次消灭乡保安队，真让陈禹跑掉了。

陈禹本想回家过年，可又记挂着孙寡妇。天刚黑就去了孙寡妇家。孙寡妇炒了菜，热好酒，二人坐下，一边喝酒一边调笑。

直到半夜，陈禹才酒足饭饱，神情愉快地离开孙寡妇家回乡政府。到乡政府门口，被一东西绊了一下，俯身一摸，是一个脸冰凉了的站岗队员。陈禹被这一突然变故惊出了一身冷汗，感觉到出了大事，不敢进乡政府院子了，就沿着墙根穿过胡同出了村。他想逃到县里，就往西走去。走了一段路后，转念一想，除夕夜里，家家都在过年，投奔谁家去呢？站着想了想，又折了回来，还是回小陈村自己家里吧。于是惊魂未定的他，边听边走，在鸡叫头遍时到了小陈村西头。他没有进大街，绕到村西南蹲下听了听，听到村中杂乱的脚步声，时近时远。他不敢直接回家，想找个人问问村里的情况。他把村里为数不多的几个与他相善的人，在脑子里过了一遍，觉得还是二姨可靠些，毕竟曾是一家人，他未曾得罪过她，有时两人还眉来眼去表述过情意，估计她不会害自己。于是绕到二姨家的后窗轻轻敲了敲，没有声音。他又重重地敲了几下，"不在你家好好过年，一天就憋不住啦。等一等，我给你开门。"从屋里传出懒懒的女人声音。不一会儿，吱呀一声院门开了，他闪进门，随手把门关上。女人拉着他的手向屋内走去。点着灯后，二姨看清是陈禹，脸登时红了，"是你，大过年的怎么到我这里了？"陈禹无心和她调情，一口气把灯吹灭了，说："二姨，小点声，不要叫外人听见。""我现在不是你哥的小老婆了，别再叫我二姨。"二姨纠正陈禹的叫法。"叫你什么？"陈禹有点为难。"叫我妹子吧，我比你还少好几岁呢——你这是怎么了，一个堂堂的乡长，怎么吓成这么个熊样儿了。""你加点衣服，别冻着，我慢慢地告诉你。"黑暗里陈禹等她穿好了衣服，就一五一十地把经过告诉了她，但把到孙寡妇家的事，改成了到一个朋友家去喝酒。二姨听完陈禹述说，也吓出了一身冷汗，"你能逃过这劫难，是老天爷的保佑，我给你温壶酒，压压惊。我这里不供祖宗，也没人来给我拜年，天亮后我锁了门到李有富家串个门，也算过节走动走动，毕竟我和葵花都伺候过你哥，算是姐妹。你就好好地睡上一觉，等天黑了我到你家告诉你老婆和那个你儿媳妇老婆一声。"说完，点上火烧了热水，向锡壶里倒了酒，把壶放到热水里。酒热后，陈禹嘴含着酒壶嘴，咕嘟咕嘟喝了几大口，全身骤感温热，头也晕晕乎乎地耷拉下来，说话联不成句。二姨知他喝醉了，就把他扶到炕上，帮他脱了衣服，挨着他躺下。一会儿，陈禹便呼呼地睡过去了，二姨却怎么也睡不着。

30 第三十章

保安队被消灭后，陈禹就将乡政府搬到了距县城只二里之遥的温泉村，又招募了二十多个地痞当保安队员，作为护卫乡政府的武装，也替他送个信下个通知什么的。

县东抗日根据地扩大了，小陈村成了根据地边缘。白天，小股鬼子和二鬼子还敢到这里显显威风，夜晚就成了抗日武装的天下。八路军的侦察员和新成立的武工队，经常在夜间到这里活动。

忠然和村里抗日积极性高的青年们商量，建立了一个小组，白天晚上游动巡逻，监视敌人保护村民的安全。因狗儿在乡亲们面前亮出了八路军战士的身份，乡亲们对他爹妈特别尊敬和爱护，自觉自愿地去帮两个老人干些重活，遇鬼子和二鬼子来侵扰时，赶快给他家送信，让他们到村外沟里去躲避敌人。

自打死孙麻子后，夏至有笑脸了，也恢复了白里透红的面色。

这天早饭后，夏至用白面熬了半盆糨糊，在灶间架起面板，将穿不着的旧衣服拆了，做起袼褙来。除夕夜里，她见铁蛋和狗儿穿的鞋子前头都已开了口子，就想做两双鞋子给他们捎去。抹完两板袼褙后，她把板移放到锅台上，让锅台的余热烘烤着。拿出刚买不久的一缕麻，到炕上坐下，撸起右裤腿，贴着肉皮在腿上搓起麻绳来。搓着搓着，不由想起去年正月初二日，她和老王领着晚生回娘家时的情景。那天晚生穿了一双老虎头棉靴，戴着前面钉了两个铜眼的虎头帽子，上身罩着花布做的大兜子，虎头虎脑的，喜得姥爷和姥姥一天都乐得合不拢嘴，一定要把他留下住几天，没办法只有让老王一个人先回来，她和儿子在娘家住了好几天。想起这些，心里酸酸的，眼泪不由地流了下来。听到门响，夏至赶紧用袖子擦干眼泪。老王喜冲冲地进来，看到灶间锅台上的面板，"你抹了这么多的袼褙，够做好多鞋帮子了。身体刚好些，别太累了，悠着干。"说完，坐到炕沿上。"看你高兴的，有什么喜事？"

夏至见老王喜形于色，顺嘴问着。"喜事倒没有什么大喜事，忠然哥叫我明天和秋然两人到海边良镇去赶个集，买些咸盐，除了自己留点吃外，全都送到东边，那里是山区，离海远，无论部队还是老百姓都缺盐吃。我一想起能为八路军干点事，就心里高兴。"老王说的东边，是指县东的山区抗日根据地。百姓们为了方便，称抗日根据地为东边，把县城周围的日伪占领区称为西边。"这是好事，人不吃盐没有劲。路上鬼子设卡子没有？有危险吗？"夏至担心鬼子找麻烦。"听说有的地方有卡子，有的地方没有，我们打算多绕点路，走没有卡子的地方。也没有什么大危险，就是有点危险我也愿意干，凡是对抗日有利的事，不管有多大危险，我都愿意去干。"老王说的是真话。"什么时候走？""四十多里路，去晚了就散集了，打算今晚五更就走。""我现在就做午饭，吃过饭你睡上一大觉，晚上再睡点，明天就有精神了。"夏至说着下了炕，忙活午饭。

第二天晚饭后，老王回到家里，洗过脸和脚，就一头扎到炕上，躺下了。看到老王疲惫的样子，知道他们绕了不少路，很累，夏至没有问什么，也就跟着睡了。

夜里，狗儿领着一个战士来到老王家。老王领着他们到了北粉坊，和秋然一起由狗儿和那个战士前后保护着，牵着驮咸盐的两头骡子往村外走。牲口蹄子踏地的得得声，惊动了村中的狗，一个狗叫，引起几个狗一齐叫。

出村不远，狗儿让那个战士拉开一定距离在后面跟着。"王哥、四哥，你们不用怕，这个战士胆大心细，枪打得准，他在后面，不会有什么问题的。再走七八里就到根据地了，那里小股敌人不敢去，就安全了。"听了狗儿的话，秋然不仅不害怕，反而感到挺神秘的，就问狗儿："你常晚上出来吗？挺好玩的。""四哥，这可不是好玩的事，有时和敌人遭遇了就要打一阵子，不过我遭遇敌人的次数不多，倒是我偷偷地去他们那里的时候多，也砍死了几个敌人。"秋然听到过流传的"花爪子"的故事，就说："狗儿，几年不见，你变化真大啊！以前不吭不声的，现在成了大英雄了，抗日队伍真锻炼人哪！""大英雄谈不上，见了敌人就想起被他们杀害的乡亲，就什么都不怕了，只有恨了，就要想法子消灭他们！四哥、王哥，咱这里现在是敌我交错的地方，我们晚上常到这一带活动，听到声音狗就叫，容易被敌人察觉，不利于我们活动。能不能跟乡亲们商量商量，把狗处理掉。"老王和秋然听了，觉得这是个问题，就说："我们回去和大家商量商量，只要对打鬼子有利，乡亲们是会同意的。"

　　吃早饭前，他们到了根据地的一个村子。铁蛋带着他的队伍住在这里，见老王和秋然送了盐来，大家非常高兴。战士们跑过来，从驮架上卸下装盐的口袋，扛到屋里，把牲口拴到老乡家的牲口槽上喂着，又去给老王和秋然准备早饭，非常热情。

　　吃过早饭，老王和秋然出门朝喊声洪亮的场院走去。场院里，民兵们喊着响亮的口号在进行操练。他们的武器五花八门，有钢枪，有土炮，有撸子，还有只背大刀片的，个个精神，不像西边村里的人，整天无精打采耷拉着脑袋。他俩看了很羡慕，"咱们那里要能这样就好了。"秋然看得出了神，不由脱口而出。

　　狗儿走过来对他俩说："这些民兵平时做农活站岗放哨，打仗时和我们一起与敌人战斗，有的枪打得很准。"

　　看了民兵操练后，老王和秋然想往回走，被铁蛋留住了，告诉他俩上午有人来看他们。约摸一个时辰后，陈鹏程政委和路方青老师来了。一见三哥，秋然高兴地叫了出来。鹏程摆手制止了他："这里的人，也可能会有敌人的奸细，报告了敌人，家里就遭殃了。"方青也笑着对他们点了点头。秋然伸了伸舌头不吭声了，跟着进了屋子。鹏程小声问了问母亲和全家人的情况，尔后转向老王："王哥，夏至嫂子身体好吗？敌人杀了孩子，对她是个很大的打击啊！我和方青老师都记挂着她，让她多注意身体啊。刚才和方青老师商量了，你们回去跟大哥说一下，尽量动员乡亲们把狗处理掉，养着狗不利部队晚上偷袭敌人，请乡亲们为了抗日把自家的狗处理掉。对我和路方青的身份不要在乡亲们中传播，这是为家中人的安全着想，一定记住，不要说漏了嘴。"

　　两人牵着牲口回到村里，已是吃晚饭的时候了。

　　秋然把狗儿和三哥说的话跟忠然说了，忠然把有狗的几户乡亲找来，劝他们把狗处理掉。这几户乡亲们知道了是八路军的要求，都愿意把狗处理了，但因养了这么长时间，狗对自家人挺温顺的，下不了手，请忠然派个年轻人来把自己家的狗打死。忠然找了外号叫"贼大胆"的年轻人去各家帮着打狗。不几天五家的狗都处理掉了，只有村西南头二姨家的狗还活着。忠然怕二姨去报告陈禹，不敢直接动员她。"贼大胆"找了自己要好的伙伴，用食物把狗引到一个夹道内，用石头把狗砸死。二姨几天没有见到狗，在门口骂了一阵子，也就不再找狗了。

村里没有了狗，八路军的宣传人员，夜间常到村里写标语、贴传单，公布敌伪人员善恶录，警告那些投靠鬼子的二鬼子和保甲长们，要为自己留条后路，不要死心塌地跟着鬼子残害中国人民。这些内容一传十，十传百，对教育敌伪人员起到一定作用。那些黑点多的敌伪人员，一些人收敛了些张狂劲，老实了许多。这些传单中有一张是警告陈忠然的，要他不要和鬼子穿一条裤子，少给鬼子干事。村民们看了议论纷纷，很多人为忠然鸣屈，也有人说他当保长，也给鬼子做了一些事。这些内容由二姨送到了陈禹的耳中。

自正月初一凌晨陈禹溜到二姨家里，两人在一起睡过后，二姨常去陈禹的新衙门，有时就住一夜，有时住上三五天。陈禹自搬到温泉村后，不能常到孙寡妇家去了，晚上感到寂寞难耐，二姨又是个风流绰约的女人，还能常给他讲些村里的抗日活动消息，也就希望二姨常到他那里去。二姨除了把传单上给陈禹列出的劣迹和黑点的数目告诉他外，把警告忠然的传单内容也告诉了他。陈禹听了后，说："八路军把忠然推给我们了，好，好！"

过了两天，忠然到县城赶集，回村时绕道去了温泉村，走进乡政府。"忠然兄弟，来赶集啊，坐，坐。"陈禹很客气地接待他。"二哥，你快把我这个保长免了吧。八路军都写帖子警告我了，再干下去我的身家性命就难保了，我还有老有小呢！"忠然装得很激动的样子。"沉住气，不久'皇军'又要派大部队去建寨里碉堡了，碉堡建好后，驻上一大队兵，八路军就不敢再到咱那里活动了，你就安全了。"陈禹安慰忠然。"什么时候再建？"忠然听到这一消息，追问了一句。"快啦，开春就动工，咱村可能还要出些民夫，到时候你不能打退堂鼓啊。"陈禹站起来拍了拍忠然的肩头。

当晚，忠然找到李大牙，把鬼子要重建寨里碉堡的事告诉了他，请他向路方青书记汇报。

夏至按照老王提示的尺寸，为铁蛋和狗儿各做了一双纳底的布鞋。月季知道后，背着婆婆晚上熬夜，也为丈夫做了一双布鞋和一件对襟的白布褂子。忠然知道后，也叫春分和晚妹为战士们做了几双鞋。

晚生刚死的时候，石头媳妇为了安慰夏至，常到老王家串门子，说东道西为夏至排解忧伤。夏至很是感激，也常到她家去聊聊，在一起做针线活儿。石头媳妇个头大，地里活家里事都拿得起，又敢说敢干，不像石头三巴掌打不出个屁来。她家的事只要她说行，石头没有不从的。前些天见夏至整天纳鞋底，就说："老王一个人能穿多少鞋，用着你天天纳鞋底啊？"夏至就把铁蛋和狗儿他们枪杀孙麻子，为晚生报了仇，自己感激他们，准备给他们做双鞋捎给他们的想法跟她说了。石头媳妇听后，瞅着夏至的脸说："夏至妹子，你真是个知情报恩的人。铁蛋、狗儿和那些战士们，撇家舍业的，为老百姓去和鬼子拼，都是些有血性的男人，为他们做鞋应该，我也给他们做几双，再拉上喜子媳妇、柱子媳妇几个人，大家都做，这才对得起这些好人。夏至你问问老王，铁蛋和狗儿定下了媳妇没有？我娘家有两个叔伯妹子还未出嫁，他们要是还没有定亲，我给他们说合说合去。""嫂子，你真是热心人。他们当兵前都没有定亲，当兵后的这几年就不知道了，我想他们整天这里来那里去的，命都拴到腰带上，哪里顾得找媳妇呢，怕是没有。不过这事得问他们自己，咱们又不能常见到他们。"石头媳妇的话，提醒了夏至，心里想：若有机会，真要问问他俩。

石头媳妇串通了不少女人，大家都乐意为八路军战士做些事情，不多天就将做好的几十双鞋送到了夏至的家里。过了一些日子，一天夜里，狗儿和两个八路军战士到老王家时，捎带把鞋背走了。月季的鞋和褂子也一起带走，转给了陈鹏程政委。

31 第三十一章

刚解冻，鬼子就驱赶着附近村的二百多个民夫，重新在寨里修建碉堡。鬼子对修建这个碉堡很重视，派遣了一队鬼子兵、二百多个二鬼子，配备了掷弹筒、轻重机枪。不仅在工地周围密密麻麻站了许多鬼子和二鬼子，监视民夫们的活动，还在村外沟帮上挖了几个掩体，架着机枪，盘查来往行人，并派出小分队，不停地在村子周围巡查。

老王和其他几个人一起，牵着牲口，自带粮草，到砖窑驮砖，一天驮两趟。中午就在寨里街上，蹲在一家门楼下，吃自带的干粮，喂一下牲口。

傍晚老王回到北粉坊，给牲口卸了鞍子，在门外场院里让牲口滚几个滚后，牵进圈里，向槽里加满了草料，回自己家中。

夏至还未吃饭，点着油灯，陪一个人坐在灶间的方桌旁。灯光不很亮，老王还未看清坐在夏至对面的男人是谁，那人急忙站了起来，"王哥，回来啦。"老王一听是狗儿的声音，一步蹿到跟前握住狗儿的手，"兄弟，好多天没见到你了，还好吧？""好，很好。这几天我一直在县城里转，没在这一带活动。王哥，在寨里干活很累吧？""累倒不很累，就是憋气。今天看到一个四十多岁的民夫被鬼子打得头破血流。他是为瓦工们搬砖的，吃中午饭前饿得没有劲了，走得慢了点被鬼子看到，两个鬼子过去把他撂倒，拳打脚踢，那人只是求饶不敢还手，直打得头破血流站不起来。周围的民夫实在看不下去，可又不敢发作。一个年纪较大的人过去弯腰作揖地求告了半天，鬼子才住了手。大家把被打的人扶起，让他坐下憩息。鬼子看人们握着拳头、瞪圆了眼看他俩，怕闹出事来，才没有再敢打人。你说气人不气人！大家都盼八路军再去收拾这些王八蛋呢！"老王乞求的目光看着狗儿。

"没听上级说要打他们，估计一时打不了。这次鬼子把县城的多半军队派出来修建这个碉堡，看样子非要修成不可。修成后就得派军队来驻扎，到那时他的兵力分散了，我们一个个收拾他们。"几年来狗儿懂得了不少道理，变成会用脑子的战士了。

"我听一起去驮砖的人传说，你花爪子在县城里又杀了几个鬼子，是真的吗？"老王急于想听高兴的事。

"倒是杀了几个。鬼子为修寨里碉堡，派出了很多兵力，县城里只留下一部分鬼子和二鬼子，除此就是驻在东关外刘黑七的部队了。这些家伙多是收编的土匪队伍。他们投靠鬼子后，更加肆无忌惮，经常到饭馆里喝得醉醺醺的，酒足饭饱后就去奸淫妇女。老百姓恨死他们了！一天晚上，我也在饭馆吃饭，正碰上三个家伙在饭馆喝酒吃饭。吃饱喝足后，一个背盒子枪的人，叫那两个回去，他要去办点事。其中一个，嘻皮笑脸地对背盒子枪的说：'排长，又要到白条鱼那里逍遥去啊，悠着点啊，哈哈。'那个排长嘿嘿地笑着，晃晃悠悠地走出饭馆，向一个胡同里走去，我远远地跟在他后面。到了一个门口，他熟练地绕开门闩走了进去。不一会，一个背着卖香烟架子的中年男子耷拉着脑袋走了出来，大概这就是白条鱼的男人了。我从院墙西南角的矮墙处，轻轻跳进院子里，蹑手蹑脚走到窗下，用唾沫将窗纸润湿，轻轻吹开一个小洞，向内偷看，见一个白白净净的女人，哄着一个七八岁的小男孩，领他到另一间屋子里的炕上去睡觉。一会儿，女的回到这间屋，那个土匪排长一下把女的抱到炕上，顾不得吹灯，就去解女人的衣服。我气炸了，顺原路跳到墙外，蹲在墙角里等他。大约过了两顿饭时间，院门开了，那个土匪排长哼着小调，扣着扣子走了出来。刚一露头，我一斧子就把他的脑袋开了瓢，把他拖到一个黑旮旯里，卸下了他的盒子枪，把我随身带的'欺压百姓，就地镇压'，落款花爪的纸条子，用块石头压在他身上。另一个，是一个日本兵。这个小子用枪托子和脚踢打一个老头，让我看见了，我跟着他走到一个僻静处，在他解了裤子准备撒尿时，我一个箭步蹿到他跟前，手起斧落，他扑通一声栽到地上，死了。"狗儿像平常说故事一样，一五一十地把事情说了个大概。夏至听了兴奋地说："好！狗儿真是英雄，为老百姓除害，比那些鼓儿书里说的大侠还好。"狗儿抬起了脚，说："嫂子，你给我做的鞋大小正合适，穿在脚上真舒服，谢谢你啦！""谢什么，你到处杀鬼子，给老百姓报仇，给你做双鞋还不应该吗！狗儿兄弟，你不回家看看你爹你妈吗？""真想回家看看他们，可是不行啊！我出来是执行任务，不能随便回家看他们，怕给他们带来麻烦。待会儿跳墙回家，在窗外听听他们睡觉的声音吧。等以后形势好点了，我再回来看他们。王哥，你多留心一下寨里碉堡的情况：有多少间房子，里面是怎么安排的，等等，我们有用。"说完，狗儿站起身，走出大门。

天亮后，狗儿肩上搭着一个褡裢，随着赶集的人群，混进了县城。三绕两绕来到一个小旅馆，掌柜的见他来了，点头哈腰的对他说："老客，住店吗？里面来。"把他领到后面的一间住房内，将这两天了解到的鬼子和二鬼子的活动情况，详详细细告诉了他。他又搭着褡裢走出旅馆，到东关外县立中学附近溜达了一会，然后转到县城东北角观察了一阵。随后又折回来到了粮食市，时而蹲下把手插到开口的袋子里，看着粮食的成色，和卖粮人讲着价钱，"你要价太贵了，"站起身走到另一卖粮人跟前蹲下，低声对卖粮人说，"都弄清楚了，待一会就走，随便再买点什么东西，别引起敌人注意。"又高声说："邪了，今天集上粮食怎么贵了，不买了，下集再来，我就不信粮食会一直贵下去。"站起身出了粮食市。

狗儿正要向县城东北角拐，对面走来两个穿制服的年轻人，其中一人是陈显祖，他一愣，低头斜穿入另一胡同，站了一会，回头看去，觉得两人并未注意他，他们依然如前地说着话向前走。他又返回去跟在他们后面，"陈秘书，你看那个土匪营长，除了抽大烟就是去搂女人，县城靠这帮家伙，能安全吗？真不知'皇军'的葫芦里装的什么药？"那个高个人在为县城的安全担心。"老兄，你不用担心！现在八路注意的是寨里建碉堡的事，不会来打县城的，你尽可以安心。"陈显祖拍着高个人的肩头安慰他。

"'皇军'为什么对在寨里建碉堡那么重视，花那么大力量？"高个人又提出了自己想不通的问题。

"因为金矿啊，每天可生产百多两黄金运往日本国内，这样的财源，能不好好地控制吗？但若把兵力都驻在那里，县里就有些空虚了，怎么办？只有两头都照顾到，这就要保证县城到金矿的公路畅通，安全的运送兵力，才能确保两边安全无虞。以前不是有两车'皇军'在寨里附近被地雷炸了吗？那地方地形复杂，是县城到金矿要经过的重要去处，所以'皇军'非要在那里建个大碉堡驻军不可！"陈显祖将他知道的、推测的悉数向他的同伴说了。

"陈秘书，快到我家了，进去坐坐吧？"高个人邀请陈显祖。"不啦，以后吧，我要到冷县长家去，冷小姐有事找我。"陈显祖婉辞了同伴的邀请。"冷小姐对你很有意思啊，嘻嘻"高个人笑着拐到另一胡同里了。

下晌时候，狗儿出了集市，随着赶集人群过了城东高坡，沿着公路向东走。一边走，一边倾听着人们的议论："今天在集上，一个姑娘在卖丝线摊前挑选丝线，被一个在集上瞎逛的土匪兵见到，那家伙过去又是捏脸蛋，又是摸前胸，嘴里还不干不净地妹妹长妹妹短的，弄得姑娘满脸通红，两眼流泪，不敢说一句话。一个后生过来拉了姑娘就走，那土匪兵上去，照着后生的脸就是几个耳光，又一个扫堂腿把后生撂倒，一边踢一边说：'老子摸一摸是高抬她，老子还想和她睡觉呢，你管得着！'姑娘趴到后生身上，仰头乞求那个土匪兵："大哥，你行行好，别踢了，我兄弟小，经不起你这样踢，我求求您了。'爬起身朝着土匪兵磕头。那土匪兵又拧了一下姑娘的脸，哈哈笑着，'看你的面子，饶了这个小王八蛋'扬长而去。周围的人，敢怒不敢言。""要是让八路军的花爪子碰上了，准一斧子劈了他，那才解恨呢！"一个年轻人插了一句。"那能什么事都让花爪子看见，要那样得把他累死。"年老的人跟了一句。"听说八路军有一本善恶录，那上面给做好事的人画红点，做坏事的画黑点。黑点画得多了，八路军就会来替老百姓收拾他了，这叫善恶不报时候不到，等着吧，总有一天花爪和他的战友们会来和他们算账的。你没听说一个土匪排长霸占着一个出小摊卖香烟人的老婆，只要他去那卖香烟人就得赶快出去，不然土匪排长就把他和他儿子杀了。前些天花爪知道了此事，一斧头就要了那个土匪排长的命。花爪怕那个卖香烟人吃亏，就留了一张条子，说是上天叫他花爪来杀他的。你说这是多好的人，希望老天爷保佑他，让他长寿，杀尽这些坏蛋！"年轻人越说越激动，不由得声音大了起来。"你小声点，让坏人听见报告了，你小命就完了！"年纪大的人提醒年轻人。

大家闲谈着走了一段，那个年纪大的人又提出了一个问题："现在打鬼子的叫八路军，以前是抗日游击队，他们是一伙不是？"这一问题难住了几个人，你看看我，我看看他，互相看着，谁也说不出个所以然来。看到这一情况，狗儿觉得应该向群众讲清楚，就开口说："我听人说，现在的八路军是以前的抗日游击队发展起来的，都是共产党领导的、打鬼子的，是老百姓的部队。""你小兄弟岁数不大，知道的事可真不少，你是哪里的人？"听了狗儿的话，大家弄清楚了，那个年纪大的人觉得这个后生不一般，就问。"我是东乡人，八路军常到我们那里，听他们讲的，我记不了许多，只记住了这几句。"一听说是东乡人，几个人的兴趣上来了。他们知道，城东乡是抗日根据地，就催他给大家讲讲东乡的事。"我们那里新鲜事可多了，你们想听什么？""什么都行，我们什么都想知道。"年轻人焦急地催他快讲。

"我们那里地主老财不敢太欺压穷人了，租种地的人减了地租，穷人的日子好过了。大家组织了起来，有民兵、农会、妇救会、职工会、儿童团等抗日组织。民兵也有枪，平时一边种地一边训练，打仗时配合部队行动，帮助部队运送给养和伤员，有时也单独行动，打击鬼子和二鬼子。妇女儿童负责站岗放哨，盘查坏人。社会秩序好，有些人家晚上也不关大门，都不出事。""那些地主老财们愿意吗？"年轻人觉得地主不可能那么好心，就问狗儿。"多数人还是愿意的，他们觉得只要对打鬼子有好处，怎么都可以，这是些开明的地主、富农；也有少数地主、富农，跑到县城，投靠了鬼子当了汉奸。""鬼子不到你们那里去吗？"年纪大的人又提出了问题。"小股的鬼子和二鬼子不敢去；大股鬼子去扫荡时，老百姓把粮食和值钱的东西藏了起来，人跑到山里躲藏起来，鬼子怕八路军打，轻易不敢到山里搜。大股敌人去的次数不多。"狗儿说到这里，年轻人抢过去说："我们这里要能那样就好了。不用整天提心吊胆的了。""如果大家都团结起来，齐心协力对付鬼子，他们就待不长，我们就会有太平日子过。"狗儿说完与大家点点头，拐到另一条路上了。

32 第三十二章

从昨天晚上就有小部分八路军在寨里周围打枪。驻寨里的鬼子和二鬼子，白天晚上都不敢睡觉，加固了掩体，增加了巡逻的兵力，不断地向四周打枪。

一营和三营的八路军，除了少数人站岗放哨封锁消息，大部分战士在宿营地美美地睡了大半天觉。吃过晚饭，一营就神不知鬼不觉地向县城开去；三营埋伏在寨里村西的高坡上，午夜过后向寨里发起了佯攻，枪声时疏时密。

半夜时分，铁蛋率领他的连，在狗儿的引导下从县城的东北角摸入城里。狗儿领着两名战士，蹑手蹑脚，悄悄地接近了敌岗，一个箭步跳上去将站岗的二鬼子劈倒，又冲进岗屋，把两个坐着打盹的二鬼子摁倒，嘴里塞了破布。狗儿把他的小斧头放到桌子上，逼着两个二鬼子脱衣服。两个二鬼子一见小斧头，知道面前的人就是传说中的花爪子，身子像筛糠一样，哆嗦着解衣扣子。狗儿和另一战士穿上了二鬼子脱下的衣服，把两个俘虏的二鬼子交给另一战士看管，两人拐弯抹角地走到留守鬼子驻扎的房舍门前。站岗的鬼子，提起带玻璃罩的马灯一照，见是两个保安队员，嘟哝了一句日语，放下了马灯。在鬼子兵放马灯的一刹那，狗儿一步蹿上去，手起斧落，鬼子啊了一声栽倒了。铁蛋率领着战士迅速堵住大门，几个战士正端枪向院里冲，一颗子弹射了出来，一个战士应声倒在院内。原来是一个鬼子兵正好起来撒尿，刚下炕就听站岗的啊了一声，拉开房门向外一看，见一些黑影在门口晃动，就拿起枪向外开了火。枪声一响，鬼子们就都起来了，密集的枪弹射向了开着的大门，八路军战士无法再继续进入院内。已经进了院内的几个战士，只好退到有遮蔽的墙根处。两边对射着。铁蛋顺着院子墙外转了一圈后，命令几个战士带着手榴弹，踩着别人的肩膀攀上房，轻手轻脚地揭开几处的瓦，用手榴弹捣开瓦下抹的泥层。通过捣开的洞向下窥视，在挂着的马灯光的映照下，见屋内有二十多个鬼子，门内一挺重机枪不间断地向外喷射子弹，另有几个鬼子通过两个窗户向外射击。房上的八路军战士把两颗手榴弹绑到一起，将弦勾到手指上后，通过小洞扔到机枪射手处。一声轰鸣，重机枪哑了。铁蛋带着一些战士冲进院子，到距房门还有一段距离时，射来几颗子弹，又有几个战士倒下了。铁蛋喊了声卧倒，战士们趴到了院子里的地上，托着枪向室内射击，但因有墙阻挡，对敌人的杀伤力不大。室内鬼子不停地向门口和院子里射击，战士们趴在院子里不能动弹。房上的八路军战士急红了眼，向两个窗户撇下两颗手榴弹。院内的战士一跃而起，冲进屋内，拔出背上的大刀，砍向未炸死的鬼子。当战士们从屋内走向院子时，从另一房内射出了子弹，铁蛋觉得左边肚子一阵热，趴到了地上，战士们冲向那间房子墙外，又有一个战士倒下。一个战士沿着墙根爬到门旁，揭开了手榴弹的盖，从开着的门缝里把手榴弹塞入房内，旋即滚向院内。轰隆一声，房门倒向了一边，战士们弯腰冲了进去，几个未受伤的鬼子端着刺刀站在那里，八路军战士用大刀片劈过去，和鬼子拼打起来。冲进去的八路军战士越来越多，不一会儿，鬼子们不是被劈死，就是受重伤倒了下去。战斗结束，战士们见铁蛋连长的左边上身被血浸湿了，两个人抬起头脚向包扎所跑去。

保卫县政府各部门的保安队队部，在消灭留守的鬼子前就被八路军另一连消灭了。陈显祖在率领保安队抵抗时被击毙。除少数保安队员死伤，大部分作了俘虏。八路军收获了仓库内的几挺机枪、几十支三八大盖、汉阳造长枪和几十箱子弹以及金库中几箱子金条和几十捆日伪纸币。除少数俘虏愿立即参加八路军，其余做了短暂教育放他们回了家。

天亮时，只有包围驻在县立中学的土匪汉奸刘黑七部的战斗还在继续。刘黑七部凭借坚固的围墙和二层楼房，向外倾射着子弹。八路军意在消灭出来增援的汉奸部队，所以只是向院内投掷手榴弹和用枪向楼上射击，并未向楼内冲锋。

老王、秋然和村中的几个青年，守着自制的简易担架，在距战斗不远处的一个院子里等待着。天蒙蒙亮时，两个战士抬着一个伤员走到他们跟前。秋然把那伤员上下打量一番，忽然"啊！"了一声扑了上去，叫："铁蛋，铁蛋。"老王听到秋然喊铁蛋，跑了过去，"铁蛋受伤了？"询问秋然。待俯身看了后，也不管负责人怎么安排，把担架拖过来，铺上被子，两人轻轻地把铁蛋放到担架上，没等负责人吩咐，秋然在前，老王在后，把系在担架两杆上的绳子挂到肩上，抓起担架杆，抬起铁蛋就走。铁蛋很坚强，一声不哼，安静地躺在担架上。不到一顿饭时间，他们就把铁蛋抬到了城外的包扎所。那个戴口罩的郑医生，一见是铁蛋连长，马上用剪子把左部出血地方的衣服剪开，用纱布把血块擦干净，又用棉球蘸着酒精擦洗伤口，撒上了一些药粉，用纱布把腰部缠好。老王和秋然告诉郑医生，要把铁蛋抬到自己家里养伤，郑医生给了他们一些药，简单地嘱咐了几句。二人抬起铁蛋，一个战士跟着，急急地往小陈村走。

忠然正在组织乡亲们磨面粉、烙饼、杀猪、做菜，准备慰劳消灭鬼子的八路军。见老王和秋然抬着铁蛋回到村里，想把他安排在自己家里养伤。正在烙饼的夏至听到消息，跑到忠然跟前，执意要铁蛋住她家，说："大哥，你是保长，你家在村中是大户，容易招风，家中孩子又小又多，嫂子和妹妹们没有时间整天伺候铁蛋。我身边无老无小，又住在村头，别人很少到我那里去，即使鬼子来了，我们也能很快把他藏起来。"忠然从各方面考虑了一下，同意了夏至的意见。

跟来的战士，当着众人大声地吩咐老王和秋然："老乡，请你们俩费点心，用担架把我们连长送到东面的村子去吧。"老王和秋然抬起担架跟着战士出村向东走去。走了不远，拐到一条小路上折了回来，在无人知晓的情况下，将铁蛋抬进了老王家里，安顿到西间的炕上。老王在锅里加了半锅水，点火烧了起来。秋然见他在锅里加了那么多水，笑他："王哥，咱们三个人能喝那么多水吗？""不光为了烧水喝，是想把炕烧热点，这个炕平时不睡人，是凉的，烧热点让铁蛋兄弟舒服些。"老王把多烧水的想法说了出来。"没看出王哥的心这么细。"秋然对老王更加佩服了。

估计老王和秋然已经将铁蛋抬回家了，夏至装出不舒服的样子，跟一起烙饼的邻居大嫂说了句："大嫂，我头有点晕，想回家躺躺。"走了出来。一出门就加快脚步往家里奔。回到家里，看到铁蛋安静地躺在炕上，就开了箱子，把与老王成亲时的新被子拿了出来，给铁蛋盖上，又去和面擀面条，煮了两大碗鸡蛋面条，放到灶间的方桌上，"秋然兄弟、再兴，你们忙了大半天，又走了那么多路，饿了吧，快吃碗面吧。"说完，夏至走到院子里，撒了一把玉米粒，趁鸡啄玉米粒时，把一只老母鸡抓住了，"再兴，你先把鸡杀了再吃饭行吗？我不敢杀鸡。"老王按夏至的吩咐，把袖子一挽，左手提起鸡，右手拿菜刀，在鸡脖子上割开一个口子，用碗接住流出的鸡血。被宰的鸡咕咕叫了几声，翅膀扇动几下，两腿一蹬，死了。夏至从锅里舀了热水倒入大盆里，将被杀的鸡放了进去，对老王说：

"你去吃面条吧，我来收拾鸡，不一会儿鸡汤就熬好了。"

等两人吃完饭，夏至把鸡拾掇好了，从鸡肚里摘出了大小不一的一串未长大的蛋，有一个已经硬了壳了。"嫂子，这是只正在下蛋的鸡啊！"秋然望着夏至，感叹着。村里的一般庄稼人，就靠着鸡下蛋换取买油盐酱醋的钱，难怪秋然感叹。"母鸡汤养身子，给铁蛋兄弟喝了好得快。"夏至说着把鸡放进了锅里。

撤下来的部队，分散到几个村里吃饭。铁蛋的连来到小陈村时，村民们已经把烙饼和菜准备好了。听说打了胜仗，村民们把战士们围起来问这问那，高兴得不得了。经过忠然的劝解，战士们才得脱身去吃饭。直到下半晌部队才离开小陈村，撤到东面的根据地睡觉休息。

天快黑时，铁蛋醒了。夏至坐到炕边，用小勺给铁蛋喂鸡汤。一会儿，铁蛋要起来，挣扎了几下，脸上现出大颗汗珠。夏至问了几次，才知道他要撒尿，就到院子里取来尿盆，掀开被子帮铁蛋解裤子，铁蛋用手捂着下身。夏至笑着推开他的手，说："我又不是姑娘，是比你大好几岁的嫂子，你害什么羞，养伤要紧，快点拿开手！"铁蛋眼里噙着泪，向盆里撒了尿。

老王晚上回家和铁蛋睡一个炕，照顾铁蛋，白天就在村子周围干点活，观察周围情况。忠然送了一些白面过来。夏至换着样儿给铁蛋做吃的。

第四天晚上，送铁蛋来的那个小战士徐明陪着郑医生来到老王家，检查了铁蛋的伤势，笑着告诉铁蛋和老王两口子："铁蛋连长的命大，子弹从前身进去，后身出去，未伤着骨头和内脏器官，只要不发炎，好好照顾，过一段就能康复。"大家听了松了一口气。

虽然因身子虚弱，说话声音不大，铁蛋还是询问起连里的情况，徐明如实的告诉了他："我们连牺牲了三个战士，包括连长在内，有八人负伤，都安排在各村养伤，现都已度过了危险期。"铁蛋听了禁不住流下了泪。徐明又说："团长和政委问你好，要你安心治伤养伤，不用记挂部队，现在由李卫国排长代理连长，照顾着部队。打了胜仗，给我们连增加了一挺轻机枪、五支三八大盖枪和许多子弹，大家可高兴了，就是牵挂着连长，大家都想来看你，被团长制止了。"徐明见连长情绪好就说个没完。

因八路军的袭扰，各村民夫乘机不到，寨里碉堡的修建停了几天。八路军撤走后没有几天，鬼子和伪县政府从县城周围雇了一些民夫，抓紧修建寨里碉堡。

33 第三十三章

一星期后的一个晚上，徐明带着郑医生给的药，来到小陈村老王家里，探望铁蛋连长。铁蛋已可以坐起来了，见徐明来了，很高兴地问起部队的情况。徐明把前几天袭击盛家、冯家和李格庄的情况说给他听："我们在县城打了一仗后，刘黑七驻在盛家、冯家、李格庄的汉奸部队很紧张，逼着村里的百姓为他们修筑掩体，将百姓家里的粮面、猪、鸡抢掠一空，以防我们把他们包围了好有食填肚子。这些土匪汉奸们好像知道在世上的日子不多了，不分白天和晚上，闯到百姓家去奸淫妇女。有些百姓无法忍受，跑了出来，找到我们部队，要求我们去解救他们。部队首长听了他们的哭诉，决定派部队去消灭这帮土匪汉奸。我们连被派去袭击驻盛家的王八蛋们。在老百姓的带领下，鸡叫头遍时，我们包围了他们住的三进院子，一部分战士爬上了房子，枪口对准汉奸们的住房门。当把站岗的击毙，我们冲进了第一进院子时，土匪汉奸们还未穿好衣服，就成了我们的俘虏。在冲进第二进院子时，遇到了敌人的顽强抵抗。我们的几个战士爬到了对面的房子上，向对个房子内的敌人射击，但手榴弹不易扔进房内。看到这种情况，代连长李卫国派了三个战士，各提着几颗手榴弹，趁射击的空隙，蹿到院里的墙根下。敌人只顾向院子和对面的房子上射击，未想到我们的战士已到了他们的窗下。我们的三个战士，用枪托捣破了窗子，向屋内投进去几颗手榴弹。手榴弹在屋内爆炸后，敌人的枪哑了。这些作恶多端的汉奸们，不是被炸死了，就是被炸伤了，只有几个靠墙的家伙举起了手，成了俘虏。第三进院子的枪声不密，我们朝放枪的屋子打了几枪，敌人就喊投降。我们让他们把枪扔到院子里。四个土匪汉奸从不同的房间举着手走出来，后面还跟着两个女人和一个小孩。原来第三进院子里住的都是当官的和他们的家眷。

袭击冯家和李格庄的部队也很快结束了战斗。三处袭击共击毙击伤土匪汉奸五十多个，俘虏一百多个，其中连长一名，副连长和排长各一名，缴获步枪一百多支，盒子枪四支，子弹五千多发，自行车十多辆，电话机一部，还有几头未来得及宰杀的猪。部队把猪和白面都给老百姓分了。把女人和小孩放了，让他们回家。

"战斗结束后，百姓们流着眼泪拉住战士不让走，非要战士们到家中吃饭不可。费了好多口舌，我们才脱了身，押了俘虏带着战利品撤走了。连长、大哥、大嫂，我们真高兴啊！"徐明绘声绘色地把战斗过程讲完，铁蛋问："我们的战士有牺牲和负伤的吗？"这一问，徐明的笑容消失了，阴沉着脸说："我们连的孙二兴和刘福牺牲了，还有五人负了伤。""两个多好的人，都刚十八九岁。"铁蛋的眼里噙着泪水，说不下去了。

"多年轻的人哪，还是个孩子呢，他们的爹妈不知要多难过呢。都是鬼子作的孽，他们不来占中国，我们哪会过这种日子！"夏至哭出声来。

老王用胳膊肘碰了夏至一下，夏至才擦干眼泪，去涮盆和面，烧火烙饼。不长时间，四张受热均匀的烙饼和一大盘炒咸萝卜丝放在了灶间的方桌上。老王到院子里爬上竖在墙边的梯子，向房子四周听了听，未发现异常情况就下了梯子回到屋内，与徐明一起吃起饭来。夏至端着一小盘菜，拿了烙饼到西间看铁蛋吃饭。这些天来，夏至总要看着铁蛋吃饱，自己才去吃饭，已成了习惯，所以铁蛋也没有让她就自己吃了起来。

吃过饭，徐明要走，说首长等着听铁蛋连长养伤情况的汇报，老王和夏至没有执意挽留。

刚送走徐明，就有人敲门。老王警惕地在门内问明来人后，拨开门闩开了门，忠然和春分走了进来。春分挎着篮子对夏至说："拿了几个鸡蛋，给铁蛋吃。""嫂子，我这里还有几个，你带回去给孩子们吃吧，这年月也委屈孩子们了。""家里的鸡还下蛋呢，孩子们一天比一天大了，跟着大人吃饭就行了。铁蛋现在需要好好补补身子。"春分一边说一边从篮子里往外拣鸡蛋。"脸色一天比一天好了"忠然看了一眼铁蛋后，笑嘻嘻地对老王和夏至说，并在炕沿上坐下。老王把徐明刚走和在盛家诸村袭击土匪汉奸取得胜利的事告诉了忠然夫妻。几个人高兴地谈论起来。谈了一会儿，忠然问铁蛋："鬼子和二鬼子接连吃败仗被消灭，他们会不会再纠集军队进行扫荡，报复我们？""我看有可能。敌人不会善罢甘休，他抢的粮食，被我们分给了老百姓，他们没有粮食，就会再向老百姓抢，所以要时时防备。"这也是这几天铁蛋常考虑的问题。"自打了县城后，敌人没有大行动，我们的民兵有点麻痹，白天、晚上放哨站岗的有些松劲了，我很担心。"忠然看着铁蛋和老王，把自己的想法说了出来。"我也觉得应该提醒大家一下，一疏忽就会丧命的，马虎不得。"老王也谈出自己的担忧。忠然听了点了点头，又说："我看对春耕春种也要及早准备，万一敌人来扫荡，时间长了耽误了农事损失就大了。我们庄稼人，什么时候都不能荒了地，只要种下管好，秋天就能收粮食，就有指望。""大哥，你考虑问题瞻前顾后，有条不紊，一切都丢不了。小陈村有你这个保长领着，大家的损失就会减少。"铁蛋很佩服忠然的思谋。

谷雨刚过，忠然、秋然就向地里送粪了。制粉业停了后，没有了沤制的粉浆和晒干的粉渣了，粪成了主要的肥源。村里人见忠然兄弟提前准备春耕春种，也就跟着提前忙活起来。一时，牲口驮，车子推、人挑的送粪活动，在小陈村忙碌起来。

自儿子显祖死后，陈禹借口孙子的安全，把儿媳荷花和孙子接到了温泉村乡政府里住。家中的土地大部分租了出去，自家只种着村边离家近的小部分土地，将其表哥接来帮助照顾在小陈村的家。其表哥姓范名金，刚五十出头，年轻时好赌钱，将住房和大部分土地都折腾光了，只剩下三间场院草房和三亩坡地。老婆死后，无力再娶，一个人孤单单地过日子。听到陈禹派去的人一说，他很高兴地答应了，一是有个吃饭的地方，更重要的是他垂涎陈禹的老婆已好几年了。他每年春节后来给他姑母和姑夫的牌位磕一次头，看出陈禹不喜欢他老婆，但陈禹在家他不敢有所流露。听到表弟请他，第二天他就来了。陈高氏领着他去见大嫂，大嫂陈王氏也希望有个可靠的人帮助料理地里和院子里的活，每天给她缸里挑满水。陈高氏问大嫂让他住在哪里，陈王氏说："我们现在只有这两处房子了，你住一处，我住一处，我喜欢清净，就让他住你院里显祖爹原来住的屋子，行吗？""这？"陈高氏装出犹豫状。"我们家都败落成这样了，还讲究什么，我看就这样吧。""既然嫂子说了，就让他住我院里吧。"其实陈高氏早就盼着这样，只是为堵大嫂的嘴，才去征求她的意见的。

吃过晚饭，把大门闩好后，两人坐在炕沿上，陈高氏把这些年陈禹对她的冷淡，一边说一边哭。范金一边为她擦泪，一边骂陈禹："这么好的老婆停着不用，让你守活寡，真不是东西！"说着把陈高氏拉到怀里。一会儿范金站起来走近墙壁上的灯窝处，把灯吹灭……

自儿子被打死后，陈高氏恨透了八路军，总盼着丈夫能为儿子报仇。陈禹要她多打听村里谁和八路军有联系，随时给他送信。她常要范金以给孙子送东西为名到温泉村乡政府去。

忠然对她的行动都看在眼里，要民兵们对她特别注意。

经过精心照顾和调养，铁蛋可以下炕走路了。他急着要回部队，老王和夏至看他身体仍很虚弱，劝他再多住几天。白天不能到外面活动，晚上就到院外走动走动。没过几天，铁蛋的脸红润了，身板也硬朗了些，走路也快了。铁蛋执意要回部队，老王自己不敢做主，就把忠然找来。看了铁蛋的状况，忠然同意他返回部队。

夏至到月季房里，将铁蛋要走的话告诉了她。月季噙着眼泪递给她一个包袱，"这是我这几天给他做的褂子和鞋，让铁蛋兄弟带给他，告诉他我们娘仨都好，不用挂着。要是能回来一趟，让我看看他，那就更好了。"说着，月季两手捂着脸抽泣起来。

吃过晚饭，忠然和秋然都到了老王家里。秋然把带来的一瓶酒放到桌子上，低声喊着："嫂子，拿几个盅子来，我们哥四个喝一杯，送铁蛋兄弟重返部队多杀鬼子。"

夏至把给铁蛋做的褂子、鞋和布袜子取出，和月季托带的东西包在一起，又包了几个白天烙的烧饼。秋然接过了提在手里，几个人开了门，默默地走着。忠然兄弟舍不得曾一起生活过的兄弟，铁蛋也舍不得离开他们。还是忠然打破了沉默："铁蛋兄弟，别的话不多说了，回去给老三和狗儿他们说说我们的情况，我们百姓就希望部队多消灭鬼子，把他们赶走，过个安生的日子。你们要多保重，有什么要我们做的事情捎个信来，我们想办法去做。"这么一个硬朗的汉子，也哽咽着说不下去了。

看着铁蛋走远了，几个人默默地回到了村里。

34 第三十四章

还未把地全耕完，乡里就来了通知，叫小陈村出民夫五人，牲口五头，鞍驮齐备，自带几天的粮草、行李和干粮。

秋然牵着牲口，带着玉米饼子和咸菜，同其他四人一起到了温泉村乡政府门口。这里已聚集了四十多人，有牵着牲口的，有推独轮车的，都是各村派来的。三五个人蹲在一起，低声的谈论着什么。

到快吃午饭的时候，陈禹迈着方步出来了，后面跟着几个背枪的二鬼子。陈禹装着很客气的样子，向大家一拱手，说："乡亲们，大家辛苦了，这次让大家出什么差我也不清楚。大家先到一个地方吃饭、歇息，有什么事我会派人通知大家的。"说完，叫那几个背枪的二鬼子领着大家到了一家骡马店，门口站了岗，谁也不准随便出入。

第二天，天不亮就被叫了起来，被背枪的二鬼子赶着来到县城东关外的河滩里。不一会儿一队队鬼子和二鬼子扛着枪、炮来到河滩。几个二鬼子过来把这些民夫分了组，分了任务。秋然的任务是为鬼子兵驮两箱子弹。到现在他才意识到鬼子是要到城外挺远的地方进行扫荡，但是到哪里他还没有法子知道。

他们这些民夫被放在鬼子和二鬼子队伍的后面，前后左右都有端着枪的二鬼子们押着。秋然低着头随着队伍走，不时抬起头前后左右看看，估摸着鬼子的数量。

驻县城的鬼子和二鬼子被八路军袭击后，从邻县调了一百多名鬼子和三百多个二鬼子，决心进行一次严酷的扫荡，打击八路军，摧毁抗日根据地。

扫荡的鬼子队伍，每到一村都鸣枪示威。到下午，来到城东三十多里的一个大村，鬼子们在村外摆开了阵势，在路旁支起了小钢炮，架起了机枪，催促着二鬼子们进村。二鬼子们畏畏缩缩，走走停停，缓慢地向村中走去。

民夫们被赶到村边的一个场院里。秋然请人帮忙卸下了驮子，取出草料喂牲口。自己坐在场院，吃着干粮，倾听、观察着周围的情况。村子里枪声不断，二鬼子们的吆喝声，鬼子们嗷嗷的嚎叫声，断断续续地传到秋然的耳朵里。到了傍晚，几处浓烟弥漫至场院，呛的人们不住声的咳嗽。猪叫鸡鸣和人们的哭喊声伴随着噼噼叭叭的木材爆裂声，灌入耳朵很是恐怖。秋然拉了拉本村的几个人，低声说："情况不妙，瞅机会逃跑！"大家紧张地倾听着周围的动静。

大约吃晚饭的时候，南面响起了零星的枪声，不多一会儿，枪声像炒豆子一样响个不停。看管他们的十几个二鬼子，也都提着枪向村南跑去。枪声越来越密。秋然叫人帮他把驮子抬到牲口背上，说了声："东北面没有枪声，往东北方向跑！"在牲口屁股上拍了一下，牵着牲口领着大家，穿过两个胡同，在刚能辨明的村路上，向黑蒙蒙的东北方向急走。走了约两顿饭的时间，听听后面没有声音，大家才松了口气，但他们不敢停下歇息，仍朝东北方向走。估计离那响枪的村有十多里路了，秋然对本村的几个人说："你们都是空驮子，趁黑溜回家吧，若碰到鬼子就说出来找赶脚活的。我驮子上有东西，不能和你们一起回去，我自己再往前走吧，天亮后看看情况再说。"说着牵了牲口向东拐去。走了一段时间，在路旁歇了一会后，仍向东走去。走着走着，听到前面有脚步声，就拉着牲口到路旁土坡下，爬到坡上观察迎面来的人。三个提枪的人来到离他有二、三十步远的地方，一个说："小徐，路旁坡下好像有声音，像是牲口喘气。""你俩在这里作好战斗准备，我过去看看。"一个黑影弯着腰提着枪靠近了土坡，像是看到了他，压低声音喊："干什么的，举起手来！"声音虽不高，但很威严。秋然无奈地举着双手，站了起来。那人直起腰走过来，用枪指着他。"我是赶脚的，为了赶时间，不得不黑夜走。"秋然失去平日说话的流利，磕磕巴巴地回答。那人转到他的身后，在他身上摸了摸，问："你是哪个村的？""我是小陈村的。"秋然回答。"你叫什么名字？""我叫陈秋然。"徐明对着秋然的脸看了一会，高兴而低声地说："你是秋然哥？"秋然一时难以断定面前的人是谁，就问："你是？""我是小徐，我到你们那里去过。"秋然向前走了一步，两人几乎是脸对脸了，秋然看清了面前的人，高兴地说："你是徐明，可找到你们啦！"一把拉住了徐明的手。徐明朝那两人喊了一声："过来吧，是熟人。"二人听了他俩的对话后，站起身向这边走来。"秋然哥，驮的什么东西？""是鬼子们的子弹。"秋然就把鬼子派民夫，自己跟着鬼子到村里扫荡及他们逃跑的过程，说了一遍。"秋然哥，我们就是出来了解敌人扫荡情况的，你跟我们进村吧，团长、政委和铁蛋副营长都在这个村里。""铁蛋当了副营长啦？"秋然恢复了快乐的本性。"从你们那里养伤回来后，就被提拔为副营长了。"徐明像见了老朋友一样，很高兴。

几个人进了村子，天还未亮。徐明点火烧了开水。秋然洗了脸后，把带的玉米饼子泡在开水里吃了，精神好多了，就对徐明说："驮的什么子弹，我也不清楚，你把箱子打开看看。"徐明用一把旧刺刀把箱子撬开一看，两箱子全是三八大盖枪的子弹，高兴地抱住秋然，"秋然哥，太好了，我们正缺子弹呢，你就把敌人的子弹送来了，你为抗日立了功。""我倒没有想到立功，只想多消灭鬼子。"秋然也很高兴。

天亮后，两人走向团长、政委住的房子。"报告。"徐明按照平时的规矩，向首长敬了礼，"政委，你看谁来了。"拉着秋然进了屋，"哥，你好吗？"正在洗脸的鹏程顾不得擦手，一把拉住秋然的手，"你怎么来了，家里人都好吗？""都好，我是被派给鬼子作民夫的，驮了两箱子弹，我趁敌人混乱时牵着牲口跑了出来，不知你们在哪里，我想肯定是在东面，就朝东走，正巧路上被徐明兄弟当俘虏捉来了，哈哈！"秋然是个爱说爱闹的人，把自己说成俘虏。徐明把路上碰到秋然的过程也简要的说了一遍。站在一旁的团长听了后，笑着过来与秋然握手。"秋然，这是赵团长。"鹏程给秋然介绍。"你就是赵团长，我们百姓把你传的可神了，抗日的大英雄！"秋然紧紧握着赵团长的手不放。"传我什么，不就是一个头，两只手，两条腿吗，哈哈。小徐，去告诉炊事员，做点好吃的，欢迎我们的抗日功臣。"赵团长操着四川口音，也高兴地握着秋然的手不放。秋然放开赵团长的手，说："团长，别麻烦了，我吃饭了。"徐明就把秋然用开水泡着吃玉米饼子的事说给了团长。"他既然已经吃了，就不要特为他准备饭了。"鹏程对徐明说。"那也好，等中午再准备吧，你们兄弟俩好好聊聊，我出去看看。"赵团长说着扎上皮腰带，扣好风纪扣，领着徐明出门去了。

"妈好吗？大哥怎么样？"鹏程给秋然倒了一茶缸开水，兄弟两人坐下。"妈好，虽然嘴上不说，但看出来她很想你，几次煮了花生放在那里，直到不能再放了，才拿出来叫孙子们吃，她还不知道你在哪里呢。大哥身体还好，就是瘦了点，我知道他心里不痛快，每次乡里派粮派工，他不愿意给他们干，可又不得不干，要应付鬼子们，不让乡亲们遭殃，好在乡亲们很体谅他，只要他派的粮和民夫，大家都还听他的。路老师也常来安慰他。这次出民夫，本来他要来的，我估量着这是危险的事不让他来。还有我三嫂子，常常在傍晚一个人站在村头很长时间，她是盼着你能突然回家见着你啊！哥，你有机会回家看看吧！"秋然看到鹏程眼里噙着泪花，就不往下说了。"我也想妈，想你们，但为了全家的安全，我不能回去看你们。村里人都认为我跟着国民党政府撤走了，陈禹也可能是这样想，这样他才没有找咱家的麻烦。他若知道我当了八路军，就会对咱家下毒手，你想是不是这样？"听了三哥的话，秋然点了点头。

"寨里的碉堡快建成了，咱村离那里不远，那里驻了鬼子，咱村就在他们的控制下了，乡亲们的日子就更不好过了。"鹏程的话头转到这里，秋然的笑容消失了。"乡亲们也虑到了这层，可有什么办法呢，他们有枪有炮，老百姓赤手空拳，不能不让他们驻，我们只能把粮食和东西藏好，把民兵搞好，白天晚上放哨，鬼子来了大家就往沟里跑。"秋然把乡亲们的想法和作法向哥哥说了。

早操结束，赵团长领着铁蛋和狗儿回到与政委一起住的屋子。铁蛋和狗儿一见秋然，跑过去一人拉着一只手，铁蛋问："大哥和王哥好吗？夏至嫂子好吗？""好，都好，就是想你们。狗儿，我前天还见到你爹和你妈，两老人身子挺硬朗的。你家的地已耕过了，就等天气暖和些下种了。"赵团长听了这话，问："谁给他家耕的地？乡亲们对他家好吗？""我们村除了两三户外，对打鬼子都很积极，知道狗儿是打鬼子的英雄，大家对他家特别照顾，地里的活都由民兵们帮着干，要是有鬼子进村，先到他家把两个老人转移到村东大沟里藏起来。"秋然把乡亲们对狗儿家照顾的情况向赵团长说了。"伪乡政府没有在你们村设伪组织吗？"赵团长担心伪组织破坏抗日。"我们村的保长是我大哥，是路老师叫他当的。""噢，白皮红心，难为大哥了"赵团长对这村高涨的抗日热情理解了。"秋然，你回去跟大哥说一下，这里乡亲们又没有咸盐吃了，前几天有人到西边去贩盐，被卡子卡住空手回来了，让大哥想法再弄些咸盐来。"鹏程对秋然说了这话就出去了。

秋然不好意思地向团长要求："团长，能不能给我村民兵一点武器？有了枪和手榴弹，小股鬼子来我们就能和他们干了。""武装民兵进行抗日战争，是我们部队的任务之一。等我们研究一下，到时候派人给你们送去，行吗？"赵团队客气地回答秋然。

鹏程拿着两条口袋回到屋里，对秋然说："秋然，今天这里有集，你到集上买点粮食，回去时驮上粮食，若碰到鬼子就说到亲戚家借粮食的，比没驮东西安全点。今天晚上在这里睡一觉，明天白天走。最近鬼子常在晚上出来活动，晚上走被他们碰到就麻烦了。"

秋然对这里的什么都感兴趣，就拿着口袋到了集上。集市不大，粮食和杂木市混在一起。他蹲到张开的口袋前，用手抄着粮食问价钱。这里的粮价比县城集上便宜多了。问了几份后，他心里有了底，就到卖其他东西处转。这里的人们，不论是男是女，还是大人小孩，都很开朗，有说有笑。不像县城周围的百姓那样，脸色灰暗，整天无精打采寡言少语。他向前走了没有多远到了一个卖煮羊肉的锅前，香膻的羊肉味引诱他坐到锅旁的小板凳上。他要了一碗羊肉和两个烧饼，把烧饼掰成一块块，放到滚热的羊肉汤里。吃着羊肉和泡热的烧饼，觉得比大年初一的肉馅饺子还好吃，待到把汤喝下去后，全身热乎乎的，舒服透了。集上卖羊肉和活羊的不少，却找不到一家卖鱼盐之类海产品的。秋然又走回粮食市，买了二十多斤玉米和十多斤小麦，一手提了一袋回到三哥鹏程住的屋子。

他很想和三哥多聊聊，可鹏程忙于开会，只有晚上才有点时间和他说话。

第二天吃过早饭，秋然牵着驮着粮食的牲口离开了这个村，沿着土路向西走去。时而碰到一两个背着粪筐的人，像是捡粪的，但见了路上的牲口粪又不去捡，只是背着筐四外张望。这使秋然很纳闷，他抱着不关己事不打听的主意，只牵着牲口走自己的路。快到吃中午饭时，爬上了一个丘陵山坡，脸上沁出了细小的汗珠。他索性就在坡上坐下歇息，啃着带的凉玉米饼子，也往牲口嘴里塞了几小块。汗消下去了，他牵着牲口往坡下走。在三岔路口拐弯处，碰到一个中年人，两人同路走了一阵子，那人忍不住开了口："兄弟，到哪里去？""到亲戚家借了点粮食，回家。"秋然简单回答，又反问那人："老哥是到哪里？""我是到东村亲戚家奔丧去的，上午将亲戚埋葬了，现在回家，我们村就在前面。""你亲戚患的什么病？"秋然顺口问了一句。"哪里是得病，是被鬼子杀的。前天，从县城来了几百鬼子和二鬼子，把村子包围了，一些人跑了出去，多数人被圈在村里。鬼子抓人逼问八路军的下落，百姓们不说，被刺刀挑死了三人，我姑夫就是被挑死的一个。这些鬼子没有一点人味，见了女人就不放过。有个鬼子到一家见到一个年轻媳妇，把门闩上，将女人强奸后，用刺刀把女人的小肚子挑开，真凶残啊！还有一家小两口，成亲才几天，鬼子进去把新媳妇摁在炕上，剥光衣服，女人用力挣扎，还咬了鬼子的胳膊，但一个女人毕竟比鬼子劲小，还是被强奸了。这个鬼子也是该死，见了年轻女人急得连门都顾不得关，被跑回家来的男人看到了，男人拿起菜刀从后面把鬼子砍死了。媳妇看见自己的男人，羞愧地光着身子跑到院子，向垒猪圈的石头上撞去，撞破头死了。男人顾不得给老婆收尸，拿了一把五齿叉跑了出去，见两个鬼子正在点火烧房子，他从后面一叉就把一个鬼子叉倒了，又把一个摔倒了，骑在鬼子身上举起拳头朝鬼子的脸上乱捣，打得鬼子满脸是血，嗷嗷直叫，男人站起来，拿起铁叉，像叉鱼一样刺进鬼子的胸膛，把这个鬼子又刺死了！这村子可被鬼子糟蹋惨了，死了五个人，好几家的房子被烧了，牲口、猪和粮食被鬼子抢去的海了。要不是八路军来袭击，把鬼子们引走了，还不知会被鬼子们糟蹋成什么样呢！也怪，人到了这时，反而不哭了，大人们铁青着脸挖坟、埋人，孩子们也不再哭闹，只是骂鬼子。"从同行人的述说中，秋然知道前天他就是从这村逃跑的。

两人越谈越投机。走了一段路后，那人拐到一条小道上，回了自己的村子。

秋然一边走，一边想着被鬼子残杀的人们，小声地骂着鬼子。

到吃晚饭时，秋然回到了家。

35 第三十五章

天麻麻亮时，忠然、秋然、老王和春分，牵着牲口扛着两架耧、背着谷种，到村东南的坡地上播谷子。春分给忠然牵着骡子，秋然给老王牵着另一头牲口，并排着下籽。忠然从小就下地干活，练就一手扶耧技艺，在村里是无人不夸的。他眼睛盯着前方，余光瞄着已下种的垄畦，两个胳膊使劲，使耧耩出的垄畦笔直、深浅适宜。老王是件件活计熟练，扶耧技能也不在忠然之下。二人摁着耧的扶手，左右轻轻摇着，使谷种不致卡在下籽孔口造成缺苗断垄。老王扶着耧跟在忠然后面，两人走的快慢一致，两架耧前后相距既不缩短也不拉远。几个来回下来，两个扶耧人的头上已冒出汗汽。

日头一杆子高时，已播完一亩多地了。晚妹挑着篮子和罐子来到地头。忠然和老王给牲口松了松套绳，把带来的草料袋解开口，摆到牲口前面。老王拍拍牲口的头，说："老伙计，你也吃吧，吃饱了多出点力，咱们今晌把这块四亩多地耩完。"

几个人蹲在地头，春分盛了一碗小米稀粥递给忠然，又给老王盛了一碗，晚妹将秋然的碗盛满，就坐到一边看他们吃饭。"四妹，你也一起吃吧，你大哥和再兴整天见面，有什么不好意思的。"春分说着掰了一块玉米饼子，走过去笑着塞到晚妹手里。

吃过了饭，三个男人蹲在地头，吸了两袋烟后，把草料收起，向耧里加足了谷种，开始干了起来。刚耩了几个来回，由西村传来了枪声，随后村里响起了急促的锣声。忠然放下耧，跑到坡高处向村中瞭望，见村边尘土扬起，男女老幼，背着包袱，牵着牲口，向村东北的深沟涌去。枪声越来越近。两架耧都回到地头，忠然说："卸牲口，到坡下河滩躲一躲。"把拴牲口的套绳解开，将耧的两杆放到地上，谷种不再向下滑流了。忠然和老王背起草料袋，秋然和春分牵上牲口，向坡下河滩急速走去。

枪声更密更近了。听得出鬼子进了小陈村了。吆喝声混杂着叫骂声，传到了他们的耳朵里。过了约摸两顿饭时间，枪声稀疏了。秋然登上河边的高处向村边瞭望，见一队穿黄皮的鬼子跟在穿黑衣的二鬼子后面，沿着上坡的路向东走去。"走了，鬼子向东走了。"秋然回头对河滩里的三个人说。忠然和老王也登上高处向村东路上望去，证实了秋然的话。"再兴，待一会要是没有什么动静，你和秋然接着耩地，我到村里看看有什么损失没有？"说着离开河滩，向村子方向走去。春分紧跟几步，要同他一起回村。"你不要回去，在这里看着另一头牲口，别让它跑了。要是没什么事，我马上回来接着干。"忠然回头劝春分。"你一个人回村，我不放心。"春分没有停步。"鬼子已经走了，你放心吧，来回走路你会累的。"听了忠然的话，春分不情愿地停下了。

忠然再回来时，几个人急着问："家里人都好吗？鬼子糟蹋咱村没有？""家里人都不在，可能是三妹、四妹照顾着母亲和孩子们随大家到沟里躲藏起来了，现在还没有回家。听躲到场院草堆里的石头说：'村里人大部分都跑到东沟里了，只有二姨和陈禹一家没有躲。有富正在蒸豆坯不能离开，被鬼子逼着牵着牲口随鬼子的扫荡队伍走了，不知他能不能跑回来，他老婆和孩子随大家到东沟去了。'"说完，忠然套上牲口干了起来。

中午，喂了一会儿牲口，吃了一点从家中拿来的凉玉米饼子，没有憩息就干了起来，不到傍晚这块地就耩完了。

晚饭后，忠然、大生和老王商量，留几个民兵在村边巡逻，观察情况，其余的人带着被子和干粮都到大沟去，防备鬼子扫荡回县城时到路边村里抓人、杀人。忠然让秋然和春分妯娌照顾着母亲和孩子们，和邻居们一起到东大沟去，他自己到了陈千山家，把他们的想法向陈千山说了。"忠然，你想的对，叫大家不要怕苦，都去躲躲吧。我领着家里人和大家一起走。"陈千山对忠然他们的想法很赞同。离开陈千山家，忠然又去了几家，最后到了东油坊。"大妹子，有富还未回来吗？今晚你领着孩子出去躲躲吧，日本人晚上可能回县城经过咱村，别再吃亏了。""大哥，你真是好人，想着我们，不把我当外人看。"葵花感动得流出了泪。"妹子，要不是鬼子占了东三省，你哪能到我们这个小山村来。以前你是没有办法，才嫁给陈舜的，村里人都知道你是好人，收拾收拾，多穿点衣服，拿床被子，领着孩子跟大家一起躲躲吧。"送走忠然，葵花心里热乎乎的，领着孩子，跟随大家一起出了村。

月亮升到东南天上时，鬼子放着枪，从东面下了坡进了小陈村。队伍中一些二鬼子抬着几副门板，门板上躺着鬼子的尸体。二鬼子们想抓民夫替他们抬死尸。砸开几家门，未见一个人影，气的放了几枪，点火烧了几家房子，又抬着门板走了。

见了火光，男人们回到村边，听了听没有嘈杂的声音了，就进了村子，挑起水桶，将火扑灭。

忠然和老王刚把两家的谷子和高粱播完，扛着耧牵着牲口，帮狗儿家和其他几家没有牲口的人家，把春庄稼的种子播到了地里。不到几天，全村大部分的谷子、高粱、春玉米都种完了。

李有富还未回来。葵花既挂念着男人，又担心误了节气荒了地。

老王受忠然的嘱托，牵着牲口扛着耧，到东油房有富家，"妹子，有富兄弟不在家，忠然哥叫我来帮你家把春庄稼种上，你把种子拿上，咱一起到地里去吧。""王大哥，你和忠然哥真是菩萨心肠，让我们怎么谢你们呢！？"葵花说着流下眼泪。"谢什么，我和有富是多年的兄弟，他不在家我应该帮忙，不能误了节气啊。"老王扛着耧提着种子，葵花领着孩子牵着牲口，向地里走去。

一个上午，有富家的一亩多谷子耩完了。

两天后的晚上，葵花洗涮完碗筷，把孩子哄睡了，拿出针钱笸箩，在豆油灯下为有富做夏天穿的对襟白褂子。一边穿针引线，一边回想这几年的经历。她很小时妈得病死了，跟着爹过日子。爹教书挣的钱不多，父女俩俭省着花，可以吃饱穿暖。爹叫她跟一群男孩子一起上学读书。她除了念书外，学会了很多家务活，十几岁时就能裁缝自己穿的衣服，还给爹做过棉袍。时运不济，日本占领东北后，爹领着她逃到关内，嫁给陈舜做了第三个老婆，遇到了有富。自嫁给有富后，才算真正过上夫妻恩爱的日子。有富不识字，可身强力壮，长得不错，什么活都会干，知道疼她和孩子。日子过得虽不富裕，但饿不着冻不着，两人一起榨油、种地，快快活活。有时晚上把活收拾完后，她就在灯下念从关外带来的《水浒传》给有富听，有富特别崇敬武松和林冲，对高衙内那些恶人骂不绝口，还要她教他认字。自成亲后，没有一夜离开过她。"现在他怎么样了，能吃饱饭吗？有没有危险？什么时候能回来？"她想他，为他担心，盼他能安全地早点回来。她正千情万绪地思念着他。

嘭嘭，嘭嘭嘭，有人用拳头敲门的声音。葵花不敢问，吹灭灯，下了炕，蹑手蹑脚地走到院子，站在门里，手里拿着一条木棒子，屏气凝神地听着外面。"哐哐"有人拉着门环推拉门。"葵花，开门，我回来了。"葵花听到自己熟悉的声音，扔了棒子，拨开门闩，哐啷一声拉开大门，"有富，你可回来了！"扑过去拉着有富的胳膊。"回来了，回到自己家了。"有富扔了缰绳，把葵花拉到怀里。两人都流出了眼泪。还是葵花先把有富推开，颤着音说："把牲口拴到槽上吧。"自己先行来到屋里，重新点亮灯。待有富给牲口卸了鞍子、拴好、向槽里加满草后，走进屋里，葵花端着灯把有富上下看了个仔细。"看什么，没有缺腿缺胳膊，囫囵着回来了"有富勉强地笑了笑。葵花放下灯，重新抱住有富的腰，"真想你啊，可把我急坏了"哽咽着说不下去了。两人默默地抱了一会。"你还没吃饭吧，我给你擀面条。"葵花推开有富，擦了擦眼就去和面。一边擀面，一边问有富："这两天你是怎么过的？"有富洗了脸，坐在炕沿上看葵花握着擀面杖一推一拉地擀着面片，说："我被他们拉去，跟着鬼子队伍往东走，每过一村，鬼子就打枪，一直走到傍晚，到了一个大村子，鬼子们在村头支起机枪朝村内射击。打了一会，鬼子们端着枪进了村子拉牲口、抢粮和拿东西。把人赶到场院里，逼问八路军在哪里？人们就是不告诉他们。鬼子放狼狗撕咬了两个人：一个老人和一个小女孩。那个小女孩也就十一二岁的样子，狼狗把她裤腿撕破了，一条腿被狗咬得血淋淋的，哭着喊奶奶，就是不回答鬼子的问话，真是硬骨头啊！鬼子们看到小女孩哭喊，他们还咧着大嘴笑，他们就没有老人和孩子吗！我闭着眼睛不敢看，两腿直哆嗦。一老一小就这样被他们折磨死了。鬼子问不出八路军的消息，就气急败坏地烧老百姓的房子。他们把抢来的粮食和猪叫我们给他们用牲口驮着。我正在向驮子上捆口袋，村东面响起了枪声，鬼子们放着枪一窝蜂地向村东跑去。这时，由村北进来了一些八路军，把看管我们的几个二鬼子的枪缴了，把我们这些民夫带到村北的一个沟里，问了问是哪个村的，叫我们不要害怕。我们就牵着牲口跟他们走到另一个村，卸了驮子，还叫我们吃了饭。那些八路军知道我们都是被逼来的就放了我们。我怕你惦记，也怕再碰上鬼子，就一步不停地专拣小道走，一直走到现在。"有富断断续续把这两天的遭遇说了个大概，葵花的面条也做好了，从锅里捞了一大碗递给有富，"吃吧，吃了饭好好睡一觉。""我得再给牲口加一槽草料，这两天人受了罪，牲口也跟着遭殃。""你睡吧，我给牲口加草料。"葵花对有富会过日子很是满意，更加心疼他，在有富放下碗后，就催他脱衣睡觉，自己坐到有富身边看着他睡。有富从被窝里伸出手来握住葵花的手，说："离开你一天都不行，在外真想你啊！"葵花俯下身子，把手从有富的手里挣出伸进被窝，抚摸有富结实的身子。一边轻轻地揉抚，一边对有富说："昨天，忠然哥打发老王帮咱家把谷子耩上了。忠然哥真是好人，又会打算，听说咱村的春庄稼，除了陈禹和二姨家都种完了。"听了葵花的话，有富很感动，对葵花说："咱以后要多和忠然哥这样的人来往，不要听二姨她们胡扯。"提起二姨，葵花想起了一件事，对有富说："昨天吃过晚饭，二姨到咱家来了，叫我多打听谁家和八路有来往，告诉她，她叫范金去告诉陈禹。""这不是替鬼子当坐探吗？我们不能干！范金不好好做人，去干这些缺德害人的事。""他本来就不是个正经人，再加上和陈禹老婆住在一起，这个陈高氏叫他干什么，他无法不干。"葵花把知道的事一股脑说给了有富。"要把这件事告诉忠然哥，要大家防备着他们两家。"有富不假思索地对葵花说。"明天我就去说给夏至姐，我和夏至常来往。你睡吧，我去给牲口加点草。"说罢，葵花下了炕。待给牲口加了草回到炕上，有富已发出了鼾声。

听到葵花说的情况，夏至立马到北粉坊找到忠然，将葵花说的话一句不落地告诉了忠然。

晚饭后，老王刚回到家，就听到有人敲门。"王大哥，我是小徐，给你们送东西来了。"开门后，两个人扛着两捆东西、一个人提着一个包袱闪了进来。老王到门外左右看了看，关好门，领着三人进了屋，"夏至，有客人来了。"夏至停了手里的话，仔细打量进来的三个人后，说："徐兄弟来了，快把东西放下"说着就去倒水，"喝碗水，喘喘气，这是什么东西？""嫂子，这可是好东西，打鬼子的好东西！"小徐说着解开了包的麻袋片和包袱，露出了硬梆梆的六支长枪和十几梭子子弹、十颗手榴弹。老王看了，高兴的握着三个人的手，"你们可帮大忙了，有了枪，小股敌人来我们就能收拾他们了！""我们团长说，上次秋然哥将敌人的一驮子子弹送到部队，帮了部队很大的忙。这是奖励你们的，团长叫我们给你们送来，你们会用吗？"徐明说完，端起一支枪，拉开了枪栓，压下一粒子弹，然后又拉枪栓，子弹跳了出来。"几年前孙江兄弟来教过我们，可能还记得点，就是没有实际用过。夏至快做点饭，我去叫忠然、大生和秋然来。"老王说着出了门。

因老王家住在村头，和其他邻居家挨的不很近，进出的人不会引起人们的注意，成了县委和部队来人的落脚点。

有了钢枪和子弹，民兵们的抗日劲头更高涨了。根据县委的意见，小陈村的民兵编成抗日自卫队，大生任队长，忠然是地下支部负责人兼任队指导员。因小陈村地处抗日根据地和敌占区之间，属边沿区域，为安全起见，开始时抗日自卫队还是秘密组织，没有公开打出名号，忠然的公开身份仍是保长。

每天天不很亮时，除了一二个在村头秘密放哨和监视陈禹、二姨两家的行动外，其余队员由大生率领到村东沟里进行射击瞄准和投掷手榴弹的训练。

一天夜里，大生领着抗日自卫队，跟随铁蛋的营参加消灭土匪汉奸刘黑七部的战斗。听到要打仗，自卫队员们个个摩拳擦掌，要用自己手里的枪打击敌人。自卫队员们跟随八路军来到一个村边，铁蛋副营长让他们与一个排的八路军一起，埋伏在路旁山坡上的一片坟地里，准备消灭从村里逃出的土匪汉奸队。排长是一个姓杨的很精神的二十岁左右的青年，告诉队员们要沉住气，不要见有人跑出来就开枪，等他下命令后才得开枪，要节约子弹。

天还不亮，村里响起了枪声。枪声越来越密，一些队员紧张起来。排长弯腰巡察了一遍，低声对八路军战士和自卫队员说："不要慌，敌人还未出来，把手榴弹的盖拧开放在身旁。这些土匪汉奸前天到一个村子，杀了好几个老百姓，烧了不少房子，今天我们要和他们算账！"排长的一席话，勾起了自卫队员们对鬼子和二鬼子在小陈村杀人和烧房子的回忆，个个咬牙切齿，眼睛紧盯着坡下的路。不多一会，几个土匪汉奸从村里出来，端着枪向坟地方向跑来，后面陆续跟来一群。待来到距他们不远时，排长吩咐旁边的一个战士："二班长，带你们班迂回到村边，截住他们再回村里的退路，把他们包围起来消灭。"二班长领着他的战士，弯腰沿坡向村边跑去。从村子里跑出来的敌人越来越多，约有二三十人。排长喊了一声"打！"子弹射向跑出来的敌人。战士们一阵排枪，打倒了几个。大生正瞄着一个大个敌人，手一勾扳机，子弹射向敌人，可惜打偏了，子弹从那人身旁飞了过去。大生顺手拿起了手榴弹，用小指勾住手榴弹的弦，猛一站起，用力把手榴弹掷向敌人。轰隆一声大个敌人倒下了。接着又有几颗手榴弹在敌群中爆炸了。有几个敌人返回头向村里跑，被二班战士们的枪声压了回来。坟地里的八路军和自卫队，端着刺刀、擎着大刀片，从坡上跑下，"缴枪不杀，我们优待俘虏"的喊声送到了敌人兵士的耳朵里，有几个没有死的土匪汉奸兵趴到地上，把枪放到身边，举起了手。另有几个土匪汉奸兵，趴在地上朝冲下来的八路军战士打枪。几颗手榴弹响后，枪声哑了。自卫队员们跟着八路军战士冲到坡下路上，捡起地上的枪，拉起趴在地上的俘虏。战斗结束了，毙伤土匪汉奸十四名，俘虏十五名。自卫队员们背着缴获的枪和子弹，高兴得跳起来。排长让自卫队员押着俘虏，跟在八路军战士后面向村中走去。村里的枪声也停了，战斗也结束了。

这次战斗消灭了驻这个村的土匪汉奸刘黑七部一个连，缴获机枪两挺、长短枪七十多支、子弹三千余发，还有粮食和其他物资。

自卫队员们兴高采烈的和八路军战士一起押着俘虏，牵着驮军用物资的牲口，回到根据地。

根据自卫队在战斗中的表现，部队决定奖励小陈村自卫队长枪五支，子弹五十发，手榴弹二十颗。

当晚，大生领着自卫队，背着新奖励的武器，喜冲冲地回到小陈村。

这次战斗是小陈村自卫队成立以来参加的第一次战斗。大生看到了杨排长在指挥战斗时的沉着和机敏。战斗前队员们不免有些紧张和害怕，杨排长说的鬼子们在村里杀人放火的话，唤起了队员们的仇恨和杀敌的强烈愿望。虽然队员们的射击技术还不很熟练，命中率不高，但他们在敌人面前敢于放枪敢于冲锋了，由他们队员打死打伤的土匪汉奸有好几个。只要好好训练，提高战斗技能，他们这个人数暂虽不多，还是能够抵抗小股敌人的。这次战斗更加坚定了他大生的杀敌信心。

回村后的第二天晚上，方青老师来到他们村。忠然、大生把自卫队员们召集到北粉坊。队员们还沉浸在战斗胜利的喜悦里，看到方青老师，七言八语说开了。方青老师微笑着听他们说话。当眼睛转到墙角一个正低头蹲着、不言不语的人时，笑着问："日兴，你怎么不说话，这可不是你的性格啊！"他知道日兴是个性格开朗，对什么都不在乎的年轻人。"路老师，我没有打好，放了几枪也没有打着敌人，真是没有用！"不好意思的抬头望着路方青。"日兴，不要灰心，第一次参加战斗嘛，敢向敌人开火就不错，神枪手是练出来的，只要勤练你是能百发百中的！"方青诚恳地鼓励他。"我能吗？我太笨了"日兴不敢相信。"你能，你一定能！"方青肯定地对他说，"远的不说，就说你们村的狗儿吧，在家时整天不吭不声，三脚踢不出个屁来，就是白天一个人也不敢从坟地过，参加了抗日部队后，一个人摸了几次鬼子的岗哨，用他的小斧头劈死了十几个敌人，还炸毁了敌人的几辆汽车，枪打的也准，几乎百发百中，成长为优秀的指挥员。你只要好好练，也一定能打的准的。"方青用狗儿成长的例子鼓励他。提起狗儿，日兴的精神头来了，小时候在学校里他俩是同桌，老师教一个字，狗儿很长时间记不住，背书也常背错。当了抗日战士后，什么都用心学，现在成了让敌人丧胆的抗日英雄了。他暗暗下了决心，情绪就好了起来。方青看到大家的抗日情绪高涨，心里很高兴。

大生提出了扩大抗日自卫队的想法："我们现在有十多支钢枪，再加上原来的土炮，有二十多支枪了，是不是再吸收几个人参加自卫队？"大家同意他的意见。"大家参加了战斗，取得了胜利，还要更加紧训练。寨里的碉堡建成了，鬼子已派了十几个鬼子和一队二鬼子来驻守，这几天常出来抢劫"方青刚说到这里，自卫队员们就叫了起来："打这些王八蛋！""是要打掉他们，但不能轻举妄动，我们自卫队现在的力量还弱，要多方配合，周密计划才行，你们现在要加紧训练。"

从这天起，自卫队的训练抓的更紧了。日兴每天趴到地上，对着小树瞄准，用不着再闭一只眼了。大家都在根据自己的不足，抓紧练习，有的在练瞄准，有的练劈大刀，有的练掷手榴弹。以前练功的底子，帮了他们很大的忙，特别是抢大刀片，既快速利索又恨。

几天后的一个晚上，忠然在粉坊洗完脸，正要去闩大门，老王急匆匆地走进来，告诉忠然："铁蛋在我家等您"。二人到老王家时，夏至也把大生叫来了。铁蛋告诉他们，他带了一个连的战士来，今天晚上要住在这里。

忠然安排好战士们的住处，又要春分妯娌三人和夏至、大生妈等人，分几处做饭菜。

天蒙蒙亮时，部队向目的地进发。自卫队和八路军战士一起行动。太阳露头时部队到达了敌人要经过的一个山口，在这里隐蔽埋伏起来。因为有了一次战斗的经历，老自卫队员们不那么紧张了。

太阳一杆子高了，还不见敌人的影子，有的队员耐不住了，相互窃窃私语起来。铁蛋看出有些队员有点急躁起来，就提醒大家要沉住气，不要说话。几个新参加的自卫队员，一会儿跑到无人处撒泡尿，一会儿又去屙屎。大生知道他们是因第一次参加战斗太紧张，就小声和他们说些其他事情，缓解他们的紧张心情。太阳越来越高了。铁蛋把耳朵贴到地上，屏气凝神地听了一会，抬起头来跟大家说："注意了，敌人正在向这边走，离我们不远了。"话音虽不高，但战士们都听到了，立刻来了精神，上刺刀压子弹，拧开手榴弹的盖子。自卫队员们看到八路军战士的动作，也学着做战前的准备。

一队人影出现了，越来越大越清晰，是一些牵着牲口，推着独轮车的百姓。战士们莫名其妙，瞪眼瞅着铁蛋，铁蛋要大家沉住气。不一会儿，穿军装扛着枪的鬼子和二鬼子出现了，约六七十人。"沉住气，等老乡们过去了再打，听我的命令！"铁蛋发出简短而威严的命令。鬼子们可能没有想到路上会遇到什么麻烦，有些人把枪斜背在身后，像赶集一样悠闲地走着。民夫们走过去了，鬼子队伍进入了伏击圈，铁蛋擎起盒子枪，喊了一声"打！"子弹射出去了。八路军战士和自卫队员们一阵排枪和手榴弹，有的二鬼子还未把枪从背上卸下就倒下了。一个高个二鬼子拔出了盒子枪，向山上看了一眼，刚喊了一声"打"，日兴将枪机一勾，就把他撂倒了。二鬼子们乱作一团，有的趴到地上不敢抬头，有的无目标地放着枪。鬼子架起了机枪，响起了大盖枪，子弹齐向山包上射来。战士们一阵手榴弹，机他哑了一会，接着又响了起来。"长枪集中向机枪手射击！"铁蛋下着命令，日兴也将枪口移向机枪，"叭"的一声，子弹射向机枪，打着了机枪手旁边一个鬼子的肩膀。正站起的一个准备投弹的八路军战士，中弹倒下了。大生握着手榴弹滚了几滚，滚到下面一个坟堆旁，趁敌人机枪正向山包上射击时，站起身将手榴弹投向机枪，一声炸响，机枪哑巴了。铁蛋站起，高喊："同志们冲啊！"带头跑下山包。战士们端着刺刀，自卫队员们从背后抽出大刀，向山包下的路上跑去。喊杀声和枪托、刺刀的碰撞声在山坳的路上响起。一个鬼子的刺刀正要刺向一个自卫队员的腹部，大生一见红了眼，抡起大刀从鬼子的身后斜劈下去，一股鲜血喷到他的身上，鬼子倒下了。大生顾不得去扶自己的队员，一个箭步蹿过去又砍倒了一个二鬼子。一个鬼子端着刺刀冲到日兴跟前，日兴来不及抽背上的大刀，端着枪一勾扳机，鬼子趔趄了一下，还是端着刺刀刺了过来，日兴一闪身一伸腿，刺刀扑了空，鬼子倒嘴啃泥摔倒地上。日兴蹿上去骑在鬼子兵身上，抽出背后的大刀照着鬼子的后脑勺砍去，血喷到了他的脸上，顾不得擦，从鬼子身下抽出带刺刀的大盖枪，站起身一回头，见一个二鬼子正在与一个矮小的八路军战士扭打在一起，他蹿过去用枪托子向二鬼子的身上砸去，顺手拉起了那个小战士，将这个二鬼子俘虏了。这时"缴枪不杀，我们优待俘虏"的喊声在各处响起，剩下的二鬼子们，纷纷放下枪举起了手，两个鬼子也缓缓地举起了手。战士们正收集敌人的枪支，"叭"的一声，一个战士倒下了。大生顺声望去，见一个倒在地上的鬼子正在向枪里压子弹，他一个箭步跳过去，一刀结果了这个负伤后还在顽抗的鬼子。

战斗结束了。这一仗毙伤鬼子和二鬼子二十多个，俘虏二鬼子三十多、鬼子两个。缴获轻机枪一挺，长枪四十多支，子弹一千多发，只有几个鬼子和二鬼子顺来路跑了。

战士们从附近村里借来了几块门板，将负伤的伤员和牺牲的两个战士及自卫队员栓子放到门板上抬着，离开了战场。

自卫队员们随铁蛋率领的部队，转移到抗日根据地。由部队首长主持为牺牲的战士举行了追悼会，自卫队员栓子被授予八路军烈士，入殓时换上了一身崭新的八路军战士服装。

栓子的灵柩半夜时抬回了小陈村他的家中，为安全起见，对外说是暴病而亡。做好坟后，全村老幼几乎都来为他送葬。有富两口子也去了，因为有富与栓子是小时的玩伴。春分搀扶着怀有身孕的栓子媳妇走在送葬队伍的前面。人们看着年轻寡妇，无不感到心裂。知道内情的年轻人，都握紧拳手，缓缓地向墓地走着。忠然、大生和两个自卫队员，抬着灵柩走在送葬人群的后面，每个人都一手把着肩上的杠子，另一手紧握着，铁青着脸缓步走着，生怕颠着躺在棺材里的栓子兄弟。

棺材入墓穴前，放在两条长板凳上，接受乡亲们的祭拜。村中辈分最高的陈千山，第一个从篮子中取出供品，摆放于桌子上，点燃了三根香，恭恭敬敬地向灵柩拜了三拜。忠然、大生、老王和其他自卫队员，向灵柩三鞠躬，与战友告别。全村男女老幼，不分姓氏，都向栓子灵柩鞠躬，为他送行。

春分和夏至两人挽扶着一身孝服的栓子媳妇，下到墓穴里用简易笤帚沿墓穴周遭扫了一圈，抓了墓底的一把土后，把她架出墓穴。几个人用绳子提着稳稳地把灵柩放入墓穴时，栓子媳妇一声"栓子"的嚎哭便昏了过去。春分和夏至慌了手脚，用沙哑的声音叫着："栓子媳妇，妹子，你醒醒，醒醒啊！"听到年轻的栓子媳妇的一声嚎哭，在场的人无不流下眼泪，一片哭泣声。一个年纪较大的人，操着沙哑的嗓子喊了一句"掐人中，掐人中！"春分用手抹去眼泪，将指甲按在栓子媳妇嘴唇上的人中处，过了一会，栓子媳妇"哇"的一声哭了出来，大家的心才放了下来。忠然示意春分和夏至挽扶栓子媳妇回家。栓子媳妇的嗓子已哭哑了，恍恍惚惚由春分和夏至两人架着向家中走去。

春分和夏至轮流着住在栓子家。头两天，栓子媳妇除了喝碗水，什么也不吃，眼睛都眍进去了。到第三天，春分端着一碗面条坐在栓子媳妇身旁，说："栓子是为乡亲们打鬼子死的，他是个有血性的汉子，是好样的，你要挺起来！你肚里的孩子，可是栓子的骨肉啊，你不吃饭，大人顶不住，肚里的孩子也受屈啊，那样对不住栓子啊！"听了这话，栓子媳妇坐起来，流着泪说："嫂子，你说得对，不为我自己也要为孩子着想啊"接过碗，吃了半碗面条。春分劝她再多吃点，"嫂子，我头晕晕的，不觉得饿，实在吃不下，"把碗递给春分。

晚上，春分和栓子媳妇点着灯在炕上说着话，有人敲门，春分下炕开了门，东北屋寡妇提着一个纸包进了屋，对栓子媳妇说："小婶子，我来看看你，好点了吗？""黑灯瞎火的，你还来看我，快炕上坐。"吃了点饭，再加上春分的劝解，栓子媳妇的精神好多了。"我是过来人，知道死了男人的苦处。当初我也是心疼的不想活了，可看着孩子，硬撑着活了下来。你肚里怀着孩子，好好活下去，把孩子生下来，给栓子叔留条根，等孩子长大了就有盼头了。"寡妇想起男人死时自己的情况，对栓子媳妇现在的心情完全理解，鼓励她好好活下去。"是啊，侄媳妇说得对，总要好好活下去的"春分接着东北屋寡妇的话。其实她也是经历过男人死时的痛苦的，不过她再嫁给忠然后很满足，也就不再提过去的事了。

"栓子叔下葬那天，万然叔本想去送栓子叔的，一想自己好赌钱名声不好，没好意思去送栓子叔，就在村头给栓子叔烧了纸钱，今天到县城买了点蛋糕，叫我给你送来，也算他对栓子叔的心意。"从话中听得出，东北屋寡妇对光棍万然的做法是满意的。"万然也不用那么想，村里人都知道他现在好多了。"春分想劝她正式嫁给万然，但当着现在正悲痛的栓子媳妇的面，她把这话咽了下去。"你来看我，我就过意不去了，还带东西，谢谢你了。"栓子媳妇未提万然，只谢她。

几天后，栓子的丈母娘来了，春分和夏至不用再住在栓子家了，只是常去看看栓子媳妇。

寨里碉堡的鬼子和二鬼子，大部分在去抢粮的路上被八路军消灭了，只剩下二十多个留守的二鬼子。他们日夜不放吊桥，不敢出碉堡一步，一天几次给县里打电话，要求增派兵力。

37 第三十七章

寨里是县城通往金矿的必经之路，也是八路军常在这里伏击来往鬼子们的地段。派谁来镇守，谁都不愿来。最后委派了于洪天为队长，带着一个大队的二鬼子驻守在这里。

于洪天在日军占领县城时，没有参加抗日部队，也没有投靠鬼子。他让乡校的弟兄们把枪留下，自己决定去向。最后，他和一个把兄弟找了个秘密地方把枪埋藏起来，自己也回了家。寨里的鬼子大部被八路军消灭后，伪县政府又招募了几十个二鬼子派到寨里。原罗山乡校的兵丁，回家种地服不了苦，不少人又去当了二鬼子，就向汉奸县政府提议，把于洪天找了去，让他当队长。

于洪天是个兵油子，枪打的很准。爱看一些武侠小说，认为那些混出人样儿的人，都有一帮朋友帮衬，就结拜了不少把兄弟，与一些三教九流的人也有交往。他很小就死了父亲，是他妈一人把他拉扯大，并送他到村办小学读了几年书。他对他妈比较孝顺，是村里公认的孝顺儿子。他常说的一句话"兔子不吃窝边草，不能糟蹋自己的乡亲"就是他妈对他说的。他的家就在寨里村，他认为这方圆十里内的百姓都是他的乡亲，不准他的兵在这里烧杀抢掠，要给他在乡亲中留个好名声，至于十里外他就不管了。

到寨里碉堡任职后十多天，他让他的副队长领了五十多二鬼子到十里外的村庄抢了一些粮食和四头猪，为他的弟兄们改善了几天伙食。至于他的弟兄们在外还干了些什么糟蹋百姓的事，他是不问的。

这几天他情绪很好，再过几天他就要娶媳妇了。他今年二十五岁了，和他一样大的伙伴们都已当爹了。他妈为他的婚事没有少操心，因他要自己看上了才行，不然他就不娶。妈知道他的牛脾气，只要他不愿意的事，两头牛也拉不动他。托人说了几个，不是他不愿意，就是人家不愿意。年前他妈托人说了邻村温瓦匠的女儿。他曾装作要修门楼到瓦匠家去了一次，见到了瓦匠的女儿。姑娘名叫温秋菊，十九岁，模样不错，身段也好，小时候还上了两年学，认识些字。他很满意，就备了聘礼，把亲事定了下来。

这些天他常回家，家中正在刷房子，他要回家看看。他妈也请了几个本家女人，帮着做新被褥。

忠然借口丈母娘家有事，到高家去了两天，他是去参加县委对敌工作会议的。会上县委书记路方青传达了省委对敌工作的指示，研究了本县敌人的情况，重点研究了寨里二鬼子的情况，决定由忠然任县委敌工委员，重点做寨里二鬼子的工作。

忠然拿着从县城买来的两床红缎子被面，到寨里碉堡找于洪天队长。站岗的二鬼子听说他是小陈村的保长，就叫人领他到了于洪天家里。"于队长，听说你要娶亲，我代表小陈村前来祝贺，我们没有什么好东西送给队长，我买了两床缎子被面，望队长能收下。""陈保长，我知道你，你是好人，让你破费了，后天一定要来喝小弟的喜酒啊！"于洪天笑嘻嘻地接过礼品，热情地邀请忠然参加他的喜筵。"一定来喝队长的喜酒。"说完，忠然告辞出来。

通过送礼和参加婚筵，忠然记住了于洪天的家门。一天晚上，他和大生一起把县里送来的一张登载着鬼子和二鬼子烧杀根据地百姓的罪行和日本必败文章的油印小报，塞进了于洪天家的门里。第二天晚上，于洪天回到家里，他新婚的妻子秋菊就把这张小报递给他看。对鬼子们杀人烧房子的事，他认为是真的，因为县里大肆吹嘘扫荡胜利的时候，把杀了多少人烧了多少房子，作为胜利成果大加颂扬；而对鬼子必败的看法，他不完全同意。"秋菊，这东西你是从哪里弄来的？要叫县里知道了可不是玩的，要杀头的！"于洪天不和村里人一样把妻子叫老婆，而是叫名字，他认为这样更显得亲密。"我早晨起来，从院门里捡到的。"秋菊一边铺床一边回答。"明天你把这小报烧了！咱们睡觉吧。"说着把秋菊抱到炕上，伸手给她解衣扣子。待妻子钻进被窝后，他急急脱了自己的衣服，吹灭了灯。

碉堡里每天派两个老兵，到附近集上买两挑子菜。夏至把篮子里的青菜卖给他们后，在老兵去称另一份菜时，很麻利地把传单塞到菜棵子中，放入老兵盛菜的大筐子里。看着老兵挑起大筐离开集市，她才挎着篮子向回家的路上走去。

这些传单在下层的二鬼子中很快传开了。通过传单他们知道了近期发生的很多事情，真实了解了鬼子扫荡时被歼灭的情况，开始对日本不可战胜的说法产生了怀疑，对他们当二鬼子的前途担心起来。平日相好的二鬼子们，常聚到一起，交换听到的消息，说出自己的苦闷。

麦收以前，是青黄不接时期，百姓们没有粮食吃，鬼子们的粮库也见了囤底。鬼子的占领区越来越小，无力全部负担鬼子们日吃月嚼的粮食了。鬼子们正在筹划一次到抗日根据地的抢粮活动。

得到情报，根据地军民都在为粉碎鬼子的抢粮活动积极准备。八路军派出许多小分队，到鬼子的各据点进行骚扰，使他们不敢抽出兵力随县城的鬼子到根据地去。

小陈村自卫队得到通知，一连几夜在寨里碉堡周围打枪，闹的二鬼子们夜夜不敢睡觉。于洪天日夜向县城报警，要求给他增派兵力，县城不但不给他增兵，还严令他抽一部分兵力随县城大部队行动。没有办法，他只得派二十名二鬼子由他的一个小队长领着到县城报到。出发时，他握着小队长的手说："兄弟，机灵着点，希望你们都能安全地回来。"

第三天傍晚，那个小队长满脸尘土狼狈不堪的领着八个兵回来了。见了于洪天懊丧地说："大队长，对不起你，没有把人都带回来！部队去抢粮，人家老百姓把粮食都藏起来了，人也找不着。好容易搜出几个老头、老太婆，可什么也问不出来。'皇军'气的嗷嗷叫，杀了几个人，烧了些房子，有用的什么也没捞着。再到另一村时，路上踩了八路军的地雷，被炸死几个人，八路军一个冲锋，我们的队伍被截成几段。我一看不好，就领着我们的人向后撤，打了几枪冲出了八路军的包围。在八路军活动地，老百姓听八路军的，我们是得不到好处的。"说着，现出悲痛的样子。于洪天没有责备他，叫他们去洗洗到住处休息。

三天后，又有五个人空手回到碉堡，其中一个战战兢兢地把自己被八路军俘虏的经过向于洪天说了："大队长，我们给你丢人了，可实在没法子，八路军太厉害了，连'皇军'都死伤了不少。""你们被俘虏后，挨打了没有？他们怎么放你们回来的？"于洪天没有怪他的士兵，平静地问。"没有挨打，只是问了一些事，我们照实说了。一个被战士们称作孙营长的人，听说我们是寨里碉堡的，对我们说：'你们愿意参加八路军的我们欢迎，愿意回家的可以放你们回家，我认识你们大队长，你们要是还想回寨里碉堡，我也放你们走，回去告诉你们于大队长，我们都是中国人，中国人不要打中国人。'我们念着大队长平日对我们的好处，就又回来了。大队长你要打要罚我们没有怨言。"回话的二鬼子说完后，一起回来的其他几个二鬼子，都耷拉着脑袋，重复着那个二鬼子刚说的意思："大队长，要打要罚，我们都甘愿领受！""你们还愿意回来跟着我干，我很感激，还罚什么呀！刚才那些话不能对外人讲，回去歇息吧。"于洪天在自己屋里，反复思考被俘兵士刚才说过的话，那个八路军的孙营长是谁呢？他把认识的人在脑子里过了一遍，"是他？是，肯定是他！"立时，在罗山乡校那个正直、讨人喜欢的孙江，清晰地出现在他的脑子里，"难怪这几年没有他的消息，他当了八路军了。"他肯定了孙营长是孙江后，就琢磨起孙江说的"中国人不打中国人"的话来。是啊，我不能为了日本人把枪口对着抗击日本人的中国人哪，不能忘了祖宗啊！可我又能怎么办呢？八路军能饶了一般士兵，能饶我吗？他摸着自己穿的一身二鬼子军官服装、腰间挎的盒子枪，摇了摇头，颓丧地坐到了椅子上。

晚上，于洪天回到家里，妻子秋菊为他端来洗脚水，他心事重重地把脚伸到水里一动不动。"你怎么了，身子不舒服？"秋菊伸手去摸他的额头。"没有什么"他把妻子的手推开。秋菊蹲下身子给他揉搓两脚，用干毛巾替他把脚擦干，自己也洗了脚，把水泼到院子里，对于洪天说："忙了一天，累了，睡吧。"

妻子温热的身子投到他的怀里，没有激起他的热情。秋菊有点诧异，"你怎么啦，一点精神没有，有什么心事？""唉！"于洪天伸手抚摸着妻子光滑的背，把派去参加抢粮的兵回来后说的话，给妻子说了一遍，"以后我怎么办才好啊，死心踏地地为日本人卖命我也不愿意，可日本人势力大，我们要靠他们吃饭，不敢不听啊。老百姓拥护八路军，他们的战士打仗很勇敢，看来日本人在中国可能待不长，我们要为自己留条后路，可怎么留呢？我想来想去没有办法，"丈夫的烦闷感染了她，她的欲望也低落了，跟着丈夫叹气。过了一会，还是于洪天打破了沉默，对妻子说："睡吧，慢慢想法子吧。"这一夜，是他们成亲以来情绪最差的一个夜晚。

几天后，秋菊的妈来女婿家看望女儿，在和亲家母说了一会儿闲话后，就到女儿的房间："菊啊，有人叫我给你男人带了一封信来，不知是什么事。"说着从贴身裢子口袋里掏出一个信封来，塞到女儿的手里。"是谁让你带的信？"秋菊问妈。"是你姥姥家我侄女送来的。"秋菊知道姥姥家是八路军活动的地方，这封信一定是八路军写来的，不知对自己男人是好还是坏？她和妈妈聊着一些日常琐事，心里却在猜想着信的内容，说话着三不着两的，常答非所问。"菊啊，你怎么啦，身子不舒服吗？"妈妈以为她生病了。"没有，我挺好的。"妈妈没有再往下问。

午饭后，妈妈走了。一个下午，秋菊在忐忑不安的情绪中度过。

晚上，男人回来了，秋菊把信交给了于洪天。看着男人看信时越来越开朗的脸，她知道信的内容是男人喜欢的，就问："是谁来的信，说了些什么？""是我在乡校时的一个弟兄孙江写来的，他现在是八路军的营长。他要我不要跟着日本人残杀中国老百姓，也不要打八路军，如果被鬼子逼着实在不得不与八路军交火时，子弹朝天打；我的队伍出去时，给他们递个信，他们不打我的部队。我做坏事他们记着账，做好事他们也记着账，好事做多了，他们会记着我的功劳。这下好了，我可以为自己留条后路了。"说完，高兴的抱着妻子亲了又亲。"你的队伍出去时，怎么给他们送信呢？"秋菊推开他，问："他信上说了，以后会派人来跟我联系。我明天就写信给孙江，你回家交给你妈，叫她到姥姥家把信转给孙江。"说完吹了灯。这一夜是他们几天来最欢乐的一个夜晚。

第三天，秋菊跟婆婆说了声，提了一个小包袱回了娘家。几天后，妈妈又带着孙江的回信到秋菊婆家来了。

这天上午，于洪天派人把附近几个村子的保长叫到碉堡里。"各位乡亲，我不愿派部队到咱们这些村子去抢粮食，可一百多号人总得吃饭哪，望各位保长帮帮忙，给我点粮食，让我渡过这段饥荒。"说得诚恳，又给各个保长作揖。保长们你看我，我看你，都不说话。沉默了一会，忠然先开了口："于大队长，你也知道，兵荒马乱的，老百姓地种的不好，粮食收的不多，再加上县里要，乡里要，这青黄不接的时候，老百姓家里的存粮确实不多。不过大队长的兵，不骚扰咱周围百姓，乡里乡亲的，我不能看着大队长为难，回去好好向乡亲们说说，总要弄点粮食送来，不能叫弟兄们饿肚子。"忠然刚说完，于洪天向他鞠了一躬，说："都说小陈村的陈忠然保长是模范保长，真是名不虚传！"其他几个村的保长也都答应送粮食。

过了两天，忠然和大生牵着牲口给寨里碉堡送来了两驮小麦和玉米。于洪天把忠然请到他的办公室，倒了一杯水，笑着对忠然说："陈保长，你带头给我送粮食，我谢谢你了！""于大队长，粮食虽不多，可我费了好大的劲才操持到的。我们村几个老人说，于队长的兵不骚扰我们，我们就是光吃地瓜干，把麦子和玉米省下来给他也心愿。就凑了这点粮食，兄弟们吃不了几天。我有个想法，听说他们东边的百姓家有粮食，你能不能去买点？""我派当兵的去，人家会卖给我吗？不把人扣下就算客气了。"于洪天现出无可奈何的样子。"当兵的去当然不行！现在地里活少，咱组织几个人做小买卖，在这里买点农具、到海边买点咸盐，运到那边的集上卖了，再买点粮食回来，这春荒就能熬过去了，你说行不行？"忠然像是给于洪天出主意。"我当然行，找谁去干呢？你陈保长有办法，能不能领着干？"听了于洪天的话，忠然沉默了一会，说："凭着你于队长的为人，我现在也有点时间，就领着人干几趟，不过你要给我写个路条，不然路上叫别的队伍抢了，我就没办法了。""那好说，我不但给你写路条，盖上我们的章，还可借给你点钱作本钱，买卖赚的钱归你们；我按市价买粮食，行吧？""就按队长说的办！今天晚上我找几个人谈谈，看有谁愿跟我干。""就这么办，我等你的回话。"于洪天高兴地送走忠然。

忠然回家后与大生等人商量，大家都认为用寨里二鬼子这把伞，给八路军和根据地民众贩运些鬼子禁运的物资，是个好机会。大生要在家领导自卫队，老王和另三个自卫队员与忠然一起完成这个任务。忠然找了李大牙，将他们的决定说给了他，请他向路方青汇报。

第二天晚上，路方青找到忠然，告诉他县委认为这是一个好机会，可以借此做于洪天的争取工作，还可以为根据地解决一些物资上的困难。并告诉他根据地兵工厂正缺一些造武器的材料，他正在通过一些途径想办法，弄到后由他们运过去。

忠然到寨里碉堡告诉于洪天他组织了五个人，请他开路条。于洪天还借给他几千元伪币。

他们到海边买了五驮咸盐，送到根据地，从集上买了五驮子小麦和玉米。这里集上的粮食很多，价钱比县城集上的便宜多了。一个来回用了三天多。

当忠然他们把粮食送到寨里碉堡时，二鬼子们见了粮食高兴得不得了。于洪天拉着忠然的手，说："大哥，你可帮了大忙了，你看弟兄们见了粮食多高兴！"并立即把管伙食的小队长叫来"按县城集上的粮价给陈大哥算好钱数，告诉磨面粉的，先磨点麦子给大家做白馍馍吃。"

得到方青通知，忠然领着五人牵着牲口到了城南侯家村。这里已备好了许多旧铜、钢铁和几个箱子。他们捆上驮子后，趁黑夜上了路。为安全起见，大生带了自卫队走在驮队前面。到达根据地边缘时，自卫队才返回。到中午，驮队到达了指定地点。迎接他们的，忠然一个也不认识，但人们对他们很热情。一个像是负责的中年人把他们迎进一间屋内，握着忠然的手说："同志，你可帮了大忙了，这是些机器和造武器的材料，我们有了这些东西，就能造出钢枪和手榴弹打鬼子，你们为抗日立了一功！回去告诉路书记，我们兵工厂非常感谢他和所有参加这一工作的人。"到这时候忠然才知道这是闻名胶东的兵工厂。

在兵工厂住了一夜，第二天到附近集上买了粮食、路上吃的烧饼和喂牲口的干草和黑豆，到后半夜回到了小陈村。

于洪天见了这么多粮食，喜出望外，不知如何感谢忠然才好，把忠然几人请到他住的屋内，给每人泡了一杯他平日都舍不得喝的茶，说："大哥，你可救了我们弟兄了，县城里正在闹饥荒呢，为了粮食他们相互打起来了，保安团向县政府要粮，把县政府的人都打了。我这里有了你的帮助，大家有饭吃，弟兄们都说我有办法，我有什么办法？都是你的帮助！我这人讲义气，以后你遇到什么难事，尽管告诉我，只要我能做的，一定去做。"忠然也客气了几句，领着大家回了村。

38 第三十八章

在小陈村自卫队的护送下，路方青来到于洪天的家门口。于洪天吃过晚饭，在碉堡里查了岗哨，回到家里。进门后刚要回身闩门，一个人影闪进门里，"于大队长，多年不见了，你好。""你是？"于洪天话未说完就被进来人打断了话头，"进屋说吧，你放心好了，我不是害你的人！"于洪天狐疑着领来人进了自己家的灶间。妻子秋菊见有人来，起身从灶间进入睡觉的住屋。两人在方桌两边坐下，于洪天借着灯光打量来人：这是个三十出头，中等身材，长方脸的人，从外表看像个种地的庄稼汉，眉宇间透出刚毅之气。"于大队长，几年前在罗山乡农学校我们见过面，你忘记了？"方青见于洪天注目打量他，先开了口，"那次是去请孙江到小陈村教青年们用枪。"说到这里于洪天想起了，"你是路老师？""是，我是路方青。"听了这话，于洪天紧张地站起来走到院子里，在大门里侧耳向外听了听，又转身回到屋里，"路老师，日本人正到处抓你，你要小心啊！""我有老百姓保护，日本人抓不着我。"方青笑着对于洪天说，"我现在到了你这里，你要抓我很容易，我想你不会的。""我怎么能抓你呢，我虽穿了这身鬼子皮，可我也是中国人，知道你是领着百姓打日本的，你是一个真正的中国人，是书里说的那些杀倭寇的好汉。我虽作不了好汉，也不想作死心踏地的汉奸。"方青听了于洪天的话，知道他中国人的良心未泯，就说："你要不想当汉奸，就要站在中国老百姓一边，不为虎作伥，做个堂堂正正的中国人，进一步争取作个抗日功臣。""我还能作抗日功臣？"听到方青的话，于洪天不敢相信自己的耳朵，反问一句。"当然能！我们每个人只要一心抗日，都能成为抗日功臣！"方青肯定地说。"路老师，你看我怎么做才好？"于洪天脸上露出笑容，希望路方青给他指条明路。"孙江营长不是给你写信指明了吗？还希望以后我们的人遇到万不得已的时候，到你这里避一避，望你能保护他们，我们也会给你创造条件，让你在日本人面前过得去，取得他们的信任。"方青说完后，于洪天沉默了一会，说："我这里没问题，就怕遮不住下面人的眼，堵不住下面人的嘴。"方青看出他有顾虑，就说："我们会尽量谨慎周密的。""路老师，谢谢你们对我的信任，我会按你们指出的路去做！"于洪天表示了自己的态度。

五月的太阳，一天烈似一天。树上的杏子由青变黄，地里的麦子也一天比一天黄了。

一天，忠然到寨里碉堡办事，于洪天在与他说话时，似无意中漏出一句：他已得到通知，县里正在抽调兵力，准备武力抢收小麦。忠然一面组织村民轧好场院，准备在鬼子行动前日夜抢收小麦，一面派夏至到娘家向根据地转送敌人要武力抢收麦子的情报。

几天后的一个晚上，路方青带着两人来到村东头老王家里，与忠然、大生和老王一起研究粉碎敌人的抢粮计划。临走时，那两个人给小陈村留下了几颗地雷，随路方青向另外村子走去。

几个日夜，小陈村坡地上早熟的麦子，已收回场院轧晒完，藏了起来。只有洼地浇水的麦子还站在那里。

为了不跟日军一起到根据地抢麦子，于洪天捎信给孙江营长，让他派兵佯装攻打寨里碉堡。孙江要小陈村自卫队于夜间在寨里碉堡周围打一阵枪，一连几夜都是如此。于洪天就用电话向县城告急，并向日本队长保证守住碉堡。

全面麦收铺开后的一天，鸡叫头遍时，大生带着他的自卫队，在通往县城的路边已拔好捆起的麦堆下，埋设了两颗地雷，把队员埋伏在附近几个隐蔽的地方。

太阳一杆子高时，从县城方向来了一队鬼子兵。二鬼子在前，牵着牲口、推着独轮车的民夫在中，十几个鬼子在后面。他们一边走一边打枪。临近这块地时，二鬼子们看到已拔起捆好竖在一起的麦捆子时，向周围瞭望了一会，确定无什么人时，几个二鬼子一窝蜂向麦捆子跑去。一个二鬼子把麦捆子拉起要往肩上放，后面跟来的刚走到麦捆堆前，轰隆一声巨响，把人和麦子抛向空中，摔出好远。鬼子和二鬼子的枪声迅即响了起来，时而向左时而向右的猛烈射击。打了好一阵子，既未看到人影，也没有向他们射击的枪声。鬼子们停止了射击后，进麦地抬起两个还较囵囵的尸体，放到民夫的独轮车上，那个缺腿少胳膊肢体不全的死者被扔下不管了。

　　鬼子们趴在田边的路上好一阵子，未发现有人袭击他们，壮着胆子站了起来。地里堆的一丛丛麦捆，对他们有很大的吸引力。鬼子嗷嗷叫着、骂着，催促二鬼子们到地里去搬麦捆子。几个二鬼子畏畏缩缩地向地里挪步，好不容易挪到麦丛前趴下，小心地拽起麦根，将麦捆拉倒，拖拉着向路边爬。爬出几步远，站起来扛起麦捆向路上走去。看到再没有地雷威胁了，鬼子又用皮鞋踢趴到地上不敢动的民夫，让他们一起去扛麦子。几丛麦捆子扛完了，没有再响地雷。民夫们把扛出的麦捆子向推车上、牲口驮子上捆绑。鬼子们把长枪斜背在后背上，飞跑着去扛还站在地里的麦捆子。突然一个麦丛下的地雷又响了，一个二鬼子和一个鬼子应声倒下不动了。其他鬼子们再也不敢去扛了。这时，东、南、北三面响起了枪声。鬼子们循着枪响的方向将机枪、大盖枪的子弹倾泻过去。在敌人开始射击时，大生领着自卫队悄悄撤走了。他们没有直接回村，而是绕道向东走去，在一个沟里待了半天，直到晚上才回了村。

　　很快，两颗地雷炸退抢麦鬼子兵的胜利消息，由民夫们传播开来。"神兵埋地雷，炸死日本鬼，麦子未抢到，丢了命五条"的童谣，很快在各村流传开来。

　　在其他几个地方，鬼子的抢麦活动，也遭到了坚决的抵抗，死伤不少。剩下的鬼子们不得不撤回县城。

　　乘鬼子们龟缩于县城、不敢出城骚乱之机，小陈村大部分地里的麦子被拔完了，只有陈禹家的麦子还孤零零地站在地里。

　　这几天，范金也很忙，除了两个院子的家务活，还要在村里各处溜达，窥探各家的大情小事，到温泉村告诉陈禹。他也常到麦地转转，看到麦子还未熟透，也就不着急拔。几天后，他再到地里转，见村里其他人家的麦子都已拔完。他们什么时候拔的？他琢磨不透，因他晚上要陪着陈禹的老婆睡觉，有时还要去照顾一下二姨，晚上从不到街上转，更不到地里了，所以他无法知道村民们日夜抢收麦子的情况。昨天，他到地里的路上，听两个老人一边走一边说着埋地雷炸鬼子的事，听话音好像有小陈村的人参加。听到这里，他装着到地里看庄稼，绕了几块地后，拐到去县城的路上，向温泉村乡政府奔去。

　　第三天，吃过早饭，范金绕着村子走了一圈，在回陈禹家取农具时，碰到几个穿便衣的人，向他打听范金的住处。交谈几句后，他领着他们在村子里寻找自卫队员，其实他并不知道谁是自卫队员，认为凡年轻男人，应该都是。走了没多远，见秋然迎面走来，他用手一指，几个便衣便扑上去将秋然摁倒，嘴里塞上破布，用绳子捆住两手，拉着就往村外走。这时早饭刚过，人们还未出门到地里去，所以街上没有人看到秋然被绑走的事。直到中午未见他回家吃饭，家中才焦了急，晚妹顾不得吃饭，到他常去的地方找了一圈，未见人影。陈梁氏正端着碗吃饭，听说小儿子不见了，饭也不吃了，把碗一放，急着说："忠然怎么还不回来？他不在家里没了主心骨，这可怎么办？！"两天前，忠然得到通知，到根据地参加会议，至今未回。

　　光棍万然应赌友之约，到县城赌了两个晚上了。那个当二鬼子队长的一边出牌一边骂着："他妈的，真晦气，白天审一个抓来的抗日自卫队员，费了好大劲也没问出个屁来，灌了辣椒水，压了杠子，他也不承认是抗日自卫队员，还跟你耍贫说：'你们给我一杆枪，我也尝尝当抗日自卫队的滋味。'""队长抓了人要发财了，恭喜队长！"万然也学着二鬼子们恭维队长。队长忽然想起了什么，"万然，这个人还是你们村里的，叫陈秋然，你知道不知道？"万然一听，心里一震，但马上换了笑脸，说："我说队长，你不是开玩笑吧，秋然会是抗日自卫队员？我们一个村，还是远房兄弟，他哥陈忠然是全县有名的模范保长，他要是抗日自卫队员，那我们村里的人都是自卫队了，真是笑话，你也信？！""我哪里知道是不是抗日自卫队员，是你们村一个叫范金的人指给便衣队抓的，还能有错？"队长把怎么抓的无意中说了出来。"我们村根本没有姓范的，谁知道那是什么人要害陈秋然，耍你队长？"万然装出莫名其妙的表情。"陈忠然，听说过，那是个为'皇军'办事的人，看他的面子我不杀陈秋然，可也不能轻易就放了。你带信给陈保长，叫他拿钱来赎，我送他个人情，把他兄弟放了。"说完，队长把牌亮到桌子上，"和了"。"队长好手气，看来队长发财的机会来了"一个二鬼子也把牌放到桌子上，奉承了队长一句。"队长，我把你的话告诉陈保长，得了钱也得分点给我啊！"万然装出贪财的样子。"你赢的还少吗？你要当了兵比我还能刮，哈哈。"队长笑着站起来拍了拍万然的肩膀，"走，到饭馆去，我请客。"大家说笑着向饭馆走去。

　　知道了秋然的消息，忠然与大生、老王研究决定，不管用多少钱也要把秋然营救出来，但大生对万然的消息是否准确还有怀疑，说："能不能是那个队长随口说说而已。""按以往的事情看，万然在这方面还是很机灵的，他会在说笑中把情况搞清，以前国民党要抓方青老师、鬼子要扫荡的消息，都是很准的。他这人是有好赌的毛病，可正因为赌友之间无话不谈他才能得到我们无法得到的情报。他这人根子不坏，对抗日也是拥护的。他和秋然关系不错，有些话他跟秋然说，秋然被抓他很焦急。"忠然分析万然的消息可能是准确的，于是在散会后，就去设法找人凑钱。

第二天，忠然随万然找到那个赌友二鬼子队长，万然塞给他一些钱，"队长，秋然的哥和我想到牢里看看秋然，请队长行个方便。"二鬼子队长眨了眨眼皮"他是陈秋然的哥？""是，他也是我们小陈村的保长，为'皇军'送粮食被八路在腿上打了一枪的就是他。"万然把鬼子表扬忠然的事说了出来，想博得队长的信任。"噢，给陈保长个面子，去看看吧。"扯着万然的衣襟，拉到一边，说："万然，把我昨天的话告诉他，叫他赶快凑钱，晚了我也没办法救他了。"

忠然和万然在一个二鬼子的引领下，来到牢房。被折腾了几天，秋然那种爱说爱闹的开朗性情，已不存在。见了哥哥和万然，只是抬头低声的打个招呼，躺在阴湿的墙角一动不动。忠然见了很难过，说了句"好好等着，我们在想法救你。"就噙着泪出来了。

自得知秋然被鬼子抓去后，晚妹夜夜在被窝里流泪，很难睡熟。一朦胧过去，就会见秋然两手被绑着，浑身血淋淋的站在她面前，她去帮他擦血，可怎么也摸不到他的身子，她叫着扑过去，一下子扑了个空，醒了。白天，她看着眼睛眍䁖下去的婆婆，只得勉强装出无事的样子，可婆婆和两个妯娌还是看出了她内心的凄楚。两个妯娌换着样儿为她做些平日她爱吃的饭菜，可怎么也诱不起她的胃口。布满血丝的两眼，失去往日的神韵。看到她的状况，家中所有大人除了焦急外，还多了一份担心。

村里人知道秋然被抓后，纷纷到忠然家里询问和劝慰陈梁氏和晚妹。陈千山听说可以化钱赎人，就带了一些钱找到忠然，忠然不收，千山发了脾气："大侄子，你是不是看不起大叔！我岁数大了，不能拿枪去打鬼子，秋然是抗日被鬼子抓去的，救秋然就是抗日行动，这点力你都不让我出！""大叔，我不是这个意思，这兵荒马乱的年月，你家也被弄的不富裕了，我怎么忍心让你出钱呢！"忠然说出了自己的想法。"忠然，现在是国难时期，大家应当有难同当！"陈千山把钱放下气呼呼的出门走了。忠然看出老头子是真生气了，也就把钱收下了。

约了万然，忠然第二次去见那个握着秋然生死大权的二鬼子队长。万然把队长拉到僻静处，拿出了钱，"队长，这年月弄点钱不易，这些钱还是向几家借的，您把陈秋然放了吧？"队长数了数钱，嘴一撇对万然说："万然，咱们是朋友，看你的面子让他家出钱赎人，这点钱我怎么打点上峰和弟兄们！""队长，别生气，你说个准数，我告诉他家，让他们卖房卖地凑钱，不能让队长为难才是。"万然嘴里这么说，心里骂着："狮子大开口！""这个数，银元"队长伸出五个指头。"五百袁大头！"万然惊叫起来"太多了，一时凑不出，这个数行吧？"万然伸出三个指头。"你真是个滑头，好！看你的面子，就这个数吧。"队长拍了一下万然的肩头。"谢谢队长，过两天把钱讨换齐了就送来。队长，别再给秋然上刑了，他不是抗日自卫队员，你叫他承认什么！"万然提出要求。

忠然没有办法，只好到西村民办的会里借高利贷。村民们为了救急和生利，一些人自愿联合成立一个会，各家把闲散的钱拿出入股，推举几人负责存钱、放贷和要账，一定时间分红。这种民间组织，一切都凭信誉行事。忠然以月息二分五向会里贷了二百多元银元，凑够了二鬼子队长要的数目，和万然一起交给队长后，才把秋然从牢里架出。

全家人见了秋然，又喜又痛。喜的是总算活着回家了，可见到秋然被糟蹋成这样子无不心痛。陈梁氏一把将小儿子从大儿子的搀扶下拉到自己的怀里，"这些该天杀的强盗，把我儿子折腾成这样子，老天爷有眼把他们雷劈了！"拍着秋然的后背哭着说。看到婆婆哭得伤心，春分眼圈也红了，对婆婆说："妈，秋然累了，让他上炕歇歇吧。总算活着回来了，您老别太伤心了。"扯了月季去做饭。

不一会，一碗热气腾腾的鸡蛋面条，递到了婆婆的手里。陈梁氏夹了一筷子面条，放到嘴唇上试了试，然后送到秋然嘴里。她多年没有这样喂儿子了，看到儿子吃的香甜，她眼里的泪不流了，脸上也漾出了笑容。一大碗面条吃完后，秋然的精神好多了，为安慰母亲他装出无所谓的样子，对母亲说："妈，不要紧，歇几天就会好的，你放心好了。"看到秋然不再那么木然，全家人的脸上也云散月朗了。

晚妹搀扶着秋然回到自己的住屋，帮他脱了鞋扶上炕躺下，到灶间点火烧水，从柜子里取出一套干净的衣服，然后把门关了，扶秋然起来，给他脱了脏褂子，秋然的胸上、背上现出几条紫红的血印子，晚妹的眼泪立时流了下来。秋然用手替她擦着眼泪，说："别哭，我很快就会好的。"晚妹强睁着被泪水迷糊着的眼睛，手哆嗦着用毛巾蘸着温水为秋然轻轻擦洗身子，搓起一卷卷臭泥巴。不一会脸盆里的水就变成污黑的浑水了。晚妹把盆里的脏水泼到院子里，从锅里舀了清水继续为秋然擦身子。上身擦完了，又帮秋然脱了裤子，裸露的腿上现出几块紫黑的印迹。晚妹柔软的手抚摸着，"还疼不疼？""不疼了"秋然怕妻子难过，忍疼笑着说。换了两盆水后，才把秋然的两条腿擦洗干净。晚妹又从柜子里取出一床褥子，"铺厚点，别硌着会疼的轻点。"晚妹为秋然盖上单子后，将换下的脏旧衣服泡到盆子里，自己也上炕躺到秋然身旁的席子上。

离开了阴湿的跳蚤窝牢房回到家里，又有妻子陪伴在身旁，秋然感到生命又回到了自己的身上，睡得很踏实安稳。虽遍体鳞伤身体虚弱，但确是实实在在的丈夫躺在自己身边，晚妹是这些天来睡的最踏实的一夜。

听到秋然活着回来的消息，抗日自卫队员和村中其他年轻人，纷纷单个或结伴来探望他。听到秋然在鬼子牢里受的罪，年轻人们握紧拳头，大骂残暴的鬼子，为秋然的不屈表现伸大拇指。

39 第三十九章

琪 然锄完一处高粱地后，扛着锄头向另一处谷子地走。走着走着，听到女人喊救命的声音，他循声走去，见一个瘦瘦的中年男人正压在一个女人身上，撕扯女人的衣服，他气的举起锄头朝那男人的屁股砸去。淫欲难耐的瘦男人，满脑子和眼里全是女人了，对有人走来既未听到也未看到，正全心专注的撕解女人的衣服。原来这女人是栓子媳妇孙翠花。

被琪然狠狠砸了一锄头，瘦男人的眼睛一蒙，头耷拉下来贴在翠花胸上。翠花使劲一推，把瘦男人推到身旁的地上，眼前一黑昏了过去。琪然慌了，俯下身抱住翠花，一边摇晃一边喊："翠花妹子，你醒醒，醒醒！"过了一会，翠花睁开了眼睛，推开琪然坐在地上，一只手揪着衣襟盖住因被撕破裤子而露出的部分肚皮，一只手捂着眼抽泣起来。琪然张着两手，愣在那里，不知所措。过了一会，琪然站起来走向瘦男人，照着他的屁股狠狠踢了一脚。瘦男人揉了揉屁股，用手撑着地面，慢慢地站了起来，对琪然说："她是一个'抗日分子'的老婆，他男人是被'皇军'打死的，等我告到'皇军'那里，把她给了我，愿意怎么处理她就怎么处理，你管得着吗！"听了这话琪然气的额头上的筋都暴了起来，拿起锄头走到瘦男人跟着，揪着瘦男人的衣领子，说："她男人是得心口病死的，你王八蛋敢再胡吣我拍死你，我知道你是南村的，她要是有个好歹，我到你家把你宰了！"手越揪越紧，瘦男人被勒的脸都紫了，结结巴巴地说："大哥，你，你，你松手，这不是我胡说，是你村里人讲的。""谁讲的？"琪然松了手问。瘦男人揉揉脖子，说"一个姓范的人讲的。""他胡说！他和她家有私仇，才造这个谣的。今天我不打死你，你走吧，若是我再见你欺负女人，绝不轻饶，滚！"琪然厉声对瘦男人说。

瘦男人走后，琪然对翠花说："大妹子，你还好吧，他没有……"下面的话琪然张不开嘴说。"大哥，多亏你来救我，不然我一个女人哪能斗过他呀。"翠花抽泣着说不下去了。"没有吃亏就好，不过那人说的话还真要防备。"琪然见翠花揪着衣襟盖肚子，料到她的衣服被那男人撕破了，脱下自己的褂子给翠花，"我的褂子脏点，凑合着遮遮身子吧。""大哥你真好！你把褂子给我你穿什么？"翠花不好意思地接过了褂子。"我一个男的，光膀子不要紧。"琪然腼腆的回答。"天不早了，今天我也不间苗了，咱们回家吧。"翠花提起篮子抬脚要走。"你先走吧，我等会儿再走。"琪然红着脸低声说。听了他的话，翠花略加思忖，脸也立时红了。

回到家里，翠花洗了脸，擦了擦上身，换了一件干净衣服就去栓子叔家，从婶子手里接过孩子，解开衣襟把奶子塞到孩子嘴里。栓子婶子是个细心人，见翠花的脸色不好，又从解开的衣襟处看到几个青紫块，就问："翠花，你怎么啦，肚子上怎么有块块青紫？"她这一问，翠花再也忍不住了，哇的一声哭了起来，边哭边把在地里发生的事向婶子说了。栓子婶听了后，大骂那瘦男人是坏蛋、畜生，不得好死！也为翠花以后的日子担起心来。

吃过晚饭，把孩子奶睡了，翠花在盆子里把琪然的脏褂子洗干净，搭在院子里的绳子上晾着。把大门闩好后，回到屋里上炕躺下，回想白天发生的事情，越想越怕：要是琪然哥不及时赶到救我，就会被那坏蛋糟蹋了，那是一辈子也洗刷不掉的坏名声；那坏蛋要是真的把我家告到鬼子那里，我和孩子就没法活了！想到这里眼泪顺着脸颊流到枕头上。不知什么时候，她迷迷糊糊走到一片树林旁，几只龇牙咧嘴的狼向她扑来，她刚要张口喊救命，一个男人抢着大斧把狼赶走了，她哭着扑到男人的怀里，男人拍着她的后背说："大妹子，别怕，有我在什么虎狼都不能伤你，我会一辈子保护你的！"她抬头一看，抱着她的正是琪然哥。孩子哇哇的哭声，把她从梦中唤醒，她给孩子把了尿，躺着想梦中情景，怎么白天和梦中都是琪然在救我，琪然哥真的能保护我一辈子吗？真有这个缘分吗？她似信非信的，直到后半夜才安静地睡着了。

鬼子几次扫荡失败后，在各村豢养了一些暗探，收集抗日军民活动信息，使抗日活动受到一定损失。为了乡亲们的安全和抗日活动的顺利进展，必须进行锄奸活动。

根据上级指示，忠然、大生和老王研究后，决定惩治范金。

第二天下午，忠然召集了几个房屋多些的人家开会，说："乡亲们，刚才有几个八路军找到我，告诉我今天夜里一部分队伍要到我村住，要我们准备房子和吃食。没有办法，我这个保长谁都得应付，'皇军'来了我得支应，八路来了我也不敢得罪，人家有枪啊。千山叔你把西瓦房打扫一下，我把学校和粉房准备一下，若还是住不下，范金你告诉大嫂子和二嫂子也整理一下，可能有人要到他们两个院子里住。"

范金把八路要来的事告诉了陈舜老婆和陈禹老婆。陈禹老婆陈高氏听了，认为给儿子"报仇"的机会来了，就催范金赶快到温泉村给陈禹送信。

范金戴着草帽，穿过胡同出了村。大生和日兴远远地跟着他走上到县城的路。

刚下过一场透雨，路旁的高粱和春玉米，吸饱了水，响起了"吧咯，吧咯"往高蹿的声音。庄稼人听到这种声音，就像母亲听到孩子嬉笑一样高兴、舒畅。要不是鬼子的残杀抢掠，今年会是一个丰收年，百姓会有一个衣食丰足的日子。可现在呢？对鬼子的憎恨冲堵着大生和日兴的胸膛，两人不约而同地伸手去摸腰间藏着的短刀和手榴弹，目不转睛地盯着前面走着的人。走出约摸十多里路，天黑下来了，范金拐进一条小河沟，解开裤子蹲下屙屎。大生拉了日兴一下，日兴会意，两人加快脚步，一会儿接近了范金。大生蹿上去，骂："范金，你甘心作鬼子的走狗，抓捕我抗日军民，今天就是你的末日！"日兴照他后背就是一刀，范金后身喷着血倒在地上，嚎叫着。大生掏出手榴弹，狠狠地向范金的头部砸去。范金两手插在沙土里，腿动了几下，死了。日兴伸手在范金鼻孔处试了试，对大生说："没气了，见他鬼老子去了！"大生掏出预先写好的告示，装到范金带血的口袋里，两人扬长而回。

惩治了范金，解了些秋然的心头之恨，身体康复的快了些。不多日子，秋然的精神和体力都恢复到往常一样。

正是庄稼的除草中耕时期。庄稼人们在半人高的春玉米和高粱地里，上有太阳晒，下又密不透风，又热又闷。秋然不顾大哥和老王的劝阻，执意要下地干活。忠然无法，叫他到高不过膝的麦茬夏玉米地里中耕除草。秋然戴着麦秸秆编的草帽，穿着晚妹刚给他浆洗过的白对襟褂子，腰间披着一条家织的带红条的布巾，扛着锄，提着半罐子水，向地里走去。在街上，人们见他可以下地了，都笑着和他打招呼。来到地头，放下罐子，弯腰干了起来。锄头穿过不硬的土，在后面留下条均匀的松土浅沟。他缓慢的沿垅向后退着，两手拉着钻到土里的锄头，时而把锄头从土中抬起，锃亮的锄头在空中一闪，砍到前面土里，与刚锄过的碴口接上。一畦里三条锄出的松土小沟，向后延移着。地头挺长，约两顿饭时间才锄了一个来回两畦地。汗水从脸上滴到土里，粘结成一个小土粒。褂子的前胸、后背和胳肢窝处都已湿透。他蹲下端起水罐，咕嘟咕嘟地喝了个够。站起身，看见旁边地里的女人也正锄回地头，他看出那是东北屋寡妇。虽按辈分他是叔公公，但因他年纪小，从小与她说笑惯了，就喊了一声："过来喝口水吧，大热天的，歇歇吧。""小叔叔啊，你身子都好了吗？这些该杀的鬼子，真不是人！"女人应着，用白毛巾擦着晒红的脸向他走来。秋然提起罐子递给女人，说："万然又去赌啦？这种活应该叫他干。"女人听了这话脸更红了，虽然她与万然好是大家都知道的，但一个叔公公辈的男人，当面说他们，还是有些不好意思。"他像个野马，到哪里去我怎么知道。"女人放下水罐子，红着脸笑着瞅了一眼秋然。"小翠妈，表面看万然像个野马，其实他是个好人，我被鬼子抓去，要是没有万然探听消息设法相救，我就回不来了！他对你们娘俩也是真心的。现在那个不是人的陈舜也死了，没有人再会阻拦你们，你们俩成亲算了。成了亲，地里的活让万然干，你也轻松轻松；你再管着他点让他收收心。过两年再添个大儿子，多好啊！"寡妇看出秋然是诚心诚意的，她也知道秋然和万然俩人很好，也就诚心地对秋然说："我也不是没想过，可我是个死了男人的寡妇，又拖着一个闺女，怕他受委屈不敢和他说。再说还差着辈呢，一个侄媳妇怎么能改嫁给叔公公呢？"说着寡妇的脸阴沉下来。"要是他愿意，你愿意吗？"秋然紧叮一句。"怎么，小叔叔要给我们当媒人哪？"寡妇笑起来。"我就是要给万然哥当个媒人，他要是不嫌你是寡妇也喜欢小翠，你会同意吗？至于辈分，那是随翠他爹排的，而且是远支，算什么呢，我真想叫你嫂子呢！""小叔叔先去问问他吧。"秋然听出寡妇是愿意的了。

地锄过一遍后，秋然招呼了几个年轻人，到东北屋寡妇家帮着用白泥刷墙，请木匠把旧家具重新油漆了一遍。经过一番修饰，大红喜字一帖，五间正房显出喜气洋洋景象。按秋然的意思，把婚礼定在了七月七日。秋然说："这是一年里最好的成亲日子，牛郎会织女是一年中最甜蜜的时刻。万然哥娶媳妇，比牛郎可好多了，牛郎过不了几天又得挑着孩子走了，和织女又过起隔河相望的相思日子。万然和小翠娘从这天起，就合到一起不分离了，还是人间比天上好啊！"

婚礼由忠然主持。院子里摆了几桌酒席，请了本姓的几个老人，其余都是与万然大小相仿的青年人。陈千山和忠然妈被安排在第一张桌子上。春分负责招待小翠姥姥和其他几个亲戚，夏至和月季帮小翠娘穿衣打扮，晚妹领着小翠和大虎子等几个孩子，在院子里嬉笑吵闹，更增添了喜庆和热闹。因两家相距不远，未用轿子和吹鼓手。穿戴整齐后，万然由秋然陪着来到寡妇家，夏至和月季扶着小翠娘由卧房里来到灶间，大生学着根据地的样子亮着嗓子喊："陈万然、于金娥婚礼开始。一拜天地，二拜高堂。"两人给小翠姥姥磕了一个头，然后两人拉着手到院子里朝陈千山、忠然妈跪下各磕了一个头。大生愣子，他没有安排这个程序，但马上反应过来，喊"向本族长辈磕头。"千山和忠然妈也未想到他们会出来向自己磕头，慌慌地伸着手"别，别"不知所措。还是大生脑子转得快，见此情景就高声喊："夫妻对拜"。尔后，万然和金娥提着酒壶，来到第一桌："千山叔，大婶，您俩是咱陈姓辈分最高、大家最尊敬的人，能来参加我们的婚礼，真是给我们面子了，我们敬二老一杯。"说着向两个杯里斟满了酒，两人双手擎着送给千山和忠然妈，千山和忠然妈接过酒喝了。陈千山轻咳了一下，对万然和金娥说："万然从小没了父母，一个人像野马一样混到现在，翠他爹也死了好几年了，今天你们两家能合成一家，对谁都好，愿你们二人今后好好过日子。"陈梁氏向金娥手里塞了两个银元，说："你们两个成亲，我没什么送的，你们当老辈人敬我，这个你一定要拿着。"金娥不接，忠然妈有点不高兴了，万然一看拉了一下金娥的手，金娥才拿了装到衣袋里。在另一桌上，忠然端着杯站起来："万然家没有其他人，我今天帮着他来料理婚事，大家吃好喝好，希望他们两人和和睦睦一辈子，干了。"一仰脖子把一杯烧酒喝了下去，大家都跟着干了。

席散后，秋然、春分、夏至帮着把桌子归拢到一边，把剩下的饭菜拿进了东厢房后，各自回家了。

晚上，姥姥把小翠叫到灶房西间一起睡。

两人相好两年多了，今天成了正式夫妻，不用再偷偷摸摸听人闲话了。

金娥妈当天没有回家，万然和金娥第二天不用回门，就在自己家里做吃的、说话儿。万然自己过日子邋邋遢遢惯了，眼里看不见活，早晨起来后，院子屋内进进出出，搓着手不知干点什么好。金娥端来半盆子水，把万然拉到自己屋内，催他洗手洗脸。万然手在水里泡了一下，胡乱向脸上撩了点水，就用毛巾擦脸，金娥笑着夺下他手里的毛巾，把他的头摁到脸盆上，用擦了香皂的手在万然脸上摩擦，又叫他自己用香皂擦手。洗完后，脸盆里的水比刷锅水还浑，金娥小声对万然说："你看用了香皂，洗下多少灰来了，以后不要马里马虎的洗了，本来挺白的脸，就是不好好洗，整天像个黑球。"把嘴贴到万然耳朵上"再不洗干净不让你贴近我的身子。"说着拧了一下万然的屁股。

吃过早饭，夫妻二人收拾院子内桌椅板凳。小翠习惯地冲万然叫了一声小爷爷，金娥拉过小翠对她说："从今天起你不能再叫他小爷爷了，要叫他爹，记住了。""我早就想叫他爹了，看见别人有爹，我早就想有个爹了，爹。"万然答应了一声，小翠跑到他跟前又叫了声爹。

一连三天，万然和金娥未出院子，只在家里弄弄这干点那的，夜里两人老早就上了炕，有说不完的话。金娥劝万然："咱原来两家的地合起来有十来亩了，咱两人够种了，再买头牲口，在你原来的院子里多养些鸡，卖了鸡蛋零花钱够了，要是鬼子不来抢，我们吃穿不愁，你能不能少赌点，咱不图你赢钱，行吗？""以前我一个人过，孤孤单单的闷得慌，就去要钱，赢了挺高兴，就丢不开手了。以后你不说我也不赌了，在家把地种好，天天夜里陪你睡觉，像秋然说的我们再生个儿子，我有女有儿，有好看的媳妇，把孩子养大成人，日子才有奔头！"听了万然的话，金娥很高兴，搂着万然说："小野马不野了，我没有看错你，我有了你这个男人，一辈子有指望了，我也想给你生个儿子。"

下过一场雨后，地里的草籽很快发了芽。万然不让金娥下地，说："现在地里活不太忙，天又热，你就在家里，我一个人干得完，等活太忙时你再下地吧。"一个人每天扛着锄头到地里干活。春玉米长的很快，已高出人头快封垅了。地里闷热难耐，万然脱了上衣，光着膀子，钻进地里就被庄稼遮住，只有戴草帽的头露出来。新婚的喜悦激励着他，中间没有歇息，半天就把近一亩的春玉米地锄完了。

回到家里，金娥看他的胳膊和膀子被玉米叶子刺拉的一条条红印子，心疼地给他擦身上的汗，把一碗绿豆汤递到他的手里，"喝碗绿豆汤去去暑吧。"万然喝着汤，见桌子上已摆好饭，眼里含了泪，金娥见状急着问："是不是太累了，下晌多歇一会，凉快点再下地吧。""不累。回家来看到你给我熬了绿豆汤，做好了饭，不由想起我自己过时，哪有人关心我，回家后再累也得自己去做饭。想到这些，忍不住眼泪就出来了。有家真好，有老婆疼真好！"万然说的是真话。

第四十章

从下半晌就淅淅沥沥下起雨来。秋然在自己的炕上躺着，晚妹坐在他身旁纳鞋底。下雨天湿度大，纳鞋底的麻绳不易断。晚妹左手拿着为儿子纳的鞋底，右手压着锥子，在袼褙和碎布铺成的鞋底上扎透后，拔出锥子，将穿麻绳的针顺小孔穿过鞋底，把麻绳绕到手上紧勒一下，再用锥子扎孔。锥子和麻绳交替着一扎一拉，不到一个时辰，一只小鞋底就分成厚薄松紧不一的两半。秋然躺着看晚妹纳鞋底的柔美动作，禁不住喜滋滋。

晚上，雨越下越大，响起阵阵雷声。突然，天空一亮，一个炸雷在附近响起，晚妹缩到秋然怀里"吓死我了。""甭怕，有我呢！"秋然拍拍晚妹光滑的后背，说。两人安稳地睡着了，尽管院子里瓢泼一样的大雨，也未把他俩吵醒。

这是近年来少有的一场大雨。早饭过后，雨停了。滔滔水声，搅的人们心绪不宁。水性好的年轻人，穿着短裤，光着膀子，纷纷向河边跑，他们是去捞河水冲下的财物的。河边的小树浸泡在黄水中，只露出树梢。河床宽了很多，有半里多宽。光着膀子的人们，两手搭着双肩，两眼紧盯河面。河中心翻滚的一棵大树，随着滔滔黄水从上游漂来。站在河边的几个人，都跃跃欲下。柱了看了看他的兄弟，率先跳入河中，他弟弟也跟着跳了下去。他们手划脚拍地游到河中心，拉着树枝斜着向河边拽，树随人逐渐漂向河边，漂了不到半里远，被柱子兄弟拖到河边不动了。这是一棵一搂多粗的大树，被水从根冲起，随水漂流下来。兄弟俩不再想捞别的东西了，就回家去取锯和斧子。一个黑洞洞的东西，时而露出水面，时而被浪头压下，向下漂来。河边的几个人，你看看我，我看看你，不敢贸然向河里跳。它不像树有枝有杈可以抓住，只有水性好的人才敢下水去捞。日兴看了看，扑通一声跳进水里，两手划着向黑洞洞东西的前方游去。当那东西漂至他的身旁时，他一把抓住，一只手拽着，一只手划着向河边游去。当他的手一接触那东西时，就感到漂来的不是财物而是一个人，抱着救人一命的想法，他拼命划动，希望早点游到河岸把人救活。及至游到河岸，日兴喘着急速的粗气，把人拖到河岸上，高声喊着："快来救人啊！"听到喊声，几个人跑过来，一看那人上身穿着一件撕破的制服衬衣，下身穿着一件鬼子制服裤子，脸涨的像个冬瓜，"是个二鬼子，不管他，死了活该！"有人愤愤地说。"不管他是干什么的，总是个人，还是设法救救他吧。"日兴虽然也讨厌这人，但不忍看着他就这样死去，就提起那人的两条腿往高处拖，让他腿高头低，把肚子里的水吐出来。折腾了半天，水是从嘴里流出了不少，可全身冰凉冷凉的，无法再救活了。日兴解开死者制服裤口袋的扣子，掏出了几张纸币和一张盖了大印的纸。纸被水泡后贴在了一起，很难辨认出写的什么字，他把纸币仍装到死者的裤袋里，拿着那张湿透的纸回了村子。在家里擦干身子，换了一身干衣服，就拿着那张湿纸到北粉坊去找忠然。在热炕上一焙，小心地将冒水汽的纸揭开，现出了字迹。这是县里向各乡抽兵准备扫荡的通知。这个送通知的人怎么被水冲走、淹死的呢？为了弄清该人的真正身份和确定通知内容的真伪，忠然派人报告了乡政府，乡里又报告了县里。经核实，是县里派出的办事人员。派出时是三人同行，到了东南一个乡里碰上下雨，到一个百姓家里吃饭时，这人喝醉了酒走不动，就在这家睡了，另两人到其他人家去睡。第二天，雨下得更大了，无法回县。这个二鬼子看人家男人出去了，就到了女人屋里要强暴这家的年轻女人，女人大喊大叫和他扭作一团。折腾了一阵子，这家男人回了家中，二鬼子一看，放下女人就向大门外跑，夫妇二人拿着铁锨和镢头在后面追赶，一直追到河边，二鬼子回头看时，脚下的土被水冲击蹋到河里，他也随之坠入河中被水冲走。

忠然找到李大牙将情况向他说了。第二天晚上，路方青来到北粉坊，与忠然、大生、老王等人研究，决定小陈村与土埠几个村的抗日自卫队一起，于近日袭击疯狂残害百姓的城南曹家乡的二鬼子，将其击溃，先发制人，打乱鬼子的扫荡计划。

曹家距县城不足二十里，是个较大的村子，是乡政府所在地。这个乡保安队的二鬼子数目比其他乡的多，有四十余人枪，武器也较好，队长是个收编的土匪，抗日武装未打击过它，所以比较狂妄、骄横。

日兴和喜子一起，扮作找活干的短工，在曹家转了两天，弄清了保安队二鬼子们的住处和活动情况。

这是一个闷热的夜晚，曹家乡二鬼子队长邵仁德用水擦洗了全身后，又把络腮胡子刮得净光，斜背着盒子枪，拿着大芭蕉扇子，走出院门，对站岗的说："我出去一趟，一会儿回来。""邵队长又去寻相好的啦，悠着点啊，别掏空身子，哈哈。"站岗的笑着说，露出两颗金牙。"别贫，站好岗，别疏忽！"别看邵仁德是个土匪出身，但喜欢摆斯文，见人常拱手作揖，大哥长大哥短的，不知底细的真看不出他是杀人不眨眼、抢劫绑票什么都干的恶棍。他身体魁梧，方面大眼，又会讨女人的喜欢，所以到哪里也少不了女相好。这两年他勾搭上了铁匠媳妇，几乎夜夜都睡在铁匠的炕上。铁匠是远近闻名的手艺人，打出的镰刀、犁铧、锹、镐等农具，样样都好，领着个徒弟常年走村串镇，很少能在家陪伴媳妇。铁匠媳妇是个三十出头的标致女人，眼下已有一儿一女，是不是铁匠的种，村里人私下里指指戳戳说法很多。铁匠在外打铁挣钱，家里还有八亩多地，日子过的还算宽裕。铁匠媳妇很少下地干活，都是雇短工侍弄庄稼，所以日晒不着风吹不着，养的白白嫩嫩。

晚饭后，铁匠媳妇给孩子洗了手脸，哄着他们上炕睡觉，自己坐到院子里的板凳上，扇着蒲扇等着邵仁德的到来。大门吱呀一声响了，她知道是邵仁德来了，但装作不知道，仍不紧不慢地扇着扇子。邵仁德从后面捂住她的眼，"是哪个讨厌鬼，不怕老娘吃了你。"女人假嗔地骂着，扬起胳膊用扇子拍了一下身后的人。"吃吧，你把我吞到肚子里才好呢，等不及了吧？"邵仁德放下手，从背后把她抱了起来。"又被哪个女人绊住脚了，到现在才来？"女人在他胳膊上拧了一下。邵仁德抱起女人进了屋内，掀起蚊帐一角把女人塞进帐内，自己也匆忙脱了衣服钻进蚊帐。当两人进入温柔乡时，呆在乡保安队部的二鬼子们，正被抗日自卫队收拾呢！

队长一走，两个院子里的二鬼子们，光着上身穿着裤衩，坐在院子里的小板凳上，聊起了女人。

"不准动，举起手来！我们是八路军。"随着喊声，三个端枪的自卫队员站到院子里，六个自卫队员端着枪顺着墙根快速地向屋子走去。光着上身的二鬼子们被这突如其来的命令声音镇住了，一下子辨不清发生了什么事，懵懵懂懂地举起了手。一会儿六个自卫队员每人背着几支枪和许多子弹袋从屋子里走出来，到门外交给了包围院子的自卫队员，又回来到屋子里把散放在柜子里的手榴弹和刺刀搜罗一空拿出门外。"都站起来回屋子，我有话跟你们讲！"大生提着枪命令二鬼子们。日兴拉住一个二鬼子问："隔壁院子里住着什么人？""队长、两个小队长和一小队的兵。队长到相好的家里去了，还没回来。"被拉的二鬼子哆嗦着回答。"你去把那小门叫开，算你立一功！"二鬼子战战兢兢走到小角门外，回头看看日兴。日兴嘴巴一努，两手端起了枪。"杨小队长，你开一下门，我有事进去一下。""是黑子啊，等一等。"一会儿，门闩一响，门吱扭开了，跟随的一个队员蹿上去一把卡住了他的喉咙，其余队员跑进院子，正要向屋内冲，"叭"的一声盒子枪响了，冲到门口的队员，一个趔趄靠到门框上。日兴顺枪响的方向回了一枪，接着喊了声"向屋里扔手榴弹！"轰的一声手榴弹在屋里爆炸了。另一屋子里又响起了枪声，双方对射了一阵，大生小声对日兴说："他们的队长不在屋子里，这里离敌人的其他据点很近，此处不能久留，就让这些二鬼子多活几天吧，你们在这里顶一下，把他们堵在屋子里，我到外头把队伍集合起来，押着俘虏先走一步，一会儿你们也撤。"

队员们扛着新缴获的三十多支长枪，挂着手榴弹，押着俘虏走出村子。

听到枪声，邵仁德推开怀里的女人，急忙穿好衣服，提着枪悄没声的走回保安队大院，在西院里看到受伤躺在地上的小队长和四个躺在血泊里的二鬼子的尸体。他垂着头自言自语地说："周围没有八路军啊，是从天上掉下来的？"进了自己的住屋，就向县城摇电话，报告他打退了八路军的进攻，死了四个弟兄，二十多个弟兄受了伤。

伏天的夜晚，微风习习，路旁水沟里的青蛙咕哇咕哇地叫着，不知名的虫子和着青蛙的叫声，也在发出不同的鸣声。撤出战斗的自卫队员们，心情愉悦，虽不敢大声说笑，相互间窃窃私语不断。"这回我可以有洋枪了！"一个背着大刀片的新队员，摸着肩上的枪托对身旁的同伴小声说。"那些在老百姓面前吹胡子瞪眼的二鬼子，见了我们吓得那熊样子，想起来真好笑。"另一个新队员想起刚才的战斗，笑着对旁边的一个老队员说。"那是我们夺了他们的枪，要是他们还拿着枪，还会张牙舞爪的像狼狗一样咬人的。对鬼子就得和他们干，把他们的枪夺了他们才会老实的！"老队员边走边对新队员说。

这支在丘陵小路上行进的队伍，没有朝自己村子的方向走，而是绕了一个圈子，向东边的根据地走去。天亮时，来到一个叫李村的村子。

村头一个站岗的八路军战士拦住他们，问明情况后，那个站岗的战士打发一个拿着红缨枪的孩子到村里报信。不一会，路方青书记和铁蛋营长从村子里走了出来，将队伍领进村里。铁蛋见了秋然，高兴地搂着他："秋然哥，你的身子完全恢复啦？听到你被鬼子抓去受了刑，我想带队伍去劫狱，被政委制止了，他说先用别的法子营救，避免战士流血牺牲，至于仇以后报。看到你还这么结实真高兴，嫂子好吗？小来喜长高了吧？"哥们见面真有说不完的话，直到有人叫营长，铁蛋才放开秋然。八路军战士们拿来脸盆毛巾，请自卫队员们洗脸。不一会，部队炊事员端来几盆菜，几个妇女提了几篮子大饼，笑嘻嘻地走到队员们面前。一个扎大辫子的姑娘，来到大生面前，"队长，辛苦了，听说你领着自卫队打了胜仗，我们几个妇救会员，给你们烙了些大饼慰劳你们，你可要叫大家吃好啊！"大生不是第一次见她了，也就不客气了，朝着其他几位妇女："大姐大嫂们，麻烦你们了，我代表自卫队谢谢你们。"就要大家蹲在院子里吃起来。

饭后，自卫队员们集合，路方青书记宣布：抗日自卫队区中队成立，陈大生为队长，陈日兴和孙尚林为副队长，指导员因其他事没有到。

其实，路方青说的指导员陈忠然已经来了。经组织研究不公开他的名字，仍要他以保长身份应付敌人，保护群众，并做敌军工作。忠然以到根据地买粮食为名，牵着牲口昨天晚上到了这里。

以小陈村自卫队为骨干的抗日自卫区中队，有五十多个队员，个个都有钢枪，大生、日兴和孙尚林还各有一支盒子枪，人人还有几棵手榴弹。除了三个受伤的队员留在根据地，由部队医生为他们治疗外，其余的于当晚回到自己村里。因供给尚有困难，暂仍在自己家里吃住。

第四十一章

抗日区中队成立后不多天，大生得到县委通知：金矿的一部分鬼子要向县城集中，参加全县的扫荡活动。大生立即着手狙击鬼子的准备，派日兴与金矿的朋友联系，弄清鬼子的情况，他自己戴着草帽撅着粪筐，沿路向金矿走，在冯家村东的崎岖路上停了下来。这是一段丘陵地，公路弯弯曲曲沿着丘陵蜿蜒伸开。

第二天拂晓，大生派几个队员到寨里村东，监视寨里碉堡里的二鬼子，大部分队员到了冯家村东，在一个转弯处埋伏好。清晨时光，太阳未出，小山顶上密密的松林，风一吹松涛声响，老队员们感到很清新惬意，新队员未免有些紧张，一会儿动动这，一会儿摸摸那，不知干什么好。大生见了很理解，想起自己第一次参加战斗时的情景，微微一笑，就想说句笑话缓解一下他们的紧张心情，"哎，又不是迎接新媳妇花轿，紧张什么！"说得新队员们不好意思地笑了。

太阳一杆子高了。大生让日兴率一部分队员向东挪动了约半里地，准备打向后逃窜的敌军，他自己不时将耳朵贴着地皮听听。过了两袋烟时间，传来了汽车声，大生低沉而坚定的下着命令："敌人来了，不能有声响，把手榴弹的盖揭开，上好刺刀！"他自己把两个手榴弹捆到了一起。两辆载着鬼子和二鬼子的汽车从弯道处拐出，距他们埋伏的地方不过里把地了。大家都屏住呼吸。汽车快速地向这边开来。"打！"当汽车要再拐弯时，大生喊着勾了枪机。一时排枪齐放，手榴弹向汽车扔去。鬼子们被这突来的枪声弄懵了，略一愣神，将车煞住，纷纷跳下车。大生匍匐着向前爬了几步，突然站起将捆在一起的两颗手榴弹向车下扔去。轰隆一声，车下的、正向车下跳的几个鬼子被炸着倒向一旁，有的炸断了胳膊，有的炸飞了腿脚。后面的汽车刚在前车后煞住，也被飞来的弹皮和蹦起的石块把车玻璃打破。大生扔了手榴弹后迅速趴下，瞄准了后车的司机，"叭"

的一声，司机倒在了驾驶盘上，头部冒出血来。队员们向黄衣堆里扔着手榴弹。几个戴钢盔的鬼子兵，用车帮作掩护，向山坡上射击。第二辆汽车上的鬼子将机枪的前部放在车帮上，后部由一个兵托着，向坡上的队员们扫射。队员们被机枪子弹封的不敢抬头。大生躺着向旁边一滚，离开原来的地方，瞄准机枪射手就是一枪，鬼子的右膊中了弹，机枪哑了。大生高声喊："分散开，找好地形向鬼子射击！"双方对射着。一个擎着刀的鬼子，站在车帮旁，咕噜了一阵，鬼子们边射击边向后退。日兴率领的队员，在敌人后面开了枪，几个鬼子又倒下不动了，敌人掉转枪口，一面向后打一面撤退。趁此时机，大生派十多个队员下坡搜索。七个鬼子、四个二鬼子被击毙，三个鬼子、五个二鬼子受了重伤倒在地上。队员们背着还完整的大盖枪四支、汉阳造钢枪五支，从炸毁的车上扛起四箱子弹。战斗已经一个多时辰了，担心敌人增援，自卫队员们顺沟撤退了。

大生和秋然轮流背着腿部受伤的喜子，日兴搀扶着右胳膊挂彩的石头。大家热烈地谈论着战斗的某些细节，一些老队员流露出不过瘾的情绪，对没有全部消灭鬼子有些遗憾。新队员孙大林摸着肩上背的新缴获的三八大盖枪，听着大家的议论，心里喜滋滋的，抿着嘴笑。他在打响以前心里紧张的不得了，打响以后看到老队员们沉着地射击敌人，自己的心才放了下来，他第一次参加打鬼子的战斗就背上了三八大盖，真是做梦也想不到。

午饭前，队伍到了小陈村东沟。大生让日兴和秋然先到村里观察一下，把情况向忠然说一下，顺便带点水和干粮，垫一垫饥。他把这次战斗情况简单地给大家总结了一下，特别是对那些今后需要加强训练的方面提了出来，队员们频频点头，表示同意大生的看法。不多会，忠然随着日兴和秋然来到东沟，略与大家说了几句祝贺的话，让大家乘吃午饭时街上人少，各回自己的家。

忠然和大生将喜子送回家，帮助其妻子用盐水把伤口清洗干净，用干净的白布简单包扎了。喜子平时不吭不哼的，打仗很勇敢，这次虽受了重伤，但很坚强，一声没哼。忠然和大生又到了石头家，日兴、秋然和石头媳妇已把石头的伤包扎好了。石头的伤不很重，没有伤着骨头。秋然正在又说又比划，向石头媳妇讲打鬼子汽车的战斗情况："鬼子们戴着钢盔在太阳底下闪闪放光，傻里傻气地来到我们眼前，说时迟那时快，大生一声令下我们就打了起来，石头哥一颗手榴弹，正好落在刚跳下车的鬼子堆里，一家伙炸倒了几个鬼子，嫂子你说石头哥有本事吧。""你就是没点大人样，净瞎吹，他能有那么大本事。"石头媳妇嘴上这么说，心里可是美滋滋的很爱听，顺手拿起蒲扇给石头扇了起来。"我不是瞎吹，不信你问问日兴，你别看不起石头哥，"秋然现出少有的认真看着日兴，日兴笑眯眯地点着头。

部队的医生来过两次，给喜子、石头和其他村的受伤自卫队员处理了伤口，并教了治疗伤口的办法和需要的药品。忠然到县城买了些消炎药。经过治疗，伤员们的伤口很快愈合了。

鬼子屡屡受到八路军和自卫队的袭击，无法将部队集中起来，又怕失掉现有的地盘，全县统一的削弱、摧毁抗日根据地的扫荡计划，不得不搁置起来。

抗日自卫队员们，除了有时集中起来在小陈村东沟进行瞄准、投弹和刺杀训练外，还由忠然领着学习一些军分区发来的宣传材料，让大家了解抗战的形势，提高大家的认识。平时，除了派个别人到县城周围探听敌人的动静外，大部分人都到地里忙活庄稼。

栓子媳妇翠花把孩子托付给栓子婶子照看，戴着草帽扛着锄头来到自家的玉米地，进行封垅前最后一次中耕除草。走进比人高的玉米地，见边上的一垅刚刚锄过，松土还未干，不由愣了，喊了声："谁在地里？"无人答应，提高声音又喊了一声，仍无人回话。她想不出是谁在帮她锄地，自己不敢贸然进没人高的玉米行，就警惕地紧握着锄把站在地头。哗啦哗啦扰动的玉米叶子声，由远而近。不一会，一个光着上身只披着一片包袱皮的男人，时而拉着锄柄时而抡起锄头砍进土里，后退着锄到地头。"你是谁，为什么帮我锄地？"因男人低着头看不清脸面，翠花又问了一声。"大妹子，是我，我给我栓子兄弟锄地来了。""琪然哥，是你啊，吓我一跳。""大妹子，南村那个瘦男人欺负你的那天我不是跟你说过吗，要你只到离村子近的地里干活，距村远的地里活由我干，你怎么忘了？何况玉米这么高了，要是有个坏人藏在地里再来欺负你，那可怎么办！快回去吧，再也不要到这么远的地里来了，啊！"听了这话翠花的眼泪不由自主地流了出来。见此情景，琪然慌了，站在那里嗫嚅着小声说："大妹子，我没说错话吧，你怎么哭了？""大哥，你真是好人，自栓子死后，我遭了多少难，受了多少罪！你的话让我心里暖暖的，禁不住就流出泪来了。""大妹子，天太热，孩子又小离不开人，你回家吧，这活我一个人干就行了。"琪然扯着包袱的下摆，尽量把自己光着的上身遮住，憨厚的看着她。"好，大哥，我听你的，我这就回去，今天中午你到我家去吃饭。"翠花说完，扛起锄头。"那不行，怕别人说闲话，再说，栓子兄弟是打鬼子死的，我帮他干点活照顾家是应该的！"琪然真诚的目光看了翠花一眼，又低下了头。"我不管别人怎么说，今天中午我擀面条等着你，你不去我不吃饭。"翠花撂下这一句，扛着锄头向村里走去。

琪然在翠花走后，又钻进了没人高的玉米地干了起来。他长这么大，除了自己的妈外，还没有面对面单独和一个女人在一起过，更何况是一个年轻女人。回想刚才的情景，琪然的脸烧了起来，又立即自己骂起自己来："她是栓子兄弟的媳妇，我怎么能往那儿想呢，真是混蛋！"太阳毒，玉米地密不透风，琪然的眼被汗迷住了，他扯着包袱擦了擦，继续锄地。到吃午饭时，玉米地已锄过一半了。琪然用路边的草擦去锄头上的土，露出了锃亮的锄刃。琪然到地里屙了一泡屎，结好大裤衩子，走出玉米地，扛起锄头向家里走去。

"妈，我回来了。"刚进院子琪然喊了一句。"回来啦，琪儿，你婶子在这等你呢。"琪然进门见栓子的婶子抱着栓子的孩子，正坐在灶间和妈说话，就说："婶子来啦。"拿起瓢从缸里舀水倒入铜盆，洗了脸擦了上身。"琪儿，你婶子来叫你到栓子家吃饭，你去不去？"妈的语气好像知道了栓子媳妇请他吃饭的缘由了，"我不去，栓子兄弟是打鬼子死的，我帮他家干点活是应该的。""孩他妈叫我无论如何得把你叫去，要不她心里过意不去，她的脾气我是知道的，你要不去她就会以为是你看不起她这寡妇人家的，也会说我不会办事！"栓子婶子很恳切地对琪然说。琪然妈看看栓子婶子，又看看儿子，说："琪儿，要不你去吧，别让栓子媳妇难过，她可是个好媳妇啊！"琪然看看妈，又看看栓子的婶子，难为情地说："妈，婶子，那我去吧。"跟着栓子的婶子向栓子家走去。

翠花已把面条擀好了，正在向锅里加水，见婶子领着琪然进来，赶紧把锅灶里的麦根草点着了。"大妹子，你太见外了，就干这么点活，让你麻烦，真过意不去。"琪然说着蹲到锅灶前，向灶内添加麦根草。婶子把孩子往翠花怀里一塞，"我要回家预备饭了，你叔快回来了。""叫叔过来一块吃吧。""你们吃吧，老头子回家没个准时。"婶子说完走了出去，顺手把大门关了。

干燥的麦根草一触火就燃，灶膛里火很旺，一会儿工夫锅里的水就沸了。翠花穿着一件半袖的家织布带襟白褂子，把孩子放在圈椅上，两手从面板上兜起面条向锅里撒。琪然一抬头，正好看到翠花半袖里白白的胳膊，脑子一振，随即把头低下。翠花捞了一大碗面条，向碗里夹了一些黄瓜丝，放到桌子上，"大哥，累了一上午了，一定很饿了，快吃吧。"说着，抱起孩子坐到椅子上，眼睛盯着琪然。琪然看着碗说："大妹子，你也吃吧，不要只让我一个人吃，你一个女人撑着一个家也真不易，要爱惜自己的身子，把孩子养大为我栓子兄弟留条根。"这个憨厚的琪然，平日少言寡语，今天说的话让翠花感到很熨贴，泪水不禁潸然而下。只顾低头吃饭的琪然，猛一抬头见翠花满脸是泪，慌了手脚，焦急地说："大妹子，你怎么啦，是我说错了什么让你难过了？我这人不会说话，请你别介意。"放下筷子看着翠花，不知如何是好。"大哥，你吃啊，我没事，你的话很体贴人，我忍不住就流泪了，让你见笑了。"翠花撩起衣襟擦了擦眼。琪然急急把一大碗面条吃完，站起身对翠花说："吃饱了，我给你抱着孩子，你吃吧。"伸过手去接孩子，翠花推开他的手，"大哥，你回去歇歇吧，天太热多歇一会，稍凉快些再下地，啊！"翠花看着他，关心地说。"大妹子，我走了，下晌就能把那块玉米地锄完。"翠花抱着孩子把琪然送到门口。

　　歇了一个时辰，翠花扛着锄提着盛开水的罐子向玉米地走去。到了地头，看到锄过的新土，知道琪然正在地里干，就把罐子放在地头，拿起锄干了起来。锄了不多远，和向回锄的琪然碰头了。琪然一看是翠花，心里很高兴，可嘴上装出生气的样子，说："你怎么来了，天太热闹出病来怎么办！""你不是也很热吗，看你身上出的汗。"翠花伸过胳膊用袖子给琪然擦脸上的汗，琪然伸手轻轻把翠花的胳膊推开，大颗汗珠滴到地上。"大哥，你怎么了？""没什么。"琪然的头低垂着，大颗大颗的汗珠往下滴。翠花看着琪然的窘态，心里乐了。"大哥，到地头喝点水吧。"琪然跟着翠花到了地头。伏天的下晌，太阳很毒，琪然见翠花被太阳晒着，心疼地说："大妹子，外头的太阳晒得很，进地里吧，地里有玉米遮着。"翠花提了罐子走到玉米行里，回头对琪然说："你过来喝吧。"琪然低头跟着走进玉米地，举起罐子咕嘟咕嘟喝了起来，从嘴里漏下的水，顺着前胸流向裤腰，将裤腰湿了一片。

　　喝过了水，身子感到清爽了不少，琪然对翠花说："大妹子，你回家吧，我再有两个来回就锄完了。"拿起锄头继续锄起地来，一些刚发芽的草被连根翻起，玉米的根部被翻起的土培成小垅背。翠花本想和琪然一起干，经琪然几次催促，顺从地扛起锄头提着罐子回了家。不到天黑，这块玉米地被琪然锄完了。

42 第四十二章

天蒙蒙亮，街上传来急促的脚步声。脚步声越来越近，一会儿门环被拍的山响，"开门，开门"的呼喊在静谧的村庄里传得很远。从声音辨别不是熟人，路方青坐了起来，撩起蚊帐，穿了褂子和长裤，听了听门外的砸门声，跳上靠北墙的桌子，推开北窗跨过窗户，跳入北面的小后院。开了后院的偏门，顺墙根走出村子，在路边的玉米地里蹲了下去。他要看看是什么人来敲他的门？要干什么？在路旁蹲了一会，走进了玉米地深处，待了一会又走到路旁，蹲一会站起，站一会又蹲下。直到太阳一杆子高了，村里走出几个赶集的人，"鬼子们为什么来抓方青，他不就是一个教书的先生吗？这世道真是没理可讲！"一个中年人一边走一边说。"不就是方青哥不愿当二鬼子，不愿和鬼子一起欺负中国人嘛！"一个年轻人气乎乎地说。听了邻人们的议论，方青知道了鬼子是专门来抓自己的，可鬼子怎么会知道他住在那儿呢？他的心里不由的产生了疑虑。听到脚步声渐近，方青朝路上望去，见五个穿军服的夹着一个穿长裤短褂便服的人，从村子里走出来。方青认出那穿便服的人是县委负责南区的交通员曹二牛，方青明白了：曹二牛被捕叛变了，正在领着鬼子到处抓捕共产党员呢！等他们走远，方青顺着田间小路向相反方向走去，他要到邻近的侯家村去，通知该村的党员迅速转移，免遭敌人的毒手。来到村边，听到村中响起枪声，他机警的钻进路旁的高粱地里，顺着高粱行间向路上望视。过了一顿饭工夫，见四个穿军服的二鬼子，押着一个五花大绑的汉子，向去县城的路上走去。方青认出被绑的人是侯家村支部书记侯登奎，脑子轰的一下炸了。待了一袋烟的时间，他平静下来，站起身顺小路折回自己的村子，警惕地走到自家门口，轻轻开了门，蹑手蹑脚走进作牲口圈的西厢房内，侧耳细听正房内的动静。正房内母亲、妻子和儿子正在吃饭，母亲叹着气说："唉，孩子他爹不知逃出鬼子的魔掌没有？真让人担心！""鬼子们在村里没有抓到他，他可能跑到安全的地方去了，妈，你放心好了。"是妻子的声音。方青断定家中只有自己家的人，就走出西厢房来到正屋。孩子眼尖，喊："爹回来了。"母亲和妻子也都转过脸向门口看，母亲高兴的对儿媳说："孩他妈快去拿碗筷。""妈，我不能在家吃饭，万一鬼子们再回来呢！我要马上走，拿块饼子在路上吃吧，金菊我有事告诉你。"方青端起碗喝了两口汤，走进自己的住屋，妻子曹金菊跟了进去。

当方青拿着两块玉米面饼子顺墙根向村外走时，曹金菊挎着篮子也向村外走去，但两人走的方向相反。金菊按照方青的吩咐是到南边两个村子去通知党员的。曹金菊虽不是共产党员，但理解丈夫，只要丈夫要她干的她连问也不问，就会按照丈夫的意愿去做。她穿着一件带红格的家织布褂子，头上挽着一个发髻，像个平常走亲戚的样子。按照丈夫的吩咐，她走到南村西头一家的门旁，见门大开着院子里站了许多人，有的在劝解着什么，有的年轻人在破口大骂。从骂声中金菊听出这家的男人被鬼子抓走了。她用不着进屋了，掉转头出了这村向另一村走去。还好，她抢在了鬼子的前面，找到了丈夫说的那一家。这家的男人正在家中还未下地，金菊就把丈夫教他的话向那人说了，告诉他曹二牛投敌了，叫他赶快出去躲藏一下，并要他把这话转达给其他人，设法逃避鬼子的搜捕。金菊出了这村又到了另外的几个村子，把丈夫教她的话说给了几个要找的人。傍晚时分，金菊回到了家里，向篮子里放了几个婆婆新做的玉米饼子，扛着锄头走到与丈夫约定的玉米地头，把去的几个村子的情况告诉了等在那里的丈夫。

晚饭后，老王和夏至坐在院子里乘凉，听到有人敲门。老王在门内问了一句，听出是路方青的声音，开门把方青拉进，向左右看了看把门闩上，跟着进了院子。夏至见方青来，习惯地到门外去瞭望。待了一会儿，方青和老王一起向北粉坊走去。

忠然刚给牲口加了满槽草料，拿着蒲扇坐在院子里乘凉，见老王领着铁青着脸的方青进来，立马警觉起来。等老王把大生找来后，方青将曹二牛被捕叛变的情况介绍后，说："已有两个同志因他的叛变投敌被捕了，现在要设法保护同志们的安全，能转移的暂时转移，不转移的要加强安全措施，等摸清情况后除掉这个叛徒！"

第二天上午，寨里碉堡的吊桥刚落下，一个头戴麦秸草帽、穿白粗布褂子黑裤子的中年人，踏上吊桥走近站岗的二鬼子，要见他们的于大队长。于洪天听说有人找他，背着手踱了出来，一见是路老师，向前握着方青的手，并肩走进他的住屋兼办公室，"路老师，你怎么到这里来了，这里人多眼杂、很不安全！""越是看来不安全的地方越是安全的，有你这把伞遮着我怕什么！"两人不约而同的哈哈笑了起来。当方青提出要在他这里住几天时，于洪天沉思片刻，觉得不妥，提出要方青到他家里去住。二人在碉堡里谈了一阵，吃过午饭，相携着走出碉堡，穿过几个胡同，到了于洪天家里。于洪天对他母亲和妻子说："妈，这是路老师，我新结交的把兄弟，要在这里住几天。秋菊，你去把东厢房收拾一下。"于洪天母亲问了方青几句家中情况，就到东间自己房里睡午觉去了。

这以后几天，方青白天出去晚上回到于洪天家中，与于洪天及其妻温秋菊谈论各地军民与鬼子斗争情况、共产党统一战线的政策，希望他们能为抗日多做些事。

虽然曹二牛不认识他们，但忠然、大生和老王等人还是不敢大意，白天多在地里干活，吃饭也是家人送到地里，晚上经常改换睡觉地点。不管白天晚上都加强了自卫队巡逻，特别是晚上由原来的两人巡逻增加至四人。

这天中午，春分右肩扛着锄，锄把上挂着篮子，左手提着罐子，往坡上玉米地走。到了地头，向四外看了看，不见忠然踪影，又不敢扯开嗓子大声喊叫，急的满头是汗。过了一会，忠然从坡下的小道上走了过来，春分正弯腰朝每个玉米行里寻视，猛不防被人从后面抱住，"谁！"一边喊一边扭回了头，把忠然的两手掰开，转回身亲了一下忠然的脸，"吓了我一跳，你到哪里去了？""我见你来了，怕有人跟在后面，就悄悄绕到你后面，四下看了看没见一个人影，就放心地过来了，哈哈！"说着，忠然两手按在春分的肩膀上，嘴贴着妻子的额头亲了起来。春分满是细小汗珠的脸立时红了，摇摇晃晃像喝醉酒一样，忠然紧紧抱住她，春分软软地贴到丈夫的胸前。待了一会，春分推开忠然，蹲下，从篮子里拿出一小碗蒜拌黄瓜、一小碟萝卜咸菜丝，摆到绿草地上，又将一个玉米饼子和筷子递给忠然，两眼随忠然吃饭的动作转动。"虎子和元宵都问爹到哪儿了，几天没见孩子们想你了。"春分给忠然倒绿豆汤时把孩子们的话说给丈夫。"我也想他们，整天在地里闲呆着，心里空落落的，就想你和孩子们，也想妈。妈有什么心事总自己闷在心里不说出来，也不在脸上表现出来，她一定很为我担心！"说这话时，忠然脸上的笑容消失了。春分怕他难过，就把话岔开，"小元宵问我，爹为什么见了妈就笑呢？虎子说，只在咱屋里爹见了妈笑，别的地方见了不笑，孩子们挺会看的。……"春分还未说完，忠然就笑着说："小鬼机灵。"说着话忠然把一个玉米饼子吃完了，用手抹了抹嘴站起来，对春分说："你回去到东北屋问问翠儿娘，万然这几天到县城去过没有？听到什么新鲜事没有？"春分把碗和菜碟放进篮子里，扛起锄头提着罐子向坡下走去。

歇过晌后，春分到了东北屋翠儿娘家。翠儿娘头发蓬松着，褂子扣子还未全扣好，到院子里迎接她，"婶子，你来啦。""还婶子婶子的，跟万然算应改口叫嫂子了。"春分笑着拍拍翠儿娘的手，"万然在家吗？这个野马现在戴上笼头了，老实点了吧？"翠儿娘不好意思的，"我不管他，还由着他自己的性子来。""别不好意思，现在他是你男人了，你要多管着点。我们这兄弟，根子不错，就是从小没有大人管，像个没笼头的野马。现在好了，有人照料了，有人疼了"春分边说边跟着翠儿娘走进正屋的灶间。"嫂子，你又在编排我什么？"万然从东间出来，像是刚睡醒的样子。"什么时候了还睡不够，夜里不睡觉光闹腾啦？"春分取笑万然。"没有，夜里也睡，白天还困。"万然说着斜眼看翠儿娘，翠儿娘红着脸低头抿嘴笑。"就是你俩人成宿翻腾，也没有人说你，不用掩饰。"翠儿娘把扇子递给春分，"嫂子，天热，你扇扇。"春分接过蒲扇，扇了两下，说："万然，你大哥叫我问你，这几天去城里没有？听到什么新鲜事了？""这几天光忙地里活了，没到城里去。大哥的意思叫我到城里看看？我明天就去。"万然很听忠然的话，他知道忠然叫他到城里是打听鬼子的活动情况。

第二天，万然戴了顶草帽，穿了件翠儿他娘刚给他浆洗的白粗布褂子和黑布长裤，扇上背着褡裢，出了家门向县城走去。中午时分赶到了城里，在县保安团门口来回转悠着。

"万然，你在这转悠什么？这么多天未见你了，有了老婆就把朋友忘了。前天队长还说起你来，今天夜里玩几圈怎么样？手都痒痒了。"一个二鬼子赌友，吃过午饭出来看见万然，不由分说拉着他就往院子里走，高声冲屋子喊："队长，万然来了。"屋内的队长听到万然的名字，迎了出来，"你小子，这么多天没露面了，也不能整天搂着老婆不出门吧，哈哈。"一把将万然拉进屋里，"吃过饭没有？"见万然摇头，指着一同进来的二鬼子，说："你到伙房弄点吃的来。""不麻烦队长了，我到外面胡乱吃点就行了。"万然客气了一句。"到外面吃耽误时间，吃过饭咱们就玩。这些天光憋气了，玩几把出出恶气。好，拿饭来了，你先吃。"二鬼子队长见到伙房去找饭的二鬼子，拿了两个白面卷子和几块咸菜走了进来，停止了说话，让万然吃饭，对二鬼子一努嘴，"趁万然吃饭，你去叫他们几个来！"

头两把万然故意输给队长。"哈哈，我又赢了！万然，你的魂让老婆勾走了吧，怎么净出错牌。""是你队长运气好，有神灵保佑你，我怎么比得了。"万然嘴里奉承二鬼子队长，心里想：等一会有你哭的时候。"什么运气好，干了这么多年还不如一个刚投来的人吃香。他妈的骑到我头上来了！"队长的火气上来了，万然再给他添一把柴禾，"谁有那么大胆子，敢骑到你队长的头上。""谁，出卖了他们共产党内部秘密的人，连点江湖义气都不讲，为了自己活命把同伴都出卖了，领着我们去抓他过去的同伴，'皇军'赏了他好多钱，还给了他个大队副当。靠这种出卖自己人爬上来的，我闻着就臭。我虽然和共产党走的不是一条路，可我佩服那些硬梆梆的宁死不屈的人。他算什么！给他点好处，他连爹娘都不认了。现在'皇军'给他好脸，是要他领着去抓共产党。人家共产党不是傻瓜，抓了两个后，再也抓不着了，人家躲起来了。再抓不着共产党，会有他好日子过的！——万然，愣什么，快出牌。"万然只顾听二鬼子队长的话，忘记了出牌，被他一催，随便打出一张，又输了。"队长说的那么邪乎，这人是哪里的？"万然装得无所谓的样子，随便问了一句。"城南曹家，叫曹二牛，现在可牛气啦，就住在我们队部旁边的小院里，白天晚上有当兵的给他站岗。"队长说着打出了一张牌。"队长，你还不知道吧，这几天晚上，他常到那个小旅馆找老板娘睡觉。"万然上手的二鬼子似乎更知道一些曹二牛的活动情况。一下午玩下来，万然还是赢多输少，二鬼子队长先赢后输，但都没大输赢。到吃晚饭时，万然用赢的钱请三位赌友到饭馆里去喝酒吃饭。往饭馆走的路上，二鬼子队长拍着万然的肩，笑着对其他俩二鬼子说："万然这朋友可交，赢了钱不吃独食儿，好，好！"

吃饭时，万然给二鬼子队长敬酒："队长，请喝了这杯酒去去恶气。"二鬼子队长端着酒杯一仰脖子下去了。万然怕冷落了其他两个二鬼子，也分别敬了酒。酒足饭饱后，几个人又回到队部。队长给每人倒了一杯白开水，大家闲聊起来，队长又骂起曹二牛来。万然装得有点害怕的样子，说："队长，你这么大声骂不怕他听到吗？""我怕他个屁！"故意提高了声音骂起来。两个二鬼子怕惹出事对他俩不利，就给万然递眼色：

"队长，别生气伤了身子，我们还是接着玩吧。"四个人又按下午的座位玩了起来。玩了一把，队长掏出了烟卷，给每人扔了一支。万然掏出自己的烟荷包，说："队长，我抽这个。""你万然看不起我，到我这里还抽你自己的旱烟叶！"万然一看二鬼子队长真的不高兴了，就把烟荷包放进褂子口袋里，拿起队长扔在桌子上的烟卷，和上手坐的二鬼子对了火，抽了起来。四个小烟囱冒出的烟弥漫到屋子里的各个角落，万然被呛得不住地咳嗽。赌到半夜，烟抽的更厉害了。一个二鬼子连连打呵欠，队长就说起女人来，这一招还真灵，两个二鬼子都来了精神，不再打呵欠了。几个人赌到鸡叫，实在熬不住了，就都趴到桌子上睡着了。这一晚，万然还是赢多输少，他怕三个二鬼子翻脸，故意输了几把。天亮后，万然告辞了三个二鬼子赌友，到一个小饭铺，吃了两个烧饼喝了一碗小米稀饭，又到杂货铺里给翠儿买了一包糖果，到肉铺买了一斤猪肉，到布店给妻子扯了一块白底细花布，给翠儿扯了一块红花布，高高兴兴地往家走。路上，他把昨天从二鬼子那里听到的事回忆了一遍，猛然猜出忠然叫他进城和二鬼子赌钱的用意了，难道忠然是共产党？人说共产党是领着大家打鬼子、为穷苦百姓办事的，从忠然为乡亲们办的事看，像是传说中共产党的样子。他知道要是叫鬼子知道了是杀头的事，所以绝不能把自己的猜想说出去，哪怕在翠儿娘跟前也不能说。

到做午饭时候，万然回到家中。翠儿见爹给她买了糖果和花布，在万然耳边小声说："爹，你真好。"翠儿娘看到闺女和万然那么亲热，心里很高兴，笑着对他俩说："你们俩有什么悄悄话怕我听见？""不告诉你。"翠儿拿着糖笑着跑出去。"你又去赌了一夜？困了吧？我擀点面条，你吃了快去睡吧。"妻子心疼地看了万然一眼。

午间睡了一觉，万然歇过来了，就去找秋然和忠然，把在赌桌上听到的事，一五一十地向忠然说了，重点是曹二牛领着鬼子抓人和他与旅馆老板娘交往的事。忠然拉着他的手说："兄弟，你真能干，这事就不要再跟别人讲了。"得到忠然的夸奖，万然心里美滋滋的，一溜烟走回家中。妻子正在做晚饭，他就蹲到灶间向灶膛里填麦根草。"嘿，太阳刚落下，又从西边出来了，今天怎么这么勤快，帮我烧起火来了！"妻子正站在灶台边切菜，笑着用脚尖轻轻踢了一下万然的屁股。

43 第四十三章

忠然和大生接受了铲除叛徒曹二牛的任务后，在曹二牛同村人曹天放的带领下，到城里寻机认识曹二牛，然后设法除掉他。

一连几天，大生和曹天放在鬼子保安队部附近一个隐蔽处，观察出入的二鬼子，都未见曹二牛的影子。直到第四天的上午，曹二牛穿着一身二鬼子军服和几个二鬼子一起，由队部出来到其他地方去。曹天放捅了大生一下，小声说："中间那个中等个，背着盒子枪，左脸有一块黑痣的就是曹二牛。"大生又仔细观察了曹二牛走路的特点，发现他是个外八字脚。认准了曹二牛后，忠然和大生二人，开始实施惩办叛徒计划。

万然到县城的次数加多了，每次进城都要去看看他那几个二鬼子赌友。这天晚上赌到半夜，二鬼子队长破天荒的要停止打牌去睡觉。万然关心地问："队长，身子不舒服？""身子倒好，能吃能睡。'皇军'命令，明天上午要我和弟兄们跟着那个姓曹的出去抓人。人家有腿，在家等着你抓！就是姓曹的想显示一下对'皇军'的忠诚，让我们跟着他瞎跑呗，真扫兴！"万然出了二鬼子队部，到一家小旅馆睡了一觉。天刚亮，他就起身出了县城，加快脚步往家奔，二十多里路，一个多时辰就回到村里，顾不得回自己的家，先到北粉坊找忠然，忠然不在，他就把二鬼子要出来抓人的事告诉了老王，让他转告忠然。老王找到忠然，又去告诉了大生。忠然回家揣了块玉米饼子，骑着三弟留下的自行车上了路，为探察二鬼子们的行踪，向县城方向快速蹬着车。大生带着日兴等几个队员，将手枪和手榴弹藏在褡裢里，跟着也上了路。忠然两腿快速地蹬着车子，不一会满身是汗，车座也被汗洇的湿湿的。好容易赶到城东关外的河滩上，见二十多个二鬼子，正走在城东南的高坡上。忠然下了车往东南坡上看了一会，确定这群二鬼子是往东南乡去的，就又上了车沿原路往回返。在时高时低的坡道上，忠然费力地蹬着车，约半个时辰，迎上了大生等人。大家沿着田间小路向南插去，约两顿饭时间，到了县城通东南乡的大路上。眼见那队二鬼子快到村子了，已无法截击他们了，自卫队员们立即选好地形，朝二鬼子们的屁股开了枪、扔手榴弹，为附近的百姓报警。当二鬼子们反应过来，掉转头向他们开枪时，自卫队员们已弯腰顺坡撤走了。

这以后的几天里，忠然和大生每天都在县城转。白天在集上和街巷转悠，买点日用的货物和粮食，晚上就到曹二牛常去的小旅馆里住宿。他们不睡大炕，而是住单间。第二天上午把昨天买的粮食拿到粮食市里去卖了，在粮食市快散时，一些人急着用钱就把粮食压价卖掉，忠然和大生就又买进一些粮食背回旅馆。老板娘看他们是捣腾粮食赚粮食差价的人，很是看重他们。在当地人看来，干这种贱买贵卖的人，都是脑子灵会观察行情的人。在忠然和大生住进旅馆的第二天，曹二牛来到旅馆。老板娘看到曹二牛，提着水壶笑着迎了出来，两个手指捅了一下曹二牛的屁股，说："今天怎么晚了，被哪个女人绊住脚了？""等急了吧？才过了两天就受不了啦。"曹二牛摸了一下女人脸，嘻皮笑脸地说。老板娘开了西厢的单间，二人走了进去。这是一个小四合院的旅馆，南北相对三间，南三间是大通铺炕，作一般客人的住处，北三间是老板两口居住。东厢房两间，一间作客房，一间是做饭烧水的灶，都是单开门。西厢房有一间客房和一个厕所，也各单开门。忠然和大生住的是东厢房单间。忠然和大生早早吹灭了灯，装作睡下了，不一会响起了鼾声。大生将窗纸捅了一个小洞，透过小洞向西厢房看。西厢房的窗纸上映出两人抱在一起的影子，听到女人咏咏的笑声，"东屋里住的什么人？"一句声调不高的男子声音，飘到忠然和大生的耳朵里。"两个西北乡人，贱价买进粮食再高价卖出去，赚昧心钱的，已睡的像两个死猪。管他们干什么，我们乐我们的。"女人的声音。"我得罪的人太多，不能不留心。"灯吹灭了，声音也没了。大生嘴凑到忠然的耳朵边，低声说："踢开门进去掐死他。""不行，这家伙现在很警惕，你没看见他带着手枪么，要想别的法子收拾他。"忠然分析了情况后，不同意大生的办法。

过了好大一会，曹二牛和老板娘开门走到院子里，忠然和大生的鼾声更大了。"你听两个人睡的多死。后天来吗？"女人问男的。"我越来越离不开你了，明天还来行吗？"男的嬉笑着说。"明天来更好，天天来才好呢！"女人的声音。

第二天上午，忠然和大生赶回村里。下午，将手枪和刀子塞进装粮食的口袋里，二人背着粮食口袋又返回县城。傍晚时分回到小旅馆的东厢房，将买的熟猪头肉和一瓶烧酒摆好，大生到北屋去请老板娘一起喝两杯。老板娘推辞了一阵，最终还是被大生的诚恳邀请所说服，到东厢房来喝了杯烧酒。"老板娘，你喝了酒脸色白里透红更好看了，老板真有福气，娶了你这样年轻好看的媳妇，真是上辈子修的福啊。我要是有你这样好看的媳妇，我才不出来挣这点钱呢。"忠然装出嘻皮笑脸的样子，对老板娘说些奉承的话。"看你大哥说的，俺有什么好看的，你家嫂子一定不错，你就舍得让嫂子守空房？"女人听了他的奉承话，心里美滋滋的就和他说笑起来。"我老婆可没法和你比，整天在地里，风吹日晒，脸黑不溜秋的，哪里像你晒不着吹不着，不搽粉脸就白。老板娘，喝，再来一杯。"忠然端起酒盅送到老板娘嘴边。三人正吃喝着，有人进了院子，"老板娘，老板娘。"连叫两声。"在这呢，你也来喝两杯吧。"老板娘站起来，开了门向院子里招手。曹二牛进了东厢房，问："你们是？""我们是西北乡的，现在地里活少了，出来做点小买卖。来，一起喝两杯。"说着大生摇摇晃晃地下炕请曹二牛。曹二牛见他们醉醺醺的样子，放松了警惕，就侧身坐到炕沿上，接过忠然递过去的酒杯喝了一口。"吃点猪头肉。"大生递上筷子，曹二牛夹了块猪头肉送到了嘴里。酒入肚更激起了性欲，曹二牛催老板娘去开门。老板娘站起来，身子有点不稳，大生将她扶住，说："老板娘我扶你过去。"忠然也跟着到院子里，对曹二牛说："还未尽兴呢，明天再喝。"四个人来到西厢房门口，老板娘递过钥匙："曹先生，你自己开吧。"曹二牛开了门，大生架着老板娘进了屋。忠然一个眼色，大生放下老板娘把曹二牛抱住，趁他愣神时将其摔倒，忠然把门关了，扯下炕上的被子蒙在曹二牛身上，两手紧紧压住曹的嘴和鼻子，两脚踩住曹舞动的两手。大生对脸色煞白的老板娘说："他害死了很多人，今天叫他偿命！你要喊叫也和他一样见阎王去！"老板娘吓的筛糠一样全身颤抖，不敢吱声。过了一会，曹二牛的胳膊不再动弹了，忠然掀开被子将手放到曹的鼻子处试了试，"没气了。"扯下被单撕成布条条，结成一根长布条绳子，对吓懵了的老板娘说："为了你和我们的安全，对不起了老板娘，得委屈你一下。"把她捆到桌子腿上，并用布塞住了她的嘴。两人坐到炕沿上，用袖子擦脸上的汗。约摸过了一个时辰，曹二牛的身子都冰凉了。忠然摘下曹身上的枪，搜出了他的证件，和大生一起出了门，又把门锁上，回到东厢房。铲除叛徒的兴奋使他们困意全消，于是坐在炕上凝神倾听着西厢房和街上的动静。好容易熬到鸡叫三遍，两人背着粮食口袋出了旅馆。街上行人稀少，只有挑担卖吃食的和少数打短工卖苦力的。两人买了几个刚出锅的热火烧拿着，边走边吃。路上碰到几个背枪巡逻的二鬼子，看他们是地道的庄稼人，未对他们进行盘查。不多时间，两人出了东关，来到城外河滩上。今天是逢集的日子，几家卖吃食的摊子，正在砌灶架锅。两人不敢在这里停留，背着口袋走过河滩，上了回家的路。爬过坡后，脱离了敌人严密控制的范围了。清晨的微风吹进他们解了几个扣子的怀里，很舒适痛快，但兴奋过后的困倦，也随之而来。大生想找个隐蔽处歇一会，忠然同意，说："大生，你先眯瞪一会，我盯着，如有动静我叫醒你，等到快晌午时我们才回家。"

忠然回到家时，家中刚吃过午饭。春分给他舀了水，让他洗脸、擦洗上身。母亲听到他回来了，也从自己的住屋来到忠然住屋，见儿子在擦身子，原来饱满厚实的胸脯已瘪下去许多，胳膊上的疙瘩肉也不那么凸起了，她心疼地抚摸着儿子的胳膊，对站在旁边的春分说："鬼子来了这几年，把他折腾的瘦多了。大虎妈，去给他摊张鸡蛋饼，他走了这么多路一定很饿了。""嗯，我这就去做。"婆婆的吩咐，正是春分想做的，她高高兴兴忙活去了。

吃过饭后，忠然安安稳稳地睡了一觉，醒来时已是傍晚时分。吃了晚饭后，又被春分逼着躺到炕上。因下午睡了一大觉，已不那么困倦了，就和春分聊了起来。春分抚摸着他的胸脯，告诉他说："这些天来我一直睡不好觉，常作噩梦，昨天夜里梦见你被鬼子抓住，打的全身血淋淋的，我心疼地哭醒了，真是人们常说的梦是反的，你不是被他们抓住，倒是杀了二鬼子了。"忠然遵守党的纪律，即使对自己心爱的春分也没说实话，只是说把一个作恶多端、血债累累的二鬼子杀了。忠然听了妻子的话，感激地把妻子搂在怀里，热烈地亲着她的嘴唇和脸，抚摸着她的后背。

第二天上午，忠然到了寨里碉堡。碉堡里不少二鬼子认识忠然，都热情地和他打招呼。于队长听说忠然来了，急忙迎了出来，把他拉进了自己的办公室。闲谈一阵后，于队长告诉他路老师在他家住。忠然听后说："他好吗？我很长时间未见着他了，我们是多年的老朋友，我很想去看看他。"两人走出碉堡，径直去了于洪天家。方青正在与于洪天的母亲和妻子拉家常，见他们二人进来，方青站起来与忠然打招呼，装得多日不见的样子，对忠然说："模范保长，今天怎么有时间出来走走？""我到别处去经过这里，顺便来看看于队长，问问他有什么事要我干的，于队长和城里的那些人不一样，对我们周围百姓不错，老百姓知情知恩，念着他的好呢！"忠然的话是说给于洪天母亲和妻子听的，给于洪天戴了高帽子，让他对老百姓好些，不要向城里的鬼子学。他的这些话，于洪天的母亲和妻子很爱听，非要留他一起吃顿饭喝点酒不可，他借口家里还有事推辞了，对方青说："我们村里你的学生们，常在一起念叨你，你什么时候到我们村看看去？"方青知道忠然要将惩办叛徒的事向他汇报，就跟着忠然到小陈村去看望大家。

忠然把惩办叛徒曹二牛的过程向方青作了汇报，方青对他和大生的机智和勇敢给予肯定和表扬，心情沉痛地说："出了这个叛徒，牺牲了几个好同志，使我们党和抗日工作受到一定损失，也给我们上了一课。这些天我就在考虑，要加强对党员的教育，防止再出现第二个曹二牛。"他们一边走一边谈，很快到了小陈村北粉坊。

老王找了大生来。忠然叫春分炒了一盘鸡蛋、一盘花生米，拿来自酿的地瓜酒。几个人端着碗喝起来。方青端着酒对忠然和大生说："你们不怕危险，不怕艰苦，机智勇敢地挖出毒瘤，为抗日立了一功，我代表县委感谢你们。"说完将碗送到嘴边喝了一大口，忠然等三人将自己碗里的酒喝干了。惩治了叛徒，压在心头的一块石头搬掉了，路方青很高兴，但秘密工作不允许他多喝酒，喝了几口后就不喝了，只是夹鸡蛋和炒花生吃。忠然等人见方青不喝了，也都不再往碗里倒酒了。他们一边吃一边谈论着敌人的情况。方青顺便告诉他们，根据形势发展的需要和抗日部队的发展壮大，部队进行了整编，成立了军分区，赵荣杰任军分区司令，鹏程任政委，孙江、铁蛋分任正副团长，狗儿现在是营长了。我们区中队也要加强工作，提高队员们的思想和军事素质。

太阳落山后，方青回到于洪天家，告诉于洪天和他母亲，明天他要到别处去。

44 第四十四章

吃过早饭，夏至换上了新浆洗的家织布白褂子、黑裤子，拢了拢头发，戴着草帽，挎上篮子，出了村向温泉村走去。她是到她姨表姐家去的。小时候她常到姨家去，和这个大她十多岁的大姐很好。出嫁后各人都有了自己的家，走动少了些。鬼子来后，她再没到表姐家去过，因为温泉村靠近县城，是鬼子的地盘，自己不愿去。最近听说她大姐的儿子当了二鬼子，还成了小队长。昨天，忠然大哥给了她一卷油印的小报，叫她到温泉村跟她大姐谈谈抗日的道理，要她外甥不要跟着鬼子跑，争取为抗日立功。外甥能不能听她的，她心里没底，但她对忠然大哥交的事从来都是想法子去干好的。

已进入秋天了，路边地里的高粱穗子在微风中摇摇摆摆，春玉米的穗子斜长在玉米秆上，刚蹿出了玉米须很好看。夏至看着路旁的庄稼，心里很舒畅，庄稼人盼什么呢？不就是盼个风调雨顺、粮食丰收、有吃有穿、平平安安过日子嘛。鬼子来了，再也不能过平安日子了，鬼子不是杀人就是烧房子抢粮，自己的儿子刚来世间没有多久，就被他们杀害了。想到儿子她就心痛，也更恨鬼子们，自己这次去亲戚劝外甥改邪归正，也是为儿子报仇的一次机会，要想法办好。想着走着，汗从发根沁出，她摘下了草帽扇着，稍觉凉爽。走着走着，碰到了由道北村子里走出两个到县城赶集的女人，她们一边走一边谈着村里的事。年纪大些的女人说："大妹子，听说乡里征收粮食的数目下来了，要的比去年多很多，这日子还怎么过！风里来雨里去的忙活一年，收了粮食交给鬼子后剩不了几粒了，大人还可以对付些，孩子怎么办？光吃树叶不长个啊，真难死人了！"说着长叹了一口气。年轻女人接着说："怎么能不多呢，离县城远些的村子，鬼子们不敢去收粮，人家那里有八路军保护着，鬼子去人家就打。听说前些天鬼子到东边抢粮，被八路军赶回来了，还死了几个鬼子。要是八路军能来咱这里多好啊！""怎么没来，前些天的一个夜里八路军来过咱村，在墙上写过大字，说日本一定败，中国人一定会胜利，我听认字的人念过。谁知道能不能活到那时候。"从他们两人的谈话中夏至听出来，八路军也到他们村去过，但她不敢和她们说什么，只是赶自己的路。

　　未到做中午饭时，夏至到了温泉村，凭着以往的记忆找到了大姐家。大姐老多了，脸上添了不少皱纹，两个好看的眼睛还和以前一样有神。大姐盯了她一会，高兴地喊了起来："是你啊，夏至！好几年没见面了，你怎么有时间来看我。"拉着夏至进了屋里。"大姐，你还好吧？孩子长大了吧？"夏至问大姐。"孩子长大了，就是不听话，当了二鬼子，没把我气死，真是儿大不由娘啊！"提起儿子，大姐脸上蒙了一层阴云。两人到炕上坐了，夏至问外甥怎么去当了二鬼子，大姐像无可奈何的样子，说："那是去年春天，他一个小时候的伙伴来找他，说日子没法过了，听人说当了二鬼子可以不用纳粮交款，能让我过上好日子，三说两说两个人一起去报了名。当了一段兵后，被赶着去扫荡，被八路打了埋伏，好容易活着回来了。从那以后，他一听去扫荡就吓得不得了，现在不当又不行，怕八路军不会饶他。唉，真愁人啊！"大姐说着眼泪流出来了。夏至从大姐的话中，听出外甥不是死心踏地为鬼子卖命，就说："我听人说，八路有规定，当了二鬼子的人，对老百姓好的他们给他记着账，残害老百姓的也给他记着账。坏事做多了，八路就会想法惩治他。要是不愿当二鬼子的，投了八路还算立功呢。外甥可以去投八路啊！鬼子是长不了的，要给自己留条后路才好。"看到大姐听的用心，夏至接着说："我们村有一个人当了二鬼子，在一次打仗时被八路活捉了，他就当了八路，现在还当了八路的官呢。""真的，被捉了没有杀还收留了？"大姐有些不相信。"大姐，我什么时候骗过你，我带了些八路印的报，你叫外甥看看，也给他的同伴们看看。"说着，夏至把篮子里带的油印报拿出来，塞给大姐。

　　姊妹俩谈了一阵子，大姐留她吃了午饭。

　　太阳快落时，夏至回到了家。晚饭后她到北粉坊把情况向忠然说了。"大妹子，你很会做工作啊。"忠然夸奖她。

　　晚上，老王回了家，见夏至坐在院子里，也搬了个板凳在妻子身旁坐下，"今天走了那么远的路，累了吧？""不累，也不知那个不争气的外甥听不听我的话，他看了我带去的报纸会怎么想？"夏至仍在想着白天的事。"能听当然好，要是不听那就一条死路走到底吧！你累了，早点睡吧。"老王站起，又伸手拉起妻子，二人拉着手进了住屋，钻进蚊帐内。"再兴，我有喜了，已经两个多月了，我们又可以有孩子了。"夏至把老王的手放到自己的肚子上。老王听了妻子的话，兴奋地把妻子揽到自己怀里，又亲又抚摸妻子光滑的脊背。两人都沉浸在幸福之中。

傍晚到井里挑水，是小陈村人见面最多的时间。村西地势较低，井水浅，但有苦涩味，人们都不吃这里井里的水。村东头和村南头两口井的水质较好，家家都到这两口井里汲水吃。村东头因是上坡，井筒深；村南头的井水较浅，用担水的扁担钩能触到水面，所以到这口井挑水的人多，在傍晚时一个人接一个人的从这里把水担回家倒进水缸里。

栓子媳妇翠花用扁担钩子钩着水桶，放到井里，在水面上摇摆了几下往下一送。本想将桶口扣到水里，再紧提担钩，将装满水的水桶提上来，但上提扁担时慢了些，水桶脱了扁担钩沉到了井底。井底较深，扁担长度不够，钩不到水桶。翠花站在井台上，盯着井筒，泪水盈满眼眶。琪然担着两个空桶走到井边，见翠花呆愣地站在井台上，就问："大妹子，怎么啦？""一个水桶掉到井底了！"翠花哭丧着脸嘟哝着说。"别焦急，你提着那个空桶回家吧，一会儿我给你家挑满缸。等大家都不来挑水时，我来用钩子把水桶捞上来。"琪然看着翠花的眼睛对她说。在这无助的情况下，听到琪然贴心的话，翠花心里很感激，看了琪然一眼，顺从地提着空桶拿了扁担，回家了。

琪然为自家挑了两担水后，又挑着两个空桶往外走，"琪儿，水缸都满了，不用再挑了。"妈妈不解地问。"栓子媳妇把水桶掉到井里了，我给她挑两担水去。""她一个年轻寡妇带着个孩子过日子，是难啊！你去给她挑吧，挑完后回来吃饭。"妈妈喜欢儿子的好心眼。

琪然给翠花的水缸挑满水后，对翠花说："大妹子，吃完饭我就去把水桶捞出来，你放心好了。"说完挑着两个空桶往外走。"哥，歇会再走吧。"翠花挽留。"不啦，我妈等我吃饭呢。"琪然出了翠花家。

吃过晚饭，翠花把孩子拍睡后，闩好院门，盛了一盆凉水，把上下身都脱光，在院子里痛痛快快擦洗身子。初秋，天还很热，凉水一冲，身上凉爽多了，也没有了汗臭味。翠花回屋换了套干净的短袖褂子和短裤，拿着蒲扇坐在院子里的小板凳上乘凉。前几天婶子又和她说："翠花，栓子娶了你这样的好媳妇是福气，可他没福消受啊，年纪不大就走了，撇下你年轻轻的守寡，我和你叔看着都心疼。我也是个女人，也从年轻时过来，知道一个女人没有男人的苦楚。我们不往外推你，也不拦你，你要有看上的男人就嫁给他，舒心地过日子，我们看了也高兴，栓子在九泉之下也会高兴的。"这几天，翠花翻来覆去地想这些话，也哭过几次。到哪去找能心疼自己和孩子的男人呢？她也曾想到过琪然，几次接触中他看自己的眼神像是喜欢自己的，又心疼着孩子，可自己是个寡妇啊，又拖着个孩子，他一个未娶过媳妇的男人，会愿意娶自己吗？翠花坐在院子里想着心事，眼睛被泪水蒙住了。"嘭嘭嘭"的敲门声打断了她的思绪。"谁呀？"她在院门内问。"我，给你送水桶来了。"琪然低声回答，像是不愿让邻居听见。翠花高兴地开了门，待琪然提着带钩子的绳子和水桶进门后，她回身把门又闩上了，"哥，真麻烦你了，快坐下歇歇。"把板凳和蒲扇递给琪然，自己又到屋里拿出了一个板凳。琪然站在那里，眼睛跟着她转。"坐啊，哥。"翠花坐下，用手拉琪然的裤角。琪然坐下了，挥扇扇着。翠花感觉到琪然是在给她扇，心里一热，不由低声叫了声"哥"，"嗯"琪然低声答应。沉默了一会，翠花问琪然："哥，你也不小了，怎么还不娶媳妇？""前些年我小家里也穷，没有媒人来给我说媒，这二年我长大了，倒是不断有人来提亲，可我不愿意，就放下了。"琪然低声回答翠花。"你为什么不愿意，是不是心里有人了？"翠花追问。"有是有一个，可我不知道人家愿不愿意。"琪然声音更低了。"那姑娘什么样？是哪个村的？我去托人给你说媒。""她不是姑娘，是一个好看的小媳妇。"琪然不好意思的嘟哝着说。"人家有男人，你想也没用。"翠花紧跟着说。"她男人死了，她成了寡妇"琪然急忙分辩。"你想要个寡妇？""寡妇怎么的，只要人好就行！"琪然的话鼓舞了翠花，她想要琪然把话说透了，就问："这个寡妇是哪里的，长的怎么样？""是咱村里的，长的和你一样。"琪然壮着胆子说出真话。"哥"翠花完全清楚了，把板凳挪到琪然跟前，抱住了琪然。琪然两臂紧紧搂着她："翠花我喜欢你，我老早就喜欢你了，就是不敢跟你说。""从什么时候？"翠花坐到琪然的腿上。"栓子兄弟死后，我看你一个人过日子挺难的，就想栓子是我好兄弟，又是打鬼子死的，我应帮他的媳妇把孩子养大，让我栓子兄弟走的放心。那天南村那个坏男人欺负你，我更觉得要好好保护你们母子俩，才对得起栓子兄弟。我们交往多了后，对你的为人了解多了，我就看上你了，可又觉得我不应想栓子兄弟的媳妇，就努力控制着自己不去想你，可不行啊，越想不想你越想的厉害，常想的睡不着觉。那天在玉米地里，我真想抱你，怕你生气没敢抱，你走后我很后悔，骂自己胆子小。"琪然红着脸，断断续续的嘟哝着说。"我那天也想扑到你怀里，可不敢，怕你说我是骚女人，就忍住了。"翠花说着把脸贴到琪然的胸前，哭了。琪然吓了一跳，赶紧推开翠花，用手去擦她脸上的泪，"妹子，你怎么了，我说错了？这都是我想的，要是你不愿意就打我两下，我再也不说了。"握着翠花的手打自己的胸膛。"我愿意，愿意！听了你的话，我高兴就流泪了。"翠花轻轻咬了一下琪然的胳膊。

过了几天，栓子婶子到栓子家串门看孩子，说话间又问翠花以后打算怎么过？栓子婶子是个知道疼人的近五十岁的女人，生了四个闺女，就是没有儿子，闺女嫁出去都成了人家的人了。她很喜欢栓子的儿子，常在翠花忙时来把孩子抱走，像对自己的孙子一样。她很怕翠花改嫁走远了，再看不到孙子了，所以总想弄清翠花到底是如何打算的。翠花知道了琪然的想法后，也就不想瞒这个婶子了，就说："婶子，你也看到我一个人拖着个孩子过日子有多难了，我想找个靠得住的男人嫁给他，可又舍不得咱小陈村和叔叔婶子，栓子的坟也在这里，孩子大了也好给他上个坟磕个头，所以虽然有人给我说过媒，我都没答应。从栓子走了后，琪然哥地里活家里活都帮我干，也心疼孩子，我很感激他，想嫁给他，这样不用离开小陈村到人生地不熟的外村去。"听到这话栓子婶子乐坏了，"琪然是个勤快、本分的好男人，就是家里穷点。""我不嫌他穷，只要人好就行。"翠花没把她和琪然之间已发生的事告诉她婶子。

栓子婶子当天就到琪然家去给琪然说媒。琪然妈也看出琪然对翠花好，就说："只要两个孩子愿意就行。"前些天琪然妈到东边走亲戚，亲戚领她看了一出八路军演的寡妇改嫁的戏。戏中一个年轻小伙子爱上一个寡妇，冲破种种封建习俗成了两口子，过着幸福的生活。琪然妈相信八路军，凡是八路军提倡的她都拥护，何况翠花男人是打鬼子而死，她才成了寡妇的，不是所说的克夫女人，所以栓子婶子一说，她就满口答应。这门亲事很快就定下来了，商定中秋节成亲。

自卫队这几天有任务，大生特别安排琪然在家忙成亲的各项准备。

琪然除了准备秋收秋种的事外，这些天大部分时间是在翠花家中，扫房子，用白泥水刷墙，买纸新糊窗户。翠花剪了几个大红喜字，准备成亲那天贴到窗上和墙上的。对翠花来说虽是第二次结婚了，可心里的甜蜜滋味比第一次结婚时还要浓。第一次结婚时她的年纪较小，对男女情爱之事还比较朦胧，对栓子的长相和为人不很清楚。琪然是常见的，他的脾气和为人她很清楚，两人曾不止一次的搂抱过，盼着快到成亲的日子。琪然看着翠花高兴的样子，心里更是按捺不住，常干着干着活就去亲翠花一下。

墙刷完了，屋子比以前亮堂了，也干净多了。琪然在翠花这里吃了晚饭后，从翠花手里接过孩子，一边亲着孩子的小脸蛋，一边用手搔孩子的胳肢窝，弄的孩子咯咯咯的笑个不停。正在洗碗的翠花回头一看，这爷俩正闹的欢腾，心中感到甜蜜和踏实。收拾完后，翠花在琪然对面坐下，看着他红黑的脸上沁出了汗珠，就接过孩子，对琪然说："出了一头汗，脱了褂子洗洗去。"琪然不习惯在别人面前脱衣服，忸怩着不脱。"还不好意思哪，我来给你脱。"翠花站起来，一手抱着孩子一手帮琪然解扣子，催他把褂子脱了。琪然洗的时候，翠花把孩子拍睡，送进蚊帐里，拿出昨天为琪然洗净晒干的裤子和褂子来。

中秋节前两天，翠花抱着孩子，提着篮子来到栓子坟前，铺了干净的白纸，将蒸的馍馍和一杯酒摆上，点着三根香，烧了纸钱，抱着孩子给栓子磕了三个头，坐在坟头的地上说起来："栓子，我和孩子来看你了，你走了两年多了，知道我是怎么过的吗？！一个寡妇拖着个不到两岁的孩子，日子过的真难啊！多亏琪然哥处处帮助，我和孩子才能活到现在。我要嫁给琪然哥了，你不会怪我吧？我们会把孩子养大，逢年过节让孩子来给你上坟。你在阴间保佑我们吧！"说完趴到坟堆上哭了起来。哭着哭着，一双大手把她拉起，"别哭坏身子，栓子兄弟会同意的，会保佑我们的！"琪然说着也跪下去给栓子磕了三个头。

45 第四十五章

鬼子受到多次打击后，小股部队不敢轻易到离县城较远的村庄去。小陈村成了抗日根据地的西部边缘，不仅晚上即使白天八路军也常到这里活动。秋收秋种时期鬼子们未敢到小陈村来过。到九月中旬粮食收到家了，冬小麦也种完了，只有地瓜还未刨仍在地里长着。

农活闲散了些，忠然和大生把分散于各村的抗日区中队队员，集中到小陈村，进行学习和操练。本村的队员住在自己家，外村的队员住在原来的学校里。大生让本村的老队员白天黑夜放哨和巡逻，防备鬼子突袭。忠然要万然这些天多到县城，保持和二鬼子赌友联系，探听鬼子的消息。

半个月后，结束了区中队的集中训练，大生又被另一桩事占住了身子。大生今年二十二岁了，还未娶媳妇。四年前堂姑见大生长成了一表人才的大小伙子，就想把大伯子的女儿说给他。堂姑不守旧，在一次集上碰到大生，把他叫到家里，也把侄女娟子叫了过来。娟子那时才十四岁，还不很懂男女之事，见了大生就哥哥长哥哥短的玩了起来。从那以后，娟子常在婶子面前打听大生哥的事，婶子就逗她："你喜欢大生，就嫁给他吧！""婶，你真坏，人家大生哥能看上我吗？"娟子红着脸跑了。婶子看出了娟子的心意，就回了娘家，找到大生爹妈说起这门亲事。大生妈问大生，大生也愿意。堂姑非要大生去送她不可，大生就牵着驴驮着堂姑到了温泉村，在堂姑家又见到娟子。过了两年，娟子长成大姑娘了。两个人见了面有点不好意思了，再也不像两年前那样什么话都说了。堂姑看在眼里，借口有事出去到娟子妈屋里，把大生家的情况一五一十地说了个透，并告诉她大生就在她屋里。娟子妈过去看了，也很满意。一年前，娟子妈生病死了，娟子成了孤儿，就和叔叔婶子住到了一起。近来，乡里的二鬼子小队长常有事没事往她家跑，贼眉鼠眼的打量娟子。婶子怕出事，就回娘家与大生爹妈商量，要他们赶快把娟子娶过来。这些天，大生一家为这事忙活起来。大生和爹忙着刷房子、买菜买肉，妈请了两个针线活最好的月季和夏至，帮着缝被褥和大生穿的衣服。本村抗日区中队的队员们，听到队长要娶媳妇也都来帮忙。

因温泉村是鬼子控制的地盘，不敢用轿子和吹鼓手到温泉村去迎娶新娘子，就由大生爹牵着驴于头天把娟子和她叔、婶，接到了堂姑的娘家。第二天，在唢呐声中花轿抬到堂姑的娘家，新娘上轿后绕着村子转了一圈，落在大生家门口，由月季和夏至搀出了轿，进入大生家里，新郎新娘拜了天地，向大生爹妈和娟子叔婶磕了头。年轻人们喝完喜酒后，又到新房去闹房，直至晚饭后才陆续散去。

大生成亲后的第三天夜里，徐明带着一个排的八路军来到小陈村找忠然，将破坏鬼子冬季扫荡的破路活动简略说了。忠然安排部队到原小学歇息后，叫秋然和老王分头去召集人，他自己回家叫春分妯娌为八路军战士准备饭。

过了约一顿饭时间，人们陆续来到小学校的院子里，徐明跟大家把任务说了，村民们一听是对付鬼子扫荡的，很乐意去干，纷纷回家拿工具。不一会，扛着铁锹、镢头，推着木轮小车的人们，汇集到小学校门口，东油坊的李有富，扛着一把两头尖的镐头提着一把铁锹，万然挑着两个挑粪的筐子，晃晃摇摇地跟在有富的后面，走进学校门口的人群里。他们两人是第一次参加这种抗日活动，心里特别兴奋。万然虽曾几次到县城二鬼子队部探听消息，但自己动手和鬼子对着干，这是第一次。有富娶了陈舜的小老婆为妻后，总觉得人们会看不起他，能够和大家一起进行抗日活动，感到乡亲们没有生分他，心里很高兴。徐明带着队伍先走了，他们要先到目的地找好地形埋伏起来，若鬼子敢出来赶撵破路的群众，他们就进行狙击或将鬼子消灭，保护群众安全。忠然领着大队破路群众跟着也上了路。他们走的很快，都想早到目的地，争取多干一些时间。沙沙、吱嘎吱嘎的行路声，淹没了嗡嗡细语的讲话声。

大生、日兴、秋然几个队员，没有参加破路活动，他们被留在村里巡逻和放哨，以防鬼子偷袭，保护乡亲们转移隐蔽。

初冬的弦月，照得坡上的蜿蜒小路依稀可辨。破路的队伍，快步地走着，约一个多时辰来到指定的地点。这是县城通烟台公路上的一段高坡地，前不挨村后不靠店，距县城四十多里。人们分散在高坡下的公路上挖了起来。鸡叫三遍时，高坡下的公路被五尺深、十丈远的沟截断了。忠然派人到西南与徐明的队伍联系，结束了一宿的破路活动，回到了小陈村。

第二天晚上，破路队伍又到城南通南面县的公路上，进行了一宿的破路工作。

由于几支破路队伍的活动，使公路运输瘫痪了，鬼子的冬季扫荡行动被迫停止了。

遵照妈的吩咐，忠然去了县城，到布店买了各色布后，又走到南街杂货店看望该店掌柜。他们是老朋友，在这兵荒马乱的年月，几年后见面真有隔世的感觉。两人从家里扯到市面，谈得很投机。谈着谈着，掌柜走到店铺门口，左右看了看，回来后很神秘地对忠然说："这里流传着一件事，与你们村有关系。""和我们村有关系？我们村最近没有发生什么事啊！"忠然没等掌柜把话说完，就插了一句。"不是说在你们村发生了什么，说的是你们村的人。温泉的乡长是不是你们村的？"掌柜的问忠然。"是啊，他叫陈禹。"忠然回答。"这就对了，这个乡长失踪已有十多天了，到底是怎么回事说法不一。一说是被八路军抓去枪崩了，因为他蔫不唧的做了好多坏事，八路军为民除害把他崩了；另一种说法是他带着家眷跑了，远走他乡了。"忠然未听到八路军惩办他，就问："他怎么不好好当他的乡长，甘心跑到外地呢？"忠然有些不理解。听了忠然的话，掌柜笑了笑，"忠然，他和你家沾亲带故不？""只是同村同姓，谈不上亲和近。""那我就说了"掌柜喝了口水，继续说："前些日子，日本小队长到温泉村去，看到他年轻俊俏的儿媳妇，趁乡长不在屋里，强行奸污了她。晚上，乡长回到家里，儿媳妇哭哭啼啼地告诉了他。你想，他敢得罪日本小队长吗？只得劝儿媳妇忍着。他这几年也刮了不少钱，就悄悄地领着儿媳和孙子走了，到外地别人不知道底细，他和儿媳就可以成为正式的夫妻了。现在不得不离开自己家乡跑到外地去，这是报应！"掌柜慨叹着结束了他的话。"老哥，你说的有点谱，陈禹就是这么个人，虽然做事不地道，表面还装得像个正人君子。"忠然听了掌柜讲的情况后，若有所失，因为他们曾研究过，不久就要带区中队去收拾乡政府和乡保安队，这回又叫陈禹漏网了。

回到家里，忠然把买的东西拿了出来，"妈，给你买了块黑色的布，不知你喜欢不喜欢？""我一个老太婆了穿什么都行。"陈梁氏对儿子的孝心很高兴，乐得合不拢嘴，顺手拿出了几块花布，"忠然还挺会买的，布的花色不错，你们妯娌仨自己拿，喜欢什么颜色就拿什么颜色的。来喜妈你年纪小，你先拿。"晚妹咧嘴笑着，不好意思伸手。"妈，要这块。"来喜伸手抓了一块最花的。"这孩子，让大娘们先拿。""妈说了，你这小丫头，年纪小，就先拿吧！"春分耍笑晚妹。"那我就要来喜拿的这块吧。""这就对了，三妹给你这块，也只有你配穿这颜色的。"春分自己留了块较素净的。陈梁氏看着儿媳们有说有让，心里很高兴。"奶奶，有我的吗？"元宵扯着陈梁氏的衣襟。"还能少了我宝贝孙女的，这块最好看的是我孙女的，这几块是我秃孙子们的。"孙子们整天跟着奶奶，什么都听奶奶的，四个男孩都高兴地接过奶奶给他们的布。

吃过晚饭，忠然早早到炕上躺下了。看着灯下做针线活的妻子，躺在被窝里的忠然，想起自己和春分成亲前那晚上的情景，不由扑哧一声笑了。"你笑什么？"春分手伸到被窝里，在忠然的肚皮上拧了一下。"我想起咱俩成亲前那晚上你的样子，真是迷人哪！"听了这话，春分的脸腾地红了……

46 第四十六章

纷扬扬的大雪，下了一天一夜，像棉絮一样的积雪，把蜿蜒的山峦、洼地和村庄捂了个严严实实。雪后的寒冷，把人们逼在屋内，不愿在外逗留。

忠然家在刨地瓜后，将小的地瓜根根和半半拉拉刨伤的地瓜洗净，放大锅里蒸熟后捣碎，拌进曲子，放入缸中，用破被盖住在屋内保温发酒。大雪封门的寒冷日子，正是蒸酒的好时光。吃过早饭，忠然、老王和秋然就忙活起来。忠然和老王将发过的带酒味的地瓜糊糊舀入作粉丝用的大盆里，倒进一些麦壳和谷壳，卷起袖子用手在大盆里搓拌起来。秋然拉着风箱烧水，大锅上放了一口两头没底的圆筒形甑子。当锅水烧开冒大汽时，忠然站在甑旁，将老王递来的一簸箕一簸箕的拌料，一层一层撒在甑内的箅子上。待撒足拌料后，就在甑子的上口放上一口铁锅，将院子内的积雪铲来，放入铁锅内，一会儿酒就从甑侧的小管子流了出来。酒味飘散至街巷内，引来了好喝酒的人们。北粉坊的炕上坐满了老小爷们，一边谈笑一边品酒。

"忠然，这酒劲足，味道纯正，不错。"一个中年汉子咂着嘴眯着眼说。"昭然哥，你会品酒，您说好那就是不错。"忠然笑着用碗接了些酒，送给炕上的另一人，"碗不多，大家传着喝吧。"不一会，几碗酒进了炕上人的肚子里了。"大生，你已红到脖根了，少喝点吧。"昭然见大生红着脸，还在端着碗往嘴里吸，就劝他。"没关系，忠然有的是酒，大生你就敞开肚子喝吧，喝醉了就在这炕上睡，睡它两天两夜都没关系。"一年少人鼓励大生。"那可不行，他在这睡上两天两夜，他媳妇可不会愿意，那不是要守空房了。""成了亲的女人，一天都不能离开男人吗？家里还有婆婆呢，怕什么。"少年奶声奶气的跟上一句。"你一个没开窍的小牙狗懂什么，等你娶了媳妇就知道了。"刚才说话的人笑着拍了一下少年的头，弄的少年望望这个人看看那个人，不知自己哪里说错了。"他还是个孩子呢，你别把他教坏了。"昭然说了一句。

大生真的喝醉了，未来得及下炕就向地下吐了一滩。老王拿了铁锨铲了些灶灰，撒在大生吐的污物上，用笤帚把污物扫到铁锨上，端到门外撒到猪圈里。大生躺在炕上呼呼地睡过去了。

昭然用碗又接了些酒，尝了尝"忠然，换个接酒的坛子吧，酒味不太浓了，别混在一起了。"忠然把原来的坛子搬开，换上了一个空坛子，一直到蒸酒结束，酒都流进这个坛子内。

第二天上午，忠然家在北粉坊蒸第二甑酒。昨天来喝酒的几个人，今天又来坐到了炕上，等着品尝蒸出的酒。午饭前，从甑子里流出酒来。昭然用碗接了酒，吸了一小口，眯着眼吧嗒着嘴品了一会，说："忠然，今天这甑酒的劲比昨天那甑还浓烈，好酒！"忠然又接了一碗，给坐在炕上的人送去，几个人传着都喝了几口。大家正在喝着酒说笑着，从门外进来了十几个穿着黑棉袍子的人。一个三十岁左右高个子的人，笑嘻嘻地走到忠然跟前，说："老乡，烧酒哪，酒味挺香的啊，给我们接几碗，让弟兄们喝了暖和暖和身子！"忠然瞅了下进来人的身上，腰间都鼓鼓囊囊的，像是别着短枪，就从锅台上拿了几个碗，用水涮了一下，接了酒笑着捧到黑袍人们的面前，"请赏脸，尝尝我们烧的酒。"进来的黑袍人接过酒大口喝了起来，不停地说着："好酒，好酒！"忠然接过喝完酒的空碗，又到甑子跟前接了酒，陪着笑脸递给他们，问："兄弟们从哪里来？"高个人喝了一口酒，对忠然说："我是八路军的连长，大家都叫我花爪子，奉军分区的命令，来找你们村的保长，嗅到酒香就进来了。你们村的保长住在哪里？""你们找保长有什么事？"忠然从他说的花爪子事判断出他们不是八路军，而是化装的敌人，所以未说自己就是保长。"快过年了，总得让弟兄们过年吃点肉啊，找你们保长搞几头猪给我们送去。"高个人边喝酒边对忠然说。"我们村子小，没有养多少猪，前几天'皇军'有令，叫我们村送几头猪到县里，保长正在为这事犯愁呢。几位先喝点酒，待会儿我领你们去找保长。"说着向大生、秋然递了个眼色："你们两个出去弄点下酒菜，让弟兄们喝个痛快！"大生和秋然也看出这些人不是真正的八路军，领会了忠然的意思，出门走了。这些穿黑袍子的人，大约多日未见酒了，就一碗一碗地喝起来，脸被酒烧红了，说话也不利索了，还不断地喊着："好酒，好，酒，再，再来一碗……"忠然一碗一碗的送到他们手里。几碗酒灌下肚，坐在炕沿上的黑袍人倒在炕上，呼呼地睡着了，原站地下的也一个个瘫倒在地上了。不多一会，大生、秋然领着十多个抗日区中队队员，带着武器走进北粉坊北屋，见那些穿黑袍的人都醉成烂泥一样，不费一点力就把他们的枪和子弹缴获了。大生带了几个队员，套上北粉坊的螺车，牵着几头驴，把这些烂醉如泥的黑袍人的双手从后面绑了，放到骡车和驴驮子上，连夜送往抗日根据地。

经过审问，知道了鬼子为逃脱小股部队出城被消灭的厄运，采取了化装成八路军到各村进行催粮催款活动。

因为鬼子的抢掠，小陈村的人都不敢再养猪了。

忠然和大生、老王商量，再到海边贩运一次咸盐、咸鱼和虾酱等海产品，到东边根据地的集上卖了，用卖的钱买回些羊肉，平价卖给乡亲们，让大家过年能吃上顿肉饺子。

晚上，忠然跟春分说他要到东边去一趟，让她跟三妹说一下，三妹给三弟带什么不？他即使见不到春然，也要到那边托人捎给他。春分到了月季屋内，见两个孩子睡了，就悄悄对月季说："三妹，你大哥要到海边贩运一次咸盐到东边卖，你有什么捎给三兄弟吗？你大哥说要是见不着三兄弟，他也会托人捎给他的。""我没有准备，就给他带件以前穿过的裤子吧，让他常换洗一下贴身的衬裤子，少养点虱子。再告诉他妈和两个孩子都好，就是孩子把爹都忘了。""你没有什么要对他说的？"春分笑着把话抢过去。"嫂子……"月季不好意思地推了春分一下。等月季从柜子里取了裤子包好，春分拿着回了自己的屋内。

在被窝里春分把月季的话跟忠然说了，叹了口气说："都是鬼子，要不春然还能和从前一样，隔段时间回来一次，和月季睡几宿觉，两人亲热亲热，现在几年没回来了，月季不如以前水灵了，没有男人和她亲热，那能好受。春然在外也会想老婆的，他们都还年轻，能不想吗？都是鬼子闹的！"说完钻到忠然怀里。

天未亮，忠然、大生、琪然和小墩子等人牵着牲口出了村。走了不远，秋然牵着牲口从后面追上了。"你怎么来了？"忠然嗔怪秋然。"哥，叫我去吧，我想去看看铁蛋他们。"秋然带着请求的口气，他没直说想去看看三哥，这是春然给他定的，为了妈和全家人的安全，不准秋然在外透露出他是抗日军队的领导。忠然知道秋然话里的意思，也就没有撵他回家。

寒冷的北风，钻进没有衬衣只穿着一件对襟旧棉袄的几个庄稼人的身上，浑身冷凉。几个人加快脚步，走了几里后，身上暖和多了。太阳一杆子高时，他们来到海边的一个集市上，买好要买的货物，在卖吃食的摊子上，吃了碗热汤面，又买了几个烧饼，捆好驮子，走出集市。大白天他们不敢走近路，因为要躲开鬼子据点，不得不绕着多走许多路。经过下午和一晚上，到第二天开市时，他们赶到了根据地的集上。未来得及歇息，摆起了卖海产品的摊子。根据地人们的穿着和脸色，比忠然前几次来时更好了，衣着洁净，脸色红润开朗。老百姓随便和穿军装的八路军聊天、说笑，很融洽。在和当地出摊人闲聊时，得知根据地实行了减租减息、增加雇工工资的政策，那些租种别人土地的佃户们和为他人扛活的长短工们，比以前好过多了。鬼子军队受到八路军的打击，两年没敢到这边烧杀抢掠了。人们生活安定，心情舒畅，庄稼种的好，猪、羊、鸡、鸭养的多，猪羊肉、鸡蛋都很便宜。听了出摊人的述说，他们几个人很羡慕根据地的人民。整天不吭不哼的墩子，听的出了神，对忠然说："忠然叔，你看人家这里过的日子，再看我们过的日子，真是两重天啊，我们什么时候能像这里一样，过上不担惊受怕的日子就好了。""快啦，打跑了鬼子，我们那里也会好的。"忠然也很盼望过上像根据一样的日子。

这一天，他们把大部分海产品卖了出去，也买进了一些羊肉，晚上住进了一个骡马小店。小墩子担心他们的货物和买进的羊肉，放在院子里被人偷走了，就和店主谈了自己的担心。店主笑着对他说："老乡，放心吧！我们这里这两年还没有丢过东西呢，就是把大门敞开，开着门睡觉也不会丢东西的。小同志，你是第一次到我们这里来吧？""我不是小筒子，我是人！""墩子不知店主叫他'同志'是什么意思，以为是骂他呢。""小老乡，你误会了，我们这里这两年兴起叫同志了，意思就是一起革命、一起打鬼子的人。"店主笑着给他解释。"噢，是这个意思啊，我恨鬼子也想打鬼子，那么我就是同志了。"墩子高兴起来。

吃过晚饭，忠然对同来的其他人说："我这里有家远房亲戚，我和秋然去看看他们。"提着小包袱和秋然一起走出骡马店。兄弟两人来到驻这村的八路军住处，打听鹏程和铁蛋他们的住处。一个八路军战士很和蔼地问他们一些问题，考察他们是什么人，为什么打听他们首长的驻地时，一个背盒子枪的人进来了，打量了他们兄弟俩一会儿，突然叫道："忠然、秋然哥，你们什么时候来的？"听到叫声，兄弟俩瞪大眼睛看进来的人，"徐明，是你啊，真威风啊，我都不敢认了。"秋然先叫了起来。忠然看了看也认出了是徐明。那个接待的战士看到徐连长和他们俩的亲热劲，就笑着递过两茶缸水。"坐下说吧。"徐明拉他们坐下。忠然把村里的情况和这次来的目的简略地向徐明说了。徐明对那个战士说："你送他们到军分区找政委和铁蛋副团长，他们是朋友。"忠然兄弟跟着那个战士走出门，左拐右拐出了这个村，向另一村走去。不到一顿饭的时间，到了另一个村子。来到一个门口，那个战士与站岗的战士说了一句，就领他们进了院子，喊了一声"报告"，屋内回答"进来"后，战士就领着他们兄弟俩进了屋子，"政委，有人找你。"听到这话鹏程的眼睛从看着的书本上移了过来，一看是哥哥和弟弟就站了起来，一手拉着一个人的手，让他们坐下。战士见政委和他们那么亲热，就出了屋子找站岗的战士去了。

兄弟三人多日未见了，乍一见面有说不完的话。秋然摸着三哥腰间的盒子枪，听着大哥和三哥谈论家里和村里的情况，不时也插上一句。鹏程告诉哥哥："鬼子虽然受了严重创伤，但有迹象表明，他们在策划新的行动，告诉乡亲们不能麻痹，要准备战胜最残酷的扫荡！"不多一会，铁蛋副团长走了进来，大家说了一会话，忠然和秋然就回到了骡马小店。

第三天，鸡叫三遍时，忠然几个人就起来了，草草吃了点饭，买了路上吃的烧饼，牵着牲口出了这个村。傍晚时分回到了小陈村。

这次的买卖虽未赚多少钱，可买回了两头猪肉和一些羊肉，虽不算多，总算可以在过年时吃上肉了。

忠然家留了几斤猪肉和一些羊肉，又给老王和狗儿家各送了三斤肉。陈千山近来身体不很好，没有精神去张罗这些事。忠然就割了一块肉送到陈千山家。"千山叔，我领了几个人贩了一些海产品到东边卖了，买了些猪肉和羊肉回来，准备原价卖给咱村人，让大家过年吃上点肉。我先给你家送点来，你别赚少，是侄儿的心意。""忠然，你想的真周到，在这兵荒马乱鬼子横行的年月，你能想法让村里人过年吃上肉，真难得啊！我老朽了没能给你帮忙，还让你挂着我，真不好意思！你对我的心意我领了，肉我就收下，多少钱明天我叫家里人给你送去。"陈千山说着感动地流下了眼泪。"千山叔，你好好养着，开春后就会好的。至于这点肉，钱不钱的你别放在心上。"安慰了千山几句，忠然回了自己家。秋然和万然的关系一直不错，在秋然被鬼子抓去时，万然多方打探消息救秋然，俩人的关系更近了。秋然跟忠然说了声，割了几斤羊肉给万然家送了去。

　　几个到东边买猪、羊肉的人家，在街上支起案子，以购买时的价格卖给本村的人，大多数家里都买了过年时包饺子的肉。

　　翠花和琪然成亲后，就把琪然妈接到自己原来的家里住。琪然妈喜欢这个媳妇和孩子，整天领着孙子走来走去，晚上留在自己炕上睡。

　　腊月三十日，琪然背着孩子，翠花提着篮子拿着白纸幡，来到栓子坟前，摆上自己家蒸的馎馎，点上香，洒了酒，翠花坐在坟前，拍着坟堆说："栓子，我和琪然哥带着孩子来看你啦。孩子已长满口牙了，也能走，会说话了，长的挺好的。"说完，烧了纸钱。一股小旋风裹着纸灰在孩子身边缭绕。看到这一情景，琪然向坟堆又磕了一个头，说："栓子兄弟，你放心吧，我和我娘也都喜欢这个孩子，我会把他当成亲生的孩子，把他养大成人，给你留个根。"这句话说完，旋风停了。琪然和翠花收拾了摆在坟前的馎馎，背起孩子离开了栓子的坟。

　　吃过晚饭，琪然妈搂着孩子早早躺下了。翠花在灶间包明早吃的饺子，琪然坐在她身旁，把包好的饺子整齐地摆在高粱秆做成的盖帘上。翠花不时瞅着他笑一笑。"翠花，你笑什么？"琪然笑着问。"我想起去年腊月三十这天，我一个人包饺子，包着包着由不得就哭了起来。今年有你在我身边，日子过的有滋有味，就高兴地笑了。""去年和前年的腊月三十晚上，我都到你这里来过，爬在墙头上透过窗纸看你在屋里活动的影子，直到你包完饺子上炕吹灯躺下，我才回家。"琪然小声说。"你来我这里干什么？"翠花不解地问琪然。"我怕你一个人过节难过，干出什么傻事来。当看到你做完活，洗了脸上炕睡觉了，才放心地走了。"琪然说出当时的想法。"那你为什么不进来？"翠花接着问。"一个男人三更半夜的到一个寡妇家，叫人看到多不好。为了你的名声，我不能进来。"琪然看着翠花说。"你真是个好男人！"翠花笑着，用脚轻轻踢了琪然一下。琪然站起来，从后面搂住翠花的腰。

47 第四十七章

春节后不久，根据形势的发展，县委决定：以区中队为基础，组建脱产的县抗日游击大队，大生为队长，陈日兴和孙尚林为副队长，忠然兼任教导员。同时，小陈村还保留了一部分不离村的武装，保护村民的安全。秋然、琪然和王再兴留在了村里。

忠然、大生集中了各村参加县大队的队员，到离县城较远的一个村子进行训练。队员们从自己家里带来了被子，在几间空房子里，铺了从山上割的干草，一个挨一个地睡在地铺上。他们从军分区请了一个参谋，给队员们讲解八路军的纪律、游击战术和其他操练项目。

白天紧张的学习和操练，队员们的情绪很高涨。到了夜晚，这些从未离开过自家炕头的人，感到很不自在。一个离驻地较近的队员，有两天夜里偷偷回了家，在出早操前回到队里。这事引起了忠然的注意，专门让队员们结合私自离队的问题，讨论了一个上午的革命纪律，克服队员们的散漫作风。大生结婚不到一年，温柔的娟子使他尝到了女人的滋味，离开了娟子睡不香甜，一闭眼娟子的影子就在他眼前晃动，不几天眼睛就眍䁖下去了。忠然也不习惯离开春分自己睡觉，但他年龄稍大些，也曾经历过丧妻后的一段时间，自制能力较强。看到大生和其他队员身体和情绪的变化，就利用空闲时间和他们聊天，并尽量把各种活动时间安排的紧一些，让大家在兴奋、劳累一天后，倒下就能睡着。经过一段时间的锻炼，大多数人逐渐习惯了集体生活，不再那么想家了，学习和操练的劲头也日益高涨。

大生和原区中队的队员们，经历过一些战斗，对武器的用法比较熟悉，对参谋讲解的战术也理解较快，就帮助那些新参加的队员掌握武器的用法和瞄准射击的动作要领。

训练了一个多月，得到上级通知，忠然和大生到军分区开会。

由内线情报得知，两天后金矿的鬼子要运一些精选金砂到东北提炼黄金，军分区要县大队去截击押车的鬼子，将金砂夺过来。

忠然请方青帮助动员几个村的民兵和群众，牵着驴、骡推着小车，准备将截下的精选金砂运往根据地提炼黄金。

第二天晚饭后，忠然、大生带领县大队三百多人枪，向选定的伏击地点赵村赶去。在三星一杆子高时，部队到达了伏击地。大生带一个小队的战士赶到距金矿十里左右的地方埋伏好，准备伏击从金矿出来增援的鬼子和截击遭袭击而向回跑的汽车。忠然挑选了日兴等二十多名射击技术好的队员，在丘陵坡上一字排开，其他战士在距他们不远的地方埋伏好，要求大家沉着射击押车的鬼子，对司机只要不反抗则留下他们。

早饭前，远处汽车碾起的尘土，使队员们兴奋起来，过了不多会儿，沉闷的汽车呜呜声传到了队员的耳朵里。汽车越来越近，一些队员沉不住气了，就要勾枪机，忠然的右手摆了一下，低声说："沉住气，等汽车再靠近一些打！"汽车离队员们越来越近，不到二十多丈远了，忠然对队员们低声说："各瞄准一个押车的鬼子，打！"一粒粒子弹射向坐在汽车砂包上的鬼子，一些子弹射到汽车前面的玻璃上。未毙伤的鬼子跳下车趴到地上，向丘陵坡上射击。队员们将子弹和手榴弹投向趴在地上的鬼子，双方对射着，又有几个鬼子中弹趴在地上不动了。孙尚林将两颗手榴弹的盖揭开，顺坡滚下，在距鬼子不远处躺着挥臂将手榴弹连续扔向鬼子堆里，两声巨响，鬼子的枪哑了。队员们在手榴弹掀起的烟尘掩护下，端着上了刺刀的枪冲到鬼子跟前，一阵刺杀，将地上剩下的鬼子都交代了。汽车上的司机仍在拐来拐去地向前开，日兴端起枪将第一辆汽车的前轮击中，被穿了个洞的汽车轮胎吱吱的向外泄气，但汽车仍在摇摇晃晃地向前跑。日兴又一枪把另一边的汽车前轮穿了一个洞，两个轮子都向外泄气，不一会车轮子瘪了下去，车子不动了。后面的几辆汽车因第一辆车把路堵塞了，只能停在后面无法前行。前后不到一个时辰，战斗结束了，二十多个押车的鬼子全部伤亡，八个汽车司机还活着，但只有三个年纪较小的鬼子司机愿听从指挥继续开车，其他年纪较大的鬼子司机拒绝开车。没有办法，只有让民兵和村民把五辆车上的金砂，装到驴骡驮子和小推车上，把空出来的五辆汽车用手榴弹炸毁，其他三辆由三个小日本司机开着跟在民兵和村民们运金砂队伍的后面，向根据地开去。五个受伤的县大队队员，由其他队员照顾着上了开着的日本汽车上。

在截击鬼子的金砂后不久，忠然受组织委派与一个队员及军分区卫生科的一个医生一起，带着金条，到济南通过关系购买中、西药品。

忠然是第一次坐火车到济南。三人到了胶济铁路上的一个小火车站，夜间上了火车，在济南东郊的一个车站下了车，并在车站旁的一个小旅馆住了下来。两天后，一个农民打扮的中年人来到小旅馆，对上联络暗号后，中年人告诉他们已通过药房里的朋友，联系到一批西药，请他们去看看。军分区卫生科的医生随中年人到了村里一个农民家里，见到了药品，回到小旅馆后，忠然将金条交给中年人，请他转交给药房的朋友，并感谢他们的帮助。

当天半夜，三个穿得又脏又破的叫花子，扛着由破脏布包裹的行李，浑身散发着酸臭味，随上车人群挤到站口，旅客和检票员都捂着鼻子偏着头躲着他们。在车厢里，他们拿出一块块半拉子窝窝头，一小片片碎煎饼，摊在小案上的破报纸上，伸出又黑又脏的手，大声说笑着抓起凉碎煎饼就往嘴里送。当车上人员检查车票、行李走到他们跟前时，一个人正好向地上吐了一大口黄痰，检查人员头一歪走了过去，不去检查他们的脏行李。

列车摇摇晃晃行进着，人们仰靠在凉硬的木靠背上，昏昏欲睡。忠然不时用手捅一捅两个伙伴，不让他们睡熟，以防不测。第二天上午，他们在一个叫兰村的小站下了车，扛着破行李卷，到一个小饭铺里收集客人吃剩的残饭往自己嘴里填。一连去了几个小饭铺，总算凑合着不那么饿了，就背起破行李沿路到村子里，问人们有没有找零工的？没有一家要他们作活的，只好讨点剩饭吃。吃饱后，找个背风处，晒着太阳轮流睡觉。他们白天讨饭睡觉，晚上赶路。第四天的夜里，他们回到小陈村，在北粉坊烧了水洗身子，把藏满虱子的破衣服脱下，换上干净衣服。春分为他们做了一顿可口的饭菜。吃饱喝足，睡了一觉，忠然要秋然、老王和琪然扛着药品，护送医生回军分区卫生科。

为粉碎鬼子的拉网扫荡，军分区要县大队尾随一股扫荡的鬼子，伺机消灭之。当这股鬼子在一个村里宿营时，大生带领一部分县大队员，于半夜时分在该村周围打枪，引得鬼子的机枪和步枪一齐向村外打，并有部分鬼子冲出村子，寻找撤到别处的县大队员，待鬼子们回到村里，刚躺下睡觉时，大生他们的枪又响了起来。如此反复，使鬼子们一宿未敢睡觉。天刚亮，大生率领的队员，钻到一个小村足足睡了大半天。天黑时，忠然又率领部分队员到鬼子们的宿营地周围打枪、扔手榴弹，闹的鬼子们又是一宿不敢睡觉。如此几个晚上的骚扰，鬼子们不能安心睡觉，体力受到严重损耗。

第五天夜晚，忠然和大生集合了全大队的兵力，于半夜前来到这股扫荡鬼子的驻地，在逃出的该村村民的带领下，绕过鬼子们在村外点起的篝火，悄悄地接近了鬼子们睡觉的几个大房子，一个灵巧的队员猛蹿上去，捅死了站岗的鬼子，队员们迅速地堵住了各个房子的门。因为村外没了枪声，这些疲惫不堪的鬼子们鼾声大作睡得正香。在微弱的玻璃罩灯光的映照下，队员们轻声进房把排放在墙边的枪支传递到房外。在一间鬼子住的大房间内，在向外搬运枪时，一个队员不小心踢翻了一个钢盔，惊醒了鬼子。一个鬼子蹿起来，把一个正在搬枪的队员摔倒了，接着鬼子们哇哇地叫着起身穿衣服。堵在门口的一个队员，把手榴弹盖揭开，一手握着两个手榴弹，对还在房内的队员喊："快出来卧倒！"将手榴弹扔进房内。一声爆炸，房内无声了。扔手榴弹的队员未来得及退后卧倒，也被飞来的手榴弹片炸伤，倒在了门口。

分散在村外篝火处的零星鬼子，听到村中的枪响，不知发生了什么事情，懵懵懂懂地提着枪向村里跑。还未跑到住宿的大房子门口，就纷纷被县大队员们的子弹射倒了。

东方还未发白，县大队员们扛着缴获的机枪和长枪，押着几十个俘虏的二鬼子，离开该村向西走进一个村子。村民们听说成立不久的县抗日游击大队打了胜仗，纷纷从不富裕的家里拿出鸡蛋、白面、玉米面，为队员们做饭吃。一个年长些的俘虏见到这一情景很有感触，他不明白，为什么他们到各村里人们像避瘟疫一样，跑的干干净净，别说吃的有时连水都喝不上，可村民们见了县大队员就像见了亲人一样。他无法理解，就问看管他们的县大队员，队员告诉他："不管哪里的老百姓对我们都是这样，因为我们打鬼子。"这个俘虏不好意思的试探着问："要是我愿意参加你们的队伍，你们要不要？"队员领他去见忠然，当即就参加了县大队。他把自己参加县大队的事，告诉了一起被俘的二鬼子朋友，他们也和他一样参加了县大队。未参加县大队的二鬼子俘虏，被释放回了家。

当队员们在宿营地休息时，忠然、大生和日兴等人将负伤的几个队员，抬到了一个山脚下的小村。这个村不过十几户人家，分散在近二里长的山坳中。村小又穷，鬼子不曾到这里来，负伤人员在这里养伤是很安全的。村里有个看管山林的老汉，人们都叫他看山大爷，为人正直，懂些草药，村里人有个头疼脑热的都去找他。忠然将三个伤员送到他家，留下一袋白面一些鸡蛋。当忠然把一沓钞票塞到大爷手里时，看山大爷的脸立马拉了下来，对忠然说："忠然，咱爷俩虽然打交道不多，可我知道你，你为乡亲们少受损失，自己受罪受累都不怕，我做这点事算什么！再说，他们是打鬼子受的伤，我能不管吗？吃的东西我收下，我家太穷了，没有什么好东西给爷们吃，伤好的就慢，这些白面鸡蛋我给他们吃到肚子里，让他们快点好，再去打鬼子。可这钱我不能要，你们现在也难，就拿回去买点打鬼子的东西吧！"忠然再三央求他收下，老人急了，"忠然，你这不是扇你大叔的脸吗？要这样你把他们背走吧，我不管了。"忠然和大生只得把钱收回。

鬼子在山区根据地扫荡和根据地军民与鬼子斗争的情况，很快传遍了周围地区，也传到寨里碉堡二鬼子们的耳朵里。一个二鬼子的亲戚，住在东边根据地的一个村子里，劫后余生跑到他家一边哭一边讲述他们的遭遇："鬼子扫荡到我们那里时，我们附近几个村子里的百姓都躲到山里去了，天上飞机扔下的炸弹、山下打来的炮弹，到处爆炸，一些百姓被炸死、炸伤。山下密密麻麻的鬼子向山上追时，百姓们就向大山深处转移，鬼子们也随之向深山里追。到晚上，相距不多远的一堆堆篝火，把整个山岭围了一圈。人们搬来一堆堆石头准备和鬼子拼命。大家都知道第二天鬼子就能追上，我们就都要成鬼子的刀下鬼了。正在这时，一小队八路军战士执行任务后路过这里，看到这种情况毅然留下来，护送百姓穿过篝火间的空隙，向包围圈外转移。当送出第二批百姓时，被鬼子们发现了。鬼子们追过来，一部分八路军战士截击鬼子，其余的战士仍然保护着百姓转移。三批百姓转移出包围圈后，天就大亮了。鬼子们像河里结队的鸭子一样扑上山来，八路军战士为了不让鬼子追上转移的百姓和鬼子们展开了血战。山坡上躺了一片穿黄军衣鬼子的死尸，八路军战士也死了一大半。子弹打光了，战士们就用石头砸追上来的鬼子。终因寡不敌众，鬼子们把剩下的四个八路战士围住，叫他们投降。四个八路军战士抱到一起，拉响了最后一颗手榴弹壮烈牺牲了。我们都被护送转移出来了，他们二十多名八路军战士全部壮烈牺牲了"。

这个二鬼子把这悲壮的事说给自己要好的朋友听，不几天碉堡里的二鬼子们都知道了，也传到了大队长于洪天的耳朵里，他对八路军那种不顾个人生死保护百姓的行动，很是敬佩，认为是比鲁智深还侠义的好汉。

两天后，于洪天的拜把兄弟、被抽调去参加扫荡的中队长李伍子只身回到碉堡，迈进于洪天的办公室就跪倒地上，放声大哭起来，"大哥，我对不起你，带去的兄弟死的死被俘的被俘……"李伍子说不下去，又哭了起来。"兄弟，起来，怎么回事？慢慢说。"于洪天拉起伍子，给他倒了杯水。待了一会，李伍子止了哭声，一五一十把经过说给于洪天："我们二十多人被派去跟随日本人到东边山区扫荡，无论到哪村，老百姓都跑了，我们没吃的没有喝的。日本人不把我们当人看，他们带去的米面不给我们这些中国兵吃，弟兄们饿的走不动。扫荡时逼着我们走在前面，我们有两个弟兄踩响了地雷被炸死了，我让弟兄把他俩的尸体背起带着，等回来时交给他们家里埋葬，可日本人不让带，并打了我们背尸体的弟兄，我气不过顶了两句，日本兵扇了我几个嘴巴。没有办法，只得把两个弟兄的尸体扔在那里了，我们的弟兄们都有气不敢出。日本人逼着我们打没有跑走的老百姓，一个五十多岁的老太婆跪在我脚下，两只胳膊紧紧抱着一个小女孩，我想起自己的娘，下不了手，日本兵见了狠狠地捅了我几枪把子，我只得闭着眼踢了老太婆一脚。日本兵见我没杀他们，就过去几刺刀把老太婆和小女孩刺死了。日本兵和一些死心踏地跟日本人走的保安队员，见了房子就烧，见了女人就奸，哪怕是老太婆和十几岁的小女孩都不放过，真惨哪！我带去的弟兄们单独在一起时，说起来很不是滋味，有个弟兄对我说：'中队长我们当错兵了！'我们哪能睡觉啊，到了晚上八路军和游击队就打枪，弄的白天走路都打盹。一天夜里，我们在屋子里刚躺下，一队八路军冲了进来，我们几个弟兄在战斗时被打死了，剩下的都成了俘虏。八路军战士把我们押到一个村里，老百姓听说八路军来了，做饭烧水给八路军吃喝，那个亲热啊，我从没见到老百姓对当兵的那么热情。八路军战士也给我们送来饭，这是我们几天来吃的最饱的一顿饭。吃完饭后，八路军问我们是哪部分的，我们照实说了，一会儿一个人来给我们讲话，讲他们优待俘虏，说中国人不要打中国人，让我们不要跟着鬼子残害自己的同胞，并说愿意参加八路军的他们欢迎，愿意回家的他们也放。咱们一些弟兄参加了他们的部队。当问到我时，我说要回来跟大哥说一下，他好像认识你，要我还回碉堡，叫我告诉你，你什么时候愿意参加八路军他们都欢迎。""他叫什么名字？"听到这里于洪天插了一句。"老百姓都喊他孙团长，可看不出他像个团长，穿衣说话都和普通战士一样"李伍子回答。"伍子，我不怪你，你去把这件破烂衣服换换，好好睡一觉，去吧。"于洪天送走李伍子后，坐到椅子上，陷入了深思。

晚上，回到家中，温柔的妻子秋菊给他端来热水让他洗脚，他坐在椅子上未脱袜子就把脚伸进水里去了。"洪天，你怎么了，身子不舒服吗？"妻子这么一说，于洪天才发现自己有点失态，嘿嘿地干笑了几声，默认了自己的异常。进了被窝后，他将一只胳膊放在妻子的头下，把白天李伍子回来后说的一番话，说给了妻子，"你说我该怎么办？到东边参加扫荡的部队，被八路军这截一块那剪一块，损失很大，又来命令叫我再派五十名弟兄去参加扫荡，我已损失二十多人了，再派人去怕也是有去无回！再折腾我就成光杆大队长了！再说弟兄们也不愿去祸害老百姓，为日本人卖命了。"于洪天说完叹了一口气。"咱不派人去不行吗？"秋菊翻了一下身，脸对着于洪天的脸说。"不行啊，不派人就是违抗军令，要杀头的！""咱不穿这黄皮子衣服了，咱们种地过日子。"秋菊又提出了个办法。"不行啊，上了贼船下不来了！鬼子会让你不干吗，那不把我们全家都杀了！"于洪天说的是真话，日本人是不会放过他的。"要不就投八路军！"秋菊说的于洪天不是没考虑过，李伍子说的孙团长可能就是孙江，当兵的投他们没事，可我是大队长啊，穿这黄衣服已好几年了，八路军真会像孙江说的欢迎我投他们吗？孙江这人义气，在乡校时我们关系不错，可其他人会怎么看？他思来想去得不到答案，要是能和他们通通气也好啊，可找谁呢？

第二天，他队里一个叫孙二虎的小队长到了他的办公室。这是一个不到二十岁的小伙子，长的周正也有点文化，到他们碉堡当兵两年多了，于洪天常叫他帮自己抄抄写写，两人很说的来。"大队长，小牛他爹昨天来找小牛，我告诉他小牛出去执行任务了，他爹说家里有要紧事等小牛回来后叫他回家一趟。听李伍子中队长说小牛被八路军打死了。他和我是一个村的，也是一起来的，要是他爹再来我怎么跟他说？"孙二虎请示大队长。"唉，还能怎么说，瞒了初一瞒不过十五，只能照实说了。也真够伤心的了，连尸首都见不着。他爹再来你要好好劝劝他，给他家点钱，安慰他家一下吧。"于洪天也不是滋味，说话声音都变了。

过了两天，小牛他爹又来到碉堡里，孙二虎就把小牛随日本兵到东边山区扫荡，被八路军打死的事告诉了他。小牛爹听了这话瘫倒在地上，呆呆地说不出话。二虎用手揉他的胸，掐他嘴唇上的部位。忙活了好一阵，小牛爹才啊的一声呼出一口粗气，眼泪顺着满是皱纹的脸向下流。"小牛，你不是打鬼子，是跟着鬼子残害中国人，死的不光彩啊！你妈刚托人给你说了个媳妇，你无福消受啊……"自言自语的说着，鼻涕拉了好长。

围看的二鬼子们，也都跟着流泪。于洪天听说小牛爹来了，走进了小牛住过的房间，见此情景也忍不住流出了眼泪，对小牛爹说："大叔，我对不住你，没有办法，上面叫去山里扫荡，我不派兵不行啊！""大叔，这是我们大队长，你不能怨我们大队长啊，他也没办法，听到小牛死了，大队长也很难过。"孙二虎给小牛爹介绍于洪天。"大队长，你们干的事不光彩啊，不要再跟着鬼子残害中国老百姓啦！"当着自己手下兵的面，于洪天不敢搭小牛爹的话，就从口袋里掏出一沓钱，"大叔，小牛已经死了，人死不能复生，我这里有点钱你拿回去，小牛不能给你们养老了，你和大婶买点地，日子还要过啊！"说着把钱塞到小牛爹的手里，用手背擦着眼睛，转身走出了屋子。

孙二虎几个人帮着把小牛的遗物包好，递给小牛爹，说："大叔，日本人不让把小牛的尸体运回，你回去就把他的遗物埋葬了吧。"小牛爹颤抖着双手接过包袱，呜咽着说："我怎么跟他妈说啊！"跟跟跄跄地走出屋子。二虎请了假，换了一身庄稼人穿的衣服，送他回家。

将小牛爹送回家后，二虎找到地下交通站，把碉堡里二鬼子们的情绪向交通员讲了，要他向上级汇报。

三天后的晚上，忠然换了一身当保长时穿的衣服，到了于洪天家里。于洪天自听了小牛爹的话后，几天来都在考虑自己和弟兄们的出路问题。听了忠然介绍的八路军和根据地军民反扫荡的战况，知道再派部队去参加扫荡，肯定还是有去无回，若不派兵去，待日本兵扫荡完后，一定会治他的罪，就接受了忠然的劝告，准备率部起义。

第二天上午，于洪天召集各中、小队长研究派兵参加扫荡抗日根据地的事，各队长都不愿去。于洪天看出，谁都不敢去和八路军打仗了，就说："县里来命令，不派兵去就是违抗军令，是要杀头的啊！大家都想想如何才能躲过这一劫难？"

吃过晚饭后，方青带着徐明的一连战士，忠然和大生带着县大队，秘密包围了寨里碉堡。

于洪天陪着方青和忠然走进碉堡后，孙二虎派了他队里的弟兄到吊桥上站岗，他自己和另两个地下共产党员提枪跟在两个顽固的中队长身后。

在圆柱形碉堡的天井里，路方青对集合起来的二鬼子们讲解了在欧洲战场上同盟国对德、意法西斯军队的节节进逼，德、意、日联盟的日渐瓦解；鬼子在中国各地的暴行，八路军、抗日的国民党军队和各地的抗日游击队消灭鬼子的战况。号召中国人民团结起来把日本侵略者赶出中国去！申明共产党和八路军对起义人员的政策。方青的讲话，特别是对起义人员的政策，引起了这些二鬼子们的窃窃私语。

于洪天以严肃的语调对他的部下说："我们派去跟随日本人扫荡的弟兄们的遭遇，大家都已知道了，孙小牛爹说的话有些人也听到了。这些年我们小心翼翼地看着日本人的脸色行事，可他们是怎么对待我们的呢？打仗时叫我们在前面当他们的盾牌，不给我们吃，逼着我们残害中国百姓，正像小牛爹说的，我们这些年干的事不光彩啊，给祖宗丢脸了！日本人又来命令叫我们去五十个弟兄，参加他们残杀中国人的扫荡，我们不去为他们卖命了！从现在起我们起义了，和八路军一起打鬼子，为祖宗争点光。不愿参加八路军的，可以回家。"

49 第四十九章

为粉碎鬼子对根据地的扫荡，军分区留孙江团长率一个营的战士，在敌人的包围圈内与敌人周旋，保护群众，打击敌人。其余部队在司令员和政委的带领下，跳出包围圈，在鬼子控制区内，与县、区抗日游击队一起，寻隙消灭敌人。

忠然、大生和于洪天率领县大队和寨里起义队伍，于半夜前到达县城北门外，与铁蛋率领的一营战士汇合，由铁蛋副团长统一指挥，消灭县城留守的鬼子和二鬼子。

午夜刚过，忠然他们来到北门外，拍手三下，城门内同样拍了三下手，问："谁呀？"忠然回答："我找李端午小队长，他妈突然肚子疼，让我来找他，请快开门。"听到开锁声音，忠然和大生拔出掖在腰间的盒子枪。一会儿门开了，开门的正是夏至的外甥李端午。

县大队队员在李端午等三名二鬼子的带领下，向县政府进发。到达县政府大门旁的一条胡同后，部队停了下来。在李端午上前与站岗的二鬼子说话之际，日兴几步蹿过去捂住站岗二鬼子的嘴，压低声音说："我们是八路军，识相的不要喊，让我们进去消灭这帮二鬼子！"趁此时机，忠然和大生带领一部分县大队队员迅速地进了院子，持枪堵住了四面住房的各个门口，踹开各屋的门。黑乎乎的屋内，二鬼子们还都光身睡在被窝里，一声"不准动！我们是八路军。"就把他们吓醒，在被窝里瑟瑟发抖了。点上灯后，于洪天进了屋子，对还在被窝里的二鬼子们说："弟兄们，大家不要怕，八路军优待俘虏。我是在寨里住了几年的大队长于洪天，我和我的弟兄们受不了鬼子的气，起义了参加了八路军。我们这些穿着黄衣服的二鬼子，在日本人的眼里连条狗都不如，跟着他们出去扫荡时，让你走在前面为他们蹚路，我有几个弟兄就是踩响地雷被炸死的；日本人吃大米白面，让我们饿肚子；你不去杀中国人就得挨他们的枪托子！这样的气我们不能再受了！我们不能再帮着日本人杀自己的同胞,辱没祖先了!穿上衣服下炕,弃暗投明参加八路军吧!"不少二鬼子知道寨里碉堡大队长于洪天的名字,有的还见过他。听了他的话,二鬼子们纷纷穿好衣服,下炕举起了双手。未放一枪将保卫县政府的二鬼子一锅端了。

大生在李端午的带领下,走进县政府西面的一个院子里,这是汉奸县长居住的院子。几个房间搜遍,未见冷琦的踪影,但炕上的被窝却是温和的。大生判断:冷琦刚走。就对各房间和院子进行了仔细搜查。搜至马厩,见一中年人穿着马夫衣服和衣躺在炕上。大生问他县长到哪里去了,他支支吾吾说不出去向。大生要他把马缰绳解开套上马鞍,他要骑马去追赶逃跑的汉奸县长。那人两手哆嗦,好长时间也未将马鞍子弄到马背上。见此情景,大生提灯照着,盯着他的脸看了一会,突然叫了一声:"冷县长","嗯"冷琦习惯地答应着。大生端起枪对着他的胸,说:"冷县长,我是八路军,跟我走吧!""我是喂马的,不是冷县长"冷琦反应过来低声狡赖。"走吧!不要装了,你装得不像。我们优待俘虏!"

大生押着冷琦走到县政府院内,对忠然说:"你看这是谁?"忠然提灯一看,说:"这不是冷县长吗,请屋里坐。"忠然见过几次冷琦,冷琦对忠然也有点面熟。冷琦见无法再蒙骗了,低着头进了屋内,蹲到了其他二鬼子俘虏堆里。

东方发白时,铁蛋带着一连多八路军战士开始了对留守县城日本驻军的攻打。大部分日军都去扫荡根据地了,只留下一个小队日军住在县政府西北的一个四合院里。八路军悄悄越过院墙外的阻碍物后,一部分战士踩着人梯登上了四面的房顶。如此同时,一个战士摸到院门口用刀将端枪靠在门框上打盹的日本哨兵刺死。当八路军战士进到院子时,正在西厢房准备早饭的日本炊事兵发现院中许多移动的黑影,哇啦哇啦喊了几句后,就响起了枪声,八路军战士循声向西厢房射击。南北屋里的日军也齐向院内八路军战士开了枪。进入院内的战士撤出后,八路军战士的手榴弹纷纷向院内和各门窗投去。枪声和手榴弹的爆炸声,把县城的居民从酣睡中惊醒。枪声越来越密集,八路军在密集的机枪子弹地扫射下,无法攻入房子里,日本兵也不敢冲出屋外。双方僵持的对射着。

到太阳升起时,一股异味钻进了八路军战士的鼻孔和嗓子里,几个匍匐在屋顶上的战士从房瓦上滚落到地上,靠近大门的战士也趴到地上不动了。见此情景,铁蛋高喊:"鬼子喷射毒气了,快把自己的毛巾用水蘸湿，蒙住嘴和鼻子！""副团长，没有水啊，""到老百姓家要点水，快！"几个战士跑着到胡同里敲老百姓家的门，不一会端着几盆水小跑着来到战士们跟前。大家急忙从背包上抽出毛巾，蘸湿后捂到鼻子和嘴上。鬼子的残暴，更加激起了战士们的愤怒。铁蛋集中了一些子弹和手榴弹，让十几个射击准确的战士，带上子弹和手榴弹，重新爬到房子上，对准敌人的窗户和门射击。同时派人到老百姓家中借来镐头和铁锨，从墙外挖地道。中午时分，地道已挖到鬼子住的南房和北房下，经过训练的爆破组战士夹着炸药包钻进地道。铁蛋命令房上和大门口的战士猛烈向鬼子射击一阵后下了房子，撤退了几十步。

"轰隆"一声，驻有鬼子的房子摇晃着坍塌了，鬼子们被压埋在倒塌的梁瓦之下。

铁蛋留下一个排的战士搜索残存的鬼子，自己带着大部分八路军战士快步转移到东关县立中学院墙外，与原先包围刘黑七土匪汉奸的部队汇合，发起对铁杆汉奸刘黑七的进攻。日兴和其他几个射击准确的战士一起，趴在院墙上，盯着楼门和东厢厨房的门口，只要土匪汉奸们端着脸盆和碗到东厢去洗脸和吃饭，都要成为他们射击的靶子。东厢门口已躺倒好几个伤亡的土匪汉奸了。与此同时，开始了对土匪汉奸们喊话："伪军弟兄们，县城的鬼子已被我们的土飞机炸飞完蛋了，你们不要作无为的抵抗了！我们优待俘虏，赶快缴枪投降吧！"楼内有些土匪汉奸发出了"呜，呜"学飞机叫的怪腔怪调的声音，并嚎叫："把你们的土飞机开来吧，老子们不怕！"。铁蛋两手张在嘴巴外，向楼内的土匪汉奸说："伪军弟兄们，县城里的鬼子和保卫县政府的伪军已被我们消灭了，汉奸县长冷琦也被我们俘虏了，你们都是中国人，不要再执迷不悟为日本人送命了。我们的政策是缴枪不杀，立功有奖，如果你们起义，过去的罪恶一概不究，愿意参加八路军的我们欢迎，愿意回家的可以回家。如若不然，你们只有死路一条！你们好好想想吧，不过不会给你们太长的考虑时间了！"八路军停止了射击，让土匪汉奸们考虑。过了一个多时辰，于洪天大声向楼内的土匪汉奸们说："刘营长，你认识我，我是驻寨里的大队长于洪天，因为受不了鬼子的气，起义了，参加了八路军。八路军对我们很好，我现在是抗日的县大队副大队长，我的弟兄们大部分参加了八路军，少数人回家种地去了。刘营长，我们过去走错了路，不能再错下去给祖宗丢人了！请你为自己的前途，为弟兄们的前途考虑缴枪投降吧，千万不要再错过机会了！""于大队长，我是有奶便是娘，日本人对我不错，我不能离开他们，八路军的穷生活我受不了，我不会投降他们的。再说了，就八路军那几条破枪能攻进这坚固的楼里来吗？笑话！"停了一会，于洪天接着说："楼里的弟兄们，你们家里都有父母、老婆和孩子，你们就想让他们失去儿子、成为寡妇和孤儿吗？告诉你们，八路军已在楼东挖了地道，已挖到楼下了，炸药已经放进去了。八路军并不想把你们都炸死，希望你们觉醒！刘黑七是铁了心要当鬼子的殉葬品了，你们大家也甘愿当日本人的殉葬品吗？为了你们自己和家人，望你们除掉刘黑七这个民族败类，弃暗投明，为祖宗争点面子。弟兄们，八路军的团长和我说了这么多，都是为了你们，我们商量了再给你们二十分钟时间考虑，何去何从你们自己决定吧！"楼里没有了嬉笑、嘈杂的声音，看来这些土匪汉奸们在认真考虑了。时间一分一分地过去。"叭，叭，叭"三声枪响后，从楼里传出了一个洪亮的声音："八路军，我把刘黑七打死了，我们投降，不要拉响炸药！"不一会，从窗户里伸出了一支挂着白布单子的枪。"我是八路军军分区的副团长，我们接受你们的投降。你们放下武器，举着手从楼里出来到东厢房厨房里吃饭吧！"铁蛋副团长向楼上喊。

　　吃过饭后，于洪天领着几个投了降的土匪汉奸兵，从楼东地道口弯腰进了地道。出来后，于洪天对他们说："我们没说假话吧。"一个土匪汉奸兵伸着舌头，说："我的妈呀，真悬啊！要不投降，现在见阎王爷去了，八路军仁义啊！"

　　攻占县城后，县大队队员们纷纷要求升格为八路军主力部队。经军分区批准，以铁蛋带领的一个营为基础，吸收县大队部分队员、部分起义人员和俘虏，组建一个军分区领导的主力团，铁蛋被任命为团长，大生为副团长，李卫国（狗儿）为参谋长，李伍子、孙二虎和李端午分别被任命为连长、副连长。虽然日兴一再要求参加主力部队，但方青考虑县里仍要有一支坚强的武装，动员他仍留下领导县大队。

　　忠然协助方青书记处理县里的各项事务，忙着搜集整理日伪军的各种文件，对伪财政局仓库中的黄金和伪钞进行登记，并将黄金和部分伪钞派人送到行署和军分区，还对监狱里关押的犯人进行了甄别，释放了被鬼子和汉奸们抓捕的抗日人员和普通老百姓。每天忙的无暇顾及县大队的事务。

经过二十多天的学习和训练，军分区命令铁蛋率领他的团于近日赴莱阳参加消灭莱阳日伪军的会战。

　　三天后的上午，在城东河滩里，方青、忠然、日兴和于洪天等人为铁蛋、大生、李卫国等率领的部队送行。

　　王再兴、陈秋然率领小陈村的支战人员，赶着木轮大车、牵着牲口、推着独轮车为部队运送各种物资，随军前往。